GUDRUN GRÄGEL

# Pasta Criminale

**AMORE E MORTE AM GARDASEE** Doro hat das große Los gezogen. Ihr Vater schickt sie nach Valeggio sul Mincio am südlichen Gardasee, um für seine Fernsehreportage passende Orte, Rezepte und Geschichten aufzutun. Ihr Freund Vinc soll sie dabei unterstützen. Italien, bezahlter Urlaub – nichts wie los. Vor Ort sind Vinc und Doro dann die heimlichen Stars, jeder will von der Reportage profitieren.

Doch plötzlich herrscht Alarmzustand. Ein Tourist wurde vergiftet, und das kurz vor dem berühmten Tortellinifest auf der Ponte Visconteo. Polizei, Festkomitee und die gesamte Gastronomie sind geschockt und in heller Aufregung. Was und vor allem wer steckt dahinter? Top secret, sagt Valeria Malvaldi, zuständig für die Öffentlichkeitsarbeit rund ums Fest und Besitzerin des bekanntesten Lokals vor Ort. Worte, die Doro hellhörig werden lassen.

Gewohnt unkonventionell nimmt die junge Köchin mit Kultcharakter ihre eigenen Ermittlungen auf.

© Michelle Bettendorf

*Gudrun Grägel, 1964 in Augsburg geboren, lebt mit ihrer Familie im bayerisch-schwäbischen Königsbrunn. Das Schreiben ist längst zu ihrem zweiten Beruf geworden. Ihre Ausbildung auf dem Gebiet der Pädagogik/Psychologie und ihr pharmazeutischer Beruf liefern perfektes Hintergrundwissen für ihre Krimis.*

*Motivation für ihre kulinarische Krimireihe ist die Liebe zu Italien, zu Land und Leuten und zu ihrer Protagonistin Doro Ritter, Köchin mit kriminalistischem Gespür, unerschütterlichem Optimismus, einer gehörigen Portion Impulsivität und ungebremster Neugierde. In »Pasta Criminale« lässt die Autorin am südlichen Gardasee morden und ermitteln.*

GUDRUN GRÄGEL

# Pasta Criminale

GARDASEE-KRIMI

GMEINER

Personen und Handlung sind frei erfunden.
Ähnlichkeiten mit lebenden oder toten Personen
sind rein zufällig und nicht beabsichtigt.

Immer informiert

Spannung pur – mit unserem Newsletter informieren wir Sie
regelmäßig über Wissenswertes aus unserer Bücherwelt.

Gefällt mir!

Facebook: @Gmeiner.Verlag
Instagram: @gmeinerverlag
Twitter: @GmeinerVerlag

Besuchen Sie uns im Internet:
www.gmeiner-verlag.de

© 2022 – Gmeiner-Verlag GmbH
Im Ehnried 5, 88605 Meßkirch
Telefon 07575/2095-0
info@gmeiner-verlag.de
Alle Rechte vorbehalten
3. Auflage 2022

Lektorat: Susanne Tachlinski
Herstellung/Kartengestaltung: Julia Franze
Umschlaggestaltung: U.O.R.G. Lutz Eberle, Stuttgart
unter Verwendung eines Fotos von: © NOLIMITPICTURES /
istockphoto
Druck: CPI books GmbH, Leck
Printed in Germany
ISBN 978-3-8392-0185-5

Für Brigitte
Für Martin und Flo
Für Nadja Pasquali, Valeggio

Der Tag ist so lang, das Nachdenken ungestört, und die herrlichen Bilder der Umwelt verdrängen keineswegs den poetischen Sinn, sie rufen ihn vielmehr, von Bewegung und freier Luft begleitet, nur desto schneller hervor.

(Goethe, Italienische Reise, September 1786)

# PERSONEN

**Doro Ritter,** 27 Jahre, begeisterte Köchin – und manchmal neugieriger, als für sie gesund ist
**Vincent Wolkenberg,** genannt **Vinc,** meist an Doros Seite
**Sascha Ritter,** Sterne- und Fernsehkoch mit Gourmettempel »Macis« in München

**Stammtisch im »Il Mulino«, signori im besten Mannesalter, so um die 50:**
**Umberto Zanardini,** Wirt des »Il Mulino«
**Davide Renzi,** Weingutbesitzer
**Alfredo Corini,** Apotheker
**Renato Belotti,** Carabiniere
**Salvatore Lonati,** Juwelier
**Massimo Voltolini,** Arzt
**Angelo Serra,** Koch

**Rosalia Zanardini,** Umbertos Frau
**Erminia Fenucci,** Rosalias Mutter
**Ayna und Oumon,** möchten in Italien ein neues Leben anfangen
**Signora Lorana Renzi,** Davide Renzis Mutter
**Rocco Renzi,** Davides Neffe
**Evelina Bondi,** wohnt in Valeggio
Das alte Ehepaar **Facconi**

**Valeria Malvaldi,** leitet das edle Familienristorante »La Rosa« in Valeggio sul Mincio

**Filmteam:**
**Paul Mayerhöfer,** Kamera
**Basti Stegmann,** Regie
**Flo Kleinert,** Ton

**Rambo,** in Abwesenheit: Doros dunkelgrau getigerter Kater, seines Zeichens Herrscher des Viktualienmarktes, der Küche des »Macis« und natürlich Chef von Vinc und Doro Wenigkeit
**Pipo,** in Anwesenheit: seines Zeichens Promenadenmischung. Sein Lieblingsmensch ist Umberto.

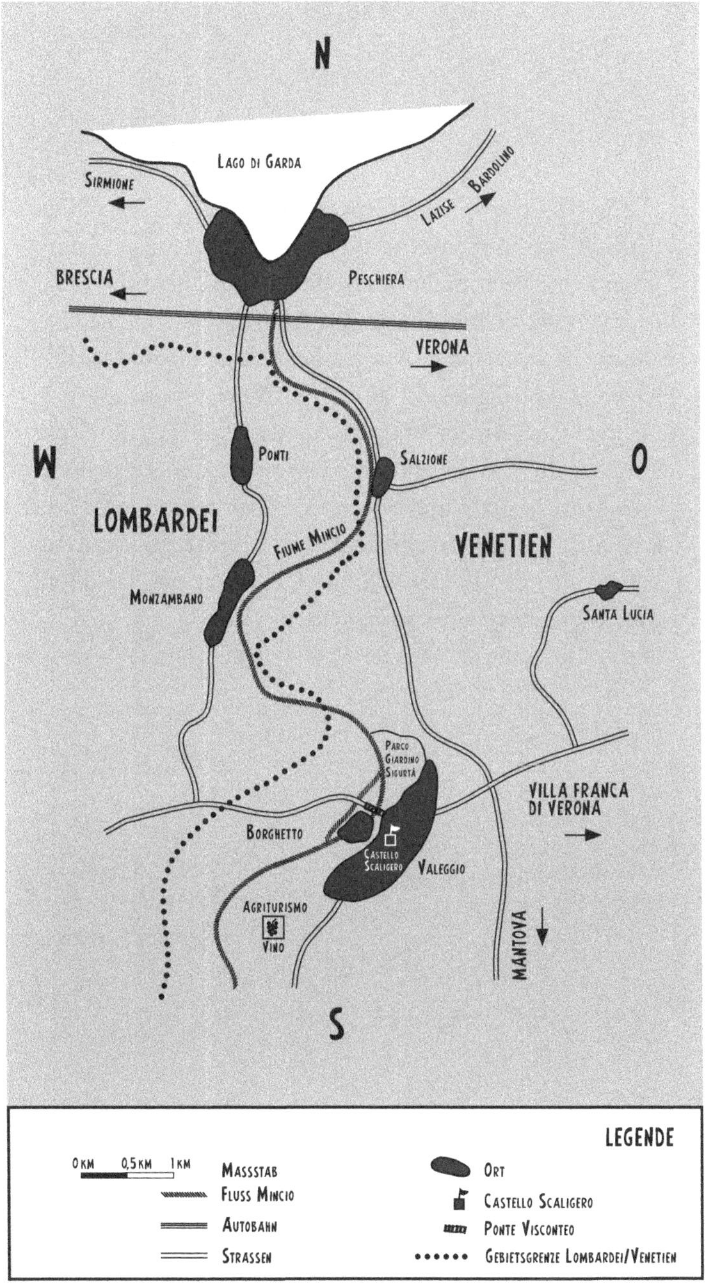

N

Lago di Garda

Sirmione

Lazise  Bardolino

BRESCIA

Peschiera

VERONA

W

O

Ponti

Salzione

LOMBARDEI

VENETIEN

Fiume Mincio

Monzambano

Santa Lucia

Parco
Giardino
Sigurtà

VILLA FRANCA
DI VERONA

Borghetto

Castello
Scaligero

Valeggio

Agriturismo
Vino

MANTOVA

S

LEGENDE

| 0 km 0,5 km 1 km | Massstab | | Ort |
| | Fluss Mincio | | Castello Scaligero |
| | Autobahn | | Ponte Visconteo |
| | Strassen | | Gebietsgrenze Lombardei/Venetien |

# PROLOG

Die Wellen schwappen leise gegen die bunt lackierten Holzplanken der Fischerboote, die im Wasser des alten Hafens schaukeln. Versonnen beobachten Menschen, die dicht gedrängt im Schatten der großen Schirme einer kleinen Bar sitzen, die gemächliche Beschaulichkeit. Dank dunkler Brillen vor der Helligkeit der Sonne geschützt, träumen sie sich mit dem Glitzern der Strahlen, die sich ihren Weg durch die kühlen gelben, orangen und roten Erfrischungen in eisbeschlagenen Gläsern brechen, in eine Oase aus sorgloser Zeit. Eine Möwe begleitet schreiend den Dampfer, der seine Passagiere über den Benaco schippert und jetzt am Pier anlegt. Eine Menschentraube ausspuckend – auf der Suche nach den vollkommenen Tagen.

# KAPITEL 1

## VERDE METALLIZZATO E PUZZA DI BENZINA – GRÜNMETALLIC UND STINKT NACH BENZIN

**Bella Italia, giugno – Italien, Juni**

»Ciao, Greta.« Eine letzte Umarmung, dann steige ich in Vinc' metallicgrünen Opel Corsa, Baujahr 1998, und ziehe die Tür mit Kraft zu. Will ja nicht, dass Vinc mich auf der Strecke verliert. Ich kurble das Fenster runter.

»War schön bei euch! Und danke für den Proviant.« Ich klopfe auf unser Brotzeitpaket. »Obwohl ich die nächsten zwei Tage nichts zu essen brauche. Ihr habt uns heute regelrecht gemästet.«

Greta lacht. »Hast du dir verdient, Doro. Du hast uns letztes Jahr gerettet, als unser Küchenchef ausgefallen ist. Und nicht nur in der Küche, du weißt schon.« Sie hat sich ans offene Fenster gelehnt.

»Dauert das noch länger?«, fragt Vinc. »Dann sollten wir vielleicht noch mal aussteigen.«

»Gib schon Ruhe, wir sind gleich fertig«, bremse ich seine Ungeduld.

»Vinc, du Armer«, zeigt Greta Mitgefühl, »hast kein leichtes Leben mit Doro.«

»Da sprichst du ein wahres Wort gelassen aus.«

»Hey! Vorsicht, ich sitze daneben.«

»Wie könnte ich das vergessen.« Vinc tätschelt liebevoll mein Knie.

Greta gibt das Fenster frei. »Ciao, ihr Lieben. Und Doro, keine Leichen, verstanden?«

»Großes Indianerehrenwort«, verspreche ich mit ernster Miene und hebe die Hand zum Schwur. »Ich werde nur Paps' braves Töchterlein sein und die TV-Reportage vorbereiten, für den großen Maestro ›Sascha Ritter‹, seines Zeichens Sternekoch und berühmt im TV und in der Gourmetwelt.«

Greta klopft aufs Autodach und gibt somit das Startzeichen. Der Rest der Familie winkt und Vinc dreht den Zündschlüssel.

»War ein schöner Tag«, resümiere ich wehmütig.

»Ganz nach deinem Geschmack, nicht wahr?«

»Nur kein Neid, mein Schatz«, kontere ich und rekle mich im Beifahrersitz. Ich weiß, was Vinc meint. Der Besuch in Limone bei meiner Schulfreundin Greta und ihrem Mann Adriano samt familiärem Anhang war total Doro-lastig.

»Mal im Ernst, Vinc, ich glaub, die haben sich alle echt gefreut, dass wir den Abstecher nach Limone gemacht haben.«

»Stimmt. Du hast ihnen aber auch den Arsch gerettet. Wenn im Hotel in der Hauptsaison der Küchenchef ausfällt, läuft das unter Katastrophenalarm. Dass du die Küche dann letztes Jahr für den Rest der Saison gerockt hast, da darfst du dich guten Gewissens ein bisschen bauchpinseln lassen. Von deinen … wie soll ich's nennen … kriminalistischen Einbringungen gar nicht zu reden.«

Ich werfe ihm ein Flugküsschen zu. »Danke für die Blumen. Kriminalistische Einbringungen, das hast du süß gesagt. Klingt manchmal ein bisschen anders bei dir, wenn du von meiner Spürnase sprichst.«

»Ehre, wem Ehre gebührt«, legt Vinc nach.

»Das wird ja heut ein Riesenblumenstrauß. Vorsicht, sonst bilde ich mir noch was drauf ein.«

»Schatz, wenn du eins nicht bist, dann eingebildet, da mache ich mir keine Sorgen.«

Das lasse ich mal kommentarlos wirken.

»Und denk an dein Versprechen.«

»Was meinst du?«

»Keine Leichen. Heißt im Klartext: Misch dich nicht in fremde Angelegenheiten.« Sagt's und grinst unverschämt.

»Was denkst du von mir?«, frage ich empört und hebe dennoch als Zeichen meines guten Willens die Hand zum Schwur. Dass ich vorsichtshalber, nur für alle Fälle, die Finger der anderen Hand kreuze, muss er ja nicht wissen.

Draußen fliegt ein nächtliches Lichtermeer an uns vorbei, auf dem See blinken vereinzelt rote und grüne Markierungslichter der Fischerboote. »Sind bestimmt nicht nur Fischer unterwegs. Stell dir vor, wir beide in eine flauschige Decke gewickelt, auf einem sanft schaukelnden Boot, mitten auf dem Gardasee …«

»Tranige Decke trifft es auf so einem alten Kutter wohl besser, aber mit dir immer, Schatz.«

Ich verschränke die Hände im Nacken. Jetzt, am Abend, ist wenig Verkehr, da werden wir nicht zu spät ankommen. »Wir gönnen uns ein paar Urlaubstage auf Paps' Kosten, danach nehmen wir die Recherche für seine Fernsehreportage in Angriff.«

»Mich drückt da sowieso kein schlechtes Gewissen«, erklärt Vinc. »Wenn der liebe Sascha seine Verwandtschaft für seine Prominenzauftritte einspannt, darf er gerne ein bisschen dafür zahlen. Trifft ja keinen Armen.«

»Genau, bezahlter Urlaub quasi. Und Paps ist keiner, der auf dem Geldsack hockt. Wichtig ist ihm nur, dass wir seinen Auftritt gut vorbereiten, damit er glänzen kann.«

Das ist nämlich der Grund unseres Aufenthalts hier in Italien. Genauer in Valeggio sul Mincio, nahe dem südlichen Gardasee. Wir logieren hier seit ein paar Tagen im »Il

Mulino«, dem Hotel-Restaurant von Umberto und Rosalia Zanardini, sollen geeignete Orte mit Flair finden, Geschichten, Anekdoten und lauter solche Dinge auftun, mit denen mein Vater seinen Fernsehbeitrag würzen kann. Als bekannter TV- und Sternekoch hat er auch hier in Italien einen Namen, seine Kochsendung flimmert seit ein paar Monaten über die italienischen Bildschirme. Jetzt soll er fürs Bayerische Fernsehen eine Reportage über Land und Leute drehen, rund um's Kulinarische natürlich.

»Weißt du, ich hab zwar die Leidenschaft und das Talent zum Kochen von Paps geerbt und Köchin ist mein absoluter Traumberuf, aber ich brauch keinen Stern. Ich arbeite total gern in seinem Gourmettempel in München, im ›Macis‹, ich mag Menschen und Kontakte, aber so eine Präsenz wie Paps – nee danke. Hintergrund ist mir da lieber«, lasse ich Vinc an meinen Gedanken teilhaben.

»Zum Glück.« Er wischt sich über die Stirn. »Hätte mir grade noch gefehlt, als Prinzgemahl der berühmten Doro Ritter hinterherdackeln zu dürfen.«

»Och …«, sage ich nur.

»Das würde dir so passen. Da hab ich andere Pläne.«

»Solange die mit mir zu tun haben.« Ich drücke seine Hand. Dann gähne ich lautstark.

»Mann, Doro«, beschwert sich Vinc, »hör auf damit, das ist ansteckend.«

»Sorry, Schatz, kommt nicht wieder vor. Aber die Fahrt von Limone nach Valeggio zieht sich echt ewig. Man umkurvt ja den halben Gardasee«, sage ich und kann grade noch einen weiteren Gähner unterdrücken. »Obwohl es 'ne total schöne Strecke ist. Und hat auch was, wenn's dunkel ist.«

Vinc nickt und gönnt sich einen schnellen Seitenblick auf die Lichter der Orte entlang des Wassers. Und auf mich natürlich. Ich kraule seinen Nacken.

Eine Weile genießen wir schweigend die nächtliche Welt am See. Beleuchtete Städtchen, Menschen, die sich treiben lassen, sich langsam auf den Heimweg machen, der See mit seinen glitzernden Ufern und aufleuchtenden Wellenkämmen. Romantik pur.

Ist spät geworden, klar, wir wollten den Tag ausnutzen, aber egal, hat sich voll gelohnt.

»Was hat Katzenminze mit deinem Opel Corsa zu tun?«, frage ich, um meinem Schlafbedürfnis entgegenzuwirken.

Vinc schaut mich an wie ein Auto.

»Nase zur Straße«, empfehle ich gut gelaunt und setze mich ein wenig auf.

Was Vinc befolgt, ohne allerdings meine Frage zu beantworten.

»Ich sag es dir: die Farbe. Von den Blättern. Dieses Mintmetallic. Nur riechen tut er anders.«

»Sehr witzig. Ist mal wieder so ein typischer Doro-Vergleich.«

Stimmt, kann ich nicht widersprechen. Ich grinse zufrieden in mich hinein.

»Hörst du das?« Vinc lauscht mit geneigtem Kopf.

Ich hör nix. Außer der Stimme im Radio, die im Hintergrund von aktuellen Ereignissen in Italien berichtet. Ich glaube aber nicht, dass es das ist, was Vinc meint, denn sein Italienisch ist deutlich rudimentärer als meines und reicht nicht unbedingt für Nachrichten im Radio. Obwohl, er versteht mehr, als ich oft denke, bei ihm hapert es eher mit dem Sprechen. Da bin ich entschieden im Vorteil, denn mein sizilianischer Kollege in der Küche des »Macis« trainiert mich auf diesem Gebiet gnadenlos. »Was?«, frage ich deshalb.

»Der schnurrt wie dein Kater, wenn er ein Filetspitzlein ergattert hat.«

»Mein lieber Herr Wolkenberg, du willst doch nicht allen

Ernstes dein zugegebenermaßen äußerst gut in Schuss gehaltenes Auto mit unserem filigranen Katerchen Rambo vergleichen«, rufe ich ehrlich empört. Na ja, so ganz ehrlich auch wieder nicht. Gute sieben Kilo Lebendgewicht sind alles andere als filigran.

»Du vergleichst ja auch Katzenminze mit diesem unübertrefflichen Mintmetallic. Und außerdem, werd du mal 140 Jahre alt«, kontert Vinc.

»140?« Ich steige gerade verständnismäßig aus.

»Ja, mal so in den Raum gestellt. Ein Hundejahr entspricht ja auch sieben Menschenjahren.«

»Hä? Was stellst du denn heute für Theorien auf?«, frage ich. Also bitte, von Auto zu Katze zu Hund – das sind gedankliche Quantensprünge, die normalerweise in mein Ressort fallen.

»Dieses Schmuckstück hier ist gute 20 Jahre alt, Opel Corsa B, Sonderedition, Baujahr 1998. Durch die überaus liebevolle und fachmännische Pflege meiner Vorbesitzer und meiner Wenigkeit steht er heute da, wie er dasteht.«

»Willst sagen: Läuft, wie er läuft.«

»Genau«, bestätigt Vinc.

Wenn's um 'ne Frau ginge, müsste ich glatt eifersüchtig sein.

»Kannst du bitte einen anderen Sender einstellen?«, motzt er nach einer Weile.

»Scusa, amore mio, der Nachrichtensender ist perfekt, um mein Italienisch zu verbessern. Würde dir übrigens auch nicht schaden.«

»Hmm«, brummelt Vinc, dann lächelt er. Denkt wahrscheinlich das Gleiche wie ich.

»VHS, sage ich nur.«

Vinc nickt.

Vor drei Jahren haben wir uns kennengelernt. Volkshochschule Italienisch. War lustig. Und bei uns hat's sofort gefunkt.

»Du warst schon damals ehrgeiziger als ich.«

»Stimmt. Was italienische Vokabeln angeht, auf jeden Fall. Du warst mehr auf die Eroberung einer äußerst charmanten Person fokussiert … Was ich neben Italienisch-Parlieren als sehr angenehm und zielführend empfand, muss ich zugeben.«

Ich lege meine Hand auf seine, die entspannt seitlich auf seinem Sitz liegt. Vinc hebt sie an und küsst meine Fingerspitzen. Ich lehne mich zurück, schließe die Augen … Ein Gähner entfleucht mir.

»Doro!« Vinc lässt meine Hand los.

Schuldbewusst setze ich mich auf. »Mi dispiace, amore mio.«

»Da nützt dir auch kein Italienisch mit bayerischem Akzent.«

Ich linse rüber. Tut es doch!

Vinc nimmt wieder meine Hand, küsst die restlichen Finger. »Für dich ist's ja auch essenziell«, spinnt er seinen Faden weiter.

»Wie?«

»Italienisch sprechen, alles zu verstehen, sonst kommt dir noch was aus. Eigentlich hast du sowieso deinen Beruf verfehlt. Hättest zur Polizei gehen sollen. Oder Privatdetektivin werden.« Er grinst.

»Man kann nicht jedes Hobby zum Beruf machen«, sage ich gnädig, »und außerdem ist das keine Neugier, sondern ehrliches Interesse und Anteilnahme am Schicksal anderer Menschen.«

»Also …«

»Pst! Horch«, unterbreche ich ihn.

Der Sprecher berichtet von einem Unglück im Süden Italiens.

»Es geht um ein Ghetto für die Erntehelfer einer Tomatenplantage. In Apulien. Ein paar Baracken sind abgebrannt. Zwei Arbeiter sind gestorben. Ursache unbekannt. Sie vermuten eine durchgebrannte Leitung«, übersetze ich für Vinc.

»Hab schon so in etwa verstanden. Ist kein Wunder, dass da mal was passiert!«, regt Vinc sich auf. »Denk an die Unterkünfte dieser Arbeiter. Nicht nur in Italien, überall in Europa. Schau dir die Container bei uns in Deutschland an, in die Saisonarbeiter reingepresst werden. Oft unter aller Menschenwürde. Ab und zu wird mal darüber berichtet, meistens, wenn was passiert, eben so ein Brand oder ein Virus, der sich in diesen Verhältnissen den Bauch vollschlagen kann. Bringt ein bisschen Mitleid für ein oder zwei Tage, bis ein anderes Thema Schlagzeilen macht.«

»Da hast du leider recht. Das sind Bilder, die nichts zu tun haben mit Urlaub und Dolce Vita. Die niemand sehen will in diesem Land der Sonne, der Heiterkeit und des Weines. Zu Hause 'ne Reportage im Fernsehen, okay, auf dem Sofa mit einem Glas Wein in der Hand – aber bitte nicht im Urlaub. Das ist leider allzu menschlich.«

Wir seufzen unisono.

Vinc drückt den Sendersuchlauf. Oldies und harmonische Schlager verdrängen langsam meine düsteren Gedanken.

»Bitte nicht mitpfeifen«, stöhnt Vinc über meine etwas disharmonische musikalische Untermalung.

»Was willst du? Ist doch besser als Gähnen«, lasse ich seine Beschwerde an mir abprallen und pfeife weiter.

Mal sehen, was Greta uns eingepackt hat. »Hmmh! Sandwich mit Tomaten und frischen Kräutern. Lecker. Alles aus dem Garten. Mozzarella. Willst du mal abbeißen?«

Vinc schüttelt den Kopf. »Ich muss erst die legendäre Lasagne von Gretas Schwiegermutter verdauen. Wie kriegst du bloß schon wieder was in dich rein? Bei dem, was du isst, müsstest du kugelrund sein.«

Ich zucke mit den Schultern und schnuppere am aufgeklappten Sandwich. »Der Wahnsinn! Die Tomaten riechen wie Tomaten«, schwärme ich und beiße in das belegte Weißbrot. Ein Tomatenkern spritzt an die Frontscheibe.

Wir sind da. Vinc lenkt seinen Liebling auf den öffentlichen Parkplatz, schräg gegenüber vom »Il Mulino«. Wir schleichen uns durch den Hintereingang rein und hoch auf unser Zimmer. Heute haben wir keine Lust mehr auf den Stammtisch unten in der Osteria, in dessen Kreis wir inzwischen aufgenommen wurden. Seit wir vor ein paar Tagen angekommen sind, haben sich die Herren geradezu mit euphorischen Vorschlägen bezüglich geeigneter Kulissen und Geschichten für Paps' Fernsehreportage überschlagen. Für Insidertipps natürlich eine ideale Informationsquelle. Wobei Paps und seine Bekanntheit keine unbedeutende Rolle spielen. Bis jetzt haben wir allerdings erst wenig Stoffsammlung betrieben und eher unsere eigenen Ziele verfolgt. Zum Beispiel Greta und Adriano in Limone besucht. Aber morgen geht's los. Valeria Malvaldi, eine alte Freundin von Paps und Chefin vom »La Rosa«, dem Ristorante in Valeggio, das die weltbesten Tortellini herstellt, will uns in die Welt der Pasta und Tortellini einführen. Diesen Titel beansprucht Umberto Zanardini für seine Kreationen übrigens auch – und wahrscheinlich einige andere, die sich hier im Ursprungsort der Tortellini dieser lokalen Köstlichkeit verschrieben haben. Ich habe mich noch nicht ganz entschieden.

»Ich freu mich auf morgen«, murmle ich Vinc ins Ohr, aber der träumt schon längst von irgendetwas Angenehmem, dem Lächeln auf seinem Gesicht nach zu urteilen.

Wahrscheinlich von mir, hoffe ich, kuschle mich an mein Schlafmonster und lasse mich wegtragen in andere Gefilde.

Auch mal schön. Ausschlafen, Programm erst ab elf. Was für Vinc heißt, schnurcheln bis mindestens um neun. Ich bin um halb acht schon fit, organisiere mir unten in der Küche eine Thermoskanne Kaffee und ein cornetto. Das Tablett stelle ich auf dem Nachtschränkchen ab, ziehe die Vorhänge auf – was Vinc nicht stört – und schlüpfe dann mit meinem Buch in der Hand wieder unter die Decke. Der ultimative Wahnsinn.

Da aber die Wirkung des cornetto nicht ewig vorhält und auch Vinc' Magen zu knurren anfängt, fällt es uns nicht schwer, pünktlich um elf bei Valeria im »La Rosa« einzulaufen.

Valeria entschuldigt sich gleich, dass sie nicht sehr viel Zeit habe. »Meine Lieben, ich muss leider früher weg. Die Damen vom Festkomitee für das Tortellinifest haben ein unerwartetes Problem und brauchen meine Hilfe. Wir machen trotzdem keine Hektik. Was wir heute nicht schaffen, zeige ich euch ein anderes Mal, d'accordo?« Ein kurzes Lächeln weicht schnell wieder einer äußerst bersorgten Miene.

»Kein Stress, Valeria. Sag einfach, wenn du wegmusst, uns wird nicht langweilig«, nehme ich ihr das schlechte Gewissen. »Was für ein Problem gibt es denn?«

»Segretissimo, Doro. Scusa, ich darf nicht darüber sprechen. Ma cominciamo, sonst wird es zu knapp.« Sie klatscht energisch in die Hände, aber der Schatten bleibt. Da weißt du gleich, wie sie arbeitet, ihr Ristorante führt. Schnell, effektiv, mit Leidenschaft.

Vinc nimmt gerne einen Espresso, ich hatte genug Kaffee, dann startet Valeria die Führung rund um die Produktion der berühmten Liebesknoten, der »Nodi d'Amore«. Sie öffnet eine Schiebetür und ich weiß sofort, dass es jetzt ins Allerheiligste geht. Ehrfürchtig betrete ich den Raum. Emsiges Geschnatter und flinke Hände umgeben uns. Valeria spricht ein paar Worte zu den vier Frauen, die am großen Holztisch sitzen, weiße Schürzen umgebunden, die Haare mit einem ebenso weißen Kopftuch verdeckt. Sie sind die Künstlerinnen, die die berühmten Nodi d'Amore herstellen.

Die Frauen kichern, als Valeria ihnen erzählt, wer wir sind und dass sie vielleicht ins Fernsehen kommen, und präsentieren uns dann stolz, mit welcher Perfektion und Geschwindigkeit sie die Pasta produzieren. Wow! Ich bin auch schnell, aber das hier ist Höchstleistung. Wie sie die hauchdünnen Platten in kleine Quadrate rädeln, mit dem Daumen einen Klecks von der vorbereiteten Masse draufstreichen, dann klapp und zu, von Ecke zu Ecke zum Rechteck gelegt und zu den typischen Tortellini geformt. Und die halten auch noch.

»Setz dich ruhig dazu und probier es aus«, schlägt Valeria vor und die Frauen nicken begeistert.

Vinc setzt sich neben mich, verzichtet aber auf jegliche Versuche.

Während ich mein Bestes gebe, hat sich Valeria in die Ecke gestellt und lauscht konzentriert ins telefonino. Ab und zu zwinkert sie mir aufmunternd zu, flüstert dann eindringlich ins Handy und gestikuliert mit der freien Hand, als müsse sie die Menschheit davor bewahren, wie die Lemminge ins Meer zu springen. Ich widme mich weiter den Teigtäschen.

Die Frauen kichern wieder, als sie meine Anstrengungen beobachten, aber sie nicken anerkennend. Na, immerhin. Die fertigen Teile werden sorgfältig zum Trocknen auf große Holzbretter geschichtet, die dicht übereinander in ein Vorratsregal geschoben werden, um später in leckeren Varia-

tionen die Gäste zu erfreuen. Egal ob mit Kürbis-, Fleisch-
oder Ricotta-Spinat-Füllung, das sind echte Meisterwerke –
und ich weiß, wovon ich rede, denn bei unserer Ankunft
haben wir im Ristorante gespeist und Grüße von Paps persönlich ausgerichtet. Höchstväterliche Anordnung.

Valeria steckt ihr telefonino in die Hosentasche und lässt
uns von den Frauen vorführen, wie der Nudelteig immer
wieder, ohne zu reißen, durch die Nudelmaschine gezogen
wird, bis er nur noch ein 0,3 Millimeter dicker, hauchdünner Lappen ist, quasi durchscheinend. »So dünn wie Seide,
da musst du die Zeitung durchlesen können«, sagt sie stolz.
Dann drängt sie weiter.

Das war das Allerheiligste Raum eins, jetzt werden wir
weitergeleitet zum Allerheiligsten Raum zwei. Die Küche.
Wo die weltbesten Tortellini, die Nodi d'Amore, eine
Minute in siedende Brühe geworfen und dann mit wenig
Butter und Salbeiblättchen angerichtet werden. Ein Traum.
Dass ich ihre Küche betreten darf, ist eine besondere Ehre,
für mich mein persönliches Highlight. Valeria ist einfach die
Koryphäe, wenn es um Tortellini geht. Danke, Paps, schick
ich eine mentale Botschaft nach München.

»Wisst ihr, woher der Name der Nodi d'Amore stammt?«
Valeria schaut uns so erwartungsvoll an, dass wir, selbst
wenn wir die Geschichte kennen würden, verneint hätten.
Wir kennen sie aber tatsächlich nicht.

Valeria erweitert begeistert unseren Horizont und weiht
uns in die sagenumwobene Entstehung der Nodi d'Amore,
der Liebesknoten, ein. »Gegen Ende des 14. Jahrhunderts
kämpfte der Mailänder Feldherr Gian Galeazzo Visconti
mit seinen Truppen gegen die Mantuaner. Als sie an den
Ufern des Flusses Mincio die Stellung hielten, erzählte man
ihnen, der Mincio sei von wunderschönen Nymphen bevöl-
kert, die manchmal aus dem Fluss kämen, um am Ufer zu

tanzen. Allerdings seien sie mit einem alten Fluch behaftet, der sie zwinge, das Aussehen grässlicher Hexen anzunehmen. Eines Nachts sah der junge Hauptmann Malco die geheimnisvollen Geschöpfe tatsächlich tanzen. Als er auf sie zuging, flohen die Wesen schnell in den Fluss zurück. Nur eine blieb zurück – und Malco entdeckte unter dem hässlichen Hexenmantel eine wunderschöne Nymphe. Die beiden verliebten sich unsterblich ineinander und schworen sich ewige Treue. Silvia, die Nymphe, musste jedoch vor Sonnenaufgang in den Fluss zurück. Als Pfand ihrer Liebe gab sie Malco ein goldenes Taschentuch mit einem zarten Knoten. Die Liebe der beiden blieb nicht lange geheim und eine eifersüchtige Hofdame denunzierte die schöne Silvia als Hexe. Die Nymphe sah nur eine Chance für ihre Liebe: Malco musste ihr in die Unterwasserwelt folgen. Ohne zu zögern, stürzte er sich in die Fluten und hinterließ am Ufer das geknotete goldene Taschentuch. Seitdem ist es unter den Frauen von Valeggio Tradition, an Festtagen einen dünnen Nudelteig auszurollen und daraus kleine Tortellini zu formen, die sie liebevoll »Nodi d'Amore«, Liebesknoten, nennen und in zerlassener Butter mit Salbeiblättchen anrichten.« Valeria seufzt gerührt.

»Eine wunderschöne Geschichte«, bestätige ich und Vinc findet das auch.

Wundert mich allerdings nicht, dass Umberto und die Herren vom Stammtisch die Sage nicht erwähnt haben. Ist ihnen vielleicht ein bisschen peinlich, vor einer jungen deutschen Köchin und ihrem Freund mit so einem sentimentalen Liebesschmonz daherzukommen. Wobei ich wetten möchte, dass sie genauso stolz sind auf diese Verbriefung ihres Anspruches, die Tortellini erfunden zu haben, wie Valeria und die meisten Einwohner von Valeggio und dem Nachbarort Borghetto.

»Ihr kennt die Nodi d'Amore ja schon, aber bedient euch bitte. Doro, du kannst gerne ein paar Tortellini für euch in die Brühe werfen. Sascha hat erwähnt, nein, er hat überaus stolz erzählt, dass du ganz hervorragend in seine Fußstapfen passt.«

»Hört, hört! Und das aus dem Munde meines Vaters. Danke, Valeria, wir haben tatsächlich 'nen Megahunger«, nehme ich ihr Angebot ohne Skrupel an. Als Tochter von Sascha Ritter habe ich einen riesigen Vertrauensbonus bei Valeria und darf sogar in ihrem Allerheiligsten kochen.

»Lasst euch von Paolo eine Flasche vom Custoza geben. Antonio«, sie wendet sich an einen der Köche, die hier den Mittagsbetrieb vorbereiten, »du bist bitte unseren Gästen behilflich. Ich muss dann … Ciao!« In ihrer unvergleichlich energetischen Art umarmt sie uns, drückt uns Küsschen auf die Wangen und eilt von dannen.

»Soso, segretissimo, topsecret also«, murmle ich.

»Ich hab mich schon gefragt, wann du das Thema aufgreifst.« Vinc wuschelt mir durch die Haare und hält sich ansonsten zurück, denn wir werden beobachtet – zumindest aus den Augenwinkeln. Antonio lächelt heimlich. Das hab *ich* aus den Augenwinkeln gesehen. Ich zwinkere ihm zu.

»Dich zerreißt es doch vor Neugier, ich kenn dich«, zieht Vinc mich auf.

»So schlimm ist es auch wieder nicht«, wehre ich mich, aber nicht überzeugend genug, weil mich natürlich brennend interessiert, was da los ist.

»Ich erfahr es schon noch«, verkünde ich und wende mich den Nodi d'Amore zu.

Vinc stellt die Teller bereit und macht sich dann auf die Suche nach Paolo.

# KAPITEL 2

# UN GRUPPO ILLUSTRE –
# EINE ILLUSTRE GESELLSCHAFT

**Bella Italia, giugno – Italien, Juni**
*Zwei Tage später*

Vor uns liegt die alte Scaligerburg, das Castello Scaligero, sozusagen die Skyline von Valeggio sul Mincio. Die beeindruckende Schönheit haut mich allerdings nicht vom Hocker, meine ganzen Sinne sind auf Verdauung gepolt. Wir waren bei Valeria zum Abendessen. Ein paar Details besprechen wegen Paps' Unterkunft und natürlich weil es einfach traumhaft schmeckt im »La Rosa«. Valeria serviert nicht nur die Nodi d'Amore mit der besonderen Fleischfüllung, sondern jede Menge andere Spezialitäten von Pasta über Wachteln bis hin zu leckeren dolci.

»Ich hätte nicht so viel essen sollen. Vielleicht nur eine Sorte Tortellini oder die Nachspeise weglassen«, jammere ich und weiß im Grunde meines Herzens, dass weder das eine noch das andere eine wirkliche Option gewesen wäre. Valeria Malvaldis Pasta ist zu verführerisch, egal ob Fleisch-, Kürbis- oder Spinat-Ricotta-Füllung. »Wenn's ums Essen geht, bin ich halt nicht sehr konsequent oder vernünftig, da kann ich schlecht Maß halten …«

»Aber sonst schon?«, spottet Vinc.

»Haha. Sag mal, hast du Valerias Reaktion auch merkwürdig gefunden, als ich sie nach ihrem Segretissimo-Problem gefragt habe?«, lenke ich ab.

»Tja, Schatz, manche Geheimnisse trotzen sogar deiner neugierigen Nase.«

Hallo! Ist da einer schadenfroh?

»Wie wär's mit ein bisschen Bewegung? Kleiner Spaziergang zur Burg?«, setzt dieser Mensch noch einen obendrauf. Ich schaue ihm prüfend ins Gesicht und befürchte, dass er das durchaus ernst meint. Vielen Dank. Wie ich meinen Schatz kenne, muss ich mir jetzt schnellstens eine überzeugende Ausrede einfallen lassen – und er lässt bestimmt nicht gelten, dass ich mich fühle wie im achten Monat schwanger.

»Ach du«, ich blicke skeptisch den steilen Weg zur Burg hoch, »lass uns lieber eine Abend-Siesta halten, ein bisschen kuscheln und so, und dann könnten wir uns noch ein wenig zu den signori an den Stammtisch setzen. Ich wollte noch eruieren, wen wir wie in die Reportage reinnehmen könnten«, locke ich Vinc zurück in unser albergo.

»Kuscheln und so klingt gut«, greift Vinc mein Stichwort auf und schlingt seinen Arm etwas fester um mich.

Will ich ihm auch geraten haben.

»Aber vorher können wir noch zur Burg hoch – müssen wir halt ein bisschen schneller laufen. Ist erst halb neun, der Abend ist noch jung.«

Wahrscheinlich gucke ich gerade ziemlich belämmert aus der Wäsche. »Meinst du das jetzt …?« Mann! Der Typ verarscht mich! Beleidigt verschränke ich meine Arme vor der Brust.

»Schatz, hast du echt gedacht, ich falle auf dein Manöver rein?« Vinc ist sichtlich erheitert.

»Hättest ja wenigstens so tun können«, schmolle ich ein bisschen, bevor ich mitlache.

Eines der Dinge, die ich an Vinc liebe: Er hat denselben Humor wie ich. Na ja, fast. Manchmal bin ich selbst Vinc etwas zu derb, wenn mich ab und zu der verbale Teufel reitet.

Und er hat ja recht, der Abend ist echt noch jung, die Luft lau, und jetzt im Juni ist's total hell um die Uhrzeit. Ich schließe die Augen und atme tief ein. Es riecht … würzig. Nach Sommer. Nach Leben. Würzig, ja, mir fallen eigentlich meistens kulinarische Vergleiche zu den Gerüchen des Lebens ein. Weil: Erstens bin ich ein kulinarischer Mensch und zweitens ein Nasenmensch. In der Summe ein kulinarischer Nasenmensch.

Bald findet hier auf der Ponte Visconteo das berühmte Tortellinifest statt und ich soll nach romantischen Plätzen suchen, Rezepte sammeln, die besten Tortellini-Köche finden … Da kenne ich jetzt schon zwei Kandidaten, die dieses Privileg für sich beanspruchen – unseren Wirt vom »Il Mulino«, Umberto Zanardini, und Valeria Malvaldi, Chefin vom »La Rosa«. Und ehrlich gesagt, Valeria hat die Nase vorn – was ich natürlich nie zu Umberto sagen würde, schließlich hänge ich an meinem Leben. Denn das hab ich in den letzten Tagen gelernt: Wenn's um Tortellini geht, geht's um die Ehre.

»Bin ganz froh, dass Paps bei seiner alten Freundin im ›La Rosa‹ logieren wird, da liegen 200 Meter Luftlinie zwischen uns. Du kennst ja Paps, der kann sehr vereinnahmend sein.«

»Ich kenne die Familie Ritter.« Vinc grinst unverschämt.

Dazu sag ich mal nix, weil … ich gebe zu, Paps und ich …

»Jedenfalls ist er bei Valeria genau richtig. Zwei Spitzenköche unter sich, extravagant, und ich glaub, die hatten sogar mal was miteinander«, spekuliere ich. »Wie findest du eigentlich Valeria?«

»Sympathisch. Passt super in das Ambiente vom ›La Rosa‹ und ist, wie's scheint, genauso besessen von ihrem Ristorante wie dein Vater vom ›Macis‹.«

»Du triffst den Kern. War echt sehr interessant, als sie uns durch ihr Reich geführt hat. Sie kann zu Recht stolz drauf sein.«

»Mir schon klar, wenn's ums Kochen geht, bist du fast so verrückt wie dein Vater«, unterbricht Vinc meinen enthusiastischen Ausbruch.

»Betonung auf ›fast‹, mein Schatz, doch ja, zugegeben, ich war sehr beeindruckt von der Produktionsstätte der weltbesten Tortellini. Schmecken wirklich göttlich. Und dass ich in ihrer Küche kochen durfte, war mega.«

»Sie hält anscheinend große Stücke auf deinen Vater. Süß, wie sie sich auf ihn freut«, resümiert Vinc. »Und dank deiner familiären Beziehungen durften wir ja auch 'ne Sonderbehandlung genießen. War toll. Aber jetzt mal was anderes, Schatz, haben wir für morgen nicht mit Davide Renzi ausgemacht, sein Weingut zu besichtigen?«

»Stimmt, besprechen wir nachher noch am Stammtisch mit ihm. Vielleicht sollten wir langsam zurück, sonst wär ich natürlich schon zur Burg hoch.« Ich lächle fein.

Vinc zieht mich ein bisschen näher zu sich. »Pass auf, was du sagst, die Zeit reicht locker für die Burg. Allerdings wird es dann knapp mit einer Pause auf dem Zimmer.« Er zieht die Stirn in Falten, tut so, als würde er die Alternativen ernsthaft abwägen. Aber darauf falle ich nicht rein. »Hört sich gut an, dein Plan«, sagt er dann und minimale Lachfältchen verraten ihn. »Ein bisschen müssen wir uns schon ranhalten, wenn wir alle Termine schaffen wollen. Die signori übertrumpfen sich ja förmlich mit ihren Angeboten. Jeder will uns was ganz Besonderes zeigen, das unbedingt in die Reportage mit reinmuss.« Er dreht sich auf dem Absatz um und geht endlich in die richtige Richtung.

Sirenengeheul nähert sich, vorne an der Hauptstraße rast ein Polizeiauto vorbei, gefolgt von einem Krankenwagen. Mich fröstelt es plötzlich. Die Vorstellung, dass da so ein armer Mensch drinliegt, die mag ich gar nicht. Nicht an einem so schönen Abend. Da sollte es einfach allen gut gehen.

Vinc drückt meinen Arm. Ich weiß, ihm geht's genauso, da brauch ich nix sagen.

Ich leite ihn zielstrebig nach rechts.

»Schon gut, Doro, hab's kapiert. Heute kein Castello. Dich zieht's zu anderen Männern.« Er seufzt schwer.

»Eifersüchtig?«

»Total«, ruft Vinc theatralisch, »sieben in die Jahre gekommene Herren, so alt wie dein Vater, der eine mit Bierbauch, der andere mit grauem Kränzchen um seine Halbglatze … Ich bin verzweifelt!«

Ich muss kichern. »Vorsicht, Schatz, in die Jahre gekommene Herren und Paps gleichzusetzen, ist kein Kavaliersdelikt, das ist ein Kapitalverbrechen. Außerdem, unser Winzer Davide sieht nicht übel aus und Claudio, der Sohn von Renato Belotti, der letztens dabei war, da kannst du nix sagen, der ist echt süß«, provoziere ich ihn ein bisschen, weil Claudio Belotti wirklich ein testosteronstrotzendes Schnuckelchen ist, dabei nett, gut aussehend und charmant. Wenn sich eine Frau neben Julia Roberts wie eine graue Maus vorkommt, dann muss es Männern neben Claudio Belotti genauso gehen.

Und genauso schaut Vinc jetzt. Merkt es selber und grinst. »Finger weg, ich warne dich«, brummt er streng und legt seinen Arm um meine Schulter.

»Mal ehrlich, Schatz«, sagt er dann, »der Stammtisch ist 'ne Goldgrube für uns. Da müssen wir nicht lange nach besonders schönen Plätzen suchen, wir sitzen an der Quelle. Ölmühle, Weingut, Nudelmanufaktur, Einblick in ein Spitzenrestaurant und wohnen können wir in einem netten Familienhotel mit eigener Osteria. Hier kocht der Chef persönlich und wir werden aus erster Hand mit Klatsch und Tratsch versorgt – das muss ein Paradies für dich sein.«

»Was heißt ›für dich‹? Du hörst auch immer sehr aufmerksam zu! Und ehrlich, jedes Kaffeekränzchen unter

Frauen würde bei so viel, wie soll ich sagen, Informationen über alles und jeden vor Neid erblassen. Von wegen Männer tratschen nicht.«

»Wir sagen mit wenigen Worten viel. Das Wesentliche halt.«

Ich sehe schon, das Gespräch verläuft zu Vinc' vollster Zufriedenheit. »Wir sind gleich daheim. Vielleicht verschieben wir die Siesta auf später.«

»›Daheim‹ ist gut«, flachst Vinc, »aber ich weiß, was du meinst. Ich fühl mich auch, als wären wir nicht erst ein paar Tage hier. Heute Abend bleiben wir nicht so lange, versprochen?«

»Großes Doro-Ehrenwort!« Ich hebe die Hand zum Schwur. Hoffentlich wird's kein Meineid.

Hand in Hand betreten wir die Osteria. Ein großer, rechteckiger Raum empfängt uns. Im vorderen Teil der Gastraum, einfache Holztische und dazu passende Holzstühle, die Sitzflächen aus Korbgeflecht, bis hin zur Theke. Im Hintergrund des Tresens reihen sich Spirituosen und blitzblanke Gläser in einem verspiegelten Holzregal. Nach gut zwei Dritteln der Raumbreite macht die Theke einen 90-Grad-Knick nach hinten zur Wand, und in dieser Nische geht es in die Küche. Keine schlechte Lösung, die metallene Schwingtür ist somit hinter der Theke und geschützt vor allzu neugierigen Gästen. Daneben führen vier Stufen nach oben, zur Gästetoilette, zum Büro, zum Hintereingang und zum Hotelbereich. Gleich neben dieser Treppe, abgeschirmt durch Pflanzen in großen Kübeln, steht besagter Stammtisch, ein riesiger rechteckiger Holztisch, der für die allabendliche Männerrunde reserviert ist. Hier sitzen bereits Davide Renzi, der Weingutbesitzer, und Alfredo Corini, der Apotheker. Ein ungleiches Paar. Alfredo, der mit der Halbglatze und dem grauen Haarkränzchen, wirkt älter als Davide, ist in Wirklichkeit aber ein Jahr jünger. Davide dagegen ginge mit seinen 52 locker als Mann in den besten Jahren beim Film durch. Umberto Zanardini, unser stämmiger Wirt, ist in der Küche beschäftigt, für ihn dauert's noch ein Weilchen bis Feierabend, es sitzen noch einige Gäste in der Osteria. Um die Getränke kümmert sich Umbertos Frau Rosalia, sodass er nach dem Kochen Zeit für seine Freunde hat. Rosalia managt nicht nur die Bar in der Osteria, sondern auch das Hotel, die Einkäufe, das Personal – außer Kochen eigentlich alles. Pipo, Umbertos dunkelbraune Promenadenmischung, springt uns schwanzwedelnd entgegen. Sieht ein bisschen aus wie eine Kreuzung aus Dingo und Jagdhund.

Ich kraule ihn zwischen den Ohren. »Hallo, Pipo, du Süßer. Kommst nur, weil dein Herrchen grad nicht da ist, gell.«

»Das ist ganz klar Umbertos Köter! Mich kennt der nur, wenn es ums Futter geht«, ruft Rosalia von der Theke herüber, wobei ihre Worte wesentlich unfreundlicher sind als ihr Tonfall. Pipo spitzt die Ohren. Futter?

»Erinnert mich an unseren lieben Kater Rambo. Der ist auch sehr wählerisch mit seinen Liebesbezeugungen. Da stehst eindeutig du an erster Stelle«, stellt Vinc nüchtern fest.

Umberto streckt den Kopf aus der Küche. »Eh! Doro! Vincenzo! Setzt euch gleich dazu. Davide hat ein besonderes Tröpfchen für uns mitgebracht«, ruft er.

Pipos Schwanz bewegt sich wie ein Scheibenwischer, als er seinen Lieblingsmenschen hört. Da Umberto wieder in der Küche verschwindet, trollt er sich enttäuscht unter dessen Stuhl.

Vinc lässt mir den Vortritt und ich setze mich links neben Alfredo Corini, der gerade mit einem Stofftaschentuch seine Halbglatze wienert – danach zieht er ein lila Brillenputztuch aus der Brusttasche und poliert die runden Gläser seiner goldenen Brille. Ein gesetztes Ritual, das wir aus den letzten Tagen bereits zu gut kennen. Ich meide Augenkontakt mit Vinc, sonst wär's um uns geschehen. Vinc schnappt sich wortlos den Holzstuhl mit Bastgeflecht gleich neben mir.

»Warum eigentlich lila, Alfredo?«, frage ich, ohne eine Miene zu verziehen.

Alfredo schaut ein bisschen irritiert hoch. »Was meinst du? Das Tuch?« Er lächelt wehmütig. »Meine Frau hat mir so eines zu Weihnachten geschenkt. Vor fünf Jahren. Das war unser letztes gemeinsames Weihnachten. Krebs.« Er räuspert sich, um die Fassung nicht zu verlieren.

»Tut mir leid, das wusste ich nicht.«

»Macht nichts, Doro. Aurelia und ich hatten eine wunderbare Ehe und ich denke immer mit Dankbarkeit und Liebe an sie. Und unser Sohn ist wieder da, hat sein Studium beendet und wird die Apotheke übernehmen. Also, was soll ich jammern? Mein Leben ist gut.«

Ich lege ihm kurz meine Hand auf den Arm. »Das freut mich für dich, Alfredo.«

Er faltet derweilen sein Tüchlein und steckt es in die Brusttasche.

Jetzt schaue ich fragend zu Davide, der den Kopf schüttelt.

»Umberto hat die Flaschen kühl gestellt, aber wir warten noch auf die anderen.«

Ich lehne mich entspannt im Stuhl zurück. »Was empfiehlst du uns bis dahin?«

»Nehmt einen leichten Rosato, der verdirbt dann nicht den Geschmack.«

War echt ein Glücksgriff, das »Il Mulino«, samt Stammtisch. Valeria hat uns hier einquartiert. Rosalia Zanardini ist eine Freundin von ihr. Klar, bei ihr im »La Rosa« gibt's offiziell keine Gästezimmer. Oben im Haus wohnt sie selbst, im schmalen Haus daneben ihre Eltern, die schon vor Jahren das Ristorante ihrer einzigen Tochter übergeben haben und sich jetzt nur noch ab und zu präsent zeigen, um alte Stammgäste und Freunde zu begrüßen. Für den lieben Sascha hat Valeria trotzdem ein Plätzchen gefunden, sein Töchterlein samt Begleitung sieht sie dann allerdings doch lieber im »Il Mulino«.

»Was grinst du so hintergründig?«, fragt Vinc.

Sieht wieder mal alles, mein Süßer. »Hab mich grade gefragt, was Valeria mit Paps vorhat … Jedenfalls hat sie für 'ne sturmfreie Bude gesorgt.«

»Die beiden sind erwachsen«, meint Vinc lakonisch.

»Bei Paps bin ich mir da nicht so sicher.«

»Salute!« Davide und Alfredo prosten uns zu und wir vertagen die Gespräche über das Liebesleben meines Vaters.

Die Runde füllt sich. Massimo Voltolini, der Mediziner im Bunde, bugsiert die obligatorische Arzttasche unter den Stuhl an der Stirnseite des Tisches und lässt seinen langen dürren Körper ächzend auf die Sitzfläche fallen. Begleitet von einem ebenfalls obligatorischen »Salve, amici« an alle klopft er mit den Fingerknöcheln auf den Tisch und anschließend kumpelhaft auf Vinc' Schulter, der links neben ihm sitzt. »Buona sera, Vincenzo. Hast du deine hübsche Freundin heute ordentlich verwöhnt?« Er zwinkert uns zu.

Die anderen lachen gutmütig. Alle mögen Vinc, aber ab und zu muss er sich ein bisschen auf den Arm nehmen lassen, weil die signori zwar Fan von mir beziehungsweise meiner familiären Berühmtheit sind, aber meinem Freund allesamt empfehlen, sich die Hosen in der Beziehung nicht auszuziehen zu lassen. Vinc ist da nicht empfindlich, sein Kommentar dazu lautet höchstens, dass er die Hosen nie anhatte. »Wir sind ein gleichberechtigtes Team«, protestiere ich zwar immer, aber die signori haben sich längst ihre eigene Meinung gebildet.

Jedenfalls finde ich es super, dass sie uns gerne dabeihaben und so hilfsbereit sind. Schon am zweiten Abend haben sie uns das Du angeboten, sie kämen sich sonst so alt vor.

»Wann trifft jetzt der berühmte papà eigentlich ein?«, fragt Alfredo Corini, der noch mal sein lila Tuch zückt, um ein imaginäres Staubkorn zu entfernen. Dann steckt er das Tuch ein, platziert die Brille auf der Nase und streicht sich über sein Bäuchlein. Ist wohl in Gedanken bei einem Sternemenü von Paps.

Ich mache mir nichts vor, jeder der Herren hat seinen eigenen Grund, Vinc und mich in ihrer Mitte aufzunehmen. Umberto hofft, dass seine Osteria und vor allem die Kochkunst des Chefs in der Reportage erwähnt werden, Davide Renzi wünscht sich dasselbe für sein Weingut und seine Weine und die anderen würden wohl zu einem feudalen Menü, gekocht vom Maestro Ritter, nicht Nein sagen.

»In zwei Tagen«, sage ich nur, ohne auf die Motive der Herren bezüglich meines Vaters weiter einzugehen, weil ich mir nicht sicher bin, ob sie mir einen entsprechenden Kommentar nicht übel nehmen würden. Ich bin neulich erst bei Umberto ins Fettnäpfchen getreten. Ich hatte gewagt, seine Küche bezüglich Kalorientauglichkeit und Gesundheitsbewusstsein als nicht up to date zu kritisieren, was er nicht witzig fand und mit einem beleidigten Hinweis auf die weitverbreitete mediterrane Küche abgetan hat. Da musste ich ihm recht geben, habe ihm ein bisschen geschmeichelt – und er war wieder versöhnt.

Außerdem bin ich gar keine militante Vertreterin von »Hauptsache, gesund«, sondern eher von »vor allem, es schmeckt«. Paps ist seinen Sternen verpflichtet, das heißt Innovation, Gesundheit, Geschmack, Trend … Wobei es gar nicht ungesund sein kann, bei den winzigen Mengen – so mein regelmäßiger Kommentar zu Kunstwerken, die den

Gaumen und das Auge befriedigen, aber nicht satt machen. »Verfressen« nennt Paps das und weist kurzfristig jede Verwandtschaft mit mir von sich. Die Bemerkung, dass Paps' Portionen Alfredos Bäuchlein ganz guttun würden, verkneife ich mir auch mal lieber.

Pipo ist unruhig. Schleicht rüber zu Rosalia an die Theke, aber die widmet ihm nicht die gewünschte Aufmerksamkeit. Er verzieht sich wieder zu uns.

»Sieht irgendwie Daniel ähnlich, unserem Souschef im ›Macis‹, findest du nicht?«

»Was meinst du?«, fragt Vinc. »Struppig, graubraun, agil und sehr ehrgeizig?«

»Ehrgeizig?« Ich stehe auf dem Schlauch.

»Der eine, wenn's um kulinarische Kreationen geht, der andere, wenn's um ein kulinarisches Leckerli oder eine Streicheleinheit von seinem Lieblingsmenschen geht«, klärt Vinc auf.

Was die Herren witzig finden.

»Auf Pipo und Rambo!« Vinc hebt das Glas.

Wir prosten uns grade zum x-ten Mal zu, als Renato Belotti, der Vater von Schnuckelchen Claudio Belotti, hauptberuflich Carabiniere und diesbezüglich für Recht und Ordnung zuständig, sich auf den freien Stuhl neben dem Dottore fallen lässt. Er ist noch in Uniform.

»Wartet nicht deine junge Frau auf dich?«, spöttelt Davide.

»Nur kein Neid«, kontert Renato, der auf seine Weise ebenso attraktiv ist wie Davide. Total unterschiedliche Typen, die Freunde, aber alle fast derselbe Jahrgang.

»Also, ich bin bestimmt nicht neidisch«, sagt Massimo aus vollem Herzen. »Ich bin froh, dass meine Frau als Reisebegleiterin ausgelastet ist und ich mich nicht mehr mit Kindererziehung plagen muss.«

»Ich weiß gar nicht, was ihr habt. Claudio ist erwachsen und mit den Zwillingen läuft alles problemlos.«

»Warte, bis sie in die Pubertät kommen.«

»War bei Claudio nicht schlimm.«

»Ja, aber jetzt hast du zwei Töchter! Ich weiß, wovon ich rede«, prophezeit Massimo, lehnt sich zurück und verschränkt genüsslich die spinnenbeinartigen Finger ineinander.

»Ach, hört schon auf mit dem Geschwätz! Es gibt Wichtigeres. Rosalia, ein Glas Wasser, per favore«, ruft Renato zur Bar rüber, dann wendet er sich uns zu und blickt theatralisch um sich.

Ich weiß, dass das eine Marotte von ihm ist, aber heute ist's anders. Heute ist die Dramatik echt.

## KAPITEL 3

# SEGRETISSIMO – STRENG GEHEIM

**Martedì (Dienstag) – Tag 1**

Renato rauft sich die Haare. Schnauft. Ist jetzt alles andere als entspannt.

»Red schon!« Massimo Voltolini beugt seinen langen Körper vor, um Renato besser sehen zu können.

Renato schaut noch mal in die Runde wie ein wild gewordener Bulle, der keinen Ausweg sieht, holt tief Luft – während wir sie anhalten – und legt dann los. Aber richtig.

»Leute, das glaubt ihr nicht. Eine Katastrophe! Im ›Da Silvio‹ ist ein Gast zusammengebrochen. Tourist.« Er macht eine kunstvolle Pause.

»Tot? Herzinfarkt? Sehr unangenehm für den Wirt.« Massimo Voltolini ist als Arzt erst mal wenig beeindruckt von der Schilderung. Höchstens fachlich interessiert.

»Wenn's das nur wäre.« Renato seufzt abgrundtief.

»Wir haben gerade den Krankenwagen gesehen«, erwähne ich erschüttert darüber, dass uns das so schnell wieder einholt.

Renato schaut uns verwirrt an. »Das war schon vor zwei Tagen«, sagt er, dann dämmert ihm, wovon wir reden. »Ach, das meint ihr, das war ein Verkehrsunfall, hab ich über Funk gehört, als ich auf dem Weg hierher war. Nein, ich rede von einem Gast, der vorgestern im ›Da Silvio‹ plötzlich umgefallen ist. Hat geblutet wie ein Schwein. Er ist nicht tot, noch nicht zumindest, obwohl es erst so ausgesehen hat.« Renato schüttelt immer wieder den Kopf, bevor er weiterredet. »Er ging jeden Abend ins ›Da Silvio‹ zum Essen, und vorgestern

37

ist ihm dann plötzlich schlecht geworden und er hat Blut gespukt. Eigentlich ist es richtiggehend aus ihm rausgelaufen, hat der Notarzt gesagt. Sie haben ihn sofort ins Krankenhaus gebracht. Man hat eine Magenblutung diagnostiziert, eventuell durch ein Medikament ausgelöst. Alle waren in heller Aufregung. Die Gäste haben fluchtartig das Lokal verlassen. So ein Zwischenfall in einem Ristorante in Valeggio, und das kurz vor dem großen Festa del Nodo d'Amore!«

»Warum erzählst du uns das erst jetzt?«, kommt's ein wenig spitz von Alfredo Corini, dem Apotheker.

»Cari amici! War alles segretissimo!«

Ich fahre hoch wie eine Rakete. Segretissimo! Vinc drückt beruhigend meine Hand. »Ich hab's gehört«, flüstert er mir ins Ohr.

Keiner achtet auf uns, alle starren gebannt auf Renato.

»Ist es immer noch. Es bleibt unter uns, amici.«

Alle nicken.

»Capite?« Renato durchbohrt mich mit Blicken.

»Sì«, bestätigen Vinc und ich im Duett.

Renato gibt sich damit zufrieden und wendet sich wieder an seine Freunde. »Sie haben eine grauenvolle Entdeckung gemacht. Der Bericht ist heute gekommen.« Es folgt eine bedeutungsschwere Pause, was Alfredo zu einem ungeduldigen »Jetzt sag schon!« veranlasst.

»Der Mann hatte innere Blutungen, die sie zwar in den Griff bekommen haben, aber es gilt als relativ sicher, dass der Mann vergiftet wurde. Vermutlich mit Rattengift. Jetzt wird natürlich alles ganz genau untersucht.«

Wir sitzen bedröppelt da. Ich meine, es wäre ja schon ein schlichter Zusammenbruch eine schlechte Publicity vor dem großen Tortellinifest, aber eine Vergiftung! Das ist eine ganz andere Nummer. So was kann nicht unter den Tisch gekehrt werden.

»Versteht ihr? Eine Lebensmittelvergiftung. Rattengift im Essen. Das ist ein Desaster, ein Unglück!« Renato hält erschöpft inne.

Umberto stellt ein Glas Rotwein vor ihn hin.

»Ich bin im Dienst«, wehrt Renato erst ab, greift aber dann doch danach und nimmt einen großen Schluck.

»Was heißt, du bist im Dienst? Bist du Rattengiftexperte?«, fragt Alfredo Corini, der Apotheker. »Das wäre dann eher mein Spezialgebiet. Also, wenn ihr einen Fachmann braucht …«

»Mach keine Witze, Alfredo, das ist verdammt ernst. Wenn erst die Presse Wind davon bekommt, was meinst du, wie die sich freuen, wenn's mal was außer Nudeln, Wein und Touristenmassen vom Tortellinifest zu berichten gibt«, orakelt Renato düster.

»Wieso ist man sich eigentlich so sicher, dass es Rattengift war?«, fragt Davide Renzi.

»Da gibt's ziemlich eindeutige Symptome«, mischt sich unser Dottore ein. »Zumindest so eindeutig, dass man erst mal weiß, wonach man suchen muss.«

»Du hast doch bestimmt auch Rattengift auf dem Hof«, fragt der Apotheker Davide und unterbricht so den drohenden Fachvortrag des Dottore.

»Du wirst keinen Winzer finden, der keines hat«, antwortet Davide aggressiv, als hätte Alfredo ihn verdächtigt, den fremden Touristen vergiftet zu haben.

Mir fällt dazu auch nichts ein, ich schiele aber durch die Blätter der Bepflanzung und stelle fest, dass einige Gäste interessiert die Ohren spitzen. »Bisschen leiser«, warne ich deshalb, »sonst braucht ihr keine Presse mehr.«

Betretenes Schweigen macht sich breit. Zum Glück steht der Stammtisch ein wenig abseits in einer Nische, und solange wir uns im Normalpegel unterhalten, dringen höchstens vereinzelte Wortfetzen zu den anderen Gästen.

Der Überraschungswein ist erst mal vergessen und nach der Ruhe kommt der Sturm. Spekulationen, Gejammer und Wut darüber, was das für das Fest bedeuten wird. Wie soll man vorgehen? Auf jeden Fall muss man mit dem Bürgermeister reden, Valeria Malvaldi soll kontaktiert werden, sie ist so eine Art Sprecherin, wenn es um Touristenfragen geht.

»Die ist schon informiert und ihr Festkomitee auch«, teile ich den Herren mit.

»Von dem Rattengift weiß sie noch nichts«, seufzt Renato. Das glaub ich nicht – so viel zu segretissimo.

Salvatore Lonati, der Juwelier, stößt noch zur Runde, setzt sich neben Renato und lässt sich die Neuigkeiten servieren.

Um elf schwingt die Küchentür auf. »Finito!«, ruft Umberto und gesellt sich zu uns. »Den Rest erledigt Rosalia.« Er fährt sich mit einem braun gesprenkelten Hornkamm durch die dunkle, leicht gegelte Haarpracht. »Allora, hast du schon gehört?«, fragt er Salvatore.

»Sì, certo, Renato hat es mir gerade erzählt. Das ist grauenhaft.« Er reibt sich die Hände, als wäre er von draußen aus dem Schneesturm gekommen. »Wie kann so etwas passieren?«

Renato Belotti – er sitzt immer noch dabei und es ist keine Rede mehr von Dienst und noch weniger von Abstinenz – informiert seinerseits Umberto mit gewichtiger Miene über alles, was sie besprochen haben, als er in der Küche war. Und dann gehen die Spekulationen von vorne los.

Rosalia kommt zu uns rüber. »Männer, jetzt beruhigt euch. Es wird nichts so heiß gegessen, wie's gekocht wird.« Sie stemmt resolut die Hände in die Hüften. Dazusetzen tut sie sich nie.

»Das ›Da Silvio‹ kann einpacken«, unkt Renato düster. »Da will doch keiner mehr hingehen. Ich finde es auch sehr bedenklich – Rattengift im Essen, ich bitte euch! Vorerst haben sie die Küche sowieso geschlossen. Unsere Leute von der Spurensicherung und die Lebensmittelaufsicht sind vor Ort.« Renato schnauft angewidert.

»Nicht so voreilig, Renato«, mischt sich unser Apotheker ein. »Wenn es wirklich Rattengift war, dann heißt das noch lange nicht, dass das Essen im ›Da Silvio‹ schuld war.« Triumphierend schaut er in die Runde. Nur der Dottore nickt.

»Drum ist's ja Rattengift«, bemerke ich weise – und wie ich hoffe, nicht angeberisch –, denn ich ahne, worauf Alfredo Corini hinauswill. Die anderen wissen es sicher auch, nur kommen sie gerade nicht drauf.

»Mach's nicht so spannend, Alfredo«, drängt Renato.

Alfredo Corini schüttelt den Kopf. »Hat man euch nicht informiert, als klar war, dass es um Rattengift geht?«

Renato schaut betreten auf seine Hände. »Der Bericht war noch nicht da, sie haben uns nur angerufen. Aber ich wollte so schnell wie möglich zu euch.«

»Du musstest den Schreck mit einem Schluck Wein hinunterspülen«, spottet Alfredo.

Renato Belotti grinst für einen kurzen Moment und der Apotheker klärt uns auf. »Ratten sind schlau. Wenn du einer Gift gibst und sie verreckt an Ort und Stelle, merken die anderen, woher der Wind weht, und werden dieses Gift künftig meiden. Deshalb wirkt Rattengift verzögert. Es setzt den Gerinnungsfaktor des Blutes herab, das Tier verblutet erst Stunden oder Tage später innerlich und die Kumpanen haben keine Ahnung, warum.«

Ein vielstimmiges ›Ja klar, das weiß doch jedes Kind‹ schwirrt um den Tisch und Salvatore Lonati schlägt sich mit der flachen Hand an die Stirn. »Logisch! Wenn der Mann Rattengift zu sich genommen hat, dann war das Gift mit Sicherheit nicht im aktuellen Essen. Das muss er schon früher konsumiert haben.«

»So ist es.« Alfredo Corini nickt.

»Was die Lage zwar fürs ›Da Silvio‹ verbessert, insgesamt aber eher ungünstig ist, weil noch unüberschaubarer«, teile ich den anderen meine Bedenken mit.

»Hast du nicht vorhin gesagt, dass der Mann immer im ›Da Silvio‹ gegessen hat?«, hakt Vinc nach.

Renato kratzt sich am Kopf. »Hmm«, meint er nur und strengt sich sichtlich an, seine weinschwangeren Gedanken zu sortieren.

»Selbst wenn«, spinnt Dottor Massimo Voltolini mit säuerlicher Miene den Faden weiter, »der Mann ist Tourist und tagsüber viel unterwegs, dann hat er weiß Gott wo zu Mittag gegessen.« Wenn es um medizinische und pharmazeutische Fragen geht, hat er gerne das Sagen. Pech, dass er mit Alfredo einen ebenbürtigen Fachmann in der Clique hat, und wenn er selber nicht schnell genug ist, erntet der andere oft die Lorbeeren.

»Deshalb ist erst mal interessant, in welchem Essen das Gift war und wann der Mann es zu sich genommen hat. Und vor allem ist natürlich eines wichtig: Ist das Gift zufällig ins Essen geraten oder war es Absicht?«, stelle ich eine logische Schlussfolgerung in den Raum.

Jetzt ist es mucksmäuschenstill am Tisch. Vergiftung? Geplant? Das wäre ja Mord! Oder zumindest versuchter Mord …

»Reist der Tourist eigentlich in Begleitung?«, fällt mir noch ein. »Das wäre interessant, vor allem, wenn die Reisebegleitung dasselbe gegessen hat oder aber genau weiß, was der Vergiftete wann zu sich genommen hat.«

Vinc hat sich in seinem Stuhl zurückgelehnt und beobachtet mich. Der Terrier hat Spur aufgenommen, soll das wohl heißen. Ich kenne diesen Blick und Vinc kennt mich und weiß, wann ich mich für einen Fall zu interessieren beginne.

Ja, zugegeben, ist nicht alltäglich – Rattengift im Essen. Aber ist es wirklich ein Fall? Oder doch nur ein Unglück?

Renato Belotti mustert mich aufmerksam. Klar, genau aus diesem Grund ist er ja so in heller Aufregung.

Zu später Stunde schneit noch Angelo Serra herein.

»Wo warst du gestern Abend zwischen 20 und 21 Uhr?« Alfredo Corini, der Apotheker, zeigt wie mit der Pistole auf Angelo, der ahnungslos seinen Stuhl ranzieht.

»Schon so viel Wein?«, fragt er arglos und alle grölen los.

»Nicht so laut«, mahne ich wieder, ganz Restaurant-besitzertochter. Und sofort senkt sich der Lärmpegel am Tisch. Ist sowieso keinem wirklich zum Spaßen zumute, das Gelächter war eher Blitzableiter für die innere Anspannung.

Die letzten Gäste, die noch an einem Tisch am Fenster sitzen, möchten zahlen. Rosalia kommt rüber und langt ihrem Mann mit festem Griff an die Schulter. Kassieren ist offenbar Chefsache. Typisch, denke ich, und kriege einen Hals, wenn ich daran denke, was diese kleine zierliche Frau alles stemmt. Vinc legt seine Hand auf mein Knie. Er kennt nicht nur meinen Terrierblick, sondern auch meine Abneigung gegen so offen gelebte Rollenklischees zwischen Eheleu-ten. Echt, das schreit nach einem bösen Kommentar! Aber Vinc bremst mich endgültig, indem er mir ein warnendes »Misch dich nicht ein!« ins Ohr zischt und flüsternd vor-schlägt, uns zurückzuziehen, ich hätte ja noch ein Siesta-Versprechen offen und einen Schwur getan …

»Hab ich nicht vergessen«, raune ich zurück, »aber ich kann noch nicht hier weg.«

Vinc prustet los und die Männer mustern ihn verständnis-los. Sie fragen sich hoffentlich nur, ob er aus sprachtechni-schen Gründen die Pointe erst jetzt mitgekriegt hat und sein Schnauben eine verspätete Reaktion auf Angelos Auftritt ist.

Umberto holt die Geldbörse und kassiert die letzten

Gäste ab. Als sie die Osteria verlassen haben, schließt er hinter ihnen ab und verschwindet in der Küche.

»Jetzt haben wir uns Davides edles Tröpfchen verdient«, erklärt er, als er, zwei Flaschen schwenkend, zurückkommt. »Acht Grad«, sagt er, »ein … Aber Davide, sag selber.« Er übergibt das Wort an seinen Freund, während er selbst die Gläser füllt, die Rosalia bereits auf den Tisch gestellt hat.

»Ein Chiaretto di Bardolino von meinem Lieblingsweinberg. Spritzig, frisch.«

»Willst du nicht ein Glas mittrinken?«, frage ich, als Rosalia den letzten Tisch abgeräumt hat und sich dann zurückziehen will.

»Nein danke, ich bin müde, ich muss morgen früh raus«, lehnt sie ab und wirft ihrem Mann einen merkwürdigen Blick zu. »Die Küche mach ich morgen, beim Frühstück für die Hotelgäste. Ayna hilft mir. Buona notte.« Sagt's und steigt die Treppe zum Wohnbereich hoch. Die Hälfte der ersten Etage ist für die Familie reserviert, das heißt, dort wohnen Rosalia und Umberto. Dann gibt es noch vier Doppelzimmer für Hotelgäste, eins davon bewohnen Vinc und ich. Unseres grenzt an die Wohnung von Rosalia und Umberto an, nett eingerichtet, winziger Balkon, eigentlich für Freunde und Verwandte reserviert. Im zweiten Stock sind die restlichen sechs Doppelzimmer untergebracht. Ayna, die Küchenhilfe und Mädchen für alles – sie stammt aus Afrika – wohnt unter dem Dach in einem kleinen, aber sauberen Zimmer, allerdings ist's dort oben im Sommer brütend heiß, denn die Klimaanlage wurde nur bis zum zweiten Stock nachgerüstet. Klimatisierte Zimmer sind teuer und für den Hotelbetrieb in der heutigen Zeit unerlässlich, aber eben auch »Luxus, den wir unter dem Dach nicht brauchen« – O-Ton Umberto. Rosalias Mutter Erminia lebt im Nebenhaus – allein, seit ihr Mann gestorben ist.

Wir heben die Gläser und stoßen auf den edlen Spender an. Dann wird Angelo in das Thema des Abends eingeweiht.

Er ist betroffen über den Gesundheitszustand des Mannes, aber die Sorge um das Tortellinifest teilt er nicht. Im Gegenteil, er reibt sich zufrieden die Hände.

Hallo! Was ist mit dem los?

»Das betrifft dich auch«, empört sich Davide Renzi. »Es geht doch nicht nur um das Fest, es geht um unseren Ruf. Wir sitzen alle im selben Boot!«

»Ich nicht«, trotzig verschränkt Angelo die Arme vor der Brust. »Ich sitz in gar keinem Boot mehr.«

»Hör endlich auf zu lamentieren. Du hast dich selber in diese Situation hineinmanövriert«, schimpft Umberto.

Die anderen nicken und scheinen bezüglich besagter Situation wenig Mitleid mit Angelo zu empfinden.

»Schon klar, ihr tut euch leicht, aber mich lasst ihr hängen«, murrt Angelo. »Gerade du, Umberto, hättest mir ja 'nen Job in deiner Küche geben können, als ich dich darum gebeten habe!«

Ich runzle die Stirn, Vinc zuckt kaum merklich mit den Schultern. Hat genauso wenig Ahnung wie ich.

Bevor Umberto etwas erwidern kann, rührt sich Renatos Handy. »Sì, pronto«, meldet sich unser Carabiniere, nicht sonderlich begeistert. Seine Miene wird immer nervöser, mit der freien Hand zupft er an seiner Augenbraue. Dann beendet er das Gespräch.

»Der Unfall, von dem wir's vorhin kurz hatten. Der Fahrer ist ins Krankenhaus eingeliefert worden. Ihr habt den Krankenwagen ja heute gesehen«, er schaut kurz zu Vinc und mir. »Der Mann ist am Steuer seines Wagens zusammengebrochen und gegen eine Hausmauer geprallt. Er hat ungewöhnlich stark aus der Nase geblutet.«

Renato braucht nicht weiterzureden. Ungewöhnlich stark geblutet, alle wissen, was das bedeuten könnte.

»Aber du sagst, ein Unfall?«, hakt Dottor Voltolini trotzdem hoffnungsvoll nach, denn eine zweite Vergiftung wäre fatal.

»Du hast es doch selber vorhin erklärt. Die Symptome sind relativ deutlich, der Notarzt hat von der Sache im ›Da Silvio‹ gehört und eins und eins zusammengezählt. Schließlich ist der Mann im selben Krankenhaus wie das Vergiftungsopfer«, erklärt Renato aufgeregt.

Ich schaue zu Angelo. Der lehnt sich mit verschränkten Armen in seinem Stuhl zurück, seine Miene kann ich schwer deuten. Könnte von Zufriedenheit bis Gleichmut alles sein. Freude wäre aber übertrieben, froh sieht er nicht aus.

Auch Alfredo Corini, der Apotheker, linst verstohlen zu Angelo rüber. Ihm ist wohl der gleiche Gedanke gekommen. Und Vinc guckt zu mir.

»Das ›Da Silvio‹ wurde geschlossen. Für den Wirt ist die Saison erst mal gelaufen. Der kann nur hoffen, dass das zweite, äh, Opfer nicht auch bei ihm Gast war.«

»Vielleicht war es ja doch nur ein normaler Verkehrsunfall«, unternimmt Salvatore Lonati, der Juwelier, noch einen halbherzigen Aufmunterungsversuch.

# KAPITEL 4

# BELLISSIMO FIORE – SCHÖNE BLUME

## Mercoledì (Mittwoch) – Tag 2

Die Sonne blinzelt durch einen Spalt des Vorhangs. Unser Zimmer ist nach Osten ausgerichtet und der vorwitzige Sonnenstrahl sucht sich als Morgengruß meine Nase aus, um mich sanft aus dem Schlaf zu kitzeln. Ich strecke mich, riskiere dann einen Blick zum Wecker auf dem Nacht-schränkchen. Wie ich's befürchtet habe: Erst 6 Uhr früh, und obwohl es gestern spät geworden ist und Vinc und ich – unter anderem – noch über die Ereignisse spekuliert haben, bin ich fit. Vinc dagegen bewegt nicht mal den kleinen Zeh. Meine Erfahrung sagt mir, das kann dauern. Ich kuschel mich an seinen Rücken und drücke meine Nase in seinen Nacken. Nasenmensch eben, und zwar nicht nur, wenn's ums Kochen geht. Vinc entlockt das maximal ein minimales Brummen. Ich zeichne mit der Nasenspitze kleine Kreise auf die schlafwarme Haut, eindeutig mit der Absicht, ihn aus dem Reich der Träume zu locken … Wird er mir, glaub ich, verzeihen. Ich arbeite mich mit bewährter Strategie vor-wärts, als es drüben losgeht.

Oh nein, bitte nicht! Unser Zimmer ist toll, aber die Wände sind total hellhörig. Gerade wenn es sonst ruhig im Haus ist, hat man das Gefühl, man sitzt bei dem ande-ren mit im Zimmer. »Tu doch nicht so, das ist das perfekte Doro-Zimmer«, hat Vinc gespottet. Klar kriegt man was mit. Und logisch, dass ich nicht immer weghöre. Dennoch ist mir diese Art Indiskretion unangenehm, vor allem ist's ja nicht so, dass es bei uns nichts zu hören gäbe. Aber okay, ich geb's zu, manchmal erfährt man beim unabsichtlichen Lauschen durchaus Interessantes. Das Blöde ist, dass man die Hellhörigkeit ab und zu vergisst. Und genauso geht's im Moment Rosalia und Umberto. In ihrer Emotion werden sie immer lauter, versuchen sich zu übertrumpfen und sind mittlerweile quasi in Zimmerlautstärke bei uns angekommen. Vinc brummt unwillig und zieht sich das Kissen über den Kopf. Ich dagegen setze mich auf.

»Was interessiert mich das Fest!«, schreit Rosalia gerade. »Dein Ruf wegen der Tortellini … Immer hör ich nur Tortellini, Tortellini!«

»Der Ruf unserer Tortellini, der Nodi d'Amore, steht auf dem Spiel, siehst du das nicht? In ein paar Tagen ist das große Ereignis!«

Ich sehe es förmlich vor mir, wie Umberto sich die Haare rauft.

»Seit es das Fest gibt, liefern wir unsere Pasta. Unser Spezialrezept! Und das soll so bleiben. Wenn der Ruf unserer Nodi d'Amore in Gefahr ist, wenn die Touristen Angst bekommen, dann …«

»Denk lieber an den guten Ruf unseres Hotels, an *meinen* guten Ruf, wenn du wieder in der Gegend rummachst«, unterbricht ihn Rosalia verbittert.

»Ich mache nicht rum, ich liebe Evelina.«

»Und das weiß mittlerweile ganz Valeggio!«

»Evelina ist schwanger, wir werden eine Lösung finden müssen«, stellt Umberto gereizt, aber schon kleinlauter fest.

»Die kommt mir nicht ins Haus«, wütet Rosalia.

»Was willst du tun? Willst du dich scheiden lassen?«, fragt Umberto höhnisch.

Rosalia schweigt einen Moment. »Du weißt genau, dass ich das nicht tun werde«, sagt sie dann ruhiger.

»Aber vielleicht will *ich* mich scheiden lassen«, kommt es schneidend von Umberto. Der Anflug von Schuldgefühl, der gerade eben noch durchklang, ist offenbar überwunden.

Ich frage mich allerdings, warum. Denn wenn er fremdgeht, müsste er ein schlechtes Gewissen haben und nicht Rosalia vor der Drohung einer Scheidung kuschen.

»Die kommt mir jedenfalls nicht ins Haus«, wiederholt Rosalia hart.

»Du vergisst, dass das *mein* Hotel ist«, ätzt Umberto weiter.

Ich schaue zu Vinc, der mittlerweile das Kissen auf die Seite gelegt hat. Das Geschrei ist selbst unter Daunen nicht zu überhören. »Und ich dachte bis jetzt, dass Umberto ein Lieber ist … Da hab ich mich ganz schön getäuscht«, flüstere ich.

»Das Hotel ist seit Generationen im Besitz der Familie Fenucci und wird es immer bleiben.« Rosalia ist deutlich leiser geworden, aber wir verstehen sie trotzdem.

Umberto lacht böse. »Dazu müsstest du erst mal Nachkommen haben.«

Rosalia schluchzt auf.

Das war fies. Ich weiß nicht, warum die beiden keine Kinder haben, aber es ist gemein, Rosalia diese Tatsache in der Art vorzuhalten, wie Umberto es gerade tut. Noch dazu, wo er offenbar außerehelich Vater wird.

Vinc streichelt über meinen Arm. Ich drehe mich kurz zu ihm, er schaut genauso betroffen aus, wie ich mich fühle.

»Es *war* im Besitz eurer Familie. Rein rechtlich bin ich seit damals der Eigentümer«, setzt Umberto nach. »Und jetzt gibt es endlich einen Nachfolger. Und der wird meinen Namen tragen. Zanardini. Er wird die Zanardini-Dynastie neu begründen.«

»Damit kommst du nicht durch, du Mistkerl!«, presst Rosalia offenbar unter Tränen hervor, kurz darauf hören wir die Wohnungstür schlagen.

»Oh, oh, was war jetzt das?«, frage ich bedröppelt.

Vinc zuckt mit den Schultern. »Dicke Luft auf jeden Fall. Ich glaube, wir frühstücken lieber außerhalb«, schlägt er vor. »Wie wär's ganz romantisch in Borghetto, in dem kleinen Lokal, das direkt im Mincio liegt wie eine kleine Halbinsel?«

Ich nicke. »Du meinst das ›Lo Stappo‹.«

Eines der berühmten Fotomotive von Borghetto, dem malerischen Ort gleich neben Valeggio. Wir waren vor zwei Tagen mal nachmittags dort, auf einen frühen Aperitif. Vielleicht eine Viertelstunde zu laufen. Eine total schöne Strecke. Ich springe motiviert aus dem Bett, Vinc folgt etwas weniger enthusiastisch, aber wesentlich weniger grummelig als sonst, wenn er so früh aufstehen soll. Der Streit unserer beiden Wirtsleute hat uns das Kuscheln verleidet.

»Was meinst du, sollen wir die Räder nehmen?«, frage ich. Praktischerweise stehen zwei alte Vehikel im Hof, zur freien Verfügung der Gäste. »Auf dem Weg könnten wir die Gegebenheiten auf der Ponte Visconteo prüfen. Das Motiv ist auf jeden Fall ein Muss für Papas Reportage. Und das ›Lo Stappo‹ wird eh noch nicht aufhaben«, schlage ich vor.

»Ich schau mal nach den Öffnungszeiten«, sagt Vinc und tippt schon in sein Smartphone.

»Ja, mach das. Ich hol inzwischen eine Flasche Wasser. Vielleicht schaff ich noch zwei caffè für uns.«

Vinc hebt begeistert den Daumen, ohne aufzuschauen. »Wär super, Schatz.«

»Aber nur, wenn Umberto mir nicht über den Weg läuft«, schränke ich ein und ziehe die Tür hinter mir zu.

Der Chef hat mir erlaubt, in den heiligen Gefilden seiner Küche zu agieren, da ich als Tochter von Sascha Ritter dafür wohl ausreichend Reputation mitbringe. Danke, Paps! Ich grinse. Eigentlich hasse ich es, als Tochter meines bekannten Vaters behandelt zu werden und nicht als eigenständige Person, aber ab und zu ist die Verwandtschaft zu ihm durchaus praktisch.

Barfuß schleiche ich die Treppe runter. So ganz ohne Gäste wirkt der Gastraum düster und abweisend. Dicke Alurohre der nachträglich eingebauten Klimaanlage schlängeln sich unter der Decke durchs ganze Hotel und geben dem Raum ein futuristisches Ambiente, wie eine Autobahn für Aliens. Dagegen piksen die Brösel vom Vorabend sehr real in meine Fußsohlen. An der Theke höre ich Rosalia wurschteln, ich rufe ein »Buon giorno« zu ihr rüber und verschwinde gleich links neben der Treppe durch die Tür zur Küche. Die Luft ist rein, ich beeile mich mit den Espressi, stelle zwei Unterteller auf ein Tablett, zwei Löffel dazu, und dann stibitze ich noch für jeden ein Stückchen Torta di mandorle. Für den Notfall kommen wir damit bis zum Mittagessen bei Valeria über die Runden, aber wenn wir Glück haben, gibt es ein zweites Frühstück im »Lo Stappo«. Vinc trinkt den Espresso ohne Zucker, ich will ihn süß. Heiß und süß. Vorsichtig balanciere ich das beladene Tablett und drehe mich seitwärts, um mit dem Ellbogen die Tür zum Gastraum aufzustoßen.

Im ersten Stock kommt mir Ayna entgegen, die afrikanische Hilfskraft im Hotel. »Buon giorno, Ayna«, grüße ich freundlich. Ich mag sie, obwohl es schwierig ist, mit ihr ins Gespräch zu kommen. Sie scheint sehr schüchtern zu sein. »So früh schon wach?«, frage ich.

»Muss freies Zimmer herrichten, neue Gäste kommen bald.«

Ich nicke verständnisvoll. »Ich trink noch meinen Espresso, dann helf ich dir.« Ich weiß auch nicht, sie weckt meinen Helferinstinkt. Oder kollegiale Gefühle.

Ayna sagt nichts, huscht nur an mir vorbei. Aber ich hab sie gesehen, ihre rot geweinten Augen.

Diese Augen verfolgen mich bis aufs Zimmer. »Ayna ist immer so unglücklich«, sage ich nachdenklich zu Vinc, als ich meine Schätze hereingetragen habe.

Der reibt sich die Stirn. »Wundert dich das? Sie hat ihre Heimat verlassen und ist allein in einem fremden Land. Meistens sehen wir in solchen Situationen nur junge Männer.«

»So klassisch, meinst du? Als Rosenverkäufer in der Kneipe, als Dealer im Park oder mit einer Tasche voller Sonnenbrillen am Strand?«

»Du brauchst nicht zynisch zu werden, Doro. Klar sind das Vorurteile, aber die kommen nicht von irgendwoher. Dass diese Muster sich wiederholen, auch nicht. Und das ist der Punkt, an dem wir ansetzen müssen.«

»Du meinst, die Leute nicht allein lassen?«

»Simpel ausgedrückt, ja.«

»Wenn das so einfach wäre.« Ich seufze. »Aber Kleinvieh macht auch Mist«, stelle ich energisch fest und bin schon durch die Tür, um mich auf die Suche nach Ayna zu machen.

»Was wird das jetzt? Wollten wir nicht nach Borghetto?«, ruft Vinc mir auf den Flur nach.

Ich kehr noch mal um. »Halbes Stündchen«, verspreche ich und drücke ihm ein Küsschen auf die Wange. »Will nur Ayna ein bisschen unter die Arme greifen. Hab's ihr versprochen.«

Er lacht. »Doro'sches Kleinvieh, was?«

»Genau.«


Die meisten Hotelzimmer liegen im zweiten Stock und ein paar im hinteren Anbau, teils mit Blick auf die Scaligerburg beziehungsweise auf die Stadt und die dahinterliegenden Weinberge. 18 Zimmer sind es, alle mit kleinem Balkon, und die Lage ist ideal. Von Valeggio aus gibt es unzählige Ausflugsmöglichkeiten und wir haben festgestellt, dass die Erkundung per Fahrrad für uns super passt. Spart $CO_2$ gegenüber der Nutzung des Autos und trainiert Pasta-Kilos ab – der gute Vorsatz ist geboren.

Wie's so ist, das Gesuchte ist immer auf der entgegengesetzten Seite oder in diesem Fall: Ayna richtet Zimmer 14, das letzte, in dem ich nach ihr suche.

Verwundert schaut sie auf. Hat wohl nicht gedacht, dass ich es ernst gemeint habe. Und ehrlicherweise weiß ich selbst nicht genau, warum ich hier bin. Wenn ihre Tränen nicht gewesen wären … Tja. Ich beschließe, es mit ein wenig Smalltalk zu versuchen, um die Stimmung aufzulockern, weil zwar ein kurzes Lächeln über Aynas Gesicht gehuscht ist, als sie mich gesehen hat, sie das Rollo aber auch sofort wieder runtergelassen hat.

»Ayna, ein schöner Name. Hat der eine Bedeutung in eurer Sprache?«

Ein erneutes Lächeln, und diesmal erreicht es ihre Augen. »Heißt schöne Blume«, sagt sie.

Das ist ja wirklich süß! »Dann passt er genau zu dir.«

Ayna lächelt noch mehr, zeigt ihre strahlend weißen Zähne. »Was heißt dein Name?«, fragt sie mich.

»Doro? Das heißt nix. Doro ist einfach Doro.« Ich erwidere ihr Lächeln. Dann werde ich ernster. Ayna, was ist los?«, frage ich ganz direkt. »Ich habe gesehen, dass du geweint hast.« Ich habe nicht viel Zeit zum Drumherumreden und will sie nicht einfach so zurücklassen.

Ayna rückt erst nicht mit der Sprache raus. Sie poliert die Schreibtischplatte mit heftigen Schwüngen. An sich nichts dagegen einzuwenden – wenn sie den Tisch nicht schon vorher geputzt hätte.

»Ayna, ich möchte dir gerne helfen, aber du musst mir sagen, was du für ein Problem hast.«

Sie schaut mich an. Dann bricht der Damm. Die Tränen fließen wieder und es sprudelt wie ein Wasserfall aus ihr heraus. »Ich bekomme ein Baby.« Ayna streicht sich über den Bauch.

»Echt?«, frage ich wenig geistreich. »Sieht man gar nicht.«

»Fünfter Monat«, sagt Ayna eifrig und lächelt stolz.

Okay, wenn man es weiß und ganz genau hinschaut, kann man schon eine kleine Wölbung erkennen.

Dann fällt wieder ein Schatten über ihr Gesicht. »Oumon hat angerufen. Gestern. Mein Bruder ist krank.«

»Oumon?«

»Oumon ist mein Mann.« Als sie es sagt, streicht sie sich über den Bauch.

»Und wo ist er, dein Mann? Und dein Bruder? Sind sie bei euch zu Hause?« Ich habe ein schlechtes Gewissen. Jetzt bin ich schon ein paar Tage hier, habe beste Kontakte zu den Stammtischbrüdern, dachte, ich hätte auch ein nettes Verhältnis zu Ayna, aber ich habe weder mitbekommen, dass sie schwanger noch dass sie verheiratet ist und einen Bruder hat. Der, wie's aussieht, in Schwierigkeiten steckt. Ich weiß gar nichts über sie oder ihre Familie. Mann! Da bin ich einmal diskret und stelle keine neugierigen Fragen, weil ich sie normal behandeln will, und ... Ach shit, normal wär's gewesen, einfach Interesse zu zeigen, für sie und ihre Situation. Ich seufze.

Ayna seufzt noch mehr. »Zu Hause? Das sind wir schon lange nicht mehr. Oumon und ich, wir sind zusammen nach Europa gekommen, eigentlich wollten wir nach Deutschland, aber das hat nicht geklappt. Wir sind hier gelandet und Oumon hat eine Weile als Strandverkäufer gearbeitet, ist dann von der Polizei streng kontrolliert worden. Wir hatten Angst, dass man uns wieder zurückschickt, und haben uns still und leise verhalten. Wir durften sogar vorläufig bleiben, aber nicht arbeiten. Oumon ist dann nach Süditalien gegangen, er kann dort bei der Tomatenernte helfen. Und Rosalia lässt mich hier wohnen, sagt, da unten ist bloß für Männer … Ich muss das Zimmer nicht zahlen, nur ein bisschen helfen im Hotel. Und ich krieg Taschengeld.«

»Und dein Bruder?«, frage ich.

»Dumiska ist vor einem halben Jahr gekommen, weil er meint, uns geht es gut hier. Das haben wir der Familie geschrieben. Auf einmal war er da. Arbeitet bei Oumon.« Ayna hat sich aufs Bett gesetzt und die Hände vors Gesicht geschlagen. »Wir haben gelogen.«

Ich kann sie kaum verstehen, so leise, wie sie das sagt.

»Und Oumon hat auch gelogen. Mir gegenüber.«

»Wie? Dir gegenüber?«

»Oumon hat gesagt, er bekommt zwar wenig Geld, aber es geht ihm gut.«

»Und das stimmt nicht?«

Ayna schüttelt den Kopf. »Der Chef hat einen Freund da unten. Er kauft da viel. Wein und Gemüse. Er hat ihn besucht und ich durfte mitfahren. Darfst deinen Mann überraschen, hat Chef gesagt.«

Das ist der Umberto, wie ich ihn mir vorgestellt habe. Und dann das heute früh … Aber egal, jetzt geht's um Ayna.

Die erzählt weiter. »Oumon ist erschrocken, als ich ihn angerufen habe. Er wollte nicht, dass ich ihn in seiner Wohnung besuche. Er wollte mich woanders treffen, aber ich wollte unbedingt Dumiska sehen … und von meiner Familie hören. Oumon hat mir dann alles gezeigt.« Ayna fängt wieder an zu schluchzen.

Ich setze mich zu ihr aufs Bett und lege ihr den Arm um die Schultern.

»Und?«, frage ich nach einer Weile vorsichtig.

Langsam lässt das Zucken nach. »Das ist keine Wohnung. Das ist ein dreckiges Loch. Weißt du, ich bin hingefahren und habe mich auf meinen Bruder gefreut. Wollte Oumon sagen, dass wir ein Baby bekommen …« Ayna verstummt.

»Was? Er hat das noch gar nicht gewusst? Ayna, du bist doch schon im fünften Monat!«

Ayna zuckt mit den Schultern. »Oumon musste damals weg, in den Süden, er hat mich einmal besucht, da wurde ich schwanger … Und ich wollte es ihm selber sagen. Ich hab gedacht, ich komme bald nach, aber … Oumon hat immer gesagt, er will erst alles herrichten, ein bisschen Geld sparen, und dann ist Dumiska gekommen und die Wohnung ist für drei zu klein, Dumiska muss erst eine eigene Wohnung finden … Ist okay, ist mein Bruder.«

»Aber?«

»Es war vor vier Wochen, dass ich dort war. Ich hab ihm gesagt, dass wir ein Baby bekommen. Aber es ist schlimm dort. Dreckig, heiß und die Wohnung …« Ayna lacht bitter auf. »Dort kann ich nicht wohnen. Winzig, schmutzige Matratzen auf dem Boden. Und Tiere krabbeln überall rum.« Ayna schüttelt sich. »Sechs Männer wohnen da. Toilette und Dusche gibt's nur draußen für alle. Und das sind viele. Sehr viele.«

Aynas Blick ist leer. Oder eigentlich ein Spiegel, weil ich ahne, was sie in Gedanken sieht. Aber natürlich habe ich nur Bilder aus der Presse und dem Fernsehen vor Augen, Ayna war da. Live. Und für sie sind zumindest zwei der Bewohner nicht nur namenlose Gesichter. Es sind ihr Mann und ihr Bruder. Ich schlucke. Sofort fühle ich eine Kollektivschuld über mich gestülpt. Ich weiß, das ist Quatsch, aber ich kann's nicht ändern.

Mit monotoner Stimme erzählt sie weiter. »Dumiska ist krank. Oumon hat mich angerufen. Meinem Bruder geht es sehr schlecht.«

»Was fehlt ihm?«, frage ich besorgt.

»Durchfall, Erbrechen und Fieber, sagt Oumon.«

»Und was sagt der Arzt?«

Ayna schaut mich an. »Der Arzt war noch nicht da. Er kommt nur einmal in der Woche. Du musst extra zahlen, wenn er extra kommen soll.«

»Ayna, ich kann dir Geld geben. Dein Bruder braucht Medikamente«, biete ich spontan an und bin sicher, dass auch Vinc was drauflegt.

Ayna schüttelt den Kopf. »Oumon hat Tabletten besorgt. Und Dumiska wollte seine Arbeit nicht verlieren.« Sie hat die Finger ineinander verschränkt, ihr ganzer Körper ist verkrampft.

Tröstend streiche ich ihr über den Rücken. »Ach, Ayna, das ist so schlimm.«

Sie schaut kurz hoch, bevor sie wieder auf ihre Hände starrt. »Chefin hat gesagt, sie will helfen. Aber Chef sagt, Oumon und Dumiska können nicht hierherkommen und hier wohnen. Er ist kein Asylheim, sagt er. Er kann nicht noch mehr Leute durchfüttern.«

»Durchfüttern! Das ist ja wohl das Letzte. Soviel ich bis jetzt mitgekriegt hab, arbeitest du mehr als nur für Kost und Logis, und das in deinem Zustand. Immerhin bist du schwanger.«

Ayna lächelt schwach. »Aber es geht mir gut, ich kann arbeiten, das müssen wir daheim auch.«

»Schon klar. War blöd von mir. Ist bei uns nicht anders«, relativiere ich meinen Einwurf. Trotzdem, ihre Situation erschüttert mich. Und was sie von den Tomatenfeldern erzählt, grenzt an Sklaverei.

Ayna zuckt die Schultern. »Alle wollen immer alles nur billig, billig. Und die Arbeiter kriegen nichts, sagt Oumon.«

Ich nicke. Das stimmt.

Mein Handy vibriert. Vinc hat eine WhatsApp geschickt. *Wo bleibst du?*

Ich muss los, bevor Vinc sich über mein Kleinvieh zu ärgern beginnt.

*Zimmer 14, bin fertig, treffen uns unten,* schreibe ich ihm.

*Bin schon unten, ich warte auf dich ... Sonst wird es nichts mehr mit Cappuccino in Borghetto!*

»Ayna, ich muss weg. Sei nicht so traurig, dein Bruder wird bestimmt bald gesund werden.« Ein schwacher Trost, der mir fast im Hals stecken bleibt.

# KAPITEL 5

# PESCATORI, MULINIERO, ROMANTICISMO – FISCHER, MÜHLEN UND ROMANTIK

Mercoledì (Mittwoch) – Tag 2

Vinc versucht gerade, unten bei den Rädern, Luft in den Hinterreifen eines der alten Vehikel zu pumpen. Silbergrau, sauschwer und schlecht beziehungsweise gar nicht gewartet. Wenigstens klaut uns die keiner, wenn wir mit zweien davon unterwegs sind. Er müht sich ab, die Pumpe schaut genauso antiquiert aus wie die Räder.

»Eins sag ich dir«, mault er, während er fleißig pumpt, »wenn das Rad 'nen Platten hat, dann laufen wir.«

Schade, verabschiede ich mich von dem Gedanken an eine gemütliche kleine Radtour, aber auf Reifenflicken habe ich noch weniger Lust als auf Laufen.

Ich hocke mich auf die niedrige Mauer, die den Innenhof von einem vielleicht fünf Quadratmeter großen Rasenstück trennt. »Immer optimistisch bleiben«, feuere ich ihn an.

»Du kannst gerne weiterpumpen, wenn du das so lustig findest«, bietet er an.

»Nee du, Schatz, ist lieb gemeint, aber das ist Männerarbeit«, lehne ich sein Angebot dankend ab und smile.

»Männerarbeit? Und das aus deinem emanzipierten Mund! Das muss ich in den Kalender eintragen.«

Ich werfe meine Zigarettenschachtel nach ihm.

»Wer hat angefangen?«, fragt Vinc.

»Eins zu null für dich«, gebe ich zu, bleibe aber sitzen.

Vinc pumpt immer noch. Was hat da jetzt ein Loch? Der Schlauch, das Ventil oder die Pumpe?

Wäre echt schade, hier ist eine super Radelgegend. Wird Zeit, die nähere Umgebung zu erkunden, den Radweg von hier nach Peschiera am Mincio entlang zum Gardasee oder in die andere Richtung bis nach Mantua. Muss traumhaft schön sein, das sagen alle, vor allem die rund zehn Kilometer zum See, da steht das Ziel schon für den Weg. Bis jetzt waren wir mit dem Auto unterwegs ... Erst mal ein paar Tage Urlaub, war unsere Devise. Aber jetzt legen wir los, betreiben Recherche für die Reportage – wenn Vinc denn endlich den Reifen vollgepumpt hat.

Ich stehe auf und sammle meine Zigaretten wieder ein. Ein prüfender Daumendruck am Reifen. »Hey, sieht gut aus«, lobe ich.

»Passt's endlich?« Vinc testet selber und nickt. »Jep. Die Pumpe nehmen wir vorsichtshalber mit«, entscheidet er und klemmt sie in den Gepäckträger. Das Flickzeug steckt er in die Hosentasche. »Fertig?«, fragt er dann.

»Bereit.« Ich schnappe mir das andere Rad und schiebe es zur Straße.

»Wo fährst du hin?« Vinc ist hinter mir, will aber in die andere Richtung radeln.

»Nur schnell am ›La Rosa‹ vorbei, vielleicht ist Valeria da«, sage ich. »Paps braucht noch ein paar Daten von ihr.«

Vor dem »La Rosa« steigen wir von den Rädern und linsen durchs Fenster. Das Ristorante öffnet erst mittags, aber wir sehen Valeria durch den Gastraum eilen. Sie ist schon auf den Beinen, elegant, als wär das Ristorante bereits voller Gäste, und kontrolliert mit geübtem Blick die Tische fürs Mittagessen. Wir klopfen ans Fenster, sie erkennt uns und zeigt an, dass wir über den Garten reinkommen sollen.

»Hatten wir einen Termin?«, fragt sie überrascht. Sie ist uns in den Garten entgegengekommen.

»Wir sind auf der Flucht«, erklärt Vinc grinsend die Lage.

»Wir wollen ins ›Lo Stappo‹, aber das öffnet erst um zehn.«

»Und da habt ihr gedacht, Valeria hat bestimmt einen caffè für euch, stimmt's?«, unterbricht sie gut gelaunt.

»Wir hätten nicht zu fragen gewagt«, sage ich. »Können wir hier draußen sitzen bleiben? Ich würd gern eine rauchen.«

Valeria runzelt die Stirn. Ich zucke entschuldigend mit den Schultern.

Vinc zwinkert uns zu. »Im Urlaub darf man auch mal in der Früh schon.«

»Kommt darauf an, was«, kommentiert Valeria. »Also wirklich, Doro, du als Köchin. Das ist nicht gut.«

Ich schlucke. Höre ich nicht zum ersten Mal, diesen Vorwurf. Zwischen Paps und mir ein Dauerthema.

»Ich komme mit und trage das Tablett«, sagt Vinc und folgt Valeria.

Fünf Minuten später sind die beiden zurück, Valeria trinkt ein Tässchen zur Gesellschaft mit. Und hat ein Glas Prosecco für jeden dabei.

»Mi dispiace, Doro, ich wollte dir nicht zu nahe treten, aber …«

Ich winke ab. »Du hast ja recht. Aber wer bekommt schon gerne seine eigenen Fehler aufgezeigt?«

»Salute. Auf unsere Fehler.« Vinc hebt das Glas und wir stoßen an.

So kann ein Tag beginnen! Na gut, wenn man von dem Streit zwischen Rosalia und Umberto mal absieht – und von Aynas Tränen. Und diesem ganzen ›segretissimo‹, aber das spreche ich nicht an, ich fühle mich doch ein bisschen an unsere von Renato eingeforderte Schweigepflicht gebunden. Zumindest jetzt noch ... Aber aufgeschoben ist nicht aufgehoben.

»Sascha hätte mich anrufen können«, bemerkt Valeria nebenbei, als sie notiert, was Paps von ihr braucht.

»Mein Vater sagt, du seist nicht ans Handy gegangen, und hat mich gleich eingespannt. Er wollte mich ohnehin anrufen und außerdem bin ich ja hier nicht im Urlaub, wie er mich höflichst erinnert hat.«

Valeria lacht. »Ungeduldig war er immer schon, der liebe Sascha.«

Wem sagt sie das?


Der Zwischenstopp bei Valeria dauert nicht lang, schließlich haben wir noch was vor.

Wir radeln in Richtung Borghetto, des alten Fischerdorfs gleich neben Valeggio, machen aber einen Umweg Richtung Süden am Fluss entlang und wollen dann zum »Lo Stappo«.

Hinter uns scheppert eine Fahrradklingel und ohne erkennbare Anzeichen von Anstrengung ziehen ein paar ältere Semester an uns vorbei.

»Pah! E-Bikes! Da kannst du mir in 40 Jahren damit kommen«, rufe ich über die Schulter zu Vinc, der sich hinter mir eingereiht hat.

»Och«, meint der, »so als Autoersatz für die Arbeit find ich die Dinger gar nicht so blöd.«

»Ach so, ja ... Da bist du dann nicht verschwitzt und die Frisur ist auch nicht versaut.«

»Ich erinnere dich dran, wenn du grade deswegen mal wieder nicht mit dem Fahrrad fahren willst.«

Witzbold. Ich verkneife mir eine Retourkutsche und genieße die Landschaft. Malerisch, idyllisch – mega halt, wie der Radweg, der sich entlang des Mincio seinen Weg bahnt. Smaragdgrün, wie's im Prospekt steht, ist der Fluss nicht, wie ich finde, er ist aber trotzdem ein Juwel. Kein Wunder, kommt ja direkt aus dem Gardasee, dem größten Rohdiamanten aller Zeiten.

»Wer zuerst bei der Kurve ist«, ruft Vinc plötzlich und zieht an mir vorbei.

»Hey! Das ist unfair!«, schreie ich empört.

Vinc schaut über die Schulter zurück. »Das schaff ich sogar freihändig.« Sagt's, verschränkt die Hände im Nacken und pfeift ein fröhliches »We Are the Champions«, während er gemächlich weiterradelt.

Ich nutze die Chance, aber klar, als ich an ihm vorbeisprinte, ist's vorbei mit der Gemütlichkeit. Allerdings ist es nicht mehr weit bis zum Ziel – das Vinc dann mit Zentimeterabstand als Erster erreicht. Ach was, Millimeterabstand.

Er steigt in die Bremse, dass der Kies spritzt. »Du zahlst das Frühstück«, bestimmt er mit Siegergrinsen.

Ich winke ab. »Waren ja nur ein paar Millimeter, das gibt höchstens 'nen Kaffee.«

Wir stellen die Räder ab und setzen uns ans Ufer des Mincio. Der Boden ist warm, das Gras saftig und grün. Ich lehne mich mit dem Rücken an seinen Bauch und Vinc schlingt die Arme um mich.

»Die nächste Wette gewinne ich«, murmle ich träge, dann lasse ich mit geschlossenen Augen die Sonne auf mein Gesicht scheinen.

Erschrocken fahre ich hoch. Mann! Ein Hund hat im Vorbeirennen mit seiner kalten Schnauze an meiner Hand geschnüffelt. Er ist die Vorhut einer Radlergruppe, die jetzt hinter der Kurve auftaucht und uns zuwinkt.

Wir winken zurück. Ich schnüffle. »Hoffentlich sitzen wir hier nicht auf der Hunderennbahn«, sage ich zu Vinc.

»Wenn du dich nämlich in so 'ne Tretmine reingesetzt hast, dann kannst du deinen Kaffee vergessen.«

»Doro, du bist wieder mal unheimlich romantisch.« Vinc verdreht die Augen und erhebt sich.

Stimmt, die Romantik ist irgendwie raus, dafür kichern wir auf dem Rückweg immer wieder, bei dem Gedanken, was gewesen wäre, wenn …

Punkt zehn sind wir am ›Lo Stappo‹.

Wir sperren die Räder ab und lassen uns einen Platz auf der Terrasse geben. Ist noch nichts los.

Die Karte brauchen wir nicht, das, was wir wollen, gibt's mit Sicherheit.

»Also, Frühstück geht auf mich«, sage ich und gebe der Bedienung ein Zeichen. Wir bestellen Cappuccino und Cornetti, ich mit Aprikosenmarmelade, Vinc mit Vanillecreme.

Rechts und links von uns rauscht der Mincio unter den alten Mühlenhäusern, weiter vorne dreht sich das Wasserrad. »Romantischer kann man beim Frühstück nicht sitzen«, schwärme ich und sauge diese Augenblicke ein. »Wenn wir noch ein paar Kilometer weiterradeln würden, kämen wir direkt nach Peschiera, wo der Mincio den Gardasee verlässt. Will ich unbedingt noch sehen. Von dort fließt er hierher nach Borghetto. In und um Borghetto herum. Bis er irgendwann bei Governolo in den Po einmündet. Der Wahnsinn.«

Wir genießen eine Weile schweigend den Ausblick, den Kaffee und die Süße des Gebäcks.

Meine Gedanken schweifen langsam ab. »Ist schon heftig, das mit den vergifteten Touristen«, reiße ich Vinc aus seinen.

Er streicht sich nachdenklich übers Kinn. »Wenn das so weitergeht, dann können die ihr Fest vergessen. In zwei Wochen geht's los. Auf der Ponte Visconteo.« Er zeigt zu der Brücke, die hinter uns liegt.

Die wollen wir auf dem Rückweg unter die Lupe nehmen, ist ein Muss für die Motivliste der Reportage, da auf der Brücke alljährlich das berühmte Tortellinifest stattfindet.

»Das Fest absagen, das glaub ich erst mal nicht. Wie ich die Gäste einschätze, werden die auf das Event noch weniger verzichten wollen als die Veranstalter. Sie haben die Karten gekauft, extra Urlaub genommen, und wenn sie erst mal da sind, dann blenden sie ein, zwei kleine Zwischenfälle locker aus. Regionale Schwierigkeiten, die nichts mit ihnen selbst zu tun haben. Außerdem wird das bestimmt nicht an die große Glocke gehängt.«

»Kommt darauf an, wer was mitkriegt. Twitter, Facebook und Instagram ... Da verbreitet sich alles ziemlich schnell«, wirft Vinc argumentativ in die Waagschale.

»Stimmt. Aber ich bin sicher, das interessiert die, die eine Karte fürs Fest haben, wenig. Die wollen sich den Abend nicht versauen lassen.«

»So blöd wär doch keiner«, meint Vinc.

»Doch, glaub ich schon«, muss ich widersprechen. Und zwar aus tiefster Überzeugung.

»Vernünftig ist man nur, wenn's die anderen betrifft, oder warum fliegt man sonst in eine Region, für die Stürme oder Feuersbrünste angesagt sind? Oder macht 'ne Schneetour, obwohl es eine massive Lawinenwarnung gibt? Weil der Urlaub ja schon gebucht ist und weil jeder meint, es trifft eh nur die anderen.« Ich lehne mich mit verschränkten Armen zurück.

Vinc lacht. »Jetzt bist du aber streng mit deinen Artgenossen.«

»Ach, Quatsch. Bloß wundere ich mich halt manchmal.«

»Du meinst, über Leute wie wir letztes Jahr? Die bei 40 Grad wandern gegangen sind?« Er grinst süffisant.

»Ha! Das war was anderes. Die Tour war geplant und selbst als Tochter vom Chef hab ich ja nicht endlos freie Tage.«

Wir prusten unisono los.

»Sag mal, was hältst du von Umberto? Hättest du ihm das zugetraut? Dass er fremdgeht und eine andere geschwängert hat? Und so fies zu Rosalia ist?«, wechsle ich das Thema.

»Wenn's denn stimmt. Wir haben ja nicht alles gehört.«

Ich setze mich empört auf. »Ich hab genug gehört!«

»Schon, aber wir wissen nichts über die Ehe von Rosalia und Umberto.«

»Also, was wir heute erfahren haben, war heftig genug, finde ich. Ich mein, so wie der die arme Rosalia runtergeputzt hat ... Total fies, vor allem das mit dem Baby. Weil sie keine Kinder hat und in ihrem Alter sicher keine mehr bekommen kann und er jetzt Vater wird.«

»Vielleicht wollte sie keine Kinder.«

Ich zucke mit den Schultern. »Trotzdem war die Bemerkung unterste Schublade. Außerdem glaub ich das nicht, immerhin hat sie geweint. Und er hat anscheinend genau gewusst, dass er sie damit verletzt.«

Vinc nimmt meine Hand. »Lass gut sein, Schatz. Schau dich lieber um.«

Er zeigt mit einer ausholenden Bewegung auf die wahnsinnige Aussicht. Ungefähr hundert Meter vor uns, auf der Holzbrücke, die vom Ortskern über den Mincio führt, lehnen die ersten Touris am Geländer, die aus ihrer Perspektive auf die malerische Wasserlandschaft und die gegenüberliegende Ponte Visconteo blicken. Sie winken zu uns rüber. Wir winken von unserer Halbinsel aus zurück.

Meine Gedanken sind immer noch bei Rosalia. Sie tut mir leid, aber vielleicht hat Vinc recht und alles ist anders, als es scheint. Vielleicht ist ja Rosalia der Drache. Obwohl ich das nicht glaube.

»Doro, schau, lauter Glyzinien rund ums Geländer.«

Stimmt, es hängen sogar noch vereinzelte Blütenrispen an der üppigen Hecke.

»Was meinst du, wie klasse das vor einem Monat ausgesehen hat. Da muss das ein Blütenmeer gewesen sein. Ein lila Wasserfall, der sich bis in den Mincio ergießt«, malt Vinc ein imaginäres Bild.

»Wie bei uns auf der Dachterrasse«, lasse ich mich von seiner Begeisterung anstecken. Ist wirklich so, das Pflanzenspalier hat der Vormieter angelegt und bepflanzt. Und die Glyzinie im Frühjahr ist der Hit.

»Zum Glück betreuen Reni und Franz unsere Wohnung, dann ist unser botanischer Garten versorgt. Und Rambo. Vor allem, wenn Paps dann auch noch hier ist«, spinne ich den Faden weiter. »Ist echt eine Win-win-Situation, dass die beiden während unserer Abwesenheit in unsere Wohnung gezogen sind. Dann haben sie 'ne Übergangsbleibe, bis sie in ihr neues Zuhause können, und wir haben Wohnung und Rambo versorgt.«

Vinc zieht spöttisch die Augenbraue nach oben. »Rambo ist der erklärte Liebling der gesamten Belegschaft des ›Macis‹. Vom Tellerwäscher bis zum Souschef. Ich glaube nicht, dass er irgendwie zu kurz gekommen wäre – weder, was Streicheleinheiten angeht, noch die kulinarische Versorgung. Außerdem kennen wir ja seine Gourmetmeile über den Viktualienmarkt, wo er den armen Straßenkatzen die Futterration streitig macht. Also, verhungern würde unser Sieben-Kilo-Monster sicher nicht.«

»Du schiebst ihm aber auch oft genug ein Leckerli rüber, wenn du in der Küche stehst.«

Vinc grinst unverschämt. »Ist die Figur erst ruiniert, dann kannst du füttern ungeniert. Darf ich dich daran erinnern, dass Rambo schon fett war, bevor ich in die Ritter'sche Familie aufgenommen wurde?«

»Ja, dreh dir nur wieder alles zurecht«, sage ich und seufze. Wie soll ich gegen solche Wahrheiten auch ankommen? »Ich befürchte, wir müssen ernsthaft über eine Diät für unser Dickerchen nachdenken.«

»Wie willst du das denn schaffen? Festbinden, bei Wasser und Diätfutter?«

»Der Gedanke hat was.« Ich kichere. »Du hast recht – wenn's um sein Futter geht, kennt Rambo nichts, notfalls überfällt er die Schlachtbank oder den Feinkoststand auf dem Viktualienmarkt.«

»Wir könnten ihn aufs Laufband schnallen«, schlägt Vinc vor.

Ich schüttle den Kopf über so viel mangelndes Feingefühl. »Das erzähl ich Rambo, wenn wir heimkommen«, drohe ich.

»Ach, dann kriegt er ein Stück Hühnerleberchen, geschmort, mit 'ner Prise Baldrian, an Katzenminze – was meinst du, wie schnell der mich wieder liebt«, winkt Vinc unbesorgt ab. »Ist Rambo eigentlich kastriert? Weil, Lilli liebt er nämlich auch. Und Lilli, unsere weiß-rote Schönheit aus der ersten Etage? Ist die kastriert?«, überlegt er. Natürlich nicht ernsthaft, weil er weiß, was man Rambo »angetan« hat, wie er es nennt – so von Mann zu Kater.

Ich knuffe Vinc liebevoll in die Seite. »Alles im grünen Bereich. Aber mal ernsthaft, Schatz, ich bin echt froh, dass wir nicht schon wieder Sandra mit der Pflege unserer Pflanzen belästigen mussten, mittlerweile ist es nämlich richtig Arbeit, die alle zu gießen.«

»Ja, wir sollten uns langsam mal bremsen. Schließlich haben wir nur 'ne Wohnung und keinen botanischen Garten«, meint Vinc.

»Und wer hat Tomatenkerne getrocknet und großgezogen?«

»Ertappt«, gibt er zu.

Mein Handy vibriert.

»Sorry, da muss ich rangehen.« Ich nehme ab. »Valeria! Was ist los? Sind die Tortellini angebrannt?«

»Buon giorno, Doro, ich wollte dir nur sagen, dass ich die nächsten Tage wenig Zeit habe, aber für deinen Vater ist alles vorbereitet, und wenn dir noch was einfällt, können wir es ja kurz am Telefon besprechen. Mi dispiace. Es tut mir so leid. Aber es ist etwas passiert, das meine Anwesenheit als Tourismusbeauftragte und Sprecherin für das Fest erfordert. Da werde ich viel unterwegs sein. Ihr könnt trotzdem jederzeit zum Essen kommen, das Ristorante ist selbstverständlich geöffnet und für euch gibt's immer einen Platz.«

»Doch nicht etwa noch eine Vergiftung?«, frage ich alarmiert.

»Leider doch«, Valeria klingt bedrückt und zugleich aufgeregt. »Woher weißt du …?«

»Renato Belotti ist Carabiniere und ein Freund von Umberto Zanardini, bei dem wir wohnen. Vinc und ich sind oft beim Stammtisch dabei, wegen Recherche und so … Eine TV-Produktion ist halt interessant und als Tochter vom bekannten Sascha Ritter bekommt man ausnahmsweise auch als weibliches Wesen einen Platz am Stammtisch.«

»Ach so. Ich bin schon erschrocken, weil ich dachte, jetzt wissen es alle.« Mit der Bitte, die Neuigkeit diskret zu behandeln, verabschiedet Valeria sich von mir.

Nachdenklich lege ich auf und erzähle Vinc, was ich eben gehört habe.

»Willst du trotzdem im ›La Rosa‹ mittagessen?«, fragt er.

»Nee, ich brauch jetzt nix. Essen wir abends bei uns im ›Mulino‹, das reicht. Umbertos Tortellini sind mega. Das ›La Rosa‹ machen wir dann in aller Ruhe morgen.«

Vinc nickt. »Hast du 'ne Idee, was wir bis zum Termin auf Davides Weingut machen sollen? Auf jeden Fall radeln wir dahin, oder?«

»Eh klar«, sage ich, »weil Weingut heißt Weinprobe und danach will ich mit Sicherheit nicht mehr Auto fahren. Gibt's hier in Italien eigentlich 'ne Promillegrenze fürs Radeln?«

Vinc kratzt sich am Nacken. »Keine Ahnung, muss ich googeln. Oder wir fragen Umberto. Aber ist egal, notfalls rufen wir ein Taxi.«

»Frag Google – wieso mit 'nem Menschen reden, wenn es das World Wide Web gibt?«, kommentiere ich und spinne den Faden weiter. »Wie macht Davide das eigentlich? Ich meine, er kommt immer zum Stammtisch, aber hast du den schon mal radeln sehen? Oder mit dem Taxi fahren? Oder laufen? Außer zur Toilette?«

»Nee, hast recht.« Vinc schüttelt den Kopf. »Obwohl er 'ne sportliche Figur hat. Aber Davide auf dem Fahrrad – kann ich mir nicht vorstellen. Genauso wenig wie bei den anderen. Rennradeln ja, da sind sie alle Fans, zumindest von der Sportart, aber das Fahrrad als Fortbewegungsmittel? Ich glaub fast, das wär ihnen peinlich.«

»Müssen wir am Stammtisch in den Ring werfen, wenn's grad mal zu ernst wird. Da ist das Rattengift vergessen, das schwör ich dir.«

»Einen Versuch ist's zumindest wert«, stimmt Vinc meinem hämischen Vorschlag zu.

»Und jetzt? Ponte Visconteo? Die wollten wir genauer unter die Lupe nehmen. Ist schließlich der Ort, an dem das große Tortellinifest stattfindet.«

Wir machen uns auf den Weg.

An der Brücke ziehe ich den Flyer zum berühmten Tortellinifest aus der Tasche.

»Festa del Nodo D'Amore. Liebesknoten. Sehr romantisch. Wo sind die passenden Stellen für Paps' Einsatz?
3.000 Gäste an zwei 650 Meter langen Tischen hier auf der
Brücke«, zitiere ich ein paar Fakten, während ich zielstrebig zu den beiden Mauerfenstern gehe, die eine fantasti-
sche Aussicht auf den Mincio und das ehemalige Fischer-
dorf Borghetto versprechen. Und so ist es auch. Von hier
oben sieht man das »Lo Stappo« auf einer Halbinsel liegen,
umspült vom Mincio, der hier wildromantisch vom Gardasee daherkommt. Wie in einem breiten Flussdelta umfließt
das Wasser von allen Seiten die alten Häuser, sprudelt über
kleine Wasserfälle, rauscht unter den alten Mühlenhäusern
durch, um sich wieder zu einem Fluss zu vereinigen, der
sich nach der Holzbrücke aus Borghetto heraus Richtung
Mantua und letztendlich zu seinem Ziel, dem Po, auf den
Weg macht.

»Wow, Vinc, schau. Nicht zu toppen!«

Vinc steht längst neben mir und legt jetzt den Arm um
meine Schultern. »Auf jeden Fall ein Superlativ«, stimmt
er zu und zieht sein kleines Taschenmesser aus der Hosentasche.

»Was wird das jetzt? Willst du mich abmurksen?«

»Nee.« Er grinst. »Nicht, wenn du brav bist.«

»Na, dann hab ich ja nichts zu befürchten, weil das bin
ich ja immer.«

»Genau!«

»Hallo, was ist denn das für ein ironischer Unterton?«
Ich knuffe ihn in die Seite.

»Hey, genau das mein ich. Nicht frech werden, gell!«

»Raus damit, was hast du vor?«, drängle ich neugierig.

»Ganz einfach. Hier strotzt alles nur so vor Romantik:
Liebesknoten, Liebesschlösser, Romeo und Julia nicht weit –
ich finde, da braucht es auch was von dir und mir.«

Also, wenn das nicht süß ist! Wieder mal typisch, dass die Idee von Vinc kommt und nicht von mir. Ihm sind seine Romantikeinfälle nie peinlich, das lieb ich besonders an ihm.

»Was schaust du so gerührt?«, fragt Vinc, als wüsste er nicht, dass ich auf solche Einfälle stehe.

»An was denkst du speziell?«, lenke ich von meiner Rührseligkeit ab. »Buchstaben einritzen oder 'nen ausgekauten Kaugummi hinpappen wie an einigen Berliner Mauerresten?«

Vinc runzelt die Stirn. »Ich weiß nicht, Doro, muss eigentlich immer so was Unappetitliches bei dir rauskommen?«

Äh, da ist leider was dran. »Sorry, Schatz. War blöd. Aber ernsthaft, überall diese Steinmanderl, Happy Stones und so, da macht's keinen Spaß mehr, findest du nicht?«

»Ich geb zu, ich hab erst an ein Liebesschloss gedacht, an dem Gitter bei dem Wasserrad im Ort«, Vinc zeigt nach vorne und ich weiß natürlich, welches Gitter er meint. Hab ja ein Handybild gemacht, weil es echt super aussieht, wie sich bunte, signierte Schlösser aller Art dicht gedrängt am Drahtgeflecht präsentieren und von ewiger Liebe erzählen. »Aber ich habe aus besagten Gründen umdisponiert auf altmodische Buchstaben in Stein gemeißelt.« Er schwingt triumphierend den fünf Zentimeter langen Meisel, sprich das kleine rote Taschenmesser mit diversen Zusatzfunktionen.

»Hier in diese historischen Steine? Ob das erlaubt ist?«, gebe ich zu bedenken und schaue mich unwillkürlich um, ob uns nicht jemand beobachtet. »Da vorne auf der Bank sitzen zwei.«

Vinc zuckt mit den Schultern. »Ist mir jetzt ausnahmsweise egal. Die sehen nicht, was wir hier machen.« Er geht in die Hocke und zeigt mir »unseren« Stein. Ganz unten in der Ecke, einer von den neueren Steinen, die, ohne auf antik gestylt worden zu sein, einige renovierungsbedürftige Stellen ausfüllen.

»Ts, ts, ts – aber okay, guter Kompromiss. Mitgefangen, mitgehangen, ich zahl die Hälfte der Strafe. Und wenn wir Glück haben, erwischt uns ja Renato Belotti. Der drückt bestimmt beide Augen zu.«

Vinc ignoriert meine Unkereien und fängt an, ein Herz in einen der naturroten Ziegel zu ritzen. Die Stelle gefällt mir. In der kleinen Nische sieht man es nur, wenn man in die Hocke geht, zugleich haben wir beziehungsweise unsere Initialen einen wunderbaren Ausblick.

Ich trete einen Schritt zurück. »Ein echtes Kunstwerk!«

Vinc gesellt sich an meine Seite. »Jep«, sagt er zufrieden und wir küssen uns unter dem Mauerbogen, der Mincio rauscht, die Zikaden zirpen … Da lass ich jeden Mistelzweig am Türrahmen hängen.

## KAPITEL 6

## INCIDENTI O COINZIDENZE –
## UNFÄLLE ODER ZUFÄLLE

Mercoledì (Mittwoch) – Tag 2

»Komm, fahren wir zurück ins ›Mulino‹, ist so heiß hier.«
Ich seufze, weil jede Romantik ein Ende hat.

Vinc gibt mich unwillig frei. »Was hat Valeria eigentlich
mit dem Ganzen zu tun? Sie führt das ›La Rosa‹ und ist
Tourismusbeauftragte. Was sonst noch alles? Die ist wie
dein Vater, glaub ich langsam.«

»Inwiefern?«

»Na, überall die Finger im Spiel. Man könnte doch meinen, die beiden sind voll ausgelastet mit ihren Spitzenres-
taurants, aber nein, da muss man noch Fernsehkoch spielen
oder als Tourismusbeauftragte durch die Stadt hetzen, sich
als eine der Hauptorganisatoren um dieses Fest kümmern
und jetzt auch noch um vergiftete Touristen.«

»So läuft's halt, wenn man Power hat. Und Ehrgeiz.«

»Power und Ehrgeiz, okay, aber Dauerstrom? Das hält
das stärkste Pferd nicht durch.«

»Wer hat jetzt merkwürdige Vergleiche?«, kann ich mir
einen spöttischen Hinweis nicht verkneifen, weil solche
Bilder eher in mein Sprachressort fallen. »Aber ganz deiner Meinung. Und deshalb machen wir hier die bequeme
Vorarbeit – man könnte es auch Urlaub nennen – und Paps
steht dann vor der Kamera, muss sich schminken lassen und
jeder fummelt an ihm rum.«

»Und wir lassen uns Tortellini und Custoza servieren, während Valeria sich zwischen Ristorante und Rathaus zerreißt«, führt Vinc meine Gedanken fort.

»Haben wir wieder alles richtig gemacht«, lobe ich uns und reibe meine Wange an seiner.

Vinc brummt zustimmend.

Dann schwingen wir uns auf unsere Räder und strampeln zum »Il Mulino« zurück.

»Klar, ich kann Valeria und die anderen verstehen, Rattengift im Essen – und in ein paar Tagen steigt hier ein kulinarisches Fest.« Ich komme nicht weg von der Geschichte.

Genauso wenig wie Vinc. Er greift den Punkt auf, der mir wie ein fieser kleiner Kaktusstachel im Bewusstsein sitzt. »Scheint alle aufzuregen, nur Angelo nicht«, sagt er nämlich.

»Stimmt. Der hat echt seltsam reagiert. Fast schadenfroh, findest du nicht? Möchte bloß wissen, warum der so 'nen Prass auf das Fest hat. Und was soll das heißen, er sitzt in gar keinem Boot mehr?« Wir schauen uns nachdenklich an.

»Sag jetzt nichts.« Vinc legt einen Finger auf meinen Mund. Aber natürlich weiß er, dass das nichts nützt.

»Ich sag nix, aber …«

»Doro, bitte«, stöhnt Vinc.

»Ja, ist aber so, nützt doch nix, wenn man's totschweigt.«

»Bis jetzt ist keiner tot und du musst auch nichts totschweigen, nur vielleicht dich nicht einmischen. Weil, wie du gesagt hast, wir machen Urlaub«, resümiert er die aktuelle Lage.

Ich kann jetzt nicht einfach aufhören, denn sonst zerreißt es mich. »Ich glaube nicht, dass Angelo etwas mit den Vergiftungen zu tun hat, das wär ja mehr als Zufall.«

»Wieso eigentlich?«, macht jetzt auch Vinc das Fass wieder auf.

»Na ja, nur weil er ein bisschen komisch reagiert hat, heißt das noch lange nichts.«

»War nur so 'ne Idee. Eigentlich ist Angelo auch kein typischer Giftmördertyp, sondern eher einer, der jemandem eine auf's Maul haut, wenn ihm was nicht passt, finde ich.«

»Hat was«, stimme ich zu, »allerdings, die Sache mit den Vergiftungen stinkt zum Himmel. Ich meine, so kurz vor dem Fest zwei Unfälle mit Rattengift … Glaubst du da an Zufall? Ich nicht. Vor allem hüpft das Gift ja nicht von selber ins Essen.« Ich überlege. »War der zweite Mann, der mit dem Autounfall, eigentlich auch ein Tourist? Ist noch so ein Punkt. Keine Ahnung. Mal Renato fragen.«

»Zum Glück ist unser Carabiniere eine verlässliche Informationsquelle«, mokiert sich Vinc über Renatos Redseligkeit.

»Sind halt seine Freunde und außerdem hat er keine großen Geheimnisse ausgeplaudert, du siehst ja, dass Valeria schon involviert wurde, und im Notfall ist Renato bestimmt verschwiegen«, verteidige ich ihn.

»Bist du sicher? Bei seinem Mitteilungsbedürfnis hätte er auch Journalist werden können.«

»Vinc! Das ist unfair. Das wissen wir doch gar nicht. Vielleicht sagt er uns aktuell nicht alles.«

»Okay, ich kann mir gut vorstellen, dass Renato seine Grenzen kennt. Und er vertraut seinen Freunden. Und uns.«

»Kann er ja auch«, bestätige ich.

Wir stellen unsere Räder im Hof ab und nehmen den Hintereingang. Im Hotel begegnet uns kein Mensch. Ich hole eine Flasche Wasser aus dem Kühlschrank, dann ziehen wir uns aufs Zimmer zurück.

Als Erstes schleudere ich die Riemchensandalen in die Ecke und werfe mich samt Klamotten aufs Bett. Wir haben heute früh brav die Tagesdecke drübergelegt, weil das hier

Usus ist und wir sowieso alle Mühe hatten, Rosalia davon zu überzeugen, dass wir auf Zimmerservice gerne verzichten. Ist uns lieber so. Frische Handtücher und Bettwäsche dürfen wir uns jederzeit nehmen und das Bad ist auch kein Hexenwerk. Gibt uns das Gefühl, nicht nur Gast zu sein, sondern ein bisschen dazuzugehören. Vinc legt sich neben mich, verschränkt die Hände im Nacken. Ich rücke ran und fordere seine Armkuhle. »Ich weiß zwar nicht, wovon, aber ich bin megamüde«, murmle ich träge.

»Dann mach die Augen zu und gib Ruhe«, schlägt Vinc vor.

Vernünftige Idee. Aber das geht nicht von einer Sekunde zur anderen. »Bin gespannt, was das mit dem Verkehrsunfall genau auf sich hat. Noch 'ne Vergiftung und als Folge der Crash? Zum Glück ist der Mann nur gegen die Mauer gefahren«, lasse ich Vinc großzügig an meinen gedanklichen Exkursionen teilhaben.

Der brummt träge. Macht das, was ich eigentlich auch tun wollte. Er knackt.

Soll ich ihn wecken? Nee, das wäre unverschämt. Ich kuschle mich in eine bequeme Lage und nehme sehr intensiv die Wärme wahr, die von ihm ausgeht. Und seinen Geruch. Der mich beruhigt und endlich vergiftete Lebensmittel und blutende Touristen aus meinen Gedanken verbannt.


Ein Blick auf meine Armbanduhr zeigt mir, dass ich tief und fest geschlafen haben muss. Und zwar mindestens eine Stunde. Statt in Vinc' warmer Haut habe ich meine Nase mittlerweile in die Tagesdecke vergraben. Ich drehe mich auf den Rücken und strecke mich ausgiebig.

Vinc sitzt am Schreibtisch, schaut jetzt zu mir. »Na, Schlafmütze?«

»Mhm.« Ich gähne. »Du brauchst gar nicht so provokant zu grinsen – ich schnarche nämlich nicht.«

»Genau.« Vinc' Arm baumelt lässig über der Lehne. »Und meine Oma fährt im Hühnerstall Motorrad.«

»Pah! Witzbold ... Ich geh mal Ayna suchen, fragen, ob es was Neues über ihren Bruder gibt«, verkünde ich und schwinge die Beine über die Bettkante.

»Wie machst du das bloß? Von null auf hundert?«

»Das versteht ein Langschläfer wie du nie«, winke ich Vinc' verwunderten Einwand bescheiden ab. Ist halt so bei mir, schlafen ist okay, mache ich total gerne, aber dann reicht's auch wieder.

In den Gängen des Hoteltrakts halte ich Ausschau nach Ayna, aber die bleibt wie vom Erdboden verschluckt. Kein röhrender Staubsauger, kein Wäschewagen, nix. Unten an der Bar werkelt Rosalia. Poliert Gläser aus der Spülmaschine nach und räumt sie ins Regal. Wenn die Gäste kommen, muss alles am richtigen Platz stehen. Als ich sie nach Ayna frage, ist sie nicht sehr gesprächig, was ich nach ihrem Disput mit Umberto heute früh gut verstehen kann. Sie habe keine Ahnung, wo Ayna sei, erklärt sie einsilbig und verstummt dann wieder. Ich lasse sie in Ruhe, denn dass sie nicht gerade mir ihr Herz über ihren untreuen Ehemann ausschütten wird, ist klar. Der Draht zwischen uns ist nicht kalt, aber wir kennen uns erst ein paar Tage, da sind wir noch keine besten Freundinnen. Mit dieser Erkenntnis stelle ich meine Neugier ausnahmsweise hintenan und ziehe mich taktvoll zurück.

Zurück im Zimmer informiere ich Vinc. »Hab sie nicht gefunden. Ich hoffe, es ist alles in Ordnung mit ihr.«

Vinc nimmt mich in die Arme. Tröstlich. Das macht mir fast noch ein schlechteres Gewissen. Weil ich auch da gegenüber Ayna im Vorteil bin. Vinc ist hier bei mir und nicht weit weg in einer schimmligen Baracke.

»Doro, Schatz, ich kenn dich, aber zum wiederholten Mal: Du kannst nicht die Welt retten! Und Ayna hat sicher auch ihren Stolz. Also vertreib sie nicht mit zu viel Engagement.«

Eindringliche Worte, die ihre Wirkung nicht verfehlen. Klar, ich weiß, dass ich im Eifer des Gefechts oft drauflosstürme, ohne groß nachzudenken. Zum Beispiel darüber, ob Ayna mich nicht einfach als aufdringlich und indiskret empfindet, wenn ich mich einmische. Immerhin kennen wir uns nicht besonders gut. Sie ist in einer beschissenen Lage, aber vielleicht kann ich zu einer Art Freundin werden, zu einer Person, der sie vertraut und mit der sie reden kann.

Entschlossen teile ich Vinc meinen Vorsatz mit.

»Dafür lieb ich dich, mein Schatz.« Er küsst mich und hält mich fest.

Und dafür liebe ich ihn. Dass er da ist für mich und dass er mich versteht. Na gut, vielleicht nicht immer, aber er akzeptiert meine Entschlüsse.

# KAPITEL 7

## DALLA SORGENTE AL MARE, DALLA VITE AL VINO – VON DER QUELLE ZUM MEER, VON DER REBE ZUM WEIN

### Mercoledì (Mittwoch) – Tag 2

Wir machen uns auf den Weg zu Davide Renzi und seinem Weingut. Eigentlich ist es zu früh. Egal. Wenn Davide noch keine Zeit für uns haben sollte, werden wir ein bisschen durch die Weinberge streifen und uns mental auf die Weinprobe vorbereiten – sozusagen von der Quelle zum Meer, von der Rebe zum Wein.

Das Weingut liegt zwischen Valeggio und Custoza. An der Grenze von Venetien zur Lombardei.

»Ist dir aufgefallen, dass Valeggio schon im Veneto liegt?«, frage ich Vinc, als wir auf der schmalen Straße zum Weingut dem wellenartigen Auf und Ab der Weinberge folgen. Ein Meer aus Reben, flacher als damals an der Proseccostraße, aber genauso schön.

»Ja klar. Immerhin sind wir hergefahren und ich weiß normalerweise, wo ich mich aufhalte«, entgegnet Vinc.

»Streber«, werfe ich ihm in gespielter Empörung vor. Mit meinem chaotischen Orientierungssinn zieht Vinc mich gerne auf. Ich verlasse mich auf meine Intuition und aufs Navi, Vinc hat die Karte in der Regel im Kopf.

»Lass mich auch mal was besser können als die schlaue Frau Ritter«, fordert er.

»Übertreib nicht. Obwohl ich natürlich schon eine ungewöhnlich gescheite Person bin«, rücke ich mich selber fröhlich ins richtige Licht.

»Gut, dass dich keiner hört, könnte sonst glatt der Eindruck entstehen, du wärst eingebildet.«

»Das haben wir ja bereits geklärt. Hauptsache, du weißt, was du an mir hast.«

»Das weiß ich.« Vinc langt rüber und schnappt sich meine Hand.

So radeln wir weiter, genießen die Blicke über die Hügel der Weinberge – je weiter sie weg sind, desto weicher wirken sie. Als könnte man drüberstreichen wie über eine samtene grüne Decke.

»Schrecklich. Bei so viel Idylle werd ich ganz rührselig.«

Vinc drückt meine Hand. »Ja, ist traumhaft hier. Hoffentlich bleibt das auch so.«

»Was meinst du?«

»Ach, mir kam nur gerade unser Aufenthalt in Montebelluna in den Sinn. Tiefstes Venetien, die reine Idylle wie hier, Weinberge, Sonne und dann …«

»Hab ich auch grade dran gedacht«, unterbreche ich ihn. »Aber das hier ist anders. Mit den Unfällen haben wir nichts zu tun. Außer dass Renato Belotti in seiner Funktion als Carabiniere die Fälle bearbeitet und zufällig im ›Mulino‹ zur Stammtischrunde gehört.«

»Dafür, dass du nichts damit zu tun hast, beschäftigst du dich ganz schön viel mit diesen Unfällen.«

»Tu bloß nicht so. Dich interessiert das doch auch. Außerdem kommt Paps bald und das Fernsehteam, und das Fest findet in ein paar Tagen statt, da häng ich schon irgendwie mit drin.«

»Eben«, sagt Vinc staubtrocken.

»Wo wir grade beim Thema sind: Die Sache mit Angelo, da könnten wir Davide fragen. Unauffällig, versteht sich …«

»Ich glaub, wir sind da«, rufe ich, bevor Vinc sich zu meinem Vorschlag äußern kann und zeige nach vorne. Eine kleine Allee, ein schmutzig weißer Gebäudekomplex und ein überdimensionaler Carport mit mehreren silberglänzenden Metalltanks sind nach der Kurve aufgetaucht. Und hinten rechts der Ort mit dem Kirchturm. Die letzten Meter geht's bergauf, das Weingut liegt auf einer kleinen Anhöhe.

»Warte mal.« Ich halte an und lasse den Anblick auf mich wirken.

Vinc bremst neben mir. »Ist größer, als ich dachte«, spricht er aus, was mir durch den Kopf geht.

»Und die Weinberge gehören alle dazu?«

»Keine Ahnung, das werden wir bald erfahren«, mutmaßt er.

Immer wieder sieht man zwischen oder auf den sanften Hügeln Anwesen, die auf Weingüter schließen lassen.

Ich schaue auf die Uhr. »Halb vier. Wir sind eineinhalb Stunden zu früh. Los, schauen wir, ob Davide da ist.« Ich schwinge mich wieder auf's Rad. Keine so gute Idee, am Berg anzuhalten. Vinc fährt an mir vorbei und verzieht keine Miene. Angeber, hat bestimmt nur das bessere Fahrrad, tröste ich mich und lege einen Zahn zu.

Immerhin ist der Anstieg nicht so steil, dass ich aufgeben müsste. Wäre ja noch schöner. Allerdings rinnt mir Schweiß von der Stirn und hat sich an meiner Nasenspitze gesammelt, als wir oben ankommen. Ich taste in meiner Hosentasche nach einem Papiertaschentuch. Das ist schon ein bisschen aufgeweicht, erfüllt aber seinen Zweck. In Ermangelung eines Abfalleimers stopfe ich es zurück in die Tasche. Dann schiebe ich mein Rad zu Vinc.

Davide empfängt uns. Im Gegensatz zum abendlichen Stammtisch, wo er gerne mit beiger Leinenhose und weißem Hemd erscheint, trägt er hier Arbeitskleidung – blaue Jeans mit einem karierten Hemd, dessen Ärmel er hochgekrempelt hat –, und er weiß ganz genau, dass er nicht schlecht aussieht. Was ich Vinc zuflüstere.

»Woher willst du das jetzt wissen?«, fragt er.

»Das spür ich als Frau.«

Vinc entlockt das ein amüsiertes Grunzen.

»Meine Mutter hat schon alles vorbereitet«, verkündet Davide gerade. »Sie hat sich gedacht, die deutschen Gäste kommen bestimmt etwas früher. Sie hat caffè gemacht und ihre berühmte Torta delle Rose.« Er deutet mit einer einladenden Geste in Richtung Haus.

Hallo, was sind denn das für Vorurteile? Wenn der wüsste, dass ich es gar nicht so mit der Pünktlichkeit habe … Heimlich muss ich lachen. Blödes Gefühl, wenn einem als »Ausländer« mit Voreingenommenheit begegnet wird. Die immer korrekten, fleißigen und zuverlässigen Deutschen – na ja, dass wir heute eineinhalb Stunden zu früh sind, ist jedenfalls nicht übliches Tedeschi-Verhalten. Ich fühle mich bemüßigt, das zu klären.

Davide winkt fröhlich ab. »Ich habe nur einen Scherz gemacht. Wir haben Besuch aus Deutschland. Ein Ehepaar, das seit bestimmt zehn oder 15 Jahren Wein bei uns kauft. Immer wenn sie an den Gardasee kommen, machen sie einen Abstecher zu uns. Mindestens fünf Kartons von unserem Chiaretto Frizzante müssen es dann sein und natürlich unser Custoza. Meine Mutter hat extra für sie gebacken und ein wenig mit ihnen geplauscht. Sie hat also bestimmt noch was übrig und kümmert sich um euch, während ich meine Kunden betreue. Eure Räder könnt ihr einfach da vorne hinstellen. Vor die Veranda.«

Dann wendet er sich einem der Nebengebäude zu, einer großen Halle, in deren Holztor links unten eine normale

Tür eingearbeitet ist. Dahinter verschwindet er. Wir schieben die Räder rüber zum Haus. Oder eher zum Anwesen, denn das trifft es eher.

Mal abgesehen von den riesigen Nebengebäuden, die ja der Weinproduktion und Lagerung dienen, ist auch das Wohnhaus überdimensional. Nur einstöckig, mit Dachgeschoss, aber die Grundfläche gäbe locker Wohnraum für drei Familien ab. Die Mauern aus sandfarbenem Stein harmonieren mit dem Grün der Weinberge, den grau-beigen Pflastersteinen im Hof, alles sehr ursprünglich. Halbhohe und komplette Weinfässer wurden zu Blumenkübeln umfunktioniert, in denen rosafarbene Hortensien und rote Geranien um die Wette blühen und links von der Eingangstür die Front des Hauses schmücken. Natürlich fehlen auch die obligaten Oleander nicht.

Auf der anderen Seite schmiegt sich die Veranda ans Haus, der Holztisch ist hübsch gedeckt, als wäre wirklich alles nur für uns hergerichtet worden. Eine dichte Laube aus Reben schützt die Familie und ihre Gäste hier vor dem Geschäftsverkehr auf dem Hof. Die noch unreifen Traubenrispen hängen herunter.

»Da weiß man gleich, wo man ist.« Ich schaue mich um und taste nach Vinc' Hand.

»Ist mir jetzt fast ein bisschen unangenehm«, raune ich ihm zu.

»Quatsch«, widerspricht er gelassen, »wahrscheinlich tun wir der alten Dame einen Gefallen, wenn wir ein bisschen mit ihr reden.«

Als Davides Mutter zu uns stößt, uns herzlich begrüßt und dabei eher wie seine große Schwester, nicht wie seine Mutter wirkt, wird sofort klar, dass sie keineswegs eine alte Frau ist, die darauf wartet, ihre Erinnerungen mit mehr oder weniger willigen Opfern zu teilen. Ich wage einen vorsichtigen Blick zu Vinc, der aber keine Miene verzieht.

Zwei Hunde stürmen aus dem Haus und springen schwanzwedelnd um uns herum. Mit einem knappen Befehl verbannt Signora Renzi die beiden in eine ruhige Ecke der Veranda. Von dort aus werden wir ab jetzt nicht aus den Augen gelassen.

Davides Mutter stellt eine Karaffe mit stillem Wasser auf den Tisch und bringt eine Thermoskanne mit Kaffee. Dann kommt das Prunkstück, die Torta delle Rose. Natürlich kenne ich diese besondere Form eines Hefekuchens, die einzelnen Rosetten, die im Ofen zu einem runden Ganzen zusammenwachsen. Es gibt verschiedene Varianten, hier scheint es sich um ein Familienrezept zu handeln. Das werde ich im Auge behalten … Paps dreht mir den Hals um, wenn ich von einem alten Familienrezept erzähle, das ich nicht aufgeschrieben habe.

Autotüren schlagen, lautstarke Verabschiedung in deutsch-italienischem Kauderwelsch, grazie, buona sera, ciao und auf Wiedersehen. Dann kehrt Ruhe ein, nur Davides Schritte knirschen auf dem staubigen Pflaster. Er setzt sich zu uns. Bietet ein Gläschen vino an. Wir sagen nicht Nein.

Davide steht auf, geht ins Haus und kommt mit einer Flasche im Weinkühler zurück. Der Flaschenöffner liegt in einer Holzschale bereit, ein Utensil im Dauergebrauch, das hier seinen Stammplatz hat. Davide verfällt sofort in seine Rolle als Gastgeber bei einer Weinprobe. Entspannt steht er an den Tisch gelehnt, hebt die Flasche aus dem Tongefäß und dreht sie liebevoll in den Händen, um uns das Etikett zu präsentieren. Ein schlichtes Eierschalengelb. Leicht strukturiert wie altes Büttenpapier. Die Schrift schwarz, die Umrisse des Weinguts wie eine zarte Tuschezeichnung in der Mitte. Gefällt mir. Verspricht dezente Qualität von einem Winzer, der kein protziges Etikett nötig hat.

»Unser begehrtestes Tröpfchen. Der Chiaretto Frizzante. Ideal an so einem schönen sonnigen Tag. Wir trinken ihn mit sieben bis acht Grad Celsius.« Davide entfernt das Oberteil der Weinkapsel und schraubt den Flaschenöffner in den Korken. »Ich verwende immer noch echte Korkverschlüsse.«

»Wollte ich grade fragen«, hake ich ein. »Was hältst du von diesen künstlichen Korken?«

»Künstlicher Kork, das ist gut«, Davide lacht auf. »Allora, du sprichst von Synthetikstopfen. Die würde ich für die Lagerweine eher nicht nehmen, aber die frischen, jungen Weine, da sind die Synthetikverschlüsse ganz gut. Auf jeden Fall gibt es damit keine Korkfehler. Allerdings der Geschmack … Den nimmt man nur als absoluter Kenner wahr. Allora, ich denke eher an Schraubverschlüsse.« Davide wiegt abwägend den Kopf.

»Schraubverschlüsse?«, fragt Vinc fast entsetzt.

»Genau das ist das Problem. Für viele Weintrinker ist der Schraubverschluss immer noch Synonym für Billigwein vom Supermarkt.«

»Ertappt«, gibt Vinc zu und grinst.

»Ich persönlich halte diese Methode für eine passable Alternative. Geschmacksneutral, allerdings fehlt für Lagerweine der Sauerstoffaustausch. Kann die Geschmacksentwicklung negativ beeinflussen. Trotzdem, ich glaube, der Schraubverschluss wird sich langfristig durchsetzen. Zumindest für die breite Produktion.«

Ich nicke. »Das sagt Paps auch, obwohl bei den Weinen, die er seinen Gästen kredenzt, in absehbarer Zukunft echte Korkeiche Pflicht bleibt, auch wenn ab und zu Korkfehler zu Ausfällen führen und dann die ganze Flasche versaut ist.«

Ich spüre direkt, wie bei dem Gedanken, deswegen ein edles Tröpfchen in den Ausguss schütten zu müssen, sich auf meinem Gesicht wie auf Kommando dieselbe trübe Miene ausbreitet wie bei Davide.

»Ihr solltet euch mal sehen. Als ob das ein Sakrileg wäre. Dabei ist's nur Wein«, spielt Vinc provozierend den Banausen.

»Das *ist* ein Sakrileg! Ein Stich mitten ins Herz!« Davide greift sich theatralisch an Selbiges.

Kindsköpfe.

Mit einem Plopp schlüpft der Korken aus dem Flaschenhals. Davide schnuppert. »Perfekt«, befindet er zufrieden und schenkt jedem ein Glas ein, schnuppert wieder, hält das Glas gegen das Licht, prüft die Perlage.

»Salute!« Wir prosten uns zu, ich nehme gespannt den ersten Schluck.

»Hmmh! Der ist echt lecker. Erfrischend und ein bisschen prickelnd«, ich oute mich als Fan von vino frizzante. Vor allem im Sommer, aber nicht nur. Da bin ich ein Kind meiner Zeit. Prosecco, Spritz und eben auch vino frizzante. Leider findet man den nicht so oft. Besonders den Rosé Frizzante. Gibt's aber grade hier am südlichen Gardasee.

»Das ist immer die erste Sorte, die ausgeht. Deshalb reservieren die Gutenbergs auch jeweils schon fürs nächste Jahr. Ein Jahr ohne den Chiaretto Frizzante vom Weingut Renzi – das ist ihnen nur einmal passiert.« Davide streicht sich bescheiden über das grau melierte Haar. Kokettiert ganz gerne mit seinen Talenten, denke ich amüsiert.

»Da könnte ich zehnmal so viel verkaufen, meine Kunden sind ganz wild drauf.«

»Wieso stellst du nicht um? Produzierst mehr vom Chiaretto? Könntest 'nen Haufen Geld verdienen«, frage ich und lasse den pfirsichfarbenen Wein im Glas kreisen, schnuppere den dezenten Rosenduft, nehme noch einen Schluck. »Fruchtig. Erdbeere? Himbeere? Beerig auf jeden Fall. Und im Abgang würzig. Weihnachtlich. Zimt und Nelke.«

»Gar nicht so schlecht«, lobt Davide. »Aber zurück zu deiner Frage ... Nie im Leben würde ich einen Weinberg aus kommerziellen Zwecken ummodeln, mein Großvater würde sich im Grab umdrehen. Er hatte ein paar exzellente Lagen und die hat er mit den passenden Reben bestückt. Das war sozusagen sein Lebenswerk. Das würde ich nie zerstören.«

»Und wenn du neue Weinberge dazunimmst?«

Davide lacht gutmütig über meine Naivität. »Glaubst du, die warten nur auf mich? Die guten Lagen kriegst du kaum und wenn, dann zu horrenden Preisen.«

»Ist wie bei uns in München mit den Wohnungen.«

»Ja, da kannst du recht haben ... Außerdem will ich keine Schulden machen und mir auch sicher nicht noch mehr Arbeit aufhalsen. Mir reicht, was ich verdiene, und ich habe Spaß an der Arbeit. Stell dir vor, ich hätte doppelt so viel Geld, doppelt so viel Arbeit, aber keine Zeit mehr, den Wein am Abend mit meinen Freunden zu genießen – würdest du das empfehlen?«

Ich winke ab. »Capisco. Keine Alternative.« Wir prosten uns in allergrößtem Einverständnis zum Dolce Vita mit dem rosa schimmernden edlen Tröpfchen zu.

»Nicht, dass ich alles nur laufen lassen kann, ich investiere ständig. Das Haus, die Lagerhallen, die ganze Technik, da fällt jedes Jahr mehr als genug an. Erst im letzten Monat habe ich mir eine neue Abbeermaschine kaufen müssen. Wollt ihr sie sehen?«

Jetzt mischt sich Signora Renzi ein. »Nichts da, Davide. Du wirst mir nicht meine Gäste entführen.«

»Liebe mamma, wenn ich dich erinnern darf, das sind *meine* Gäste. Zumindest ab 17 Uhr«, stellt er schmunzelnd klar.

»Vorschlag zur Güte«, lässt sich seine Mutter nicht so leicht das Heft aus der Hand nehmen. »Ich zeige Signorina Ritter das Haus und du kannst Vincenzo deine neue Errungenschaft vorführen.«

Alle sind einverstanden. Vinc zieht mit Davide los, der ihm seine Maschinenhalle zeigen will. Ich füge mich der klassischen Rollenverteilung – Vinc hat bei dem Vorschlag schon besorgt zu mir rübergelinst – ausnahmsweise und auch nur, weil mich Signora Renzis Bereich eindeutig mehr interessiert als schnurrende Motoren und technische Errungenschaften im Weinanbau. Und schließlich geht's um die Reportage. Plätze und Ideen für die Sendung aufspüren – und die finde ich eher nicht in der Maschinenhalle.

»Signorina, vielleicht machen wir erst einen Rundgang ums Haus, danach gehen wir rein, d'accordo?«, schlägt sie vor.

»Sì, certo, signora.«

Ich lobe die Blumenpracht in den Fässern, die Hortensien in ihrer rosafarbenen üppigen Schönheit, obwohl ich mehr auf Oleander stehe, die auf der anderen Seite des Hofes in riesigen Terrakottakübeln einen bunten Abschluss bilden.

Palmen gibt's hier keine, dafür hintern Haus eine Wiese mit Olivenbäumen, groß wie ein Fußballfeld. Also auch noch Olivenölproduktion? Signora Renzi bejaht meine Nachfrage.

Wo wohl ihr Ehemann ist? Der Papa von Davide? Hat er Geschwister? Und was ist mit Davides Beziehungsstatus? Verheiratet ist er nicht, das weiß ich. Ansonsten hat er nichts von seinem Privatleben preisgegeben.

Signora Renzi schreitet ahnungslos über meine innere Neugier voraus, und ihr aufrechter Gang, ihre ausladenden Handbewegungen, das Strahlen in ihren Augen zeugen untrüglich von Besitzerstolz. Apropos Besitz. Muss Davide fragen, ob er nicht zwei kräftige junge Männer auf seinem Gut gebrauchen könnte … Ich denke an Oumon und Dumiska. Den Hungerlohn, den die beiden da unten kriegen, dürfte Davide doch aus dem Ärmel schütteln können. Aber gut, ich gebe zu, von der Bewirtschaftung eines Weinguts habe ich keinen blassen Schimmer.

»Gehen wir rein. Meine mamma wartet schon ungeduldig. Sie ist 96 und im Moment schlecht beieinander. Sie muss das Bett hüten.«

Okay, hat sich zumindest eine meiner Fragen beantwortet.

»Davide hat erwähnt, dass Ihr Vater nicht mehr lebt.«

»Nein, leider nicht. Er ist schon seit zehn Jahren tot. Mein Mann ist ein Jahr darauf verstorben.« Ein Schatten huscht über ihr Gesicht und verweilt dort einen Moment, dann strahlt Davides mamma wieder. Bei aller Energie und Disziplin scheint sie eine Frohnatur zu sein.

»Und sonst gibt's keine Familie?« Ich formuliere die Frage möglichst neutral.

Signora Renzi lächelt. Natürlich ahnt sie, worauf ich hinauswill.

»Das ist ein Wermutstropfen, Davide ist nicht verheiratet und bis jetzt ist auch keine passende Kandidatin in Sicht. Aber ich habe die Hoffnung noch nicht aufgegeben. Davide ist eine gute Partie und attraktiv noch dazu. Anwärterinnen gibt es genug. Auch junge Frauen. Allora, signorina, Sie merken, ich warte in gutem Glauben auf Enkel.«

Davide hat echt eine nette mamma, denke ich und folge besagter Person ins Innere des Hauses. Oma wartet …

»Hübsch, gefällt mir. Da hat Davide mal Geschmack bewiesen«, schnarrt Davides nonna, krallt sich meine Hand und lässt sie nicht mehr los. »Ist sie schwanger?«

»Mamma!« Zarte Röte überzieht Signora Renzis Wangen und sie befreit meine Hand. »Mammas Diplomatie und ihre guten Manieren verschwinden leider zunehmend mit fortschreitendem Alter. Momentan befindet sie sich in einer Phase, in der sie denkt, ihr hohes Alter rechtfertigt alles, auf der anderen Seite weilt sie mehr in der Vergangenheit als in der Gegenwart. Sie ist nicht dement, aber altersstarr. Und dass Davide heiratet, hat sich bei ihr zur fixen Idee manifestiert«, flüstert Signora Renzi mir zu und wirft ihrer Mutter einen mahnenden Blick zu, der sie wohl zur Mäßigung anhalten soll.

»Du sollst nicht tuscheln! Das gehört sich nicht«, schimpft die nonna unzufrieden.

Ich finde sie witzig. Ich bin zwar keine 96 und muss nicht isoliert in meinem Zimmer liegen, trotzdem kann auch ich Heimlichtuereien nicht leiden. Sie beflügeln mich erst recht, den Dingen auf den Grund zu gehen.

Ich tätschle nonnas Hand, die sich sofort wieder fest um meine krallt. »Keine Sorge, Signora, Ihre Tochter hat nur gemeint, dass die anderen unten warten und dass sie für Sie ein Stück Kuchen holen will«, besänftige ich die alte Frau.

Nicht ganz überzeugt mustern mich nonnas eingefallene Äuglein skeptisch. Dann gibt sie meine Hand frei und lässt sich in ihr Kissen zurücksinken. Puh! Die Klippe wäre erst mal umschifft.

Als sie die Tür leise hinter uns geschlossen hat, legt Signora Renzi die Hand auf meinen Arm. »Grazie tante per la Sua comprensione.«

»Keine Ursache. Ist bestimmt manchmal anstrengend mit Ihrer mamma, aber ich find es toll, dass Sie sie trotzdem mit Ihren Besuchern bekannt machen. Weil es ganz schön langweilig sein muss für die alte Dame, den ganzen Tag so allein.«

»Die meiste Zeit schläft sie«, erklärt Signora Renzi. »Und wenn es ihr wieder besser geht, sitzt sie in ihrem Schaukelstuhl auf der Veranda und unterhält unsere Gäste.« Sie hebt entschuldigend die Hände und lächelt liebevoll.

»Ah, hast du nonna kennengelernt?«, feixt Davide, der sich mit Vinc gerade wieder zu uns gesellt und sich wahrscheinlich vorstellen kann, welche Rolle seine Oma mir zugedacht hat. »Ich könnte euch jetzt das Weingut zeigen und dann ab in den Weinkeller. Mamma, kommst du auch mit?«, fragt er.

»Ich komme später zur Weinprobe«, verspricht Signora Renzi. »In der Zwischenzeit richte ich das Abendessen für mamma her.«

Eine nette Familie, resümiere ich. Zum Glück verstehe ich mich mit meinem Vater auch so gut und Vinc gehört dazu. Jetzt muss nur noch die nonna eine Frau für Davide organisieren.

»Was ist so witzig?« Natürlich. Vinc ist meine Belustigung nicht entgangen.

»Erzähl ich dir später«, verspreche ich leise.

Wir folgen Davide. Der führt uns herum, erklärt uns die Reben, die Weine, die er daraus gewinnt. Als wir uns den heiligen Hallen mit den Weinfässern und Stahltanks nähern, kann ich mir die Frage nach dem Rattengift nicht verkneifen.

»Ziemlich hartnäckig, deine Freundin.« Davide zwinkert Vinc zu.

»Da kann ich nicht widersprechen.«

»Hey, ich bin anwesend! Ihr dürft auch gerne persönlich mit mir sprechen. Und was heißt hier hartnäckig? Interessiert mich halt, wie so was aussieht. Ist doch logisch, oder? Immerhin sind zwei Menschen vergiftet worden und ich will mir gar nicht vorstellen, dass da womöglich noch mehr Gift in Umlauf ist.«

»Mal nur nicht den Teufel an die Wand«, beschwört mich Davide.

Ich klopfe schnell dreimal auf's Holzfass. »Ich will's nicht verschreien«, sage ich, »aber möglich ist es doch. Äh, Davide, ich hab eine Frage«, fasse ich mir ein Herz. Lieber noch vor der Weinprobe. Da bin ich nicht ganz so emotional, vor allem, wenn er ablehnt. »Du kennst doch Ayna, das Zimmermädchen bei Umberto.«

»Sì, perché?«

»Weil Ayna Hilfe braucht. Sie, Oumon und Dumiska.«

»Aha, und wer sind die beiden?« Davide verschränkt die Arme vor der Brust. So sieht Abwehr aus.

»Oumon ist Aynas Ehemann und Dumiska ihr Bruder. Die beiden hausen zurzeit in einem Lager irgendwo in Süditalien und arbeiten als Helfer bei der Tomatenernte. Aber sie werden dort unmenschlich behandelt. Zu allem Unglück ist Dumiska auch noch krank geworden. Und Ayna bekommt ein Baby. Das ist doch alles ungerecht!«

Davide nagt an seiner Unterlippe. Ich wappne mich innerlich gegen eine Absage, suche Argumente. Die Idee ist gut. Wie um meine Überzeugung zu demonstrieren, strecke ich mein Kreuz durch. Vinc beobachtet mich sichtlich besorgt.

Davide streicht sich jetzt nachdenklich über den dunklen Bartschatten am Kinn. Immerhin, er überlegt und lehnt nicht vorschnell ab. Was aber dann am Ergebnis nichts ändert. »Scusa, Doro, ich verstehe, um was es dir geht. Aber ich bin ausgelastet, meine Arbeiter sind aus der Region, die brauchen die Jobs. Höchstens im Herbst als Erntehelfer, da ließe sich was machen.« Er schiebt die Hände in die Hosentasche.

Ich schlucke enttäuscht. »Aber du hättest doch Platz … Irgendwo in einem kleinen Schuppen. Und irgendwelche Arbeiten fallen doch immer an. Unkraut jäten, Zäune und Wege reparieren, was weiß ich … Dann kannst du dich mehr auf deine Weine konzentrieren«, wage ich noch einen Vorstoß.

Davide schüttelt bedauernd den Kopf. »Allora, Vorschlag zur Güte«, sagt er dann jedoch. »Ich höre mich um, und wenn wir in der Nachbarschaft ein paar Hilfsjobs für die beiden finden, sehen wir weiter. Aber ich sage dir auch, das läuft nur offiziell. Nur wenn die beiden eine Aufenthalts- und Arbeitsgenehmigung haben. Illegal geht nichts.«

Klar, das verstehe ich. Jetzt hab ich auf jeden Fall eine Basis, wenn ich mit Ayna rede. »Grazie mille, Davide!« Ich drücke ihm ein Küsschen auf die Wange.

»Na, dann hat es sich ja bereits gelohnt.« Davide lächelt charmant. »So, und jetzt willst du auch noch den Gift- schrank sehen? Aber dann ist Schluss. Dann gehen wir zur Weinprobe, Signorina!«

Oje, ich muss mich echt zusammenreißen, bis jetzt nimmt's Davide sportlich, aber ich sollte seine Geduld nicht überstrapazieren.

Er führt uns an den neuen Hallen vorbei, dahinter halten ein paar alte Holzhütten seit Jahrzehnten die Stellung. Davide zieht das krumme Holztor der mittleren Hütte auf. Gerümpel, Baureste, alte Bretter, einige Farbkübel und Blechdosen fül- len in loser Unordnung den Raum und ein Regal. In der Ecke steht ein grauer Metallschrank. Davide greift in ein Holzkist- chen, entnimmt einen Schlüssel und sperrt den Schrank auf.

»Ecco, das ist das ganze spannende Geheimnis«, witzelt er. »Ich hab das Zeug auch nur, weil wir auf einer Win- zerversammlung einen Vortrag über neue EU-Richtlinien bezüglich erlaubter Schädlingsbekämpfung gehört haben und darauf hingewiesen wurden, dass es verbotene und auch unwirksame Gifte gibt, die viele Winzer noch in ihrem Fun- dus hätten. Das ist schon Jahre her. Es wurde eine Sammel- bestellung mit zugelassenen Mitteln angeboten und ich habe was davon gekauft, da reingestellt und kürzlich sogar mal verwendet. Drüben im Keller vom Wohnhaus. Dort lagen ein paar Köttel und ich dachte mir, sicher ist sicher. Im Haus will ich echt keine Mäuseplage.«

Neugierig quetsche ich mich neben ihn. »Darf ich ein paar Bilder machen?«, frage ich und zücke mein Handy.

Davide hebt die Schultern. »Von mir aus. Aber wozu?«

»Keine Ahnung. Ich kann's mir dann einfach in Ruhe anschauen.«

»Komm bloß nicht auf dumme Gedanken«, mahnt Davide und wendet sich an Vinc. »Pass auf deine Frau auf.«

Der kratzt sich am Kinn. »Das sagt sich so leicht. Sie hat ihren eigenen Kopf.«

»Das habe ich gemerkt.«

»Haha«, gebe ich zurück und fotografiere die Packungen von hinten und von vorne.


»Das Weingut ist größer, als ich es mir vorgestellt habe«, staune ich, als uns Davide einen selbst gezeichneten Plan zeigt, auf dem er seine Weinberge markiert hat. So kann er bei einer Weinprobe einen Eindruck seines Besitzes vermitteln, die Lage und die Reben erklären und vor Ort die Ergebnisse verkosten.

»Schließlich will kaum einer stundenlang durch die Gegend marschieren«, trifft Davide den Nagel auf den Kopf.

Ein paar Weinberge steuern wir dann aber doch an. Die Verandalaube war ja schon ein Erlebnis, aber die feuchte Luft zwischen den Rebstöcken ist ein Mikrokosmos, da bist du plötzlich nicht mehr von dieser Welt. Die Reben sind noch lange nicht reif und es fehlt noch der besondere Kick, losgehen zu wollen, um bei der Lese zu helfen. Aber egal, wo auf der Welt, ein Weinberg hat für mich was Lebendiges, was Mystisches, was Lebenspendendes ... Doch Weinanbau ist echte Knochenarbeit. Wenig Freizeit, viel Arbeit und Mühe und dann die Abhängigkeit vom Wetter, da hat man leider nicht immer die Kontrolle.

»Ich hab kürzlich einen Bericht über Weinbauern im

tibetischen Hochland gesehen«, fällt mir in dem Zusammenhang ein, »war echt interessant, wie die auf 1.000 bis 2.000 Metern Höhe und mit diesen starken Temperaturschwankungen zwischen Tag und Nacht zurechtkommen. Die wollen es langfristig schaffen, einen richtig guten Wein zu produzieren.«

»Tibet und Wein?« Davide winkt ab. »Das ist keine Konkurrenz für uns.«

»Noch nicht. Aber die sind ehrgeizig. Als vor circa 150 Jahren französische Missionare die ersten Weinreben eingeführt haben, weil sie ja schließlich Wein für ihre Messen brauchten, war das Ergebnis ziemlich unbefriedigend. Aber die werden immer besser, schicken junge Leute nach Europa, um Önologie zu studieren, und es gibt Franzosen, die dort wohnen und es sich zur Lebensaufgabe gemacht haben, die Bauern in ihrem Vorhaben zu unterstützen. Tolle Projekte.«

»Für Messweine wird's reichen«, meint Vinc.

Davide lacht zustimmend. »Gehen wir zurück«, schlägt er vor. »Meine Mutter wird in der Zwischenzeit fertig sein und hat bestimmt schon alles hergerichtet.«

Als das Wohngebäude wieder in Sichtweite ist, schicke ich die Männer voraus. »Ich will noch ein paar Bilder schießen, ich komm gleich nach.«

»Mach, so viel du willst, aber beklage dich nicht, wenn die Flaschen dann leer sind«, droht Davide.

»Keine Sorge, ich bin schnell wie der Blitz«, verspreche ich. Und die Vorstellung von einem kühlen Glas Rosato beflügelt mich sowieso.

Als die beiden weg sind, schlendere ich ein Stück zwischen den Rebstöcken. Ich lege mich immer wieder auf den Boden, fotografiere ein Blatt, eine unreife Traube, den Himmel, einen Käfer, halte die Atmosphäre fest. Ich weiß noch nicht, wofür ich es brauche. Vielleicht landen die Bilder auf unserer Website vom »Macis« oder ich mache eine Collage oder eine Reihe gerahmter Fotos fürs Restaurant … Auf jeden Fall sind die Posen, die ich für meine Vorstellung von den Bildern einnehmen muss, nicht für Zuschauer bestimmt.

Genug fotografiert. Banale Gefühle wie Hunger und Durst treiben mich zum Gut zurück. Auf dem Weg schaue ich mir das Ergebnis meines Shootings an – sind schön geworden, die Bilder. Dieses satte Grün der Blätter, das Blau des Himmels, die braune Erde, dazwischen das knallige Rot der Rose … An den weißen Wänden im Restaurant, vielleicht rahmenlos auf Leinwandrahmen aufgezogen, könnte das gut wirken.

Upps! Hinter mir ein rostiger Hupton. Vor Schreck springe ich vom Weg auf den Grasstreifen und knicke um. Aua, verdammt! So ein Idiot! Grad will ich dem Fahrer mit einem entsprechenden Handzeichen mitteilen, was ich von seiner Hupaktion halte, als er mir zuvorkommt. Allerdings etwas höflicher, als ich es formuliert hätte. Verfehlt dennoch nicht seine Wirkung, weil mir dämmert, dass wohl ich diejenige bin, die unachtsam war. Also winke ich zurück und drücke mir ein Lächeln raus. Der Traktor hält an, der Fahrer springt vom Bock, direkt vor meine Füße.

»Salve«, schallt's mir entgegen. »Ist dir was passiert?« Klingt richtig besorgt. Wie nett. Warum habe ich gleich so böse von ihm gedacht?

»Alles gut«, beruhige ich den jungen Mann. Er ist so etwa in meinem Alter. »Bin bloß erschrocken, weil ich grade eine Fotoausstellung organisiert habe.«

»Scusa?« Seine Miene ist ein einziges Fragezeichen.

»Ach nix, war in Gedanken.«

»Aha. Und wo warst du, in Gedanken?«, fragt er grinsend.

»In München, wo ich das Restaurant meines Vaters mit

Fotos von hier verschönert habe. Und in Wirklichkeit geh ich gerade zu Davide Renzi und einer Weinprobe.«

»Dann bist du die Tochter von dem Koch aus Deutschland? Wirst begeistert sein von unseren Weinen.« Untrüglich Besitzerstolz.

»Und wer bist du?«, frage ich neugierig.

»Rocco Renzi. Ich bin Davides kleiner Bruder.« Mundwinkel bis zu beiden Ohren hochgezogen.

»Sein Bruder?« Hab ich noch nix davon gehört. Ich schau wahrscheinlich wie ein Auto.

»Hat er mich mal wieder unterschlagen?«, fragt er.

»Nicht direkt«, wiegle ich ab. Hoffentlich habe ich nicht einen wunden Punkt getroffen.

»Ich bin auch eigentlich gar nicht sein Bruder, sondern sein Neffe. Meine Eltern sind bei einem Autounfall ums Leben gekommen, als ich noch ganz klein war. Und da hat Davide mich als Kind seines älteren Bruders ohne Zögern aufgenommen. Er ist zwar viel älter als ich, aber irgendwie sind wir trotzdem wie Brüder.« Er strahlt wieder und ich wundere mich ein bisschen, dass er mir das alles erzählt. Davide ist in der Beziehung verschlossener. Gut, geht mich ja auch nichts an.

»Kommst du auch zur Weinprobe?«, frage ich.

Rocco schüttelt den Kopf. »Leider keine Zeit. Davide hat wahrscheinlich extra eine lange Auftragsliste für mich erstellt. Damit ich seinen hübschen Gast nicht von ihm ablenke. Außerdem nutzt er mich aus. Versklavt mich.« So unverschämt, wie er dabei grinst, muss ich mir wohl keine ernsthaften Sorgen um ihn machen.

»Ciao, Rocco, du Armer. Ich muss jetzt – die Genüsse des Lebens warten.« Ich zwinkere ihm zu.

Er schwingt sich auf seinen Traktor, winkt und tuckert von dannen.

Der erste Wein, den Davide kredenzt, ist ein Custoza – ein Muss, wenn man hier in diesem Gebiet Wein anbaut. Die Garganega-Reben hat er uns vorhin gezeigt, zumindest einen der Weinberge, auf denen er diese Rebsorte anbaut. Ich setze mich dazu, lasse die Flüssigkeit im Glas kreisen und nehme dann einen Schluck.

Davide schaut mir aufmerksam zu, ohne zu verraten, was Vinc gesagt hat beziehungsweise was man rausschmecken sollte, wenn man den Wein mit Verstand trinkt, wie Davide es ausdrückt. »Saufen kann jeder, trinken nicht«, ist eins seiner Credos.

Ich lasse mir Zeit. Mein oberstes Kriterium erfüllt er auf jeden Fall: Der Wein schmeckt mir. Dann spüre ich den Aromen nach. Fruchtig.

»Aprikose? Pfirsich? Ein leichter, frischer Wein, vielleicht eine Spur würzig, holzig …« Ich stelle das Glas auf den Tisch und lehne mich zurück. »Sorry, ich passe«, sage ich, weil mir mehr dazu echt nicht einfällt. Bin ja auch kein Winzer.

»Gar nicht mal so schlecht«, befindet Davide. »Den holzigen Abgang hat Vincenzo nicht geschmeckt. Eine Spur bitter, hat er gesagt, das ist auch irgendwie richtig. Allora, Hauptsache ist, dass er schmeckt. Salute!«

Na, was sag ich denn. Der Mann spricht meine Sprache. Wir prosten uns zu.

Signora Renzi bringt einen Korb mit Brot. Dazu Oliven, Käse, Salami. »Nachher gibt's noch Tortelloni«, verspricht sie.«

Logisch, was sonst. »Was für eine Füllung haben Sie gemacht, Signora?«, frage ich neugierig.

»Lassen Sie sich überraschen. Jeder hat hier sein eigenes Familienrezept.«

Okay, da bin ich gespannt. »Mir kommt grad 'ne Idee!« Alle Blicke sind bei mir. »Wir könnten hier im Hof unser

Abschlussessen veranstalten. Wenn wir fertig sind mit der Filmerei und das Tortellinifest vorbei ist. Paps, die Crew, Valeria, euer Stammtisch natürlich. Jeder trägt ein Gericht dazu bei. Köche wären wir genug. Sie sind ja auch eine begnadete Köchin, Signora Renzi, hab ich mir sagen lassen.«

Sie lächelt bescheiden, aber durchaus selbstbewusst. Die Aussicht, mit Sascha Ritter in Konkurrenz zu treten, scheint sie nicht einzuschüchtern.

»Dazu eure Weine, das wär doch ein genialer Ausklang. Wir könnten natürlich auch ins ›La Rosa‹ gehen – ich weiß ja nicht, ob Valeria schon was geplant hat.«

»Von uns aus gerne.« Die Signora überlegt nicht lange. »Sie geben einfach Bescheid, wenn Sie was wissen, d'accordo?«

»So machen wir's«, sage ich.

Vinc findet die Idee gut. »Das wär dann ein prima Abspann für die Reportage. Das Team nach getaner Arbeit.«

»Darauf stoßen wir an. Salute!« Davide hebt das Glas.

Wir knabbern an den Köstlichkeiten und bekommen den nächsten Wein kredenzt. Einen Rosato, helles Pfirsichrosa, kein Frizzante.

»Davide, kannst du mir kurz bei mamma helfen? Wir müssen sie noch neu lagern. Das machen wir am besten, bevor ich die Nudeln in den Topf gebe.«

»Gerne, mamma. Scusatemi. Ihr beiden kommt bestimmt kurz allein zurecht«, entschuldigt er sich bei uns und folgt seiner Mutter.

»Frag mich mal, ob ich was Neues weiß«, fordert Vinc, kaum dass wir allein sind. Er grinst selbstzufrieden, triumphal ... Er lässt mich zappeln. Okay, ich gönn's ihm. Aber nur ein paar Augenblicke.

»Jetzt sag schon, was hat Davide dir erzählt?«, bohre ich nach gefühlten zehn Minuten, Echtzeit maximal zehn Sekunden.

»Tja, Männergespräche«, macht Vinc es weiter spannend. »Ich weiß jetzt, was mit Angelo los ist.«

Ich runzle die Stirn. Hab nix mitgekriegt.

»Wir haben nicht nur Wein getrunken, während du deine Fotos geschossen hast.«

»Soso. Und?« Ich schaue ihn erwartungsvoll an.

»Angelo hat Probleme mit dem Glücksspiel. Er hat die Pizzeria seiner Eltern heruntergewirtschaftet, sein ganzes Geld beim Pokern verzockt, die Pizzeria ist verschuldet und er sitzt jetzt praktisch mittellos auf der Straße.«

»Echt? Krass! Hat er die Pizzeria verkauft? Oder hat die Bank sie übernommen? Und was ist mit seinen Eltern?«

»So genau weiß ich das auch nicht. Seine Eltern sind tot, hat Davide gesagt, und dass Angelo seitdem irgendwie verlottert ist und nur noch davon gesprochen hat, das große Geld zu machen und dann den ganzen alten Kram neu herzurichten und alles besser und größer und rentabler zu gestalten als seine Eltern. So weit kam es dann aber nicht, weil er erstens alles verzockt hat und zweitens ihm die Bank tatsächlich im Nacken saß, er dann aber – pass auf, das ist der Oberhammer – drittens ausgerechnet Ratten im Speisekeller hatte!«

»Was?« Mir verschlägt's die Sprache. Passt ja wie die Faust aufs Auge.

Vinc nickt. »Ich weiß, was du jetzt denkst. Rattengift, Notstand und Vergiftungen – eine logische Verknüpfung, und es wäre schon ein großer Zufall, wenn das ein Zufall wäre, stimmt's?«

Ich nicke. Hätte es nicht besser ausdrücken können.

»Während er es erzählt hat, ist Davide anscheinend erst bewusst geworden, was er da gerade gesagt hat. Er hat sich fast die Zunge abgebissen, aber es war schon raus.«

»Hmm«, sage ich nur. Rache oder Erpressung? Gibt es

eine Geldforderung? Renato Belotti fragen, notiere ich auf meinem geistigen Notizzettel. Allerdings gilt es auch zu bedenken, dass ich mit dem Verdacht gegen Angelo ziemlich sicher den Zorn seiner Freunde auf mich ziehen würde. Vinc rät dringend davon ab, er will nicht als Klatschmaul dastehen und ich seh's ja genauso. Ich werde ein wachsames Auge drauf haben und auf Renato Belottis Fähigkeiten vertrauen.

Während Davide und seine Mutter beschäftigt sind, gesellt sich Rocco zu uns.

»Maledetto! Jetzt habe ich mich so beeilt und es ist mir doch einer zuvorgekommen«, ruft er und rauft sich die Haare.

»Witzbold! Das ist Rocco, Davides Neffe«, stelle ich Vinc den gut aussehenden Italiener vor. »Und das ist Vinc, mein Freund.«

»Doro, du machst mich unglücklich«, jammert Rocco theatralisch, zwinkert uns zu und schenkt sich ein Glas Wein ein.

Vinc legt vorsichtshalber den Arm um meine Schultern. »Ich dachte, du wolltest Fotos machen?«, scherzt er.

»Ich hab halt nicht *nur* Fotos geschossen, während ihr Wein getrunken habt.« Die verspätete Retourkutsche kann ich mir nicht verkneifen.

Dann will Rocco ein paar Infos über Paps. Wie üblich. Aber klar, eine Fernsehproduktion ist eben interessant, da wäre ich auch neugierig, ohne Frage.

Davide ist zurück, bringt die nächste Flasche Wein. »Zum Essen nehmen wir einen leichten Rotwein.«

Bevor er weitererklären kann, tritt seine Mutter aus dem Haus. »Für dich. Du hast dein telefonino in der Küche liegen lassen.« Sie reicht ihm sein Handy.

»Sì, pronto?«, meldet Davide sich. Während er zuhört, verdüstert sich seine Miene immer mehr. »Ich komme so schnell wie möglich«, verspricht er und legt auf.

»Das war Renato«, teilt er uns bedeutungsvoll mit. »Es gibt einen dritten Vergiftungsfall.« Davide schluckt. »Sie haben Angelo verhaftet.« Er wirft einen schnellen Blick zu Vinc.

Ich drücke Vinc' Hand. Gut, dass er damit aus dem Verdacht raus ist, seinen Mund nicht gehalten zu haben. Das muss sich sowieso Davide auf sein Konto schreiben. Er ist schließlich seit ewigen Zeiten mit Angelo befreundet. Andererseits, das mit den Ratten in Angelos früherem Restaurant hat Renato natürlich auch gewusst – und dieselben Schlüsse daraus gezogen wie Davide, Vinc und ich. Habe ich mich also in Bezug auf Renato Belottis Fähigkeiten als Ermittler nicht getäuscht. Angelo tut mir trotzdem leid. Genauso wie die anderen Mitglieder der Clique. Die Männer kennen sich seit ihrer Kindheit und sind zusammen alt geworden. Na ja, mittelalt. Und jetzt ist einer von ihnen auf die schiefe Bahn geraten, aus dem Tritt gekommen – zumindest deutet einiges darauf hin. Trotzdem, da muss es noch etwas anderes geben, etwas, was wir nicht über Angelo wissen, die Polizei aber schon. Die Rattenplage oder auch seine missliche Lage allein – da gibt es mit Sicherheit nicht nur Angelo, auf den das zutrifft.

»Leider muss ich mich für heute entschuldigen, ich habe Renato versprochen, gleich ins ›Il Mulino‹ zu kommen. Ihr könnt aber gerne bleiben, meine Mutter kocht natürlich für euch und Rocco kann die Weinprobe übernehmen.«

Ich tausche einen kurzen Blick mit Vinc. »Wenn es nicht zu unhöflich ist, würden wir die Weinprobe lieber ein anderes Mal fortsetzen. Ist doch jetzt auch schade, ohne Davide …«

»Gar kein Problem«, beruhigt uns Signora Renzi. »Rocco

leistet mir beim Essen Gesellschaft und dann muss ich auch los. Dieser Vorfall wird bestimmt heute noch im Frauenverband besprochen.«

Davide bietet an, uns mitsamt unseren Rädern mitzunehmen, und wir nehmen gerne an. Ein paar Minuten später rasen wir in seinem Jeep gen Valeggio, ins »Il Mulino«, wo sich schon die anderen versammelt haben. Keiner stört sich daran, dass Vinc und ich dabei sind.

# KAPITEL 8

# TOPI E ANELLI – RATTEN UND RINGE

**Mercoledì (Mittwoch) – Tag 2**

Alfredo Corini, der Apotheker, und Massimo Voltolini, unser Dottore, liefern sich ein Wortgefecht, in dem es von Fachbegriffen und medizinischen Andeutungen nur so wimmelt. Gegenstand des Schlagabtauschs – wie soll's anders sein: Rattengift.

Immerhin weiß ich genug über die Wirkung, dass ich halbwegs mitkriege, worüber sie reden. Vinc hat etwas mehr Probleme, ich dolmetsche, so gut ich kann. Es geht um die Wirkungsdauer von Rattengiften und Antidoten, also Gegengiften. Seltsame Bezeichnungen, Coumarinderivate, Bromadiolon, Thallium – chemisch gesehen steige ich aus, aber dass diese Mittel die Blutgerinnung verändern, weil irgendwelche Synthesen in der Leber nicht funktionieren und Vitamin K als Gegengift eingesetzt wird, habe ich schon gehört. Thallium kenne ich aus dem Chemieunterricht, mehr weiß ich nicht darüber, ist aber eh verboten. Sie wollen wohl Renato Belotti, den ermittelnden Beamten im Fall der Vergiftungen, auf den neuesten Informationsstand bringen. Der nickt und schreibt fleißig mit.

»Wetten, damit glänzt er bei der nächsten Teambesprechung«, flüstere ich Vinc ins Ohr.

»Die Frau hatte Glück«, berichtet Renato, »ihr Hotelier hat sie sofort ins Krankenhaus geschickt, als sie ihn nach einer Apotheke gefragt hat. Sie wollte Medikamente gegen Kreislaufschwäche und Übelkeit. Die Alarmglocken von

Signor Vismara, dem Hotelier, ihr kennt ihn ja alle, haben geschrillt. Der Frau geht es schon besser. Im Krankenhaus haben sie das volle Programm mit Einlauf, Magensonde, Infusionen und was weiß ich noch allem ablaufen lassen.«

Der Apotheker und der Dottore nicken sich wissend zu.

»Das Problem ist die Zeit«, grübelt Renato. »Weil die Giftaufnahme gar nicht so leicht zu bestimmen ist. Wann, wie, wo. Der Verlauf hängt von der gesundheitlichen Konstitution ab, von der Körpergröße und der Dosis natürlich.«

»Dosis facit venenum. ›Alle Dinge sind Gift, und nichts ist ohne Gift; allein die Dosis macht's, dass ein Ding kein Gift sei.‹ Eine These von Theophrastus Bombast von Hohenheim, genannt Paracelsus. Er war ein Schweizer Arzt, Naturphilosoph, Alchemist, Laientheologe und Sozialethiker. Er wurde Ende des 15. Jahrhunderts geboren«, doziert Massimo mit erhobenem Zeigefinger.

»Basta, Massimo«, stoppt Salvatore den historischen Vortrag. »Es ist genug.«

Alfredo nickt eifrig und poliert seine Brille. »Sì, sì, certo. Die Dosis macht das Gift, das hat schon Paracelsus gesagt.«

Und was wollen uns der liebe Signor Corini, seines Zeichens Approbierter der Pharmazie, und unser Dottore, Träger des Doktortitels der Medizin, damit sagen? Nicht nur ich stehe auf dem Schlauch, das ist an den Gesichtsausdrücken der anderen unschwer zu erkennen.

Corini lacht gutmütig, wenn nicht sogar ein wenig gönnerhaft. »Na, zum Beispiel schlichtes Kochsalz. Nehmen wir täglich zu uns. Sozusagen eines unserer Lebenselixiere.«

»Kommt gleich nach dem vino«, wirft Umberto dazwischen und nimmt einen Schluck desselbigen – die Runde schließt sich an und Alfredo Corini unterweist uns weiter.

»Allora, nimmst du zu viel davon, vom Salz mein ich, kommt dein Wasserhaushalt durcheinander, dein Blutdruck kann steigen und so weiter. Und würdest du ein paar Esslöffel zu dir nehmen – schwupps, das wär's. Exitus. Das ist gemeint. Es kommt immer auf die richtige Menge an. Wenn du also jemanden töten willst, dann gib ihm genug Salz.«

Wir schweigen betreten. Denn irgendjemand läuft da draußen herum und verteilt Rattengift in durchaus bedrohlichen Dosen.

»Die Frage ist, wie juble ich jemandem das Gift unbemerkt unter?« Ein berechtigter Einwurf von Renato Belotti.

»Probabilmente«, setzt der Dottore an, bricht dann aber etwas beleidigt ab, weil alle erwartungsvoll auf Alfredo Corini schauen.

Der zuckt mit den Schultern. »Ich weiß nicht, wie Rattengift schmeckt, nachdem es die kleinen Nager aber fressen sollen, wird es nicht allzu übel sein. Obwohl, wenn man bedenkt, was diese Viecher alles fressen, dann ist das kein Kriterium. Egal, ich könnte mir vorstellen, dass man den Sicherheitsfaktor über eine leuchtende Farbe erfüllt – wobei das bei Kindern unter Umständen das Gegenteil erreicht.« Er wiegt nachdenklich den Kopf. »Interessant ist ja auch die letale Dosis, das heißt die Menge, die lebensbedrohlich für den Menschen ist. Weil Renato natürlich recht hat. Kein Mensch isst freiwillig ein paar Esslöffel Salz oder ein Päckchen Rattengift.« Corini seufzt. »Und Angelo …« Er lässt den Satz unvollendet verklingen.

Alle denken jetzt wohl dasselbe. Angelo ist wütend wegen seiner beschissenen Lage, fühlt sich verlassen und verraten – er sitzt nicht mehr im Boot, hat er gesagt – und Ratten hat er in seiner Küche auch schon gehabt. Eine verdammt schlüssige Verdachtskette.

»Ich musste ihn festnehmen.« Renato schüttelt verzweifelt den Kopf. »Dieser Esel! Hat sich gestern volllaufen lassen und dann lautstark in der Kneipe herumposaunt, dass es den Arschlöchern vom Festkomitee und überhaupt allen ganz recht geschähe, wenn das Fest abgesagt würde. Als er nicht aufgehört hat zu pöbeln, haben sie ihn rausgeschmissen. Pech nur für Angelo, dass ein paar Jungs von der polizia in der Kneipe waren. Er hat sich mit seinem losen Maul in diese Scheiße geritten. Ist halt so, wenn du erst mal am Boden liegst ...« Renato seufzt schwer. Vor lauter Frust hat sich sein Vokabular drastisch verschärft.

Die Luft im »Il Mulino« spiegelt die Stimmung der Männer am Tisch wider, ein explosives Gemisch aus Wut, Ohnmacht und Angst. Das schreit förmlich nach Entladung. Mir fällt nix ein. Keine Idee. Kein Ventil.

Ausgerechnet der wortkarge Salvatore Lonati bricht das Schweigen. »Was ist eigentlich los mit dir, Umberto?«, fragt er und schaut sich unauffällig um. Es sind keine Gäste mehr da, und als er Rosalia nicht an der Theke sieht, spricht er weiter. »Uns«, dabei macht er eine umfassende Handbewegung, »ist zu Ohren gekommen, dass Evelina schwanger ist. Ist das Kind von dir?«

Umberto setzt sich empört auf. »Was denkt *ihr* denn? Evelina liebt mich und macht nicht mit anderen Männern rum.«

»Schon gut! Reg dich nicht auf. Hauptsache, *du* hast es mit der Treue«, stichelt Davide.

»Das geht euch nichts an«, schnappt Umberto.

»Richtig, amici, soll jeder vor seiner eigenen Tür kehren, das war schon immer unsere Devise«, schlichtet Salvatore. »Ich wollte dich auch gar nicht angreifen, Umberto, wir machen uns halt so unsere Gedanken. Wie soll das gehen? Evelina, das Kind und du auf der einen Seite – Rosalia und du auf der anderen Seite ... Du kannst dich nicht klonen.«

»Ist zwar meine Sache, aber ich kann's euch sagen: Evelina wird hier ins Hotel ziehen.«

Da sind erst mal alle sprachlos. Dann kommt die Explosion. Das Ventil ist offen und heraus sprudeln Fragen und Fassungslosigkeit.

»Und Rosalia ist einverstanden?«, fasst Salvatore die Einwürfe zusammen.

Umberto zuckt mit den Schultern. »Noch nicht. Aber ihr wird nichts anderes übrig bleiben. Das Hotel gehört mir.«

Salvatore schüttelt den Kopf. »Umberto, ich muss dir als Freund sagen, das ist nicht nur unehrenhaft, das ist Rosalia gegenüber auch unfair!«

Ganz meiner Meinung. Unterm Tisch drücke ich Vinc' Hand. Ich platze fast vor Empörung. So ein Schwein! Ich muss wieder an den Streit von heute Morgen denken und daran, was Umberto seiner Frau an den Kopf geworfen hat. Es fällt mir schwer, die zwei Seiten von Umberto auf einen Nenner zu bringen.

»Du warst doch schon immer scharf auf Rosalia. Kannst sie ja haben«, knurrt der jetzt böse.

Oh, oh! Salvatores roten Bäckchen nach zu urteilen, hat Umberto einen wunden Punkt getroffen.

Renato haut mit der flachen Hand auf den Tisch. »Basta! Jetzt langt's! Wir haben andere Sorgen, da müsst ihr nicht mit euren kindischen Eifersuchtsdramen kommen. Salvatore, misch dich nicht in Umbertos Ehe ein, und wenn du Rosalia helfen willst, dann mach das mit ihr aus. Und du, Umberto, reiß dich zusammen und besinn dich auf deinen Anstand! Wir sind fast ein Leben lang befreundet, da werden wir diese Krise auch überstehen. Einer für alle und alle für einen!«

Ich muss grinsen. Wie Renato die Freunde mit dem Schlachtruf der Musketiere beschwört, hat Kabarettcharakter. Sechs ältere Herren, teils schmerbäuchig und mit lückenhafter Haarpracht – das hat was.

»Hast ja recht«, gibt Umberto zu, »das ist nicht die ideale Lösung. Aber was soll ich machen? Rosalia kann keine Kinder mehr bekommen und mit Evelina und meinem Baby geht es weiter mit den Zanardinis.«

Hinter uns zerspringt Glas auf dem Boden. Erschrocken fahren wir herum. Keiner von uns hat bemerkt, dass Rosalia mit einem voll beladenen Tablett aus der Küche kam, um die frisch gespülten Gläser in das Regal hinter der Theke zu räumen. Sie lässt die Scherben liegen und eilt wortlos hoch in ihre Wohnung.

Salvatore wird knallrot im Gesicht. Bis jetzt kenne ich ihn ruhig und sanftmütig, selbst als er Umberto vorhin wegen Rosalia ermahnt hat. Aber jetzt sieht er aus wie ein wütender Stier. Ebenfalls ohne ein Wort zu sagen, stößt er seinen Stuhl zurück, stelzt hinter die Theke und holt Schaufel und Besen. Er scheint etwas für Rosalia tun zu wollen, und das ist das Einzige, wozu er ein Recht hat und was seine Wut vielleicht ein bisschen besänftigt.

Wir anderen sitzen bedröppelt am Tisch.

»Musste das sein, Umberto?«, fragt Davide Umberto vorwurfsvoll.

»Ihr könnt leicht reden«, verteidigt sich Umberto. »Ihr habt doch alle eure Nachkommen. Du hast zwar selber keine Kinder, aber der Sohn deines Bruders begeistert sich fürs Weingut und wird das Familienunternehmen weiterführen. Bei dir, Massimo, übernimmt deine Tochter die Arztpraxis, und dein Sohn, Alfredo, hat Pharmazie studiert und tritt in deine Fußstapfen. Renato, du hast Frau und Kinder, nur von mir bleibt nichts. Gut, Angelo ist noch schlechter dran als ich … Das Baby ist meine letzte Chance, die Zanardini-Dynastie weiter bestehen zu lassen.«

»Dynastie! Drehst du jetzt vollkommen durch?« Salvatore erhebt sich hinter der Theke und winkt ab. »Das musst du mit deiner Frau klären. Aber versuche wenigstens, dich nicht wie ein Schwein zu verhalten.« Er nimmt die Schaufel mit den Scherben und leert sie in den Abfalleimer.

»Ist mir nur ein Rätsel, wie du bei Evelina punkten konntest. Du bist doppelt so alt wie sie und der Attraktivste nun auch nicht gerade«, spottet der Dottore.

Davide streicht sich übers wohlfrisierte Haar, schielt zu mir – und schaut sofort wieder weg, ist ihm peinlich, dass ich ihn dabei erwischt hab. Ich verziehe keine Miene. Ist genug Zunder am Tisch.

»Tja, wer kann, der kann«, genießt Umberto die Rolle als Frauenheld und ist offensichtlich froh, dass das Thema in eine andere Richtung driftet.

»Du solltest dich fit halten, junge Frauen sind anstrengend.« Davide lacht und grinst nun offen in meine Richtung.

»Bin ich anstrengend, Schatz?« Mit unschuldiger Miene wende ich mich an Vinc.

»Das ist gefährliches Terrain. Dazu möchte ich mich nicht unbedacht äußern.«

Die signori klatschen Beifall. Und Vinc kriegt von mir einen Puffer an die Schulter.

Umberto streicht sich über seinen Bauch. »Ich habe nicht vor, mich zu ändern. Evelina liebt meinen Adoniskörper.«

»Ja genau. Und meine Oma tanzt Samba in Brasilien.« Davide steht auf und macht ein paar laszive Bewegungen.

Salvatore hat sich abreagiert und setzt sich wieder an den Tisch. Er sagt nichts, fährt mit dem Finger konzentriert imaginären Linien auf der Tischplatte nach.

Die Gruppe hat sich auf Umberto eingeschossen, der trägt's mit Fassung. Geschieht ihm recht, denke ich, mir stinkt es aber, dass er sein schlechtes Gewissen wegen Rosalia scheinbar sehr schnell in den Tiefen seiner Seele verstaut hat.

»Was mich allerdings ärgert«, setzt Umberto seine Gedanken unbeirrt fort, »ist, dass mir mein Siegelring nicht mehr passt.« Umberto spreizt seine Finger und betrachtet die Hand von allen Seiten.

Salvatore schaut hoch. »Lass mal sehen«, fordert er und grapscht nach Umbertos Hand. »Ganz schöne Wurstfinger, in der Tat. Aber den Ring zu weiten, dürfte kein Problem sein.«

»Salvatore ist nicht nur Juwelier, er ist auch Goldschmied. Im wahrsten Sinne des Wortes. Seine Hand ist genauso ruhig wie sein Gemüt«, beschreibt Alfredo Corini den Freund für Vinc und mich. »Und wenn einer den Ring für die dicken Finger von Umberto weiten kann, dann er.« Alle feixen und sind froh, dass die Wogen geglättet scheinen.

»Einen Ring weiten, das kann jeder Lehrling«, wiegelt Salvatore bescheiden ab.

»Zier dich nicht, mein Lieber, du könntest Kronjuwelen anfertigen«, widerspricht der Apotheker.

Pipo, Umbertos Promenadenmischung, verlässt seinen Platz unter Umbertos Stuhl und gähnt. Zeit fürs Bett, soll das wohl heißen, aber die Runde macht keine Anstalten. Pipo legt seine Schnauze auf Umbertos Schenkel und schaut ihn treuherzig an. Nützt ihm nix. Umberto streicht dem Hund über sein drahtiges Fell, klopft ihm an die Flanke. »Pipo, Platz«, sagt er und der trollt sich wieder unter den Stuhl.

»Wo ist der Ring? Lass mal sehen«, fordert Salvatore Umberto auf.

»Un attimo, ich hole ihn.« Der Gastgeber steht auf. »Hat noch jemand Hunger?« Die Frage geht an alle und wird ohne sich zu zieren bejaht.

»Ich helfe dir«, biete ich an. Immerhin ist es schon recht spät und vier Hände arbeiten schneller als zwei.

»Ich decke den Tisch«, aktiviert sich Vinc.

»Perfetto! Vincenzo, du weißt, wo alles ist, und wenn nicht – die bequemen signori hier am Tisch helfen dir mit ihrem Wissen sicher gerne weiter. Doro, du kannst die Brühe für die Pasta aufsetzen, ich bin gleich wieder da.« Sagt's und eilt die Treppen zum Privatbereich hoch. Keine zwei Minuten später ist er wieder unten, trägt ein perlmuttschimmerndes Kästchen von der Größe eines Kinderschuhkartons unterm Arm und stellt es auf die Küchenablage. Neugierig betrachte ich es.

»Finger weg!« Umberto klopft mir spielerisch auf die Hand, als ich den Klappdeckel anheben will. »Nach dem Essen dürft ihr gucken. Schau lieber nach der Brühe, Mädel, und dann nimm die Tortelloni, lass sie knapp vier Minuten ziehen, und dann ab auf die Teller. Sind die im Warmhalteschrank, Vincenzo?«

»Sì, certo, padrone!«, bestätigt er zackig.

»Bene. Parmigiano e vino«, murmelt der Padrone dann vor sich hin, nimmt die entsprechenden Utensilien und stellt sie draußen im Gastraum auf den Stammtisch. »Lass die Pasta nicht verkochen!«

Das geht wohl an meine Adresse. Ha! So schnell wird man zum Lehrling degradiert. Ich reibe mein Ohrläppchen und schau ihm hinterher. Machogehabe – oder weiß er wirklich nicht, wen er vor sich hat?

»Hab's gesehen«, raune ich Vinc zu, der grade vorbeieilt, um die Teller aus dem Wärmeschrank zu holen, und meine damit seinen Gesichtsausdruck, der mehr sagt als tausend Worte. Hat er ja wieder mitkriegen müssen und kennt mich viel zu gut, um nicht zu ahnen, was in mir vorgeht.

Er stoppt und nimmt mich in die Arme. Kurze Schmusepause, Umberto ist zum Glück im Gastraum. »Mein kleiner Snob«, flüstert er und küsst mich. Ich muss lachen. Nicht ganz von der Hand zu weisen, sein Spott. Manchmal suhle ich mich halt doch in Paps' Berühmtheit, man gewöhnt sich schnell an einen Sonderstatus. Und den hab ich definitiv in der Küche des »Macis«. Bin zwar nicht die Souschefin, will ich auch gar nicht sein, weil ich eben nicht nach höheren Weihen strebe, aber ich weiß, dass ich kein Totalausfall in der Sterneküche bin. Und natürlich – ohne Worte – bin ich Paps' Prinzessin und den Status kann mir keiner nehmen. Wenn ich mit Klein-Doro-Blick etwas unbedingt erreichen will, dann klappt das auch meistens. Besser jedenfalls als bei Pipo, der mit seinen treuen Hundeaugen heute nicht bei seinem Herrchen gegen Tortelloni, Siegelringe und verhaftete Freunde konkurrieren konnte.

Basilikum-Pesto und ein kleiner Topf mit ragù bolognese stehen bereit, die Küchenuhr klingelt, mit der Kelle fische ich die Tortelloni aus der Brühe und verteile sie auf die Teller. Umberto setzt einen Klecks Basilikum-Pesto, selbstverständlich Eigenproduktion, und einen Klecks ragù bolognese links und rechts neben die Tortelloni, Vinc trägt die Teller nach draußen. Genüsslich schlemmen wir unsere Portionen bis auf das letzte Pastateilchen. Die Tortelloni sind wieder genial. Diesmal mit einer schlichten Kräuter-Frischkäse-Füllung. Von den unterschiedlichen Füllungen, die ich bis jetzt probiert habe, sind Valerias Tortellini mit Fleischfüllung mein Favorit. Die klassischen Nodi d'Amore. Klein, blütenzart. Am liebsten mag ich sie mit zerlassener Butter, ein klein wenig Parmesanbröseln und sonst nix. Und mit einem Glas Custoza dazu. Oder Rosato Frizzante, den liebe ich einfach zu fast allem. Im Sommer.

Zum Abschluss bringt Umberto eine Platte mit Käseauswahl, wer will, kriegt einen Espresso. Am Ende sind alle satt und zufrieden.

Es ist wie nach einem Gewitter: Spannungsentladung

und die Atmosphäre ist sauber und frisch. Wenigstens für den Augenblick.

Umberto stellt das Kästchen auf den Tisch. »Das hat meiner nonna gehört.« Er klappt den Deckel hoch.

»Wow! Das ist ja ein richtiges Schatzkästlein«, rufe ich begeistert und beuge mich vor, um einen besseren Blick auf den Inhalt werfen zu können.

»Pazienza, ragazza, du darfst gerne alles anschauen. Ich suche nur erst den Ring.« Umberto kramt zwischen diversen Ketten und Armreifen nach seinem Siegelring, der sich auf dem Boden der Box versteckt hat. »Ha! Da ist er ja.« Triumphierend hebt er ihn in die Höhe.

»Poh«, entfleucht mir ein undefinierbarer Laut. Ich zwicke Vinc in den Arm. Seine Augenlider zucken, vermutlich kämpft er gegen einen Lachanfall an. Der Ring ist so hässlich – ich meine, selbst wenn Evelina über Umbertos Bauch hinwegsähe, wäre allein schon der Ring ein Trennungsgrund.

Bei den Freunden ruft das Schmuckstück keine Reaktion hervor, was mich nicht wundert, Umberto hat den Ring jahrelang getragen, also kennen sie das gute Stück. Na ja, jedem das Seine. Salvatore rutscht auf den freien Stuhl neben Umberto. Angelos Platz. Er nimmt den Ring, begutachtet ihn. »Zeig mal den Finger.«

Umberto streckt ihm seine Linke hin. »Mittelfinger, weißt du ja wahrscheinlich.«

Am Stinkefinger! Mann, das auch noch, ich halt's nicht aus.

»Der Ring passt nicht mal mehr über den Ringfinger«, stellt Salvatore fest. »Da werden wir einiges an Gold brauchen. Die Arbeit mach ich dir gratis, das Gold musst du zahlen.«

»Das wird mich nicht umbringen«, meint Umberto.

»Ich könnte natürlich auch ein Teil aus der Schatulle dafür verwenden. Scheinen ein paar Goldschätze dabei zu sein. Schieb mal bitte rüber, Doro.«

»Ungern«, ziere ich mich, »da sind ein paar wirklich schöne Stücke drin. Bisschen altmodisch, aber schön. Hier, das Armband zum Beispiel. Gefällt mir total gut. Rubine, stimmt's?« Ich lasse ein goldenes Gliederarmband vor meinen Augen baumeln. Wenn das Licht darauf fällt, leuchten die granatfarbenen Steine.

»Dazu müsste ich es mir genauer ansehen.« Salvatore pfriemelt eine Art Lupe aus seiner Jackentasche. »Standardausrüstung«, kommentiert er, als er meinen überraschten Blick sieht, und vertieft sich in die Prüfung der mutmaßlichen Rubine. »Die sind echt. Doro, gib mir mal die Schatulle, per favore.«

Er sichtet mit geübtem Blick den Inhalt, legt alles vor sich auf den Tisch. Verschiedene Häufchen. Ketten, Armreife, Ringe und Broschen.

»Da bist du ja wirklich eine gute Partie«, spöttelt der Apotheker. »Schmuck, toller Hecht im Bett, das Hotel …«

Umberto grinst nur. »Absolut richtig, mein Freund. Allerdings wird Evelina lediglich hier wohnen, mit dem Hotel hat sie nichts zu tun. Da wird ihr der Mund trocken bleiben.«

»Vielleicht denkt sie weiter. Das Kind wird mal erben. Es muss zwar erst geboren werden, aber dann hat sie am Ende doch das Hotel. Sie ist jung, sie kann warten. Du solltest ein Testament machen«, empfiehlt Dottor Voltolini.

»Danke, dass ihr euch so um mich sorgt, aber ich habe alles im Griff, lasst mich nur machen. Und noch seh ich das Gras nicht von unten wachsen«, mault Umberto.

Eine gewisse Schadenfreude steht den Freunden ins Gesicht geschrieben, aber Alfredo Corini gibt zu: »Auf dein Liebesleben sind wir einerseits neidisch, andererseits sind wir froh, nicht in deiner Haut zu stecken. Zwischen zwei Stühlen – äh, zwei Frauen.«

Salvatore nimmt mit säuerlicher Miene das eine oder andere Schmuckstück in die Hand. Er will offensichtlich weg von dem Thema. Über Rosalias Lage will er keine Witze machen.

Verstehe ich. Weil er sie mag. Oder noch mehr.

Als hätte Umberto Salvatores Stimmungsumschwung bemerkt, sagt er: »Der Schmuck gehört Rosalia. Ich habe ihn ihr auf nonnas Wunsch hin geschenkt. Aber sie hat ihn nie getragen. Sie hat bestimmt nichts dagegen, wenn wir etwas davon für den Ring verwenden.«

Davide sitzt Salvatore schräg gegenüber. Er greift über den Tisch, nimmt eine Kette und schaut sie sehr genau an. »Meinst du, deine Frau würde die hier verkaufen? Das wäre ein wunderbares Geschenk für meine Mutter«, fragt er und lässt die Kette durch die Finger gleiten.

»Keine Ahnung, aber ich wüsste nicht, was dagegen-spräche. Ich kann sie morgen gern fragen, wenn es dir ernst ist.«

»Tu das.« Davide macht ein paar Fotos mit dem Handy und legt die Kette wieder rüber zu Salvatore. »Kannst du sie dann bitte schätzen?«

Salvatore nickt. »Certo.«

Davide springt auf. »Grazie e buona notte. Ich fahre, muss morgen früh raus.« Er winkt kurz in die Runde und verschwindet.

Ich bin etwas überrascht von Davides überstürztem Aufbruch. »Mensch, Vinc, wir haben noch die Räder auf dem Jeep!«, fällt mir zum Glück noch rechtzeitig ein.

Wir rennen raus und erwischen ihn gerade noch. Er sitzt bereits im Wagen, die Fahrräder lehnen an der Hausmauer.

»Grazie mille, Davide«, rufe ich ihm hinterher, als er spritzig vom Hof fährt.

Er winkt durchs offene Fenster und rauscht davon.

Als wir an den Tisch zurückkommen, verstummt Renato auffällig schnell.

»Lasst euch nicht stören«, sage ich.

Alfredo Corini beugt sich leicht vor und tippt mit dem Zeigefinger auf die Tischplatte. »Zier dich nicht, die beiden haben bisher sowieso alles mitgekriegt, Renato.«

Der runzelt die Stirn. »Ich weiß nicht. Die Informationen sind vertraulich und es ist ja erst mal nur eine Vermutung.«

»Das Gift war wahrscheinlich in einigen der Tortelloni«, übernimmt Alfredo die Initiative.

»Das bleibt aber unter uns«, fordert Renato mit einem Blick zu mir. »Mir ist nämlich zu Ohren gekommen, dass du – wie soll ich es nennen – ein gewisses Gespür für ungeklärte Vorgänge hast. Und nachdem sich diese Anschlagsserie doch bedrohlicher ausdehnt als anfangs gedacht und wir an diesem Tisch sehr offen miteinander reden, muss ich euch« – jetzt bezieht er immerhin auch Vinc mit ein – »eindringlich auffordern, das hier Gesprochene vertraulich zu behandeln.«

»Welches Vögelchen hat dir das denn gezwitschert?«, frage ich spöttisch.

»Das Vögelchen war ich«, outet sich Umberto. »Vinc hat mir von deiner Karriere erzählt.« Er hebt entschuldigend die Hände.

Ehrlich sind sie wenigstens. Vinc neben mir schaut ein bisschen schuldbewusst aus der Wäsche.

»Aha. So viel zu ›Frauen tratschen‹.« Ich lehne mich mit verschränkten Armen zurück.

»Ich hab dich nur gelobt«, verteidigt sich Vinc.

»Du siehst, von wem die wahre Gefahr ausgeht«, bemerke ich, hebe dabei aber die Hand zum Schwur. »Ernsthaft, wir sind absolut verschwiegen. Und ja, ich gebe zu, diese Vergiftungen interessieren mich. Das Gift soll in einigen Tortelloni gewesen sein, sagst du? Wie ist man darauf gekommen? Der Mageninhalt war doch sicher schon verdaut.«

Renato nagt an seiner Unterlippe. Offensichtlich widerstrebt es ihm, die Details mit mir zu diskutieren. Dann gibt er sich einen Ruck. »Die Ehefrau hat uns die Auskunft gegeben, dass sie und ihr Mann in den letzten Tagen ausschließlich Tortellini gegessen haben. Manchmal als primo piatto oder auch als Hauptgericht. Und meistens im ›Da Silvio‹«, erklärt er.

»Und die Frau hatte keine Vergiftungserscheinungen?«, mischt sich Massimo Voltolini ein.

Gute Frage, finde ich.

Renato schüttelt den Kopf. »Ist nicht verwunderlich, sie haben nicht immer dieselbe Sorte genommen.«

»Und was ist mit dem Frühstück? Könnte auch im cornetto gewesen sein, oder?«, überlegt Vinc.

»Ja, das ist wahr«, gesteht Renato, »aber Tortellini sind halt momentan die wahrscheinlichste These, sagt der Gerichtsmediziner.«

»Die Pasta schiebst du dir in einem Happs in den Mund, da siehst du die Füllung gar nicht«, unterstreicht Alfredo diese Variante.

Mir schwirrt was im Kopf herum. »Die Dosis macht das Gift. Ihr erinnert euch? Wie hoch ist denn die Dosis, die einem Menschen gefährlich werden kann? Braucht es dafür eine ganze Portion vergifteter Tortellini oder reicht ein Exemplar?«

Renato schaut mich perplex an. Dann lacht er. »Jetzt ist mir alles klar. Aber du hast natürlich recht, Doro. Es macht einen entscheidenden Unterschied, ob ein Tortellino genügt, der sich vielleicht nach dem Zufallsprinzip unter gerade diese Portion gemischt hat, oder …«

»Genau!«, unterbreche ich ihn. »Dagegen eine ganze Portion mit Giftfüllung? Das glaub ich nicht. Schon allein wegen des Geschmacks. Was sagst du dazu, Alfredo?«

Unser Apotheker streicht sich bedächtig über die Glatze. »Ich mache mich gerne kundig. Aber ehrlich gesagt, der Geschmack – da hat Doro wahrscheinlich recht. Ich bin sicher, dass das Rattengift nicht nur farblich vergällt wird, sondern ihm auch irgendeine für den Menschen unangenehme Geschmacksnote beigemengt wird. Wie gesagt, ich erkundige mich.«

»Die Polizei schläft auch nicht«, bemerkt Renato ein bisschen spitz, »von der Gerichtsmedizin kommt bestimmt noch eine ausführliche Information diesbezüglich. Auf jeden Fall werde ich einen Bericht anfordern.«

Alfredo prostet Renato zu. »Da werden wir genug Fakten sammeln, um unsere bella signorina zufriedenzustellen.« Er zwinkert in meine Richtung.

»Salute, signori, das hört sich gut an«, befinde ich.

»Amici«, Renato steht auf, klopft mit den Fingerknöcheln auf den Tisch, »in Anbetracht der fortgeschrittenen Stunde sollten wir zu Bett gehen, damit wir morgen ausgeruht sind.«

»Buona notte, Renato, wir werden auch nicht mehr lange sitzen, wir trinken nur noch aus.« Salvatore Lonati, der Juwelier, hebt sein halb leeres Glas.

»Schatz, ich bin auch müde. Gehen wir hoch?«, schlägt Vinc vor.

»Nichts dagegen. Mir reicht's für heute.«

Eng umschlungen und unter anzüglichen Kommentaren steigen wir die Treppe zum Hoteltrakt nach oben.

# KAPITEL 9

# IL LATO LUMINOSO E IL LATO OSCURO – DIE HELLE UND DIE DUNKLE SEITE

## Giovedì (Donnerstag) – Tag 3

In der Früh treffe ich Ayna unten im Gastraum. Die Stühle stehen kopfüber auf den Tischen, sie kehrt den Boden. »Buon giorno, bel fiore!«

Ayna lächelt flüchtig. Ein wenig traurig.

Ich runzle missbilligend die Stirn. »Muss das sein, dass du die ganzen Stühle hochstellst? Das kann doch auch jemand anders übernehmen.«

»Hat der Chef gestern Abend schon gemacht«, sagt Ayna.

Umberto hat echt zwei Seiten. Die hat jeder, ja, aber bei ihm empfinde ich es als besonders krass. Egal jetzt, das sind Kleinigkeiten, erfreulich diesmal, zugegeben, aber im Vergleich zu Aynas anderen Baustellen sind das Peanuts. Vielleicht habe ich ja mit Davide ein Eisen im Feuer, aber ich will ihr nicht vorschnelle Hoffnungen machen, die dann im nächsten Augenblick platzen wie Seifenblasen in der Luft. Davides Äußerungen waren mehr als vage und hatten vielleicht auch nur den Zweck, mich erst mal ruhigzustellen.

»Wie geht's deinem Bruder?«

Heute kommt ein Arzt«, seufzt sie

»Siehst du, Ayna, es wird alles gut. Ich drück die Daumen. Ich hol mir 'nen caffè, willst du auch einen?«

»Ich habe mir einen Tee gemacht.« Sie deutet auf eine Tasse, die noch dampfend auf der Theke steht. »Aber die Maschine ist schon angeschaltet.«

»Du bist ein Schatz, Ayna!« Ich werfe ihr ein Flugküsschen zu.

Als Umberto und Rosalia wenig später im Gastraum erscheinen, verschwindet Ayna samt ihrem Tee nach oben. Die beiden holen sich einen caffè, von der gestrigen Szene lassen sie sich nichts anmerken. Rosalia nimmt einen Schluck, dann legt sie los: »Davide will sich nach Jobs für Aynas Mann und ihren Bruder umsehen. Da wäre es doch nur fair, wenn wir Kost und Logis übernehmen würden. Sie könnten sich bestimmt mit kleinen Arbeiten nützlich machen.«

Umberto seufzt tief. Hat er überhaupt zugehört?

Er stützt das Kinn auf die Faust und ohne auch nur mit einem Wort auf Rosalias Frage einzugehen, muss er loswerden, was ihm auf der Seele brennt. »Renato hat mich angerufen. Schlechte Nachrichten. Das zweite Vergiftungsopfer ist gestorben. Autounfall und Gift waren zu viel für ihn. Das hat jetzt eine andere Dimension. Einer ist tot.«

Wham! Das ist hart. Umberto hat recht, Vergiftung ist das eine, Vergiftung mit Todesfolge was ganz anderes.

»Hat Renato eigentlich mal etwas von einer Lösegeldforderung erwähnt?«, stelle ich meine Überlegungen in den Raum. »Will jemand Geld mit den Vergiftungen erpressen? Eine Million und es gibt keine Giftanschläge mehr oder so ähnlich?«

Umberto schüttelt den Kopf. »Gute Idee, hat Renato bis jetzt aber nicht erwähnt.«

»Was geht hier vor? Was soll das bewirken? Würde Angelo so weit gehen? Aus Rache? Oder Hass?« Ich muss laut denken, das hilft mir meistens weiter. Und regt bestenfalls bei den anderen eine brauchbare Idee an.

Wieder schüttelt Umberto den Kopf. Bedächtig, nicht vorschnell. »Ich glaube das nicht. Angelo … Er ist ein Hitzkopf, ja, aber so was? Andererseits passt alles.«

»Zu gut, meinst du?«

»Ja genau. Ich kenne Angelo jetzt so lange. Er ist kein begabter Geschäftsmann, lässt sich gerne in irgendwelche Scheiße mit reinziehen, weil er gutgläubig ist und traumtänzerisch. Aber diese Geschichte … Er mag schadenfroh sein, aber Vergiftung von Unschuldigen ist nicht sein Stil. Ich denke, er passt eher zufällig in diese Sache. Angelo war nur zur falschen Zeit am falschen Ort.«

»Klingt plausibel«, sage ich.

Rosalia nickt. »Genau, und deshalb verstehe ich nicht, dass sie ihn gleich verhaftet haben. Die Carabinieri müssen das doch auch erkennen. Es ist ihr Job, die Wahrheit zu finden, nicht vorschnelle Schlüsse zu ziehen und den Erstbesten festzunehmen«, schimpft sie.

Umberto krault Pipos Kopf, den der Hund mittlerweile auf Herrchens Oberschenkel platziert hat. »Angelo hätte in der Bar nicht so rumtönen sollen. Die Situation ist ziemlich angespannt, jeder erwartet schnelle Erfolge, weil das Tortellinifest ohne drohenden Schatten stattfinden soll. Wird sich schon alles finden«, meint er vage, klingt dabei allerdings nicht sehr überzeugt.

»Buon giorno a tutti«, ruft Vinc, der eben herunterkommt und kurz in der Küche verschwindet, um sich auch einen caffè zu holen. Als er zurück ist, bringe ich ihn auf den neuesten Stand der Tortellini-Affäre, das Thema Ayna spricht Rosalia nicht mehr an, aber gut, sie kennt ihren Mann und weiß, wann man ihn besser in Ruhe lässt.

»Schatz, ich geh hoch ins Zimmer«, verkünde ich abschließend und nehme meine Tasse, um sie in die Spülmaschine zu stellen. »Davor schau ich noch schnell bei Ayna vorbei.«

»Okay, bis gleich, ich trinke nur noch in Ruhe aus.«

Rosalia und Umberto folgen mir mit ihren Tassen in die Küche. Der Arbeitstag beginnt.

Ich klopfe an Aynas Zimmertür. »Ayna? Kann ich reinkommen?«

»Die Tür ist offen«, antwortet sie nach einem Moment der Stille.

Heißt also, ja. Ich drücke die Klinke runter und trete ins Zimmer. Sie hockt auf der Bettkante und schaut unglücklich aus der Wäsche.

Ich bleibe an der Tür stehen. »Wieder besser?«, frage ich.

Keine Antwort, sie starrt auf ihre Hände, die gefaltet in ihrem Schoß liegen.

Ich lasse mich nicht beirren. »Wie ist das eigentlich, hat dein Mann eine Aufenthaltsgenehmigung? Und eine Arbeitserlaubnis?« Ist jetzt ein bisschen übergriffig, aber ich muss das wissen. Hat Davide ja klipp und klar zur Bedingung gemacht.

Ayna schaut hoch. »Alles korrekt. Auch für mich«, sagt sie leise. »Mein Bruder wartet noch auf die Bestätigung vom Amt. Ist aber versprochen.« Sie schluckt und starrt wieder auf ihre Hände. Als wäre sie beim Verhör.

»Tut mir leid, ich will nicht neugierig sein, aber ich möchte euch gerne helfen, vielleicht sogar eine Arbeit für deinen Mann auftun. Dafür muss euer Status aber legal sein. Ist nicht bös gemeint.«

Ayna setzt sich auf und streckt den Rücken durch. »Doro, das ist lieb. Und du darfst gern alles fragen. Aber ich glaube nicht, dass es etwas nützt.« Sie schaut mich an, als erhoffte sie sich Widerspruch von mir.

»Wir werden sehen, Ayna. Erst mal ist jetzt wichtig, dass dein Bruder gesund wird.«

Ayna nickt, sinkt wieder in sich zusammen.

»Hast du schon gehört? Einer der Vergifteten ist gestorben«, wechsle ich das Thema.

Ayna runzelt die Stirn. Immerhin eine Reaktion. »Nur ein Tourist«, murmelt sie. »Mir egal.«

»Im Ort herrscht Panik. Alle haben Angst, dass das Tortellinifest ins Wasser fällt«, plappere ich weiter, will sie ein bisschen ablenken von ihren eigenen Problemen.

»Fest, Fest, Fest! Ist wichtiger, als die Menschen ordentlich zu behandeln!« Aynas Augen schießen Blitze. »Für meinen Mann und meinen Bruder interessiert sich niemand!«

Ich verstehe ihre Verbitterung. Wenn sie nur Kommerz um sich herum sieht, Touristen, die mit Geld um sich werfen, von allen hofiert werden, sich alles um Tortellini, Fest und Feiern dreht, muss sie ja das Gefühl bekommen, eine Nudel sei wichtiger als ihr Mann und ihr Bruder.

Ayna starrt mit zusammengekniffenen Augen auf ein Bild an der Wand, Weinbergidylle per eccellenza.

»Du hast total recht, Ayna. Es gibt keine Entschuldigung dafür, wenn Leute ihre Mitmenschen so mies behandeln. Aber nicht alle sind böse. Bitte vertrau mir. Dein Bruder wird gesund, und wenn ihr eure Papiere habt, wird sich auch alles andere finden.«

Ayna schaut mich mit undefinierbarem Blick an. »Doro, du gibst dir Mühe, aber ich glaube nicht, dass du dir vorstellen kannst, was die Menschen wirklich erleben müssen.«

Wir schweigen eine Weile, dann raffe ich mich auf. »Kann sein, Ayna. Trotzdem, sei bitte nicht zu traurig, wir wollen dir wirklich helfen.«

Mir ist klar, dass das magere Worte sind, aber mehr habe ich im Moment nicht zu bieten. Wird sich schon alles fügen, versuche ich mich selbst zu überzeugen. Was nicht hundertprozentig klappt. Ich brauche dringend ein paar tröstende Streicheleinheiten von meiner besseren Hälfte.

Vinc liegt auf dem Bett und surft im Internet.

»Erzähl schon, Schatz«, fordert er mich auf und legt sein Smartphone zur Seite. »Dir brennt's doch auf der Seele.«

Ich lege mich neben ihn und verschränke die Hände im Nacken. »Allerdings. Das ist ein ganzer Waldbrand.« Ich seufze. Wo soll ich anfangen?

»Ist echt hart für Ayna. Ihr Mann und ihr Bruder werden behandelt wie Tiere. Für einen Hungerlohn. Nur weil die Gesellschaft wegen jedem Cent rumknausert und jeder immer nur möglichst billig kaufen will – die billigsten Tomatendosen, das billigste Tomatenmark, das billigste Gemüse … Wie sollen da die Arbeiter ordentlich bezahlt werden? Ayna ist zu Recht verbittert und macht sich große Sorgen wegen ihres Bruders, weil sie nichts für ihn tun kann. Ich will ihr so gerne begreiflich machen, dass nicht alle Menschen, die Geld haben, automatisch Schweine sind.«

»Das weiß ich doch, Schatz. Und jetzt Schluss mit dem Trübsalblasen – was willst du heute machen?«

»Gute Frage«, lasse ich mich gerne ablenken. »Hast du 'ne Idee?«

»Wie wär's mit der Burg?«, schlägt Vinc vor.

»Sehr gut! Heut jogge ich nach oben«, verkünde ich euphorisch.

»Laufen reicht.«

»Also los, auf geht's«, rufe ich voller Tatendrang und springe aus dem Bett.

Vinc folgt nicht ganz so agil meinem Beispiel, legt dann aber ein ziemliches Tempo vor. Ich mag das. Heute mal kein Wettbewerb, einfach nur die Anspannung rauslaufen.

Auf dem Weg zur Burg halten wir am Schaufenster eines Pastaladens an. Ein buntes Meer verschiedener Nudelsorten, vorwiegend natürlich Tortelloni in allen Variationen. Jede Sorte in einem Weidenkorb, sieht aus wie auf einem orientalischen Bazar.

»Da liegen sie, die kleinen unschuldigen Täschchen und Liebesknoten. Als könnten sie kein Wässerchen trüben. Dabei sind sie womöglich die ideale Verpackung für böse Inhalte«, sinniere ich.

»Sieht ganz so aus«, meint Vinc. »In diesen schwarzen Teilen da zum Beispiel könntest du alles verstecken.«

»Sepia«, sage ich. »Die Farbe kommt vom Tintenfisch. Das schmeckt dann auch ein bisschen fischig. Würde einiges kaschieren.«

»Wie die nur diese intensiven Farben hinkriegen«, bewundert Vinc die Farbenpracht der anderen Pastasorten.

»Das kann ich dir sagen«, helfe ich mit meinem Fachwissen aus. »Das Grün wird meist mit Spinat oder frischen Kräutern kreiert, Orange wahrscheinlich mit Kürbis, möglicherweise auch Karotte, das satte Tiefgelb mit Safran oder Kurkuma, das ist auf jeden Fall 'ne Preisfrage. Schwarz wie die Nacht, das sind wie gesagt die mit Sepia gefärbten, die Roten mit Tomatenmark …«

»Halt, Doro, danke für die Info, aber jetzt komm.«

Ich reiße mich von dem Anblick los und hole Vinc ein, der bereits einige Schritte voraus ist.

»Bin gespannt, ob das noch geklärt werden kann. Ich meine die Wirkzeit, Verdauung, Eintritt der Symptome … Sind noch Reste im Darm? Kann man feststellen, welche Sorte gegessen wurde? Wenn Renato und Alfredo ihre Hausaufgaben gemacht haben, sind wir heute Abend vielleicht schlauer.« Das Thema lässt mich nicht los.

»Da bin ich auch gespannt«, sagt Vinc mäßig interessiert,

doziert dann lieber über die Scaligerburg und deren Gründung, darüber, dass Mastino della Scala im Jahr 1262 an die Macht kam, die Scaliger dann bald die Herrschaft über die Stadt Verona übernahmen und 1285 mit dem Wiederaufbau der Festung begannen.

»1345 hat dann Mastino II. della Scala mit einem gigantischen Projekt begonnen, dem ›Serraglio Scaligero‹. Das war eine mächtige Verteidigungslinie, Valeggio mittendrin, allerdings wurden die Bauarbeiten 1348 unterbrochen. Die Pest hat hier gewütet und zwei Drittel der Bevölkerung dahingerafft. Die Scaliger haben den Schutzwall und die Festung fertig gebaut, 1387 eroberte die Armee der mächtigen Familie Visconti das Ganze.«

»Und jetzt ist die Burg ein Touristenmagnet, in dessen geschichtsträchtigem Innenhof im Sommer kulturelle Events stattfinden«, ergänze ich. »Die Ponte Visconteo ist Schauplatz des berühmten Tortellinifestes und bald Hintergrund der TV-Reportage mit meinem Vater. Beim Dreh auf der Brücke könnten wir ein paar geschichtliche Hinweise geben, ohne allzu viele Jahreszahlen, die merkt sich ohnehin keiner, eher vielleicht dafür die Legende vom Burggespenst. Oder ist das zu ungeschichtlich?«

»Ungeschichtlich, wie du es so schön nennst, ist nicht der Punkt, Schatz, ich glaube viel eher, dass die meisten Texte und Inhalte für die Reportage schon stehen«, vermutet Vinc.

»Ja, das ist mir auch klar, aber andererseits haben sie uns ja hergeschickt«, werfe ich ein.

Vinc grinst belustigt. »Ja, weil dein Vater darauf bestanden hat. Und warum? Weil er weiß, dass sein Töchterlein weiß, wie er tickt und was er will, und für sein Rundumwohlfühlpaket sorgt, indem es sich um alles kümmert.«

»Wie du das sagst. Klingt voll nach Ausbeutung«, sage

ich etwas irritiert, weil ich mich durchaus nicht als seine Handlangerin empfinde.

Vinc winkt ab. »Das wär es auch, wenn du nicht deines Vaters Tochter wärst, die sich sehr gut zu wehren weiß und ihm Kontra gibt beziehungsweise die Einsätze zu ihrem Vorteil nutzt.«

»Ja, da ist was dran«, gebe ich gnädig zu. »Aber das Burggespenst würde ich unbedingt einbauen, ist so eine schöne Legende.«

Wir steigen den steilen kopfsteingepflasterten Weg zur Burg hoch und beschließen, uns die Parkanlagen ein andermal vorzunehmen.

»Da brauchen wir die Räder oder das Auto. Ist zu Fuß zu weitläufig«, befindet Vinc.

»Ich bin für Fahrrad«, bestätige ich. »Aber noch mal zur Gespensterlegende: Die haben sich die Leute früher gerne an langen Winterabenden vor dem Kamin erzählt. Sie besagt, dass in dem alten runden Turm das Schwert eingemauert wurde, das einem nach einer Intrige ermordeten Ritter gestohlen wurde. Der Geist des Ritters kehrt in Vollmondnächten zurück, um nach dem Schwert zu suchen. Nur so kann seine Ehre wiederhergestellt werden und seine Seele Ruhe finden.«

»Klingt gut«, sagt Vinc, »so was wollen die Leute hören. Schreib sie auf jeden Fall auf die Liste.«

Ehrfürchtig schlendern wir durch die alten Gemäuer und stellen uns vor, wie in Vollmondnächten der Geist des armen Ritters im Turm nach seinem Schwert sucht.

# KAPITEL 10

# MANGIARE CON CLEOPATRA – SPEISEN MIT CLEOPATRA

Venerdì (Freitag) – Tag 4

Paps kommt erst am Dienstag. Er hat gestern noch angerufen und es mir gesagt. Dann hat er noch genau eine Woche bis zum großen Fest der Nodi d'Amore auf der Ponte Visconteo. Eigentlich genug Zeit für ihn und sein Team, alles vorzubereiten. Hoffentlich auch Zeit genug für Renato Belotti und seine Kollegen, die Vergiftungsfälle aufzuklären und die Schatten zu vertreiben, die aktuell über den Vorbereitungen liegen.

»Hast du Valeria angerufen und ihr gesagt, dass dein Vater später kommt?«, erinnert mich Vinc.

»Danke, ja, hab ich. Hatte er aber auch schon selber erledigt. Ich geh mal Rosalia suchen, ich möchte mit ihr wegen Ayna reden. Und natürlich den neuesten Stand in der Vergiftungssache eruieren. Ob der liebe Renato vielleicht doch Neuigkeiten hat. Oder gar eine Entwarnung.«

»Ja, tu das, Schatz. Ich muss ohnehin telefonieren und ein paar WhatsApps schreiben.«

»Soll heißen, du willst deine Ruhe«, übersetze ich.

Vinc hebt den Daumen.

Okay, ich gönne ihm eine kleine Auszeit. Leise vor mich hin pfeifend ziehe ich die Tür hinter mir zu und gehe nach unten. Rosalia müsste sich eigentlich in der Osteria aufhalten. Wo ich sie dann auch finde. Sie poliert die Theke, ordnet die gespülten Gläser in die Regale. Gute Laune, schlechte Laune – kann ich an ihrer Miene nicht ablesen.

»Buon giorno, Rosalia.«

»Buon giorno, Doro«, grüßt sie zurück. »Cosa posso fare per te?«

»Ach, ich wollte dich nur etwas fragen. Wegen Ayna.«

»Ja?« Das kommt sehr zögerlich.

»Weißt du, Rosalia, ich überlege die ganze Zeit, wie man ihr helfen könnte.«

»Und was soll ich da tun?«

»Du weißt doch, dass sie schwanger ist … Sie sollte nicht mehr so schwer schleppen und keine anstrengende körperliche Arbeit erledigen müssen.«

Rosalia hat aufgehört, Gläser einzuräumen, und stemmt die Hände in die Hüften. »Doro, das ist Unsinn. Wir achten darauf, dass Ayna sich nicht überanstrengt. Es geht ihr gut. Wenn sie irgendwo anders angestellt wäre, müsste sie auch arbeiten. Jetzt mach bitte kein Drama draus.«

»Ich wollte ja nur …«

»Du solltest froh sein, dass es Leute wie Umberto und mich gibt, die solche Menschen überhaupt einstellen. Wir haben uns damit nicht sehr beliebt gemacht.«

Rosalia ist eingeschnappt. Zugegeben, Ayna wird hier nicht ausgebeutet, so wie ihr Mann und ihr Bruder, aber … Nein, gibt eigentlich kein Aber. War blöd von mir.

»Scusa, Rosalia, das war unfair. Ayna tut mir leid und ich will was für sie tun. So wie du. Nur, wie soll es weitergehen? Ich meine, sie bekommt ein Baby und ist hier ganz allein.«

»Ich werde sie unterstützen. Ich mag Kinder.« Rosalia seufzt. »Ich habe ja selber keine.«

Und jetzt bekommt eine andere Frau ein Kind von Umberto. Krass. Klar, dass Rosalia verletzt ist. Geht mich aber nichts an. »Trotzdem, ich würde halt gern versuchen, eine Unterkunft und Arbeit hier für ihren Mann und auch für ihren Bruder zu finden. Das muss doch möglich sein«, bleibe ich deshalb beim Thema.

Rosalia schüttelt den Kopf. »Das sind drei Erwachsene und ein Säugling. So einfach ist das nicht. Außerdem hast du mitbekommen, dass Umberto gerade mit diesen Giftanschlägen und dem Fest beschäftigt ist. Er macht sich Sorgen um Angelo. Da hat er für nichts anderes ein Ohr. Es sieht zwar nicht so aus, aber ich kenne ihn. Er hat schon auch seine guten Seiten, glaub mir.«

Warum verteidigt sie ihn? Bei allem, was er ihr angetan hat? So was kann ich nicht verstehen. Ich liebe Vinc, aber das könnte ich ihm nicht verzeihen. Vielleicht gerade deshalb? Weil Rosalia Umberto eben nicht liebt? Meine Gedanken fahren Karussell.

»Du bist ein paar Tage hier, dann gehst du wieder. Dir ist der Unterschied zu dem, was du so locker von uns forderst, schon klar?«, rückt Rosalia die Tatsachen in die richtige Position.

Ich spüre, wie meine Wangen heiß werden. Leider hat sie etwas Wahres gesagt, da kann ich nicht widersprechen.

»Doro, ich finde es gut, dass du dich engagierst, aber es muss auch realisierbar sein. Und ganz ehrlich, ich mag Ayna, aber ich kenne weder Oumon, ihren Mann, noch ihren Bruder Dumiska.«

»Überleg es dir wenigstens«, bitte ich trotzdem. »Vielleicht können sie ja auch bei Davide unterkommen. In einem seiner Schuppen.«

»Und im Winter?«

Ich atme tief durch. Rosalia holt mich mit drei Worten auf den Boden der Tatsachen zurück.

»Diese Schuppen haben keine Heizung und keine sanitären Anlagen. Und Ayna wird ein Baby haben«, legt sie nach.

Ich schlucke. »Du hast recht. Ich muss drüber nachdenken. Irgendeine Lösung gibt es bestimmt.« Mein Optimismus erlaubt mir keine andere Option. Zumindest nicht, ohne nach einer Möglichkeit gesucht zu haben.

Rosalia bestückt weiter die Regale mit Gläsern, für sie ist das Thema vorerst beendet. Und ich will ihre Geduld nicht überstrapazieren, am Ende distanziert sie sich meinetwegen noch von Ayna. Aber aufgeben will ich auch nicht.

Ich mache mich auf die Suche nach Umberto, weil der letztens, als Rosalia ihn darauf angesprochen hat, eine Antwort schuldig geblieben ist. In der Küche finde ich ihn nicht. Dafür läuft mir draußen Rosalias Mutter über den Weg. Sie hievt einen Topf mit einem wunderschönen Oleander vom Beifahrersitz ihres kleinen Flitzers.

»Buon giorno, Signora Fenucci«, grüße ich sie. »Wohin muss dieses Ungetüm? In Ihren Garten?«

Sie lacht und nickt. »Sì, signorina. Ich konnte nicht widerstehen. Eigentlich wollte ich nur ein paar Rosen für die Tischdekoration im Lokal besorgen.«

»Gut, dass es nicht nur mir so geht! Da denkt man, man braucht keinen Einkaufskorb, weil man nur ein Teil kaufen will, und dann ist man an der Kasse und ersteht die hundertste Einkaufstasche für seine Schätze. Lassen Sie mich das tragen.« Ich packe den Topf am Rand und übernehme ihn. »Upps! Ganz schön schwer.« Ich gehe leicht in die Knie.

»Scusi, signorina. Sie müssen das doch nicht machen«, ruft Signora Fenucci und will nach dem Topf greifen. »Ich kann Umberto holen.«

»Nein, nein, kein Problem. Ich war nur überrascht, wie schwer der Stock ist, obwohl er in einem Kunststoffeimer steckt.«

Keuchend folge ich Rosalias Mutter zum Nebenhaus, in dem sie die untere Etage bewohnt, die beiden oberen Stockwerke hat sie vermietet. Ihr Mann ist früh verstorben, und als Rosalia und Umberto sich die Wohnung drüben im Hotel eingerichtet haben, wurde ihr das Haus zu groß.

Ich warte, bis sie die Tür zu ihrer Wohnung aufgesperrt hat. Klein, aber fein, denke ich, als sie mich durch ihr Wohnzimmer zur Terrasse leitet.

»Signora Fenucci, ich habe eben mit Ihrer Tochter gesprochen. Über Ayna, ihre Küchenhilfe. Weil sie doch ein Baby bekommt und ihr Mann so weit weg ist … Hätten Sie eine Idee, wie man ihr helfen könnte?«, versuche ich es diesmal mit Diplomatie.

Die Miene der eben noch so freundlichen Frau umwölkt sich. »Da mische ich mich nicht ein. Reden Sie mit Umberto.«

»Das werde ich noch tun. Aber ich dachte …«

»Signorina Doro, ich habe Ayna gerne. Wenn Sie allerdings daran denken, auch die beiden Männer zu uns zu holen, bin ich dagegen. Aber wie ich sagte, entscheiden muss Umberto.«

Wie sie das sagt, kriege ich eine Gänsehaut. Mit so viel Abscheu gegenüber dem Mann ihrer Tochter.

»Umberto ist aber doch ganz freundlich zu Ayna. Stellt sogar am Abend die Stühle hoch, damit sie das am Morgen nicht machen muss, wenn sie den Gastraum kehrt und auswischt«, tue ich ahnungslos. Ich will ihr entlocken, warum sie so schlecht auf ihren Schwiegersohn zu sprechen ist.

Und die Rechnung geht auf. »Auf fremde Frauen achtet er eben mehr als auf seine eigene«, schnaubt Signora Fenucci verbittert. »Hätte er auch auf Rosalia mehr Rücksicht genommen, dann hätte ich heute ein Enkelkind. Stattdessen hat er sich unsere finanzielle Misere zunutze gemacht und sich das Hotel unter den Nagel gerissen.«

Enkelkind? Ich horche auf. Der fehlende Nachwuchs scheint ein großes Thema in der Familie zu sein. Und jetzt ist die Geliebte von Umberto schwanger. Und ihm gehört das Hotel der Familie Fenucci. Muss ich drüber nachdenken.

Was ich dann später auch tue. Und zwar laut, während ich mit Vinc nach Borghetto spaziere. Valeria hat uns das »Regia Rosetta« ans Herz gelegt – wie soll's anders sein, die Hotelchefin ist eine Freundin von ihr und bereit, uns durch ihr Luxushotel zu führen. Laut Valeria ein Muss.

Das Besondere am »Regia Rosetta« sind die historischen Mauerreste, die unterhalb des Gebäudes freigelegt und gekonnt in die Gestaltung des Hotels aufgenommen wurden. Die Tische des Ristorante stehen nämlich teilweise auf bruchsicheren Glasplatten, durch die die antiken Ausgrabungen zu sehen sind. Ein gelungenes Konzept, wie ich finde.

»Speisen mit Kleopatra«, kommentiert auch Vinc beeindruckt.

»Ja klar! Herr Wolkenberg denkt sofort an schöne Frauen. Aber zugegeben, wäre ein guter Werbeslogan.«

Die Hotelchefin lächelt. »Ganz so alt sind die Mauern nicht. Und, Signore, Sie haben selbst so eine schöne Frau …«

Ich zwinkere ihm zu. »Siehst du mal, ich bin nicht nur der Spatz in der Hand.«

»Da bekommt das Wort ›Spatz‹ gleich eine ganz andere Bedeutung, Spatz, äh, Schatz«, säuselt Vinc und küsst mich.

»Amore«, seufzt Valerias Freundin, dann führt sie uns weiter auf die kleine Terrasse.

»Maestro Antonio Amodio hat die Zimmer des Hauses gestaltet und diese Kunstwerke geschaffen«, erklärt sie und zeigt auf antik anmutende Männerbüsten und Reliefszenen, die auf Holzregalen verteilt den Außenbereich schmücken. Seitlich an der schmalen Terrasse fließt der Mincio, allgegenwärtig in Borghetto. Ein idyllischer Wahnsinn.

Im Foyer gibt sie einem vorbeieilenden jungen Kellner einen kaum wahrnehmbaren Wink. Dann deutet sie auf das weiß lackierte Geländer, das die geschwungene Treppe nach oben begleitet. »Wie Rosenblätter, die sanft ins Wasser gleiten und in den Wellen wogend davonschwimmen«, schwärmt sie über die kunstvoll geschmiedeten zarten Bögen.

Sehr blumige Worte. Vinc schmunzelt. Und ich bin auch eher der nüchterne Typ in solchen Sachen, aber das »Regio Rosetta« ist schon eine ganz besondere Nummer. Der Kellner von eben taucht lautlos auf, ein kleines Silbertablett mit drei Gläsern balancierend. Ich ahne Leckeres.

Wir nehmen uns jeder ein Glas. »Salute, und noch einen schönen Aufenthalt in Borghetto«, prostet die Chefin uns zu.

»Salute«, erwidern wir.

Wow. Der Drink schmeckt anders, als ich es erwartet habe. Sieht aus wie Prosecco, überrascht aber mit einer dezenten Anisnote. Und Minze. Eiskalt und sehr erfrischend.

Ein schöner Ausflug. Ohne Hektik laufen wir zurück nach Valeggio. Natürlich über die Ponte Visconteo, was sonst.

»Da ist unser Herz«, sage ich gerührt.

»Was hast du denn gedacht? Dass es weggelaufen ist?« Vinc zieht mich in seine Arme. Er lehnt am Geländer, mit dem Rücken zur romantischen Aussicht. »Du, Schatz«, sagt er zögerlich.

Jetzt bin ich aber gespannt.

»Ich hab heute früh mit dem Ulli gesprochen. Kennst du nicht. War letztens in der Kneipe dabei. Unitreff, du weißt schon. Und der will ein Start-up-Unternehmen gründen. IT. Der Typ ist genial, aber total verplant, er braucht Struktur. Und da komm ich ins Spiel.«

»Du und Struktur? Ich lach mich schief.«

»Du bist sozusagen meine Bachelorarbeit«, behauptet er frech.

»He! Vorsicht!«, weise ich diese Unverschämtheit von mir. Wir grinsen uns wissend an. »Mal ernsthaft«, sage ich dann, »was soll das für 'ne Firma sein?«

»Programme für große Firmen optimieren und so. Ulli wär der IT-Kopf und ich das vermittelnde Rädchen zwischen Chaot und Auftraggeber. Auch zuständig für die Buchführung und …«

»Also Mädchen für fast alles«, unterbreche ich ihn.

»Nicht sehr charmant ausgedrückt, aber ja, könnte man so sagen.«

»Ich hab's nicht bös gemeint, echt. Eher deine Vielseitigkeit bewundert.«

»Schleimerin.« Vinc lacht.

Eng aneinandergerückt schauen wir jetzt rüber nach Borghetto.

»Im Ernst«, führt Vinc seine Gedanken fort. »Find ich total spannend. Und was unsere Pläne für ein eigenes Lokal angeht …«

Ich winke ab. »Ich hab auch was im Kopf für nächstes Jahr. Und wir haben noch jede Menge Zeit für alle möglichen Pläne.«

Vinc schaut mich neugierig an.

Ich schüttle den Kopf. »Ist eher noch der schwache Hauch einer Idee, da muss ich erst noch drüber brüten.«

»Dann brüte mal.«

»Gehen wir zurück? Ich will endlich meine Notizen in den Laptop klopfen und dann muss ich noch mit Basti telefonieren.« Basti Stegmann, Regie und Allroundkümmerer bei der Reportage. Ohne Basti keine Reportage, beharrt Paps.

»Guck mal, Vinc, sind die nicht niedlich?« Ich deute mit dem Kopf zu der Bank, die am Rand des Gemäuers steht, von der Straße her geschützt durch einen Feigenbusch. Auf ihr sitzt ein Pärchen. Eng beieinander, aufrecht, ohne sich zu unterhalten. »Die waren das letzte Mal auch schon da«, flüstere ich zu Vinc.

»Auf was du alles achtest.« Er spricht in normaler Lautstärke.

Klar, die können uns von dort drüben aus nicht hören.

»Mir ist der Hut des Alten aufgefallen. Dieser scheußliche hellbraune Strohhut.« Ich entschuldige mich innerlich bei dem Mann. »Wär ein witziges Pärchen für die Reportage«, murmle ich.

Vinc greift die Idee sofort auf. »Geh doch einfach mal hin und rede mit ihnen. Vielleicht haben die was zu erzählen.«

»Oder sie könnten die Geschichte vom Burggespenst wiedergeben. Wär dann viel authentischer«, baue ich den Gedanken begeistert aus.

»Auch gut«, stimmt Vinc zu.

Gesagt, getan. Ich lasse Vinc' Hand los und gehe rüber zur Bank. Die Alten schauen mir freundlich entgegen. Ich komme gleich zur Sache. »Signora, signore, ich möchte Sie beide etwas fragen. Wir«, ich winke Vinc zu mir, »sind auf der Suche nach tollen Momenten für eine Fernsehreportage.«

In wenigen Worten erkläre ich, was ich von den beiden will. Sie hören mir aufmerksam zu. Als ich fertig bin, wechseln sie einen Blick und schütteln dann lächelnd den Kopf.

»Aber warum denn nicht?«, lasse ich nicht locker. So ohne Weiteres will ich diese geniale Idee nicht verwerfen. Allein wie die beiden dasitzen, Hand in Hand, eindeutig von hier … Keine Frage, die muss ich haben!

»Weil wir hier schon genug Rummel haben«, sagt der alte Herr bestimmt.

Seine Frau nickt. »Ins Fernsehen wollen wir sowieso nicht«, fügt sie an.

»Hey, Terrier, akzeptier das«, rät Vinc dezent.

Ich beschließe, es zu ignorieren. »Bitte überlegen Sie es sich noch einmal in Ruhe. Wenn Sie beide die Legende vom Burggespenst erzählen würden, dann wär das einfach mega-authenisch! So wie früher, als die Familie um den Kamin saß und der Vater oder die Mutter den Kindern diese Geschichte erzählt hat, während draußen der eisige Winterwind stürmte.«

Ich ziehe ein Visitenkärtchen aus meiner Tasche und lege es neben die beiden auf die Bank. »Rufen Sie mich gerne an, falls Sie Ihre Meinung ändern«, biete ich an. »Signora, signore – arrivederci.« Ich nicke den beiden zu, nehme Vinc' Hand und tue so, als wollte ich die Alten mit meinem Vorschlag erst mal allein lassen.

Doch nach ein paar Schritten drehe ich mich noch mal um. »Wäre es nicht eine Ehre für Sie und Ihre Familie, Ihre Heimat zu vertreten? Die traurige Geschichte zu erzählen, wie der arme Burgherr niedergemetzelt wurde, nur weil er die Frau seines Freundes geliebt hat?«

Der Mann schüttelt den Kopf. »So geht die Geschichte aber nicht …«

Ha! Meine Finte hat geklappt. Ich triumphiere innerlich. Vinc gibt sich betont desinteressiert.

»Nicht?«, frage ich unschuldig und bemühe mich, nicht zu dick aufzutragen. »Wie geht sie denn dann?« Ich gehe zurück zur Bank.

Der Alte mustert mich undefinierbar, ich befürchte, er hat mich durchschaut.

»Es ging nicht um Liebe, sondern um Macht«, korrigiert er und erzählt die Sage richtig.

Ich muss mich anstrengen, er spricht schnell und sein

Dialekt macht es auch nicht leichter. Aber egal, das ist eine gute Übung.

»Giacomo da Carrara, der Herr von Padua, übernahm die Herrschaft über die Stadt Valeggio. Er versuchte, Verona gegen den zunehmenden Machteinfluss der Venezianer zu schützen. Dann hat man ihm zugetragen, dass Andriolo da Parma, das war der Burgherr hier auf der Scaligerburg«, der Alte deutet mit einer ausladenden Handbewegung von der Brücke bis rüber zu den mächtigen Überbleibseln der Burg, »mit den Venezianern über eine Übergabe der Burg und der gesamten Anlage verhandeln würde. Das wäre ein herber Verlust für Giacomo da Carrara gewesen und er hat kurzerhand seine Schergen auf die Burg geschickt. Die nahmen Andriolo da Parma gefangen, entrissen ihm sein Schwert, zerbrachen es und damit seine Ehre. Andriolo da Parma wurde grausam hingerichtet, sein Leichnam anonym verscharrt oder in die Etsch geworfen. Die Venezianer übernahmen trotzdem bald die Macht, aber seit diesem tragischen Tag wandelt der unruhige Geist des Andriolo da Parma in jeder Vollmondnacht zwischen den Türmen des Schlosses auf der Suche nach seinem Schwert, dem Sinnbild seiner verlorenen Ehre, ohne die er nicht in Frieden ruhen kann. Das ist die Legende, die man sich in den Familien erzählt«, beendet der Mann seinen Vortrag. »Das ist familia«, sagt er und klopft mit der Faust auf sein Herz, »und das«, er begleitet mit seinen Blicken die ausholende Geste seiner Hand über ganz Borghetto, »das ist Kommerz. Und wir sind familia, nicht wahr, meine Liebe?«

Seine Frau nickt.

Und ich weiß, wann ich verloren habe. »Grazie, signore, Sie haben mir sehr geholfen. Und wenn Sie mögen, dann rufen Sie mich an, d'accordo?«, kann ich es dennoch nicht lassen. »Arrivederci e forse a presto.«

Vinc und ich treten den Rückzug an.

»Ich hab alles gegeben, und wenn das nicht gereicht hat, muss ich mir halt was anderes einfallen lassen. Irgendein Original werd ich schon auftun«, gebe ich mich siegessicher.

Das Ristorante hat noch geschlossen, wir nehmen den Hintereingang zum Hotel.

»Basti wird denken, ich hab ihn vergessen«, sage ich gerade zu Vinc und ziehe das Handy aus der Tasche, um unseren Medienmann anzurufen, als Umberto aus der Küche stürmt.

»Da bist du ja endlich«, empfängt er mich.

»Äh …« Ich schau verwirrt von ihm zu Vinc. Der hat auch keine Ahnung. »Waren wir verabredet?«

Umberto klopft sich die mehligen Hände an seiner Küchenschürze ab. »Nein, aber ich habe jetzt Zeit und du wolltest doch einmal mitkochen. Allora, avanti!«

Aha, so geht das. Avanti! Was soll ich dazu sagen? Am besten nichts. Am besten einfach mitspielen.

»Ja, dann … Ich müsste nur noch kurz telefonieren«, versuche ich, Umberto wenigstens noch ein paar Minuten zu vertrösten.

»Bis dahin bin ich fertig. Jetzt – oder heute nicht mehr.« Er befiehlt nicht, er stellt fest. Nämlich, dass Telefonieren deutlich unwichtiger ist, als bei ihm in der Küche mitkochen zu dürfen.

Ich hebe ergeben die Hände und Vinc schiebt mich Richtung Küche. »Genau das, was du jetzt brauchst. Und ich werde mich nicht langweilen. Soll ich Basti Bescheid geben?«, fragt er.

»Nein danke, das mach ich später.« Ich bin immer noch ein bisschen überrumpelt, eile aber in freudiger Erwartung Umberto hinterher in die Küche. Sofort fängt mich der

Geruch nach gebratenen Zucchini und Paprika ein – Antipasti vermutlich. Ich liebe meinen Job!

»Das Gemüse ist schon fertig. Für die Vorspeise«, erklärt Umberto, der mich schnuppern sieht. »Bin grade bei den Nodi d'Amore. Die besten, du weißt.«

Dazu sage ich lieber nichts.

Er reicht mir ein Küchentuch zum Umbinden, ich wasche mir die Hände, dann darf ich den Teig fertig kneten.

»Das mach ich immer mit der Hand, da spürst du sofort, ob die Konsistenz stimmt.«

Ich nicke, sehe ich genauso.

Während ich noch knete, holt Umberto eine Schüssel mit verschiedenen Fleischsorten aus dem Kühlschrank. Weiß ich ja schon von Valeria, dass für die hiesigen Tortellini ein Mix aus mindestens vier Sorten Fleisch hergestellt wird. Bei ihr waren es Rind, Kalb, Schwein und Hühnerleber. Umberto zählt gerade auf, was er nimmt: Rind, Schwein, Huhn und Hühnerleber.

»Kannst auch Kalb nehmen. Sollten halt drei oder vier unterschiedliche Sorten sein. Und auf die Gewürze kommt es an. Ich kann dir jeden Tortellino von ganz Valeggio zuordnen«, behauptet er.

Was zu beweisen wäre, denke ich skeptisch und bin in Versuchung, ihm eine Wette vorzuschlagen. Mache ich natürlich nicht, aber die Idee gefällt mir, muss ich mir für Vinc vormerken.

Umberto nimmt eine runde Blechdose vom Regal und schüttelt sie ein bisschen. Dann öffnet er den Deckel und hält mir die Dose unter die Nase. Ein Aromencocktail strömt an meine Riechzellen.

»Salz, Pfeffer, Muskat und so allerlei, was das Kräuterbeet gerade hergibt«, verkündet Umberto und schaut, als hätte er mir gerade sein allergrößtes Geheimnis verraten. Ha!

Genau dieses Allerlei hat mit Sicherheit eine exakt definierte Zusammensetzung, die er mir nicht verraten wird. Aber die Dose merke ich mir, da rieche ich mal in aller Ruhe analytisch rein. Seelenruhig knete ich den Teig weiter.

Hoppla! Umberto greift plötzlich von hinten um meine Taille und knetet mit am Teig. Er muss sich dafür sehr dicht an mich pressen. »Machst du sehr gut, Signorina«, säuselt er in mein Ohr.

Energisch winde ich mich aus dieser ungewollten Umarmung und setze ihm unsanft den Zeigefinger an die Brust. »Komm mir nicht zu nahe, mein Lieber! Ich hab den schwarzen Karategürtel und Vinc ist Meister in Tang-sing-shue.« Eine Kampfsportart, die ich zugegebenermaßen gerade erfunden habe. »Und er mag es gar nicht, wenn fremde Männer seine Frau bedrängen.«

Umberto lacht und schaut mich skeptisch an. »Na, na, ich hab dich doch nicht bedrängt.«

»Hat sich aber grade so angefühlt.« Ich wollte gar nicht so barsch sein, aber in mir brodelt es. Wenn ich den Streit mit Rosalia nicht mit angehört hätte, hätte ich vielleicht cooler reagiert. Doch wenn der Kerl glaubt, er kann seine Frau hintergehen, eine andere schwängern und jetzt noch bei mir einen Annäherungsversuch starten, dann hat er sich geschnitten!

Umberto hat sich ans andere Ende der Kochzeile verzogen und malträtiert dort eine Zwiebel mit dem schweren Küchenmesser.

An der Nudelmaschine wird's dann wieder etwas eng. Umberto schaut mich schuldbewusst an. »Scusa, Doro, ich habe nicht gewusst, dass du so empfindlich bist. Ich wollte dir wirklich nicht zu nahe treten.« Das glaube ich ihm sogar. Aber ich lasse ihn in der Unsicherheit schmoren, eine Karatemeisterin samt kampfbereitem Tang-sing-shue-Meister in seinem Hotel zu beherbergen. Dass das völliger Quatsch ist, kann ich ihm ja mal irgendwann bei einem Gläschen vino verklickern.

Für den Moment herrscht erst mal Waffenstillstand, wir lassen den Teig mehrere Male von den Walzen der Nudelmaschine plätten. Als Umberto das Ergebnis für gut befindet, ist der Teig noch deutlich dicker als der bei Valeria. Durch ihren hätte man die Zeitung lesen können. Natürlich hüte ich mich, derlei Vergleiche kundzutun. Ist sicherer – trotz erfundenem schwarzen Karategürtel.

Die Fleischsorten kochen separat, werden dann fein durch den Fleischwolf getrieben, samt Gewürzen. Umberto zeigt mir, wie ich die Tortellini formen soll, im Prinzip genauso, wie es mir Valerias Damen gezeigt haben.

Meine Gedanken schweifen ab. Zu Rosalia und ihrer Mutter, zu dem Streit, den ich unfreiwillig mit angehört habe, zu Umbertos unverschämter und demütigender Idee, Evelina und ihr Kind hier im »Il Mulino« wohnen zu lassen. Und wenn ich das mit der Dynastie richtig interpretiere, müsste er sich scheiden lassen und die Mutter seines Sprösslings heiraten. Das wäre die unausweichliche Folge seines Fortpflanzungsgedankens.

Wir füllen dann noch einige Perlhühner mit einer feinen Perlhuhnleber-Pilze-Mischung mit Maronen, Kräutern und Weinbrand. Mir läuft das Wasser im Mund zusammen.

Umberto ist gut organisiert, das merke ich. Die Küche ist klein, aber sehr funktional. Okay, nicht so blitzblank wie im »La Rosa«, aber akzeptabel. Ich halte mir vor Augen, dass ich von Paps' Gourmetküche natürlich verwöhnt bin. Wobei ich finde, dass Paps manchmal etwas übertreibt. Aber gut, lieber zu pingelig, was Sauberkeit angeht, als Schimmel und Ungeziefer. Doch davon gibt es auch hier wirklich keine Spur.

»Was ist?«, fragt Umberto, der meinen Blick bemerkt hat und aufhört, Füllung ins Huhn zu stopfen.

»Ach, nichts«, winke ich ab.

Er gibt sich damit zufrieden, stopft die Perlhühnchen weiter und schlägt noch eine Muskatcreme als Nachspeise vor. Logisch, dass mich das interessiert, das vertreibt erst mal alle bösen Gedanken. Kochen versöhnt mich fast immer. Zumindest besänftigt es mich. Vorerst.

Wir schlagen Eigelb mit Wasser, Zucker, Weinbrand und reichlich geriebener Muskatnuss auf und heben geschlagene Sahne unter. Umberto schickt mich in den angrenzenden winzigen Lagerraum, um frische Früchte zu holen. Als ich zurückkomme, rührt er gerade noch etwas in die Creme. Ich nehme mir ein Probelöffelchen. Hmmh … extrem lecker! Paps wird ausflippen.

»Und was war das i-Tüpfelchen, das du so heimlich reingeschmuggelt hast?«, frage ich mit hochgezogenen Augenbrauen.

Umberto grinst breit. »Geheimrezept des Hauses. Du verstehst?«

»Klar versteh ich, aber das werd ich schon noch aus dir rauskitzeln. Das nächste Mal mach ich für dich Ravioli. Mit Wachtelei gefüllt – als Tauschgeschäft.«

»Abgemacht. Wenn's schmeckt, kommt's auf die Speisekarte.«

»Da kannst du sicher sein, dass die schmecken. Eigenkreation von Paps und meiner Wenigkeit.«

»Du kannst deinen Vater gerne mal mitbringen. Natürlich nicht zum Kochen, nur als Gast«, schlägt Umberto wie beiläufig vor.

Schon süß, alle wollen in die Reportage. Ich mache mir da keine Illusionen: Dass Vinc und ich am Stammtisch teilnehmen dürfen, ist nur diesem Umstand geschuldet. Egal, Hauptsache ich bin dabei.

»Die Erdbeeren marinieren wir mit Zitronensaft. Und nimm noch ein paar Heidelbeeren dazu«, erklärt der Chef.

»Wie richtest du an?«, frage ich. Das Auge isst schließlich mit.

»Die Creme in ein Dessertglas, obendrauf die Früchte.«

»Ganz klassisch, ist nie verkehrt. Wir könnten aber auch selber Förmchen backen und die Früchte darin separat servieren. Was meinst du?«

Umberto zuckt mit den Schultern. »Wenn du dir die Arbeit machen willst, gerne. Mir ist das zu viel Schnickschnack.«

»Alles klar, dann übernehme ich das.«

Was ich direkt in die Tat umsetze. Ich rühre den Teig, streiche mit dem Löffel Kreise aufs Blech und schiebe das Ganze für ein paar Minuten ins Rohr. Die noch heißen Teile stülpe ich über kleine Gläser und lasse sie darauf zu Dessertkörbchen auskühlen. »Sehen hübsch aus und schmecken auch noch«, erkläre ich Umberto, der mit verschränkten Armen am Herd lehnt und mir zuschaut.

»Du gibst etwas von der Muskatcreme in die Hippe – das sind die Teigförmchen –, dann die Früchte drauf und verzierst alles mit einem Klecks Sahne, das schmeckt mega.«

Zufrieden verschränke ich ebenfalls meine Arme. »Okay«, ich löse mich von unseren kulinarischen Kunstwerken, »ich geh dann mal. Danke, dass du mich in deine Küche gelassen hast.«

»Immer gerne, Signorina. Und Grüße an Vinc.« Er zwinkert mir zu und ich verlasse den Schauplatz.

Oben in unserem Zimmer setze ich mich rittlings auf den Holzstuhl an dem kleinen Schreibtisch und erzähle Vinc alles brühwarm. Auch von seinem neuen Titel als Tangsing-shue-Meister. Er lümmelt auf dem Bett und amüsiert sich sichtlich. Dann wird er ernst. »Wenn der dich noch mal angrapscht, dann holst du mich! Gürtel hin oder her. Dann kriegt er von mir eine reingedonnert.«

»Versprochen. Aber ich glaube nicht, dass der sich das traut. Mann, ich werd einfach nicht schlau aus dem Typ! Der hat mehrere Gesichter. Ich mag ihn, aber wenn ich an gestern denke, wie Rosalia und er gestritten haben, wie gemein er zu ihr war, das kann ich nicht ausblenden. Und wenn er sich scheiden lassen will …«

»Dann sind Rosalia und Erminia raus«, stellt Vinc völlig richtig fest.

»Genau. Raus aus dem Hotel, aus ihrem Familienbesitz.« Ich denke an das, was Signora Fenucci heute Vormittag zu mir gesagt hat. Dass sie Großmutter sein könnte, wenn Umberto besser auf seine Frau geachtet hätte. Was hat sie damit gemeint?

»Weißt du, was ich echt nicht verstehe?« Die Frage geistert mir im Kopf herum.

»Nein, aber du wirst es mir gleich sagen.«

»Umberto ging es doch ums Hotel damals. Er hat die Schulden bezahlt und das Hotel gehört ihm seitdem auf dem Papier. Warum hat er Rosalia dann überhaupt noch geheiratet? Klar, für Rosalia war diese Ehe die Möglichkeit, ihr Hotel trotz allem weiterführen zu können, aber Umberto hat sich damit doch nur Fesseln angelegt!«

»Stimmt.« Vinc stützt sich auf den Ellbogen und legt sein Kinn in die Hand. »Aber überleg es dir mal von der anderen Seite her. Stell dir vor, dein Vater und du, ihr verliert das ›Macis‹ und ich kaufe es auf …«

»Blöder Vergleich«, finde ich.

»Ich weiß, aber rein hypothetisch: Mir gehört jetzt das ›Macis‹, du heiratest mich wegen des Gourmettempels der Familie Ritter und ich heirate dich, weil sonst alle Stammgäste wegblieben. Weil ich dich brauche. Dich und deinen Vater. Für die Küche.« Vinc setzt sich auf.

Ich springe aufs Bett und versetze ihm einen sanften Rüffler in die Seite. »Von wegen für die Küche …«

»Schon gut«, beschwichtigt Vinc, »du bist mein Lebenselixir, mein Sonnenschein.«

»Übertreib nicht so schamlos, sonst wird es unglaubwürdig – obwohl es natürlich stimmt.« Ich schlinge meine Arme um seinen Hals und muss ihm einfach sein unverschämtes Grinsen von den Lippen küssen.

Nach einer Weile schiebt er mich sanft von sich. »Du wolltest wissen, warum Umberto Rosalia geheiratet haben könnte«, sagt er.

»Ja, allerdings haben die Fenuccis das Hotel nicht besonders toll bewirtschaftet, sonst wären sie kaum in so eine finanzielle Schieflage geraten«, gebe ich zu bedenken. »Also zieht das Argument nicht, dass es ohne die Fenuccis nicht gelaufen wäre – weil es *mit* den Fenuccis ja eben *nicht* gelaufen ist. Am besten, ich rede noch mal mit Rosalia. Unauffällig, versteht sich.«

»Unauffällig? Du? Lass es lieber, Doro«, fordert Vinc.

Raushalten ist keine Option. Ich bin mittendrin. Mein abgrundtiefer Seufzer beeindruckt Vinc wenig, er murmelt etwas von »immer das Gleiche«, dann vertieft er sich in einen Internetartikel.

# KAPITEL 11

# IL BENEFICIO DEL DUBBIO –
# IM ZWEIFEL FÜR DEN ANGEKLAGTEN

**Venerdì (Freitag) – Tag 4**
*Am Abend*

Großes Hallo am Stammtisch. Renato Belotti stürmt herein, im Schlepptau – Angelo!

»Wen hast du bestochen, Angelo?«, schallt es ihm entgegen.

Vinc und ich schauen uns verwundert an. Wie ist das so schnell möglich? Hat er jetzt doch ein Alibi aus dem Hut gezaubert?

Angelo lässt sich auf seinen Stuhl fallen, Renato bleibt neben ihm stehen. Mit stolzgeschwellter Brust, könnte man sagen. Angelo sagt nichts, verschränkt seine Finger ineinander, dass die Knöchel weiß hervortreten, und stiert auf die Tischplatte. In seinem Gesicht arbeitet es.

Renato räuspert sich, übernimmt das Reden. »War ein glücklicher Zufall, dass ich die Richterin kenne, die seine Verhaftung geprüft hat. Hätte natürlich nichts genutzt, wenn stichhaltige Beweise vorgelegen hätten oder Zeugen. Aber sein Auftritt in der Kneipe allein hat nicht ausgereicht, um ihn weiter festzuhalten. Meine Versicherung, dass Angelo zwar eine Wut hat, aber wohl mehr auf sich selber als auf andere, und dass er außerdem keiner Fliege was zuleide tun könnte, hat ihr Übriges getan. Ist doch so, mein Freund?« Renato klopft Angelo ein wenig gönnerhaft auf die Schulter.

Der schweigt, seine Kiefer mahlen.

»Allora, Angelo als sanften Engel darzustellen, ist schon sehr gewagt«, spottet Davide Renzi. »Wir alle wissen, dass er, na, sagen wir mal, ein etwas aufbrausendes Temperament hat, oder?«

Die Runde lacht, dann werden alle wieder ernst.

»Hier, zum Anstoßen. Darauf, dass du raus bist aus dem Knast, mein Lieber.« Umberto bringt zwei Gläser Wein für die Neuankömmlinge. »Salute.«

»Salute«, schließen sich alle an und ich spüre die riesige Erleichterung am Tisch. Allen voran von Renato, der sich sicherlich irgendwie verantwortlich gefühlt hat. Immerhin ist er Carabiniere und konnte nicht verhindern, dass sein Freund verhaftet wurde.

»Natürlich wissen wir aber auch, dass du nichts mit den Vergiftungen zu tun hast. Genauso wenig wie wir alle hier«, stellt Salvatore Lonati, der Juwelier, klar.

Die anderen klopfen zustimmend mit den Fingerknöcheln auf die Tischplatte.

Angelo schluckt. Dann schaut er endlich hoch. »Grazie, cari amici. Grazie mille«, sagt er gerührt. »Ihr könnt euch gar nicht vorstellen, was für ein Schock es war, plötzlich als Attentäter oder Mörder dazustehen und verhaftet zu werden. Nur wegen ein paar unüberlegter Worte in der Kneipe!«

»Das war aber auch ziemlich blöd von dir, wenn ich das bemerken darf«, tadelt Renato mit gerunzelter Stirn. »Du kannst wirklich zehn Vaterunser beten als Dank dafür, dass du heute hier sitzt. Die Lage ist angespannt, alle fiebern der Lösung der Fälle entgegen. Und ganz ehrlich, das Problem ist das Alibi. Weil keiner den genauen Zeitplan kennt. Wann und wie gelangte das Gift in die Küche beziehungsweise in die Tortellini? Und wann genau wurden die Tortellini von dem Opfer verzehrt? Also ist das Ding mit dem

Alibi ziemlich schwierig. Was für dich eher ungünstig ist, verstehst du? Und du bist noch nicht ganz ausgeschieden als Verdächtiger. Die Beweislage ist nur zu vage, um dich festzuhalten, aber du bleibst trotzdem weiter im Fokus.«

Ich hege ja die Vermutung, dass Renato ein bisschen seiner rühmlichen Rolle bei der Befreiung seines Freundes hinterherhechelt. So wie sich mir die Lage darstellt, wäre Angelo nämlich so oder so freigekommen. Aber der Carabiniere hat natürlich recht: Vitamin B ist noch nie ein Fehler gewesen, und wer weiß, vielleicht hat die Bekanntschaft zur Richterin doch ihre Entscheidung beeinflusst, war sozusagen das Zünglein an der Waage.

Die Männer diskutieren hin und her, mir brennen andere Fragen auf der Zunge. Nachdem Renato gefühlt zum zehnten Mal erzählt, wie er Angelo aus den Fängen der Justiz gerettet hat, entschließe ich mich, einen Themenwechsel einzuleiten. Aber Massimo kommt mir zuvor. Er steht auf und hebt den Finger. »Wie der alte Lateiner zu sagen pflegte: In dubio pro reo«, rezitiert er feierlich.

Allgemeines Schmunzeln. Es war so was von klar, dass Massimo diesen Satz bringen würde.

»Ich will keine Zweifel, ich will volle Rehabilitation!«, fordert Angelo aufgebracht.

»Certo, und die wirst du bekommen«, verspricht Renato.

»Das versteht jeder. Keiner will mit so einem Verdacht leben«, grätsche ich jetzt rein, »deshalb – und um es nicht aus den Augen zu verlieren –, Renato, hat es mittlerweile irgendwelche Forderungen gegeben? Lösegeld oder etwas anderes? Will einer sich den Weg freiräumen, um als Lieferant fürs Nudelfest aufgenommen zu werden? Ich denke an unser Oktoberfest in München, da will ich gar nicht wissen, wie's hinter den Kulissen zugeht. Ich glaube, für eine Lizenz zum Bierausschank würde so mancher einiges riskieren. Zum Beispiel Mitbewerber in Misskredit bringen. Das würde dann auch Angelo entlasten. Solange der Täter nicht gefasst ist, wird Angelo der Verdächtige Nummer eins bleiben.«

Die Freunde nicken einstimmig. Renato, der sich inzwischen auf seinen angestammten Platz gesetzt hat, klärt uns mit gewichtiger Miene auf. »Das ist vollkommen klar. Selbstverständlich werden wir in jede Richtung ermitteln, nur welche Richtung soll das ein? Wo können wir ansetzen? Es gibt weder eine Geldforderung noch sonst irgendwelche Ansprüche, die jemand stellen würde. Auch kein Bekennerschreiben eines Irren oder Fanatikers. Natürlich gibt es eine Warteschlange für das Fest, von Weinlieferanten, Nudelmanufakturen, Ristoranti. Ist aber nichts Ergiebiges dabei.«

»Wie wär's mit Unsauberkeit in der Küche?«, schlage ich vor. »Ratten? Das darf natürlich keiner mitkriegen. Dann wär man raus aus dem Tortellini-Karussell. Dann lieber heimlich Rattengift auslegen und alles schön unter den Teppich kehren … Dann wär's doch möglich, dass ein ahnungsloser Mitarbeiter in der Küche es aus Versehen in die Pastafüllung bringt.«

»Wie soll das denn bitte gehen? Rattengift aus Versehen mitkochen! Du hast wirklich eine blühende Fantasie«, widerspricht Umberto entschieden. Er ist gerade mal für ein paar Minuten aus der Küche zu uns an den Tisch gekommen, steht hinter seinem Stuhl, auf die Rückenlehne gestützt, und hat natürlich auch eine Meinung kundzutun.

Renato dagegen scheint meiner Theorie gar nicht so abgeneigt gegenüberzustehen. »Doro hat schon recht. Jede Alternative, die gegen Angelos Beteiligung spricht, sollten wir unter die Lupe nehmen.«

»Wieso muss eigentlich Angelo seine Unschuld beweisen? Er hat es nicht getan, sogar die Richterin hat sofort erkannt, dass die Verdachtsmomente auf wackeligen Beinen stehen. Also, warum muss er sich dann jetzt noch unbedingt entlasten?«, fragt Salvatore Lonati.

»Weil er einen Ruf zu verlieren hat«, stellt Renato klar. »Irgendetwas bleibt immer hängen, heißt es doch so schön. Nur wenn der Täter zweifelsfrei feststeht, ist Angelos Weste wieder weiß. Stell dir vor, der wahre Schuldige bleibt für immer unentdeckt, dann bleibt Angelo in den Köpfen aller immer ein möglicher Kandidat.«

Salvatore fährt sich nachdenklich übers Kinn. »Da ist was dran.«

»Dann sind wir uns einig.« Renato reibt sich die Hände. »Bleiben wir bei Doros Idee mit der Rattenplage in der Küche, die keiner bemerken soll. Mal angenommen, der Restaurantchef versteckt das Rattengift deshalb in einer Dose, in der sonst irgendein völlig exotisches Gewürz aufbewahrt wird oder so. Etwas, das sonst nie einer benutzt. Und ausgerechnet jetzt will es doch einer verwenden. Ist vielleicht abgelenkt, passt nicht auf, was sich wirklich in dem Gefäß befindet – und schon haben wir unsere Tortellini speciali. Dann wär's schlicht ein Unfall gewesen und die Folgeunfälle hätte er nicht mehr verhindern können, ohne sich zu outen. Deshalb keine Forderung, kein Bekennerschreiben. Dann wäre es allerdings auch vorbei mit den Vergiftungen.«

»Und keiner würde je die Wahrheit erfahren«, seufzt Angelo, »und ich bin der Depp. Niemand wird mich mehr in seine Küche lassen.«

»Jetzt mal langsam. Das ist ja nur eine Theorie«, beschwichtige ich ihn. »Aber man sollte Augen und Ohren in dieser Richtung offen halten. Küchengetratsche ist ergiebig, da hört oder sieht immer irgendjemand irgendetwas. Kenn ich aus eigener Erfahrung. Man muss natürlich auch andere Motive ausleuchten. Es ist doch die Frage: Wer will das Fest torpedieren? Wer hat Interesse daran? Wem nützt es? Wer hat sich als Neuzugang zum Tortellinifest bemüht und ist vielleicht schon mehrmals abgewiesen worden? Geht's um Geld oder Prestige oder beides?«

Renato beäugt mich misstrauisch. »Warum hängst du dich da so rein, Doro?«

»Liegt in ihrer Natur«, erklärt Vinc lapidar.

»Na und? Wenn ich mitkriege, dass etwas schiefläuft, bin ich natürlich neugierig. Ist das falsch? Und außerdem habe ich in diesem Fall auch eigene Interessen. Immerhin kommt mein Vater mit seiner Filmcrew hierher und will eine Reportage drehen. Höhepunkt: das berühmte Tortellinifest auf der Ponte Visconteo. Also: kein Fest, keine Reportage. Schließlich soll sich alles um die Nodi d'Amore drehen.«

»Um die geht es hier ja trotzdem, nur eben als Mordwaffe und nicht als kulinarisches Highlight«, bemerkt Umberto.

Salvatore Lonati klopft auf die Tischplatte. »Umberto! Das ist geschmacklos«, regt er sich auf.

Der winkt grantig ab. »Lass mich bloß in Ruhe mit deinem Moralgewinsel. Man wird ja wohl noch einen Spaß machen dürfen.«

Die beiden kabbeln sich wieder mal. Salvatore wirkt ansonsten souverän und besonnen, ich kann mir richtig gut vorstellen, wie er mit ruhiger Hand, Stirnlampe und Lupe an seiner Werkbank sitzt und filigrane Schmuckstücke herstellt. Hinter seiner Hitzigkeit jetzt steckt wahrscheinlich die heimliche Schwärmerei für Rosalia, da bin ich mir sicher. Wenn's um Eifersucht geht, werden die ausgeglichensten Männer ungemütlich, das ist meine Theorie. Aber gut, so schlimm scheint es auch wieder nicht zu sein, denn andererseits sind Umberto und er offensichtlich Freunde, das sieht man einfach.

»Kommt, Leute, hört auf zu streiten«, mischt sich jetzt

Alfredo Corini ein. »Salvatore, sag mal, hast du den Ring für Umberto schon fertig? Ich würde das Ungetüm gerne wieder an seinem Finger sehen.«

Die Ablenkung funktioniert. Salvatore Lonati wiegt den Kopf. »Bin ich ein Schnellzug?«

»Jetzt hetzt den armen Mann doch nicht! Ich hatte den Ring so lange nicht, da kommt es auf ein paar Tage hin oder her auch nicht an«, nützt Umberto die Gelegenheit zu einem Friedensangebot.

»Hast du dir das mit der Kette überlegt?«, fragt jetzt Davide.

»Was meinst du?«

»Du wolltest deine Frau fragen, ob ich dir die Kette aus dem Fundus deiner Großmutter abkaufen kann.«

»Ach ja, richtig. Das mache ich gleich morgen«, verspricht Umberto und setzt sich jetzt doch auf seinen Stuhl.

Salvatore grinst auf einmal breit. Er zieht ein kleines Schächtelchen aus seiner Sakkotasche und reicht es Umberto. »Hier, mein Freund«, sagt er.

»Machst du ihm jetzt einen Heiratsantrag?« Alfredo Corini lächelt maliziös.

»Bevor das geschieht, fällt Weihnachten auf Ostern«, stellt Salvatore ungewohnt schlagfertig fest. »Und nicht nur, weil er Wurstfinger hat.«

Umberto lässt sich von der Lästerei nicht weiter stören. Er öffnet das Kästchen und greift mit Daumen und Zeigefinger nach dem Ring. Dem Monster. Dem Siegelringmonster.

»Ein Familienerbstück?«, quetsche ich raus. Ich muss irgendwas sagen, sonst zerreißt es mich. Vinc schaut auch ganz verkniffen.

»Nein, den habe ich auf einem Trödelmarkt gekauft. Ist schon ewig her. Er hat mir gefallen und ich habe ihn seitdem getragen. Bis er zu eng wurde. Aber jetzt …« Er streckt die Finger seiner linken Hand aus und schaut fast verliebt auf das gute Stück. Breiter Goldring mit riesigem Onyx. Rund, flach und um den schwarzen Stein herum reliefartige Rosen oder Blumen. »Jedenfalls bin ich froh, dass ich ihn wiederhabe.«

»Ist das ein echter Siegelring? Ich meine, antik und ehemals wirklich als Familiensiegel in Gebrauch?«, fragt Vinc. Geht ihm wahrscheinlich wie mir. Wenn schon so hässlich, dann wenigstens mit Geschichte.

»Da muss ich euch enttäuschen«, mischt Salvatore sich ein. »Der Ring ist höchstens aus den Siebzigern. Ich schätze, Studentenvereinigung.«

»Derer von der Rose«, schlägt Alfredo Corini vor. »Man kann nur hoffen, dass es sich nicht um Architekten oder Künstler gehandelt hat … bei dem Geschmack!«

Wir lachen. Umberto auch. Ist ihm egal, was die anderen denken, er liebt den Ring.

»Amici, ich muss wieder in die Küche, bevor Marco einen Herzinfarkt bekommt.« Umberto klopft auf den Tisch. Auf dem Weg streckt er die Hand von sich und betrachtet selig den Ring.

»Pass auf, die Tür!«, ruft Salvatore spöttisch.

Davide steht auf und geht zur Theke rüber, wo Rosalia alle Hände voll zu tun hat. Sie unterbricht ihre Arbeit kurz, um Davide zuzuhören, der ihr offensichtlich etwas zu sagen hat. Ein ungeduldiger Gast ruft nach seinem Wein. »Sì, subito«, beschwichtigt Rosalia ihn und steckt mit Davide wieder die Köpfe zusammen.

Ob es wohl um die Kette geht? Ich stupfe Vinc an. »Ich würde zu gern Mäuslein spielen, um zu hören, über was die reden.«

»Wohl eher eine fette Fliege auf der Theke, die am Camparitröpfchen nippt.«

»Das mit dem fett ist gemein«, beschwere ich mich. »Hast du Salvatores Blick gesehen? Voll eifersüchtig.«

»Doro, du solltest nicht in alles was reininterpretieren«, sagt Vinc. Seine Stirn allerdings kräuselt sich. Denkt er sich also auch seinen Teil.

Als das Lokal sich fast geleert hat, bringt Umberto das Essen für uns, das Siegelringmonster stolz am Mittelfinger der linken Hand. Vinc hilft ihm mit den Tellern.

»Den Rest in der Küche schafft Marco allein. Soll mal wieder wissen, wie Arbeit schmeckt«, meint Umberto mitleidslos. Weil Marco zwei Wochen freihatte. Und das im Sommer, mitten in der Saison. »Das kommt davon, wenn man den Sohn eines Freundes beschäftigt, der seinen Sprössling rücksichtslos für den eigenen Familienbetrieb aus meiner Küche abzieht.« Er ist aber nicht wirklich böse, das merkt man. Auf jeden Fall nicht so wie letztens beim Streit mit seiner Frau.

Ich schaue mich um, Rosalia wischt gerade den Tresen sauber. Die Gäste, die noch da sind, haben ihr Essen bereits hinter sich beziehungsweise schieben sich die letzten Bissen in den Mund.

Vinc stellt seinen eigenen Teller auf den Tisch und setzt sich dann auf den Platz neben mir.

Das Thema des Abends lässt mich nicht los: »Ist schon gruselig, hier in Valeggio, dem Ursprungsort aller Tortellini sozusagen, auch nur daran zu denken, dass der köstliche Inhalt vergiftet sein könnte.« Ich spieße skeptisch ein Corpus Delicti auf die Gabel, spüre ein leichtes Bauchgrummeln und dann rein damit … Hmmh, lecker! »So muss sich ein Feinschmecker fühlen, der den hochtoxischen Kugelfisch verzehrt, genießt und betet, dass der Koch die Leber oder die Eierstöcke des Fisches nicht angeritzt hat. Oder der Fallschirmspringer, der hofft, dass der Fallschirm funktioniert.«

»Danke, Schatz, jetzt freu ich mich so richtig aufs Essen«, motzt Vinc.

»Chi non risica non rosica«, witzelt unser Medicus und spürt genießerisch den Aromen in seinem Mund nach.

»Sag ich doch, no risk, no fun.«

»Das ist kein Spaß«, schimpft Alfredo. »Ich sage euch, das muss aufhören. Es geht nicht nur um den Ruf unserer Stadt, es sterben Menschen.«

Wir schauen alle leicht bedröppelt.

»Du hast völlig recht«, unterstützt jetzt der Dottore Alfredos Ansage. »Wir sollten lieber nach einer Lösung suchen.«

Lösung suchen – da bin ich dabei.

»Leg schon los«, schubst mich Vinc an. Muss er mir natürlich nicht zweimal sagen.

»Der Täterkreis ist durchaus eingeschränkt«, fange ich an. Renato spitzt die Ohren. »Was meinst du? Tortellini macht hier jeder.«

»Ja, aber es waren Touristen, die vergiftet wurden, keine Ortsansässigen. Zufallsopfer, denke ich. Auf jeden Fall wurden alle Tortellini in Restaurants verzehrt. Das lässt schon auf einen Insider schließen, auf jemanden, der die Tortellini dort auch platzieren kann. Kann ja nicht jeder x-Beliebige in die Küche marschieren und dem Koch vergiftete Teigtäschchen unterjubeln oder einfach sagen: So, heute servierst du mal *meine* Pasta …«

Renato nickt, findet die Idee anscheinend stimmig. »È vero und wir ermitteln natürlich auch in diese Richtung. Aber du hast mich trotzdem auf einen neuen Gedanken gebracht.«

Aha? Nicht nur ich warte auf weitere Ausführungen.

»Tatsache ist, das Gift war in der Pastafüllung. Und wir können davon ausgehen, dass es in zwei Ristoranti serviert wurde. Bei Stichproben aus anderen Küchen wurde keine weitere vergiftete Pasta gefunden. Auch in den beiden betroffenen Lokalen war sonst alles clean. Kein Gift in der Küche, keine weiteren Fälle von ungesunden Zutaten in den Pastafüllungen. Natürlich haben wir auch alle Lieferanten überprüft, die Pasta zuliefern. Aber es gibt ja auch Personal, das nichts mit der Küche zu tun hat. Putzkräfte, Elektriker, Getränkelieferanten. Von denen könnte theoretisch jeder etwas in der Küche deponieren.«

Umberto schnaubt. »Und du glaubst, wenn ich in der Küche mal Nudeln finde, von denen ich nicht weiß, wo sie herkommen, dann serviere ich sie meinen Gästen? Bist du irre?«

»Nein, so natürlich nicht.« Renato fährt sich durch die Haare.

»Ich weiß schon, was du meinst«, unterstütze ich ihn. »Es muss jemand sein, der Zugang zur Küche hat, der nicht auffällt, weil er sozusagen da hingehört. Zum Beispiel der Elektriker, der eine defekte Leitung repariert. Oder die Putzfrau, die die Böden wischt.«

Renato nickt. »Genau das meine ich.«

»Aber fremde Nudeln würde ich trotzdem nicht servieren«, schnappt Umberto und krault Pipo ein bisschen zu heftig zwischen den Ohren, sodass der winselnd protestiert.

»Natürlich nicht einfach so. Aber wenn es jemand darauf angelegt hat, wird er sich etwas Unauffälliges überlegt haben. Lasst mal eure kriminalistische Fantasie spielen – könnte das Gift eventuell doch in der Soße gewesen sein? Und noch ein anderer Ansatzpunkt: Sind die beiden Lokale, in denen die Pasta ausgegeben wurde, Zufallsorte oder bewusst gewählt worden? Man müsste nach einer Übereinstimmung suchen, welche Personen in den letzten Tagen in beiden Küchen waren. Wer hatte dort zu tun, gehört aber nicht zum Stammpersonal? Entscheidend ist auch die Frage, ob die alle ihre Nudeln selber machen, denn dann fällt diese Theorie natürlich aus. Da hätte fremde Pasta keine Chance, im Nudelwasser zu landen.«

»Das lässt sich leicht überprüfen.« Renato hat sich ein paar Notizen gemacht. »Wir haben eine Drei-Mann-Sonderkommission im Einsatz. Die finden es raus, wenn es etwas rauszufinden gibt.«

»Im ›Da Silvio‹ machen sie die Pasta nicht mehr selbst. Zumindest nicht mehr alle Sorten. Die Tortellini hat immer die mamma gemacht, die ist jetzt zu alt und stellt sich nur noch ab und zu für ausgesuchte Stammgäste in die Küche«, vermeldet Alfredo Corini.

»Woher weißt du das? Ist das verlässlich?« Renato kratzt sich hinterm Ohr.

»Meine mamma und Silvios mamma sind Freundinnen.« Die anderen nicken wissend.

»Ein Koch erkennt eine fremde Pastasorte trotzdem«, bleibt Umberto bei seiner Meinung.

»Du schon, aber in einer großen Hotelküche gilt das nicht unbedingt. Oder wenn einfach Hochbetrieb herrscht. Du hast keine Ahnung, wie einfallsreich die Menschen sein können. Allora, bleibt das Hotel Garden, in dem der andere Gast die giftige Pasta bekommen hat. Das überprüfe ich.« Renato steht auf, klopft auf die Tischplatte. »Buona notte, amici. Wird ein langer Tag morgen. Das Wochenende kann ich vergessen.«

Das Mitleid der anderen hält sich in Grenzen. Klar, keiner hier am Tisch hat generell ein freies Wochenende. Nicht in der Saison. Weder Salvatore mit seinem Juwelierladen noch Umberto als Wirt und ein Arzt oder Apotheker schiebt sowieso Nacht- und Notdienste – sie hängen also alle genauso in ihrem Berufsstatus fest wie ein Polizist.

»Einen fetten Lotteriegewinn müsste man haben«, seufzt Renato und geht.

Nach seinem Abgang löst sich die Runde auf.

»Hast du Lust auf einen kleinen Spaziergang? Oder willst du lieber hoch?«, fragt Vinc.

»Noch ein bisschen raus ist 'ne gute Idee. Die Luft ist so schön lau. Ich will nur noch Rosalia was fragen. Bin gleich wieder da.«

»Ich warte draußen auf dich, Schatz«, nickt er.

Rosalia schenkt sich gerade ein Glas Wasser ein. »Kann ich auch einen Schluck haben?«, frage ich und stelle mich zu ihr an die Theke.

»Salvatore hat vorhin ziemlich grantig zu dir und Davide rübergeschaut«, rede ich nicht lange um den heißen Brei herum.

»Lass mal, Doro.« Rosalia fährt sich übers Gesicht. Ihre Augen wirken müde.

»Salvatore ist ein Lieber. Der würde mich sofort heiraten. Und ich ihn auch. Ich glaube, er wäre ein wunderbarer Partner. Schade für ihn, dass er nie die richtige Frau gefunden hat.« Sie seufzt. »Aber eine Ehe mit ihm hieße, dass ich das Hotel verliere. Wenn Salvatore und ich früher solche Gefühle füreinander gehabt hätten … Non importa. Es ist so, wie es ist.«

»Nicht wichtig? Salvatores Blicke sagen etwas anderes«, widerspreche ich.

»Er muss sich damit abfinden. Er hat keinerlei Recht auf mich. Ich will keine Affäre – obwohl es Umberto egal wäre.« Sie stößt ein hartes Lachen aus. »Salvatore will das auch nicht. Er ist ein ehrlicher Mensch, ein Verhältnis mit der Frau seines Freundes, das würde er nicht aushalten.«

»Aber dass du dich scheiden ließest und dann mit ihm zusammen wärst, das wär okay für ihn?«

»Dann ist es offen und ehrlich.«

»So kann man es auch sehen.« Ich wische ein Tröpfchen Wasser von der Theke.

»Doro, du bist noch so jung – für dich gibt es nur lieben oder nicht lieben, aber da ist noch so viel dazwischen.«

»Ich bin auch kein Teenager mehr«, widerspreche ich. »Aber du hast natürlich recht. Ich muss mich nicht zwischen Vinc und Hotel entscheiden. Und wir haben auch nicht mit den Schatten der Vergangenheit zu kämpfen.«

»Ach, Doro, belaste dich nicht mit meinem Leben, ich komm schon klar. Das bin ich bisher immer.« Rosalia räumt jetzt resolut unsere Gläser weg. »Es ist spät. Buona notte, Doro.«

»Buona notte, Rosalia. A domani.« Bis morgen, denn da ist auch noch ein Tag.

Wir schlendern Richtung Zentrum.

Als wir am »La Rosa« vorbeikommen, sitzen die letzten Gäste im Garten bei einem Glas Wein. Drinnen ist es bereits leer, Valerias Leute huschen emsig umher, der Gastraum ist bereit für morgen. Als wäre nicht die gesamte Gastronomie von Valeggio in Aufruhr.

»Magst du noch ein Glas Wein? Vorne an der Piazza?«

»Eher Campari Soda.«

»Was immer du willst, Schatz.« Vinc legt seinen Arm um meine Schultern, ich schlinge meinen um seine Hüften.

»Könnte so schön sein, wenn nicht ein paar Idioten alles versauen würden«, seufze ich.

»Was meinst du?«, fragt Vinc träge.

»Na, die ganze Sache mit den Vergiftungen. Warum muss jemand die Stimmung vor dem Fest kaputtmachen?«

»Doro, bitte. Lass einfach mal gut sein. Genieß den Abend. Morgen hast du wieder meine volle Unterstützung, aber jetzt nicht.«

Ich seufze noch mal. »D'accordo, padrone! Dann nix wie ran an den Campari. Schau, die Bar da vorne. Die haben Tische draußen und es ist auch noch was los.« Zielstrebig dränge ich Vinc dorthin.

»Gute Wahl!« Er ist absolut einverstanden.

Sieht aber auch schnuckelig aus. Hohe runde Holztische mit Barhockern verteilen sich in loser Unordnung auf dem Platz vor der Bar. Touristen und Einheimische, Stimmengewirr, sommerliche Fröhlichkeit. Auf den Tischen flackern Kerzen in bunten Gläsern. Es wird noch ein lauschiger Abend.

## KAPITEL 12

## LE COSE IMPORTANTI DELLA VITA – DIE WICHTIGEN DINGE IM LEBEN

Sabato (Samstag) – Tag 5
*Halb sechs in der Früh*

Vinc schläft noch selig. Ich werde unruhig, schleiche mich in die Küche und befülle die kleine caffettiera mit frisch gemahlenen Espressobohnen und Wasser. Wunderbar, wie die ersten Aromen durch die Küche ziehen. Akute Bettflucht oder gefährliches Frühaufstehersyndrom nennt Vinc solche Aktionen. Ist erst halb sechs, die Sonne ist bereits aufgegangen – ich liebe diese Minuten der Ruhe. Die zweite Tasse will ich mit hochnehmen, jetzt, in der Früh, ist es auf unserem winzigen Balkon angenehm kühl und der Blick über die Stadt morgendlich klar. Auf halber Höhe der Treppe höre ich es draußen an die Scheibe klopfen. Ich drehe mich um. Wer will so früh was von Rosalia und Umberto?

Draußen steht ein Mann, groß und dunkelhäutig. Wie Ayna ... Mir schwant Fatales. Okay, ich kann mich auch irren. Ich gehe zurück, stelle meine Tasse an der Theke ab. Der Fremde sieht ungepflegt aus, ausgemergelt. Er drückt seine Nase an die Scheibe der Tür. Klopft wieder. Ich überlege. Zufall wäre schon komisch. Am besten also, ich hole Ayna.

Ich gebe ihm ein Zeichen zu warten, hoffe, dass er es verstanden hat, und schleiche mich hoch. Leise klopfe ich an

Aynas Tür und brauche nicht lange zu warten. Sie öffnet einen Spalt und lugt raus. »Doro? Ich komme bald runter. Ist ja noch früh …«

»Nein, keine Sorge, es geht nicht ums Frühstück, aber vor der Tür steht ein Mann und … irgendwie dachte ich … er will vielleicht zu dir«, sage ich dann geradeheraus.

Weiter komme ich nicht, Ayna schnappt sich ihren alten Bademantel und rennt nach unten. Sie hat offensichtlich die gleiche Vermutung wie ich.

»Oumon!«, ruft sie und läuft zur Tür. Sie presst ihre Hände an die Scheibe, der Mann macht von außen dasselbe.

Also tatsächlich. Oumon. Aynas Mann.

Ayna schaut sich verzweifelt nach mir um. »Ich habe keinen Schlüssel.«

»Ich schon. Für den Hintereingang. Der hängt neben der Tür. Für die Hotelgäste.«

Ayna nickt heftig. »Ja, stimmt, ich weiß ja. Ich …«

»Ayna, beruhig dich!« Ich bedeute dem Mann draußen, dass er ums Haus herumkommen soll, und schiebe Ayna Richtung Hinterausgang.

Dann lasse ich den beiden ein paar Minuten Wiedersehensfreude. Allerdings nicht zu lange, Umberto kommt oft ziemlich zeitig runter und ich will ungern dabei ertappt werden, einen Fremden ins Haus gelassen zu haben.

»Er soll erst mal zu dir aufs Zimmer. Ich rede mit Rosalia«, verspreche ich. Dazu muss ich wiederum erst mal warten, bis Umberto die Wohnung verlassen hat. Dank der hellhörigen Wände muss ich nicht im Flur stehen bleiben, um den richtigen Moment abzupassen, sondern kann in unser Zimmer, denn wenn sich drüben was tut, bekomme ich es auch von hier aus mit.

Ich nutze die Zeit, wecke Vinc und informiere ihn über die Neuigkeit.

»Ganz schön riskant. Umberto will nichts davon wissen, Aynas Mann und ihren Bruder aufzunehmen«, warnt er.

»Erst mal ist es nur ihr Mann«, berichtige ich lahm. »Und von Aufnehmen kann ja auch noch gar keine Rede sein.« Vielen Dank für die Aufmunterung, denke ich. Ich weiß ja selber, dass die Situation nicht optimal ist. Gelinde gesagt. Manchmal wär's mir lieber, wenn Vinc nicht so unverblümt ehrlich wäre. Eingeschnappt hocke auf der Bettkante. Vinc lässt mich schmollen.

Umbertos schwere Schritte poltern die Treppe runter, die Luft drüben ist rein. Mein Groll ist vergessen, ich klopfe an die Zanardinische Wohnungstür, Vinc im Schlepptau.

Rosalia ist entsetzt. »Wenn Umberto das mitkriegt, dann kann Ayna ihre Sachen packen«, sagt sie düster. »Und du auch. Am besten erwähnst du nicht, dass du diesen Oumon hereingelassen hast.«

»Was hätte Doro denn machen sollen?«, verteidigt Vinc mich. »Er ist Aynas Mann und nicht irgendein Fremder!« Mein Schatz. Ist nicht immer einer Meinung mit mir, aber wenn's drauf ankommt, steht er mir zur Seite.

Klar, Rosalia meint es nicht böse und kann nichts für Umbertos Einstellung. »Ach, komm«, beschwichtige ich daher, »so schlimm ist Umberto nicht. Er hat Ayna ja auch aufgenommen. Und letztens hatte er einfach keinen Kopf für das Thema. Wir müssen uns halt eine gute Strategie überlegen und den richtigen Zeitpunkt abwarten.«

Rosalia schüttelt den Kopf. »Du kennst ihn nicht. Ich sage dir, wenn er das hier mitkriegt, ist Feierabend für Ayna.«

Ich glaube zwar immer noch, dass Rosalia das zu schwarz sieht, aber sicher ist sicher.

»Okay, Rosalia, du kennst Umberto besser. Oumon bekommt strengstes Ausgehverbot. Er soll im Zimmer bleiben und sich nicht blicken lassen. Ayna wird alle zwei Stunden nach ihm sehen und dafür sorgen, dass er auf die Toilette gehen kann oder zur Dusche.«

Die ist nämlich im Flur, da oben gibt es nicht den Luxus eines eigenen Bads auf dem Zimmer. Ist schließlich nur ein Notbehelf für Angestellte, die nicht in der Gegend wohnen.

»Warte hier, Doro, ich muss kurz zu Umberto runter. Er will zum Supermarkt, ist extra früh aufgestanden. Eigentlich sollte ich mit, aber ich werde mir was einfallen lassen, warum ich hierbleiben muss. Wenn er weg ist, sprechen wir mit den beiden da oben«, sagt Rosalia und verschwindet.

Als wir wenig später ins Zimmer von Ayna kommen, bietet sich uns ein trauriges Bild. Oumon sitzt auf der Bettkante, den Arm um Aynas Schultern gelegt. Ihr ganzer Körper schüttelt sich in Weinkrämpfen. Erschrocken schauen wir uns an. Was ist passiert?

Oumon schaut hoch. Er räuspert sich. »Dumiska ist gestorben. Ihr Bruder. Der Arzt konnte ihn nicht mehr retten, er war schon zu schwach. Zu dehydriert. Wenn der neue Vorarbeiter früher einen Arzt hätte kommen lassen …« Er schnauft verbittert. Trotz der schlimmen Nachricht fällt mir auf, wie gut Oumon Italienisch spricht.

Er reibt sich übers Gesicht. »Dumiska musste arbeiten, bis er umgefallen ist. Das war unserem Vorarbeiter egal. Du kannst gern deine Sachen packen, hat er gesagt. Aber wohin hätte Dumiska gehen sollen? Krank. Und ohne Geld. Oder wenn er ihm wenigstens erlaubt hätte, mehr zu trinken.«

»Was heißt das? Erlaubt, mehr zu trinken?«, fragt Rosalia und ihre Stimme wackelt ein wenig.

»Der Neue wollte erst mal zeigen, dass er ein strenges Regiment führt, und wer nicht spurt, kann gehen. Das waren seine Worte, jeden Tag in der Früh. Und eine Regel war: Nur einmal in der Stunde ist es erlaubt, etwas zu trinken.

Egal, wie heiß es ist. Wenn dann einer auch noch krank ist … Dumiska war nicht der Einzige, der das nicht ausgehalten hat.«

Wir hören entsetzt zu. Das kann nicht sein. Nicht mitten in Europa. Hier geht es den Menschen doch gut! Aber eben nicht allen.

»Dann bin ich abgehauen. Sonst hätte ich den Kerl umgebracht!«

Ehrlich, das verstehe ich sogar.

Oumon erzählt weiter. Dass Ayna und er auf der Mittelmeerroute rübergekommen seien und nicht zurückkönnten. Und dass sie Glück hätten, weil sie wenigstens Papiere hätten. Und geduldet seien. Und arbeiten dürften. Wie lange, das stehe in den Sternen.

»Wir wollen nicht zurück«, flüstert Ayna. »Unser Baby soll es besser haben.«

»Geht es eurer Familie nicht gut bei euch daheim?«, frage ich, weil ich es mir ziemlich heftig vorstelle, alles hinter mir zu lassen. Meine Familie, meine Freunde, meine Heimat. Aber eigentlich erübrigt sich die Frage. Wenn sie eine Wahl gehabt hätten, wären sie wohl nicht hier.

Oumons Züge verschließen sich. Das Thema ist tabu, soll das wohl heißen. Damit müssen wir uns zufriedengeben. Vorerst. Priorität hat jetzt, wo man Oumon unterbringen könnte.

»Ich bin dafür, dass wir trotzdem noch mal mit Umberto reden. Natürlich darf Oumon nicht dabei sein, sonst fühlt Umberto sich in die Ecke gedrängt«, schlage ich vor.

Rosalia schüttelt leicht den Kopf. »Das wird nicht funktionieren, Doro«, prophezeit sie. »Umberto ist bei Ayna über seinen Schatten gesprungen, weil wir dringend jemanden fürs Hotel gebraucht haben und ich mich sehr für sie eingesetzt habe. Wir hatten einen personellen Engpass und außerdem ist Ayna eine Frau. Männliche Flüchtlinge sind Umberto eher suspekt. Und seine Meinung ist ziemlich festgefahren, befürchte ich.« Rosalia erzählt das ohne Emotion, ich kann nicht einschätzen, wie ihre eigene Einstellung zu dem Thema ist. Immerhin hilft sie Ayna und sitzt hier mit uns zusammen.

Vinc mischt sich ein. »Wieso fragen wir nicht Davide? Der hat versprochen, darüber nachzudenken.«

»That's it! Rosalia, kannst du Davide anrufen? Du kennst ihn schon ewig, dir wird er es weniger abschlagen«, bitte ich eindringlich.

»Sì, d'accordo. Das mache ich, bevor Umberto zurückkommt.« Sie springt auf, um im Büro zu telefonieren.

Ayna wimmert inzwischen nur noch leise vor sich hin. Ein zusammengesunkenes Häufchen Elend.

Oumon streicht ihr sanft über den Rücken. »Daheim war ich Bauer«, erzählt er mit leiser Stimme. Wir hatten ein Stückchen Land gepachtet und fast kein Vieh. Zu wenig zum Leben für eine Familie. Das hat gerade für meine Schwestern und meine Eltern gereicht. Und Ayna ging es mit ihrer Familie genauso. An Ausbildung war nicht zu denken. Ein paar Jahre Schule, das war's, und auch nur, wenn es die häusliche Situation gerade zuließ. Wir dachten, wir sind jung, wir sind mutig …«

Wie die beiden da sitzen, ist von ihrem Mut nicht viel übrig geblieben.

Oumon spricht weiter. »Hier im Norden konnte ich nicht bleiben, aber ich war froh, dass es wenigstens Ayna hier gut ging. Natürlich sollte das nur für eine kurze Zeit sein. Wir haben uns die Entscheidung, hierherzukommen, nicht leicht gemacht und wollten natürlich auch zusammenleben, aber für's Erste musste es gehen. Dann stand Dumiska auf einmal vor der Tür, weil wir nach Hause geschrieben haben, dass es hier so schön ist und wir gut verdienen.« Oumon seufzt. »Und jetzt ist er tot.«

Jemand trampelt die Treppe hoch, verharrt einen Moment und reißt dann die Tür auf. Vor lauter Aufregung haben wir Umbertos Rückkehr verpasst.

Rosalia hetzt hinterher. »Umberto, aspetta!«, ruft sie außer Atem.

Aber der steht schon schnaubend mitten im Raum, hochrot im Gesicht, und ringt nach Worten. Vor Empörung, dass seinem ausdrücklichen Verbot zuwidergehandelt wurde. In seinem Haus.

Vinc nimmt meine Hand, ich sehe uns schon Koffer packen. Keiner sagt ein Wort. Alle starren Umberto an und warten auf den Ausbruch. Und der kommt.

Er holt tief Luft. »Al diavolo! Porca miseria!«

Rosalia nutzt seine Atempause. »Beruhige dich, Umberto! Oumon kann in zwei Tagen eine kleine Hütte bei Davide beziehen. Die beiden Arbeiter, die zurzeit dort wohnen, sind dann weg. Allora, tutto a posto.«

Umberto wütet noch immer. »Gar nichts ist gut, verdammt noch mal! Wenn Davide abgesagt hätte, hätten wir ein Riesenproblem! Außerdem geht es ums Prinzip. Dass ihr mich beschissen habt!« Er gestikuliert wild mit beiden Armen, der Siegelring blitzt an seinem linken Mittelfinger.

»Umberto«, mische ich mich jetzt ein, obwohl ich lieber in einem Mauseloch verschwinden würde, »das war nicht geplant. Ehrenwort. Oumon stand plötzlich vor der Tür … Ihn nicht aufzunehmen, wäre unmenschlich gewesen. Aynas Bruder ist tot und wir konnten ihren Mann nicht einfach auf der Straße stehen lassen. Du hast dich doch bis jetzt sehr aufmerksam um Ayna gekümmert, und es sind nur zwei Tage!«, schmeichle ich, obwohl es mir widerstrebt.

Meine Worte zeigen Wirkung. Zumindest glättet sich

Umbertos Miene etwas. »Zwei Tage, dann will ich dich hier nicht mehr sehen«, droht er in Oumons Richtung und stapft aus dem Zimmer, ohne sich noch mal zu uns umzudrehen.

Erst als die Tür ins Schloss gefallen ist, atmen wir erleichtert auf. Oumon hat Tränen in den Augen. Ayna lehnt apathisch den Kopf an seine Schulter.

Wir planen die nächsten Tage. »Das mit der Hütte geht natürlich nur im Sommer, hat Davide gesagt, und ist sowieso keine Dauerlösung«, dämpft Rosalia die Freude.

»Vielleicht kann ich deinen Mann bis dahin umstimmen? Wenn ich ihm beweise, dass ich zupacken kann und nichts stehle.«

»Ach, Oumon«, Rosalia legt ihre Hand auf seine Schulter, »mach dir keine großen Hoffnungen. Umberto wird seine Meinung nicht ändern. Eher schneit es im Sommer.«

»Jetzt seid mal ein bisschen optimistischer. Die nächsten Wochen sind save, dann findet sich was. Vinc und ich sind noch eine Weile hier und außerdem bin ich sicher, dass sich Davide auch kümmert. Und du hast doch einen guten Draht zu Salvatore Lonati, der hilft dir bestimmt, wenn du ihn bittest.«

Rosalias Wangen färben sich rosa. Süß. Wo sie doch sonst immer so abgeklärt tut. Ich würde ihr wünschen, dass sie ihr Glück mit ihm findet.


Als das Wichtigste geklärt ist, verdrücken Vinc und ich uns. Frühstück gibt es heute außer Haus, Valeria serviert uns gerne einen Cappuccino. Draußen in ihrem Garten ist die Luft auf jeden Fall klarer als hier im »Il Mulino«.

»Kann ich ein Stück von deiner köstlichen Torta delle Rose haben?«, frage ich sie hoffnungsvoll.

»Sì, certo, Doro. Vinc, du auch?«

Der nickt.

»Wisst ihr was? Ich schicke euch Antonio, der hat heute Frühdienst und bringt euch, was ihr braucht, d'accordo?« Dann verabschiedet sie sich. Wichtige Besprechung, sagt sie und zieht eine sorgenvolle Miene. »Der Vorstand vom Festkomitee hat ein paar Änderungen verfügt. Einige kleinere Lokale werden von der Festtafel ausgeschlossen, zumindest bis sicher geklärt ist, woher die vergifteten Tortellini stammen.«

»Ist Umberto deshalb so ausgerastet?«, überlege ich, als wir allein sind. »Betrifft das vielleicht auch ihn?«

Vinc ist eher skeptisch. »Möglich, aber ich glaube, das eine hat bei ihm mit dem anderen nichts zu tun. Von der Sache her, meine ich. Seine üble Laune könnte dadurch natürlich noch schlechter geworden sein. Vielleicht ist seine Teilnahme am Fest tatsächlich in Gefahr.«

Nach unserem Ausflug betreten wir das »Il Mulino« durch den Hintereingang, das Lokal öffnet erst später. Umberto tobt noch immer und es geht tatsächlich um die Teilnahme am Fest. Rosalia und er stehen am Tresen und sind unüberhörbar.

»Das soll Renato mir ins Gesicht sagen! Die Teilnehmer am Tortellinifest sollen strenger reglementiert werden? Wegen der Vorfälle? Bin ich etwa nicht vertrauenswürdig? Sie nehmen nur noch Tortellini aus bestimmten Ristoranti und aus einem besonders geschützten Bereich der kleinen Nudelmanufaktur!«

Rosalia wagt ein hilfloses »Umberto, reg dich nicht so auf. Renato kann doch nichts dafür …«

»Komm«, ich ziehe Vinc Richtung Treppe, die beiden nehmen uns gar nicht wahr.

»Schatz, was hältst du davon, wenn wir uns die Räder schnappen und durch die Gegend radeln? Wenn du magst, runter zum See? Die Stimmung hier macht einen ja fertig«, schlägt Vinc vor.

»Und Rosalia? Ich kann sie nicht einfach allein lassen mit den ganzen Problemen.«

Vinc reibt sich die Stirn. »Doro, das sind Rosalias Probleme. Ihr Mann, ihre Ehe, ihr Hotel.«

»Eben nicht ihr Hotel«, unke ich düster.

»Mann, Doro! Sei nicht so wortklauberisch. Du weißt genau, was ich meine. Lass ihr deine Handynummer da, von mir aus gib sie auch Ayna, aber spiel nicht den Babysitter für zwei erwachsene Menschen.«

Vinc' Geduld ist offensichtlich etwas strapaziert, also stimme ich zu, das »Il Mulino« für heute sich selbst zu überlassen, und wir radeln los.

Doch nicht zum See, sondern in Richtung Osten, entlang der Weinberge. Die Gegend ist hügelig. Ziemlich sogar. »Ich beantrage ein E-Bike«, keuche ich, beiße aber die Zähne zusammen und quäle mich den Berg hoch. Absteigen ist keine Option.

Wir reden den ganzen Tag kaum über die Vorfälle. Keine vergifteten Tortellini, keine fremden Ehestreitigkeiten, keine Sozialarbeit. Wir genießen die Landschaft, die Luft, kreuzen wieder den Fluss und hängen die Füße in den kühlen Mincio. Ein abgelegenes Bauernhaus lädt zu vino e pane ein. Und hält, was es verspricht. Ein kühler, angenehm frischer Weißwein aus Eigenproduktion, Weißbrot, Ziegenkäse von der Hausziege, Tomaten aus dem Garten. Die knackigen kleinen Früchte platzen mit einem Plopp im Mund und schmecken tatsächlich nach Tomate.

»Schlimm, dass es auffällt, wenn eine Tomate wie eine Tomate schmeckt«, sinniere ich kauend.

Vinc lacht. »Absolut irre, ja. Ist aber so. Hier ist alles so … ehrlich, wenn du weißt, was ich sagen will.«

»Wahrscheinlich schlachten die sofort ein Schwein, wenn du Schinken bestellst«, spotte ich.

»Lass sie doch. Außerdem, was steht im ›Macis‹ auf der Karte? Fleisch vom Metzger unseres Vertrauens, Wein vom Winzer soundso, hausgemachte Nudeln, Nachspeise à la Sascha Ritter …«

Bevor Vinc seine Liste weiter ausführen kann, schiebe ich ihm ein Stück Weißbrot in den Mund. »Das ist etwas völlig anderes«, stelle ich seelenruhig fest.

Er kaut genüsslich.

## KAPITEL 13

# UN NARRATORE – EIN GESCHICHTENERZÄHLER

Domenica (Sonntag) – Tag 6

Ich will Basti anrufen. Muss den Kopf freikriegen. Vinc zieht sich das Kissen über den Kopf. Der Vorhang lässt für seinen Geschmack viel zu viel Morgenlicht herein. Ich bin ja kein Unmensch und versuche, den Spalt zu schließen. Bringt nicht viel, aber der gute Wille zählt. Auf dem Balkon telefonieren ist um die Uhrzeit ein bisschen unverschämt und Vinc will auch noch seine Ruhe. Bleibt die Küche, und in die zieht es mich sowieso, der caffè ruft. Ich checke die Lage – die Luft ist rein. Noch kein Umberto.

Ich drücke Bastis Nummer, dann die Freisprechtaste und lege das Handy auf die Edelstahlablage neben den Herd. Ist alles blitzblank und trocken, Umberto wird ungemütlich, wenn er morgens in die Küche kommt und erst mal putzen muss.

»Wer stört so früh?«, bellt Basti grantig in den Hörer.

Bluff! Darauf falle ich nicht rein. Erstens kennt er meine Nummer und zweitens ist er genauso ein Frühaufsteher wie ich.

Ich jammere ihm die Ohren voll, dass die Stimmung gerade auf dem Nullpunkt ist und ich für die Reportage irgendwie einen Hänger habe. Nebenbei rühre ich Teig für einen Apfelkuchen, das Rezept habe ich im Kopf. Beitrag für den Stammtisch.

»Hey, Doro, keine Sorge, wir haben mehr als genug Material. Wir beschränken uns aufs Fest und die Geschichte der

Nodi d'Amore. Zwei, drei besondere Postkartenmotive dürfen natürlich nicht fehlen, und ansonsten Sascha, Sascha, Sascha … Hahaha!«

»Das sag ich Paps«, drohe ich.

»Ja, mach ruhig. Das wird nicht mal an der äußersten Schicht seines Egos kratzen«, prophezeit Basti freundlich.

»Veto! Paps ist sehr sensibel«, verteidige ich meinen Vater, der gerade frech der Eigenliebe bezichtigt wird – und lache dann mit. Basti arbeitet gerne mit Paps, sein Team und mein Vater harmonieren hervorragend, weshalb Paps auch nur mit ihnen drehen will.

»Und wenn die beiden Alten nicht vor die Kamera wollen, dann such dir ein anderes Original, die Story ist nämlich richtig gut. Da schlagen wir mehrere Fliegen mit einer Klappe. Die Brücke vor dem Fest. Die Burg, der romantische Blick auf Borghetto.«

Ich überlege. »Vielleicht unser Wirt, Umberto Zanardini.«

»Wie alt ist der?«

»So um die 50, schätz ich.«

»Zu jung«, befindet Basti. »Das muss ein alter Mensch sein, dem man abnimmt, dass er mit seinen Enkelkindern am Kaminfeuer sitzt und eine Geschichte erzählt.«

»Die Eltern von Valeria?«

»Valeria Malvaldi? Saschas Freundin?« Ich höre seine Skepsis und sehe förmlich, wie er den Kopf schüttelt. »Zu elegant, du hast sie ja beschrieben. Wir brauchen was Authentisches. Du machst das schon, Doro … Oder vielleicht kannst du dieses Pärchen von der Brücke doch noch ködern.«

»Ich tu mein Bestes.«

»Wissen wir, deshalb bist du unsere Vorhut«, spornt Basti meinen Ehrgeiz an und legt dann auf.

Okay, ich habe da eine Idee.

Während ich auf Umberto warte, schneide ich Äpfel in dünne Scheiben, beträufle sie mit Zitronensaft und genehmige mir einen zweiten caffè, dazu ein cornetto mit Aprikosenmarmelade. Die Apfelscheiben mische ich mit den Händen mit Cointreau, Orangeatwürfel, Zitrone und den restlichen Zutaten, verteile sie auf dem Teig und schiebe das Ganze in den Ofen. Ich halte kurz meine klebrigen Finger unter den kalten Wasserstrahl, dann öffne ich die Bildergalerie am Handy.

»Was machst du so früh hier in der Küche?«

Ich fahre herum. Umberto ist auf der Bildfläche erschienen, ich habe ihn gar nicht kommen hören. »Kaffeedurst«, sage ich und suche weiter am Handy.

»Und das da?« Umberto zeigt auf das Backrohr.

»Apfelkuchen für heute Abend. Dauert noch ein bisschen und ich muss ihn nach dem Backen noch glasieren.«

»Soso.«

»Du hast gesagt, ich darf …«

»Sì, certo, darfst du auch. Und wenn es für uns alle ist, sowieso.« Umbertos dröhnendes Lachen erfüllt die Küche. »Ich bereite das Frühstück vor. Wenn du es mir zutraust, passe ich auf deinen Kuchen auf und glasieren kann ich ihn auch für dich.«

»Das wär mega! Orangenmarmelade mit Cointreau, so richtig dick auf den heißen Kuchen draufstreichen. Steht schon da in der Schale. Schau mal, ich wollte dir noch was zeigen.« Ich strecke ihm mein Handy entgegen. Nicht sonderlich interessiert wirft er einen Blick aufs Display. »Kennst du die?«, frage ich.

Er kneift die Augen zusammen und fummelt die Lesebrille aus der Brusttasche seines Hemdes. »Platz, Pipo!«, weist er den Hund an, der winselnd um ihn herumwuselt. Normalerweise darf Pipo nicht in die Küche. Außer am

Morgen, wenn Umberto auf seinen caffè wartet und, während die caffettiera brodelt, irgendein Leckerli aus der Speisekammer holt. Heute muss sich Pipo erst einmal gedulden. Umberto inspiziert das Foto auf meinem Smartphone, der Siegelring an seiner Hand springt mich dabei förmlich an – ich darf gar nicht hinschauen, der ist so scheußlich, dass er mich total ablenkt –, dann schüttelt er den Kopf. »Mi dispiace, Doro, die kenne ich nicht.«

Schade, wäre auch zu schön gewesen.

Umberto holt eine Scheibe Schinken und wirft sie in die Luft. Pipo fängt die fliegende Köstlichkeit, schluckt sie mit einem Happs runter und schaut sein Herrchen erwartungsvoll an. »Vattene!«, ruft Umberto und schickt Pipo mit ausgestrecktem Zeigefinger aus dem verbotenen Bereich. Jeden Tag das gleiche Spiel, Pipo tut, wie ihm geheißen, und trottet aus der Küche. Rosalia kommt im selben Moment herein und wäre beinahe über ihn gestolpert.

Sie sieht das Bild von dem Pärchen auf der Bank, das mir zufällig vor zwei Tagen vor die Linse geraten ist. »Ich kenne die beiden. Ihr Enkelkind ist letztes Jahr um diese Zeit gestorben. Während des Festes. War eine tragische Geschichte.«

Oje, wie traurig … »Weißt du, wie sie heißen?«, frage ich.

»Nein, aber ich kann nachschauen.«

»Wie, nachschauen?« Ich stehe auf der Leitung.

»Sie waren oft in der Zeitung im vorigen Jahr. Der Fall hat Aufsehen erregt. Der Arzt kam zu spät wegen der gesperrten Brücke … Ah, jetzt fällt es mir wieder ein, sie heißen Facconi.«

»Was war daran so aufsehenerregend, dass sich die Zeitung dafür interessiert hat?«

»Dass sich das Unglück unmittelbar am Tag des Tortellinifestes ereignet hat. Zwangsläufig war die Presse vor Ort. Die regionalen Fernsehsender. Dieses Jahr seid ja sogar ihr hier, Fernsehen aus Deutschland. Und in diesem ganzen Trubel ist es passiert. Ein Wagen ist aus unbekannter Ursache ins Schleudern geraten, es gab einen Riesenstau, in dem auch der Krankenwagen mit dem Kind stecken blieb. Als man endlich eine Rettungsgasse geschaffen hatte, war es zu spät. Das Kind ist noch im Rettungswagen verstorben. Du kannst dir die Schlagzeilen vorstellen.«

Umberto nickt. Jetzt ist auch ihm scheinbar wieder alles gegenwärtig.

Ich schlucke, aber der Kloß im Hals bleibt.

Später am Stammtisch sind die Facconis ebenfalls Thema. Umberto hat Renato von meinem Handyfoto erzählt und auch das Gedächtnis der anderen aufgefrischt. Natürlich werden sofort eventuelle Bezüge zu den aktuellen Vergiftungsfällen diskutiert.

»Ich werde mir die beiden mal vornehmen«, verkündet Renato, und es ist mir irgendwie unangenehm, dass ich die Sache quasi ins Rollen gebracht habe. Ich finde die Facconis nämlich sehr nett und außerdem tun sie mir leid, aber andererseits ist es schließlich im Interesse aller, dass diese Vergiftungsserie endlich aufgeklärt wird, und da darf man keine noch so kleine Spur außer Acht lassen.

»Themenwechsel«, fordere ich daher. »Habe ich euch schon erzählt, wie ich die Bekanntschaft der Facconis gemacht habe?«

»Ich dachte, du wolltest das Thema wechseln?«, wundert sich Salvatore.

»Das habe ich. Ich brauche einen Geschichtenerzähler.«

»Un narratore?« Sieben Augenpaare voller Fragezeichen sind auf mich gerichtet.

»Ja, für die Reportage.« In einigen Augenpaaren blitzt Interesse auf.

»Dazu müssten wir allerdings ein wenig in die Requisitenkiste greifen.«

»Wie? Bildlich gesprochen?« Alfredo Corini lehnt sich zurück und faltet die Hände über seinem Schmärbäuchlein. »Ursprünglich war mein Plan, dass das die Facconis übernehmen. Die wollen aber nicht. Ich habe mir vorgestellt, dass sie die Geschichte vom Burggespenst der Scaligerburg erzählen. Dort auf der Bank auf der Ponte Visconteo, wo sie immer sitzen. Basti, der Regisseur der Reportage, will die Szene unbedingt drinhaben, und zwar soll der Erzähler möglichst betagt sein. Hier kämen die Requisiten ins Spiel. Ländlich schlichte Kleidung, ein paar Stirnfalten vertiefen, ein Strohhut …«

Ich merke an den Blicken der anderen, dass der Gedanke, als alter Mann im Fernsehen aufzutreten, auf wenig Begeisterung stößt.

Einzig der Dottore legt den Zeigefinger an die Nasenspitze und überlegt. »Man könnte natürlich einen wertvollen geschichtlichen Beitrag leisten.«

»Massimo, sei mir nicht böse, aber wir brauchen eine warme, zu Herzen gehende Geschichte. Eine Legende. Keine Fakten«, zerstöre ich seinen Traum von einer wissenschaftlich-geschichtlichen Abhandlung in der Reportage meines Vaters.

»Sonst noch jemand?« Ich schaue auffordernd in die Runde.

Alle schütteln den Kopf und Vinc meint, ich solle Ruhe geben.

»Was brütest du aus?«, fragt er verwundert, als ich tatsächlich den Mund halte und gedankenverloren vor mich hin starre.

Wenn ich das wüsste. Eine Bemerkung. Die Facconis wirken so gelassen, immer lächelnd, aber jetzt, wo ich die tra-

gische Geschichte kenne, habe ich ein komisches Bauchgefühl. »Renato, ihr habt doch Listen aufgestellt, mit allen,
die irgendwie Zugang zu Küchen hatten, in denen die vergifteten Tortellini aufgetaucht sind. Kannst du überprüfen
lassen, ob die Facconis irgendwie auf so eine Liste passen
würden? Du weißt, worauf ich hinauswill, oder? Aber ohne
dass die beiden etwas davon erfahren. Vielleicht muss man
sie nicht beunruhigen, sie haben genug mitgemacht. Aber
ich hab da so ein Gefühl …«

»Bauchgefühl?«, fragt Vinc und zieht die Augenbrauen
hoch.

»Genau. Und es würde dem Ausschlussverfahren dienen.
Sind sie auf keiner Liste, wären sie damit aus der Schuss-
linie.«

Renato hat verstanden und verspricht, uns auf dem Lau-
fenden zu halten.

## KAPITEL 14

## I TOPI ABBANDONANO LA NAVE CHE AFFONDA –
## DIE RATTEN VERLASSEN DAS SINKENDE SCHIFF

### Lunedì (Montag) – Tag 7

Tumult in der Nebenwohnung. Mann! Ich gähne und greife nach dem Handy. Noch nicht mal 6 Uhr. Aber ... Es ist anders als das letzte Mal. Kein Streit. Rosalia schreit. Einfach so, ohne Worte. Ich schüttle Vinc, aber der wird auch gerade wach.

»Was ist das?«, nuschelt er verschlafen.

»Wenn ich das wüsste! Ich geh mal rüber.« Mit einem Schwung sitze ich auf der Bettkante und schlüpfe in meine Flip-Flops.

»Hey, warte. Ich komme mit.« Vinc zieht ein Shirt über und fährt sich mit den Fingern durch die Haare, ich stürme schon raus auf den Flur. Vor der Tür der Zanardinis lausche ich noch mal kurz, aber jetzt ist plötzlich alles still.

»Soll ich klopfen?«

»Tja, ich weiß auch nicht.« Vinc reibt sich unschlüssig über sein stoppeliges Kinn.

War aber eher eine rhetorische Frage. Ich poche bereits mit der Hand gegen das Türblatt.

Drinnen tut sich was. Schritte. Schnelle Schritte. Dann wird die Tür aufgerissen. Rosalia steht mit weit aufgerissenen Augen vor uns. Unwillkürlich weiche ich einen Schritt zurück und starre sie entsetzt an. Ihr lavendelfarbenes Nachthemd ziert ein bizarres Muster. Anders ausgedrückt, sie ist voller Blut und den Flur entlang führen rot verwischte Fußabdrücke zum Schlafzimmer. Umbertos Zimmer. Rosalia schläft schon seit Langem im Kinderzimmer. Weil Umberto so schnarcht, sagt sie und, oh ja, das haben wir dank der hellhörigen Wände schon leidvoll erfahren dürfen. Allerdings ist sie bestimmt nicht nur wegen Umbertos Schnarcherei aus dem Schlafzimmer ausgezogen – aber das ist ihre Privatangelegenheit. Diese Gedankenblitze rattern in Sekundenschnelle durch mein Gehirn.

An der Küchentür scharrt es heftig. Pipo. Sein Gewinsel fährt mir durch Mark und Bein. Warum ist er eingesperrt? Was ist hier los? Ich kralle mich an Vinc' Arm fest. Er sieht dasselbe wie ich. Blutige Pfotenabdrücke am Boden im Flur zeugen davon, dass Pipo nicht die ganze Zeit in der Küche war. Langsam löse ich mich aus der Erstarrung. »Was ist passiert?«, frage ich Rosalia.

Die steht da und rührt sich nicht, sagt nichts. Vinc schiebt sie auf die Seite und folgt den Spuren. Ich bleibe dicht hinter ihm. Die Tür zum Schlafzimmer steht offen. Neben dem Doppelbett, auf dem wolligen Bettvorleger, liegt Umberto. Auf dem Rücken, den Kopf zur Seite gedreht. Arme und Beine ausgestreckt. Ich schlage beide Hände vor den Mund. Überall ist Blut. Viel Blut. Ich spüre, wie mir unwillkürlich übel wird. Trotzdem gehe ich gleichzeitig mit Vinc neben Umberto in die Hocke.

»Soll ich …?«, frage ich mit rauer Kehle.

»Wenn du das schaffst.«

»Einer muss es tun.« Ich taste an Umbertos Hals nach dem Puls und kann nicht vermeiden, dass ich mit der Blutlache am Boden in Berührung komme. Ich würge. Nützt aber nix, ich muss wissen, ob er tot ist.

»Wir brauchen den Notarzt und die Polizei«, presse ich

mühsam hervor, aber Vinc hängt längst am Handy. Rosalia reibt sich unkontrolliert die nackten Oberarme und steht stumm daneben.

»Ich geh runter und sperre auf«, sagt Vinc.

Mit drei Fingern versuche ich, einen Puls zu fühlen, was mir nicht gelingt. Was soll ich tun? Verdammt, wie soll ich hier Erste Hilfe leisten? Die Ursache der Blutung ist jedenfalls keine aufgeschnittene Schlagader, das sehe ich. Wirkt eher so, als hätte Umberto große Mengen Blut erbrochen. Ich vermeide den Blick auf meine Hände. Blutige Hände. Ich lege sie auf seinen Brustkorb und meine, eine leichte Bewegung zu spüren, ein Zittern vielleicht, ich bin mir nicht sicher. »Am besten, wir bringen ihn in die stabile Seitenlage«, schlage ich vor und spüre, wie mir bei dem Gedanken schon wieder übel wird.

»Wenn du meinst«, krächzt Rosalia. Sie räuspert sich. »Ja, das ist gut. Nicht, dass er erstickt.« Die Möglichkeit, etwas zu tun, holt sie aus ihrem Schockzustand.

Gemeinsam drehen wir Umbertos massigen Körper auf die Seite, Rosalia versucht, mit dem Finger in seinen Mund zu greifen, um eventuelle Essensreste aus der Luftröhre zu fischen, aber seine Kiefer sind fest verschlossen, da kommt sie nicht durch. Ich muss kurz wegschauen.

»Hast du einen Spiegel?«, frage ich, als ich mich wieder im Griff habe.

Rosalia nickt und springt auf. In der Zwischenzeit überwinde ich mich und überstrecke Umbertos Kopf. Ich bleibe neben ihm in der Hocke, Rosalia kommt zurück, reicht mir einen runden Handspiegel und setzt sich auf die Bettkante. Apathisch starrt sie auf ihren Mann. Ich halte Umberto den Spiegel unter die Nase. Gott sei Dank, er beschlägt. Also atmet er. Wir warten auf den Notarzt. Ich fühle Umbertos Stirn. Sie ist nicht heiß, aber kalt ist sie auch nicht. Auch seine Hand, seine Arme fühlen sich nicht an wie von einem Toten, soweit ich das beurteilen kann.

»Umberto, hörst du mich?« Ich tätschle leicht seine Wangen. Keine Reaktion, aber wenn er etwas mitkriegt, dann beruhigt es ihn vielleicht. Wie er so daliegt, ist mein Groll auf ihn verflogen, ich spüre einfach nur Entsetzen und Mitleid. Und große Angst, dass er stirbt. Hier. In unserer Obhut. Verdammt, wo bleibt der Notarzt!

»Gleich kommt der Krankenwagen, dann wirst du versorgt. Rosalia packt dir ein paar Sachen fürs Krankenhaus«, plappere ich auf Umberto ein, der mich gar nicht hören kann. Aber ich muss mich irgendwie selbst beruhigen.

»Rosalia, willst du das erledigen?«, wende ich mich an sie.

Sie nickt, alles ist besser, als tatenlos ihren blutenden Mann anstarren zu müssen.

Ich bleibe bei Umberto und rede sinnloses Zeug, damit er spürt, dass er nicht allein ist. Ich vermeide, ihn anzusehen, mein Blick wandert dabei zum Nachtkästchen. Darauf steht eine schlichte Lampe mit weißem Porzellanfuß und milchweißem Glasschirm. Daneben starrt er mich wieder an. Der ultimativ grauenvolle Siegelring. Als würde er seinen Besitzer bewachen.

Zum Glück kommt in diesem Moment Rosalia zurück, und gerade als sie die gepackte Sporttasche ihres Mannes aufs Bett stellt, hören wir, wie sich Sirenen nähern. Bitte nicht, stöhne ich innerlich und mir graut bei dem Gedanken, dass sich gleich die Türen der Gästezimmer öffnen und wir eine morgendliche Realityshow für verschlafene Hotelgäste in Pyjamas hergeben werden.

Vinc voran poltern Notarzt, Sanitäter und zwei Beamte der Polizia Municipale die Treppe zur Wohnung hoch. Kurz darauf quellen sie ins Schlafzimmer. Die Polizeibeamten versuchen, sich ein erstes Bild vom Sachverhalt zu machen, aber sie müssen abwarten, bis der Notarzt entscheidet, wie es weitergeht. Der kniet neben Umberto. Als er Lebenszeichen spürt, wird es noch hektischer. Er legt einen Katheterzugang, spritzt irgendwas rein, kreislaufstabilisierend erklärt er Rosalia, und dann noch eine Infusion, um den Flüssigkeitsverlust auszugleichen. Der Sanitäter informiert über Funk das Krankenhaus, sie sollen Blutkonserven bereithalten. Null negativ sei immer vorrätig, das gehe zur Not für alle Blutgruppen, beruhigt er Rosalia, die nicht weiß, welche Blutgruppe Umberto hat. Seit einigen Tagen seien eigentlich alle Blutgruppen schnell verfügbar, der Rattengift-Attentäter habe neue Maßstäbe gesetzt. Rosalia schlägt die Hände vors Gesicht, nix sehen, nix hören, nix sprechen. Ändert aber nichts an Umbertos Zustand.

Irgendwann – ich habe jedes Zeitgefühl verloren – stürmt Renato ins Zimmer.

»Ich habe es gerade über Funk erfahren. Was ist mit Umberto?«

Ist nicht viel übrig von der Ruhe und Abgeklärtheit eines Polizeibeamten. Sein Freund liegt vor ihm, blutüberströmt, und Renato kann seine Emotionen nicht verbergen.

Der Arzt wendet sich ihm zu. »Er lebt, aber sein Zustand ist kritisch.«

Shit! Ich klopfe schnell auf Holz, unauffällig, nicht dass ich am Ende als abergläubisch dastehe. Dann nimmt mich nie wieder jemand ernst. Das mit dem Holzklopfen beruhigt mich irgendwie, ist 'ne Angewohnheit, weil, es könnte ja doch … Egal, es achtet sowieso keiner auf mich. Ist mir auch ganz recht so.

Nachdem Umberto notversorgt und abtransportiert worden ist, schleichen bereits einzelne Gäste durch den Flur. Sind aber respektvoll genug, nicht stehen zu bleiben und zu glotzen. Ein Blick auf die Uhr zeigt mir, dass der ganze Spuk nicht einmal eine Stunde gedauert hat. Ich bin viel zu sehr die Tochter eines Restaurantbesitzers, als dass ich mir nicht Gedanken wegen der Gäste machen würde, die ab halb acht mit ihrem Frühstück rechnen. Aber erst einmal befragen uns die beiden Herren von der polizia. Auch mich, so ganz unsichtbar bin dann doch nicht, ist ja klar.

Personalien werden aufgenommen, nur fürs Protokoll. Und der Ablauf des Morgens.

Wer hat ihn gefunden? Und wo? Wie war das genau und in welchem Zustand war Umberto?

Rosalia schildert Renato die Situation, die sie heute Morgen im Schlafzimmer erwartet hat.

»Wir schlafen getrennt, Umberto schnarcht wie ein Sägewerk. Trotzdem brauche ich Ohrenstöpsel und zum Einschlafen eine leichte Schlaftablette. Meistens wache ich nachts auf, so gegen 4 Uhr, dann nehme ich die Ohrenstöpsel raus und döse noch ein bisschen, bis es Zeit ist zum Aufstehen. Um sechs. Deshalb war ich wach und habe gehört, wie im Schlafzimmer etwas gerumpelt hat. Ein lauter Plumps. Ich bin sofort rüber und habe Umberto auf dem Boden vorgefunden. Er lag auf dem Rücken, ich habe gesehen, dass da Blut um ihn herum war … Sein Arm lag so komisch unter ihm, ich habe seinen Oberkörper ein bisschen hochgestemmt und den Arm rausgezogen, aber er war so schwer … Und dann bin ich in der Blutlache hier neben dem Teppich ausgerutscht und halb auf Umberto gefallen. Das war zu viel. Ich habe geschrien, und irgendwann hat es an die Tür geklopft.«

»Wer war das?«, fragt Renato. Er macht sich Angaben zum zeitlichen Ablauf, schaut dann hoch.

»Doro und Vincenzo. Sie wohnen im Zimmer nebenan und die Wände sind nicht besonders isoliert.«

Was ich bestätigen kann. In dem Fall war's gut für Rosalia. Und natürlich für Umberto.

»Habt ihr etwas verändert? Bewegt?«

»Wir haben Umberto in die Seitenlage gebracht, Vinc hat die Polizei und den Notarzt gerufen und Rosalia hat ein paar Sachen für Umberto zusammengepackt«, fasse ich unsere Aktivitäten zusammen.

»Die Blutspuren im Flur?«

Ist zwar offensichtlich, aber klar, Renato muss alles dokumentieren. »Die sind entstanden, als Rosalia uns die Tür geöffnet hat«, erkläre ich und Rosalia nickt bestätigend.

Zaghaft klopft jemand an. Renato zieht die nur angelehnte Tür auf und Ayna schaut uns mit großen Augen an. Sie ist heute später dran als sonst, sie hat schon um halb fünf eine Thermoskanne voll Kaffee organisiert und etwas fürs Frühstück mit nach oben genommen. Das haben wir so ausgemacht. Sie will Oumon nicht die ganze Zeit allein lassen.

»Ist etwas passiert?«, fragt sie, weil sie sich natürlich nicht erklären kann, was wir alle hier so früh in Rosalias Wohnung machen, vor allem die Polizei – auch wenn es Renato ist. Einer der beiden uniformierten Polizisten kommt aus dem Schlafzimmer. Rosalia setzt zu einer Erklärung an, dann versagt ihr die Stimme.

»Umberto hatte einen Unfall«, springe ich in die Bresche.

Ayna lässt die Arme sinken und schaut uns ungläubig an. »Unfall? Ist er gestürzt?«

Rosalia macht nur eine hilflose Geste, wir wissen ja alle nicht, was passiert ist.

Renato nimmt Ayna am Arm und schiebt sie Richtung Küche. Ayna wirkt plötzlich klein und verletzlich. Sie kennt Renato, aber er ist hier in offiziellem Auftrag. Ein Staatsdiener. Von einem Staat, der sie nur duldet. Und oben sitzt ihr Mann. Ist da doch was faul? Sie hat jedenfalls unübersehbar Angst.

»Keine Sorge, Ayna, ich stelle Ihnen nur Routinefragen, weil Sie hier arbeiten. Das hat nichts mit Ihrem Aufenthalt zu tun.«

Klar, Renato hat öfter mit Asylbewerbern zu tun, und wenn sie einem Polizeibeamten Rede und Antwort stehen müssen, dann befürchten viele automatisch das Schlimmste.

Ayna richtet sich auf. Sie scheint sich etwas gefasst zu haben. Die Fragen, die Renato stellt, sind für sie einfach zu beantworten, sie hat nichts gehört oder gesehen. Vor der Polizei erwähnt sie nicht, dass seit gestern ihr Mann bei ihr im Hotel einquartiert ist. Renato hat es auch noch nicht erfahren, Davide scheint Rosalias Anfrage nicht zum Stammtischthema gemacht zu haben. Okay, ewig können wir das nicht verschweigen, aber vorerst muss nicht ich diejenige sein, die Oumon in den Fokus der Polizei rückt. Vinc hält sich ebenfalls raus und Rosalia hat in ihrem Schock entweder nicht an Oumon gedacht oder sie hat ihn bewusst nicht erwähnt. Und ganz ehrlich – wie sicher ist denn sein geduldeter Aufenthalts- und Arbeitsrechtsstatus? Da könnten wir ungewollt eine Lawine lostreten.

»Na gut«, beendet Renato seine Befragung und verabschiedet sich, »ich schau später noch mal vorbei. D'accordo?«

Rosalia nickt. »Ich warte auf Nachricht vom Krankenhaus.«

Renato streicht ihr tröstend über den Arm, ein kurzes ›ciao a tutti‹ zu Ayna, Vinc und mir, dann fällt die Tür hinter ihm ins Schloss.

Es ist auf einmal totenstill im Raum. Die Aktivitäten des Notarztes, der Sanitäter und der Polizei – und vor allem

Renatos – haben uns in einen Funktionsmodus versetzt, der eigene Gedanken lahmgelegt hat. Aber jetzt ist keiner mehr da, der erstversorgt werden muss, keiner, der Fragen stellt oder uns sagt, was zu tun ist.

Meine praktische Seite meldet sich und erinnert mich wieder daran, dass das »Il Mulino«, dessen Chef und Koch gerade in die Klinik abtransportiert wurde, ein Hotel ist. Und die Gäste lösen sich nicht in Luft auf. Ich schaue auf die Uhr. »Rosalia, tut mir leid, wenn ich jetzt mit so was Banalem wie Frühstück daherkomme, aber ich vermute, dass sich bereits die ersten Hotelgäste im Gastraum befinden und den Kaffeeduft vermissen.«

»Madonna!« Erschrocken schaut Rosalia mich an. »Ich zieh mich schnell um … Doro, kannst du mir helfen? Und Ayna und Vinc?«

»Sì, certo«, sage ich ohne zu zögern und die anderen beiden nicken.

»Du bleibst am besten oben, Rosalia, wir schaffen das auch ohne dich. Und kümmere dich um Pipo, der heult sich die Seele aus dem Leib«, schlägt Vinc vor.

»Grazie, Vincenzo. Das Angebot nehme ich gerne an. Wir treffen uns nach dem Frühstück. Ich komme dann runter zu euch, in Ordnung?«

Das wäre geregelt. Jetzt aber flugs raus aus den Schlafklamotten und nach unten. Ein paar Gäste sitzen tatsächlich schon im Frühstücksbereich des Ristorante, einen eigenen Frühstücksraum gibt es nicht. Zum Glück sind die Treppe und der Kücheneingang von diesem Bereich aus nicht einsehbar, weshalb wir unbeobachtet in die Küche schlüpfen können.

»Doro, bleib du mit Ayna hier, ich erkläre den Gästen die Verzögerung«, schlägt Vinc vor. »Die Tische sind ja schon eingedeckt und das Büfett bis auf die frischen Zutaten bestückt. Richtet ihr alles in der Küche her, das Wichtigste ist erst mal der Kaffee.«

Ayna und ich legen los. Als Erstes holen wir Pfannen für die Spiegeleier und Rühreier. Dafür gibt es am Büfett Warmhaltebehälter. Frisch ist mir normalerweise lieber, aber das tangiert mich heute nicht. Und ich will bestimmt nicht Umbertos Küche neu erfinden.

»Ayna, ich übernehme den Herd, Eier und Speck und so, du füllst bitte das Gebäck auf und Vinc kann die Brotkörbe und die Vorlegeplatten mit den Cornetti und dem Kuchen rausstellen. Aber nicht den Apfelkuchen, der ist privat. Wir brauchen noch Butter, steht im Kühlschrank, und Milch für die Müsliecke. Käse und Wurst richte ich gleich her. Und Vinc soll die Schale mit den Cocktailtomaten holen, steht im Kühlraum.« Gut, dass Umberto mir alles gezeigt hat. Und ich habe natürlich ein Auge dafür, sozusagen ein fotografisches Gedächtnis für Restaurantküchen. Dauert keine Viertelstunde und alles ist fertig.

Vinc geht von Tisch zu Tisch, serviert den Kaffee und erklärt die Situation. »Umberto musste dringend ins Krankenhaus« ist erst mal die Ansage und dass das Ristorante heute Abend auf jeden Fall geschlossen bleibe, dann werde man weitersehen. Wie kritisch es um Umberto steht, erwähnt er nicht.

»Merkst du was?«, frage ich Vinc, als er zu uns in die Küche kommt und einen caffè für den Eigenbedarf einfordert.

»Nee, was meinst du?«

»Hast du bemerkt, wie auffallend ruhig es heute beim Frühstück ist? Kein lautes Gelächter, keine Unterhaltung von Tisch zu Tisch.«

»Ja, stimmt, jetzt, wo du es sagst.« Vinc fährt sich über sein stoppeliges Kinn.

»Die Leute sind neugierig. Spüren, dass etwas nicht in Ordnung ist, haben mitgekriegt, dass der Notarzt da war, dass der Chef mitgenommen worden ist – auch die, die es nicht selber gesehen haben, die Flüsterpost funktioniert ausgezeichnet. Ich hab's beobachtet, obwohl sie diskret sein wollen.«

Die Gäste sind fertig mit dem Frühstück, das benutzte Geschirr stapelt sich auf den Tischen, mal mehr, mal weniger ordentlich. Rosalia kommt die Treppe runter, schnappt sich ein Tablett und macht sich an die Arbeit. Ayna hilft ihr.

»Schafft ihr das allein?«

»Sì, certo, Doro! Danke fürs Helfen. Du bist schließlich nicht zum Arbeiten hier«, beeilt sich Rosalia zu versichern.

Ich ziehe Vinc mit mir nach draußen. Will etwas mit ihm besprechen, das nicht für die Ohren der anderen bestimmt ist. Vinc stellt keine Fragen, wahrscheinlich ist ihm klar, dass irgendein Job auf ihn zurollt.

»Oh Mann, ist das schön hier«, sage ich, als wir durch die Straßen von Valeggio schlendern. Die sommerwarme Luft streichelt unsere Gesichter. Vor lauter Stress haben wir nichts gefrühstückt und trotz Umbertos Unfall locken mich die Eistüten in den Händen der Menschen, die sommerlich entspannt um uns herum den Tag genießen.

»Holen wir uns ein Eis bei Franco. Haben wir uns verdient«, animiere ich Vinc.

Keine zwei Minuten später stehen wir an Francos Eistheke.

»Ich nehm einmal gelato al cocco, caffè und … Oh lecker, schau, cannella, heute gibt es Zimteis, was nimmst du?«

»Auf jeden Fall nur zwei Kugeln«, sagt Vinc zu der jungen Frau hinter der Theke. »Und zwar Pistazie und Vanille.«

Zufrieden an unserem Eis schleckend, schlendern wir weiter. Ich ziehe Vinc zu einer Bank, direkt an der Piazza

Carlo Alberto, von hier aus sieht man die Zinnen der Burg. Ist schon ziemlich viel los auf dem Platz, klar, um die Jahreszeit ist die Stadt voller Touristen und so kurz vor dem Tortellinifest platzt sie aus allen Nähten.

»Morgen kommt Paps mit seiner Crew.« Soll ein Einstieg sein für das, was ich mit Vinc besprechen möchte.

»Hmm.«

»Brauchst gar nicht so einsilbig zu werden«, ziehe ich ihn ein bisschen auf, komme dann aber zur Sache. Die Situation ist viel zu ernst für große Späße. »Also, Schatz, es ist doch so: Rosalia wird in den nächsten Tagen Hilfe brauchen, vor allem fehlt der Koch. Wo soll sie gerade jetzt vor dem Fest Ersatz herkriegen? Ich glaube nicht, dass Umberto so schnell wieder einsatzfähig sein wird, und ich möchte sie gerne unterstützen. Und da kommst du ins Spiel.«

Vinc zieht fragend seine Augenbrauen hoch. »Soll ich Kartoffeln schälen?«

»Keine schlechte Idee … Aber nein, ich wollte dich bitten, Paps zu übernehmen. Nicht die ganze Zeit natürlich, nur wenn ich anderweitig zu tun habe.«

»Hätte schlimmer kommen können«, befindet Vinc. »Das ist kein Problem. Ich war ja überall dabei und weiß, worauf es dir ankommt. Bleibt nur noch, einen Erzähler für die Burggespensterstory zu finden.«

»Da fällt uns schon noch was ein.« Ich bin erleichtert, dass er mir nicht übel nimmt, wie ich ihn wieder mal einspanne. Aber dieses Mal habe ich ihn nicht vor vollendete Tatsachen gestellt, ich weiß ja, dass er darauf allergisch reagiert.

»Also, wie gesagt, non c'è problema. Ich weiß, worum es geht, ich werde dich würdig vertreten. Übrigens, bevor du dir Menüpläne im Kopf zurechtlegst, solltest du mit Rosalia reden. Und mit ihrer Mutter. Vielleicht wollen die beiden das Ristorante gar nicht öffnen, solange Umberto nicht da ist. Kann ja sein, dass es in den nächsten Tagen nur Frühstück gibt.«

»Gut möglich, deshalb wollen wir uns ja nachher zusammensetzen. Rosalia und ihre Mutter und ich. Und du natürlich, aber das ist ja eh klar. Ich wollte nur vorher wissen, wie du dazu stehst.«

»Doro, Schatz, ich bin begeistert, du lernst ja richtig, worauf es ankommt!«

Dazu sag ich mal nix.

Das Lokal hat geschlossen. Vinc und ich gehen durch den Hintereingang rein. Rosalia hat Ayna gebeten, ebenfalls bei dem Gespräch dabei zu sein. Sie selbst und Erminia Fenucci, ihre Mutter, sitzen schon an einem Tisch. Ich registriere: nicht am Stammtisch. Wasser und Gläser für alle stehen bereit. Wir setzen uns.

Ayna legt den Lappen zur Seite, mit dem sie gerade die Theke poliert hat, und eilt, ihr kleines Babybäuchlein vor sich her schiebend, zu uns herüber. Okay, Bäuchlein ist übertrieben, aber jetzt, wo ich's weiß, sehe ich eindeutig die kleine Wölbung. Vielleicht liegt es aber auch einfach nur an der Kleidung. Egal, wir haben wichtigere Dinge zu bereden.

Rosalia eröffnet die Besprechung. »Ich brauche einen Plan. Wie soll es weitergehen im Hotel, vor allem in der Küche, bis Umberto wieder da ist?«

Ihre Mutter beugt sich vor, die Hände ruhen auf der Tischplatte. »Die Osteria bleibt heute Abend jedenfalls geschlossen. Wir vermieten unsere Zimmer sowieso nur mit Übernachtung plus Frühstück, also ist das schon mal kein Problem. Umberto will diese Fütterung auf Termin, wie er es nennt, nicht so gern. Wer bei uns speisen möchte, ist herzlich willkommen, viele essen ganz gern ab und zu außerhalb. Die anderen werden Verständnis haben müssen.«

»Wir könnten Angelo bitten, uns zu unterstützen«, schlägt Rosalia vor.

Angelo? Ist er nicht ein bisschen ein Wackelkandidat? »Meinst du, dass Umberto das gut finden würde? Immerhin ist Angelo ein Verdächtiger im Zusammenhang mit den Vergiftungen. Ob er ihn in seine Küche lassen würde?«, melde ich meine Zweifel an.

Rosalias Gesicht überzieht ein zufriedenes Lächeln. Sie scheint den Gedanken durchaus zu genießen.

Aha. Verstehe. Keiner am Tisch scheint sich für Umbertos Interessen starkmachen zu wollen. Vielleicht hätte Umberto aber auch gar nichts dagegen, immerhin sind Angelo und er Freunde. Und sein Ristorante geht ihm über alles. Wie auch immer, Rosalia hat jetzt das Sagen.

»Wir schließen für zwei Tage«, bestimmt sie. »Der Frühstücksservice für die Übernachtungsgäste bleibt natürlich. Trotzdem ist das Ristorante ein wichtiges Standbein, ohne das unser Hotel nicht funktioniert. Viele unserer Stammgäste wollen nicht nur bei uns wohnen, sondern auch ab und an bei uns essen, deshalb würde ich gerne bald wieder öffnen. Ich rufe nachher Angelo an und bespreche alles mit ihm. Könntest du auch ein wenig in der Küche aushelfen, Doro, solange du noch da bist?«, fragt sie mich dann, ohne lange um den heißen Brei herumzureden. Ich mag das.

»Vinc und ich haben schon darüber gesprochen, er wird sich um meinen Vater und um die Filmaufnahmen kümmern, soweit wir damit überhaupt zu tun haben. Und ich steh ja auch nicht den ganzen Tag in der Küche«, lege ich meine Überlegungen genauso direkt auf den Tisch.

»Du bekommst natürlich ein Gehalt.«

»Da reden wir später drüber. Oder du zahlst in Naturalien.«

Rosalia seufzt. »Ich wüsste nicht, was ich einer Spitzenköchin wie dir anbieten könnte.«

»Jetzt mach dich nicht klein, ihr habt hier wunderbare Produkte«, widerspreche ich vehement.

»Ich helfe auch«, meldet sich Ayna zu Wort. Und Oumon ist stark.« Da klingt eindeutig der Stolz auf ihren Mann durch.

»Das ist gut«, Rosalia streicht ihr kurz über die Hand.

»Können die beiden denn vorerst hierbleiben?«, nimmt mir Vinc meine und vermutlich auch Aynas Frage aus dem Mund.

Rosalia schaut kurz zu ihrer Mutter. Die zuckt mit den Schultern. »Wird wohl momentan das Beste sein. Wisst ihr was?«, sie schnaubt empört. »Einige Gäste wollten auschecken, stellt euch das mal vor! Keiner hatte bis jetzt einen Nachteil, aber die haben den Krankenwagen gesehen und mitbekommen, dass Umberto abtransportiert worden ist.«

Ich kann ihre Enttäuschung verstehen. Die Ratten verlassen das sinkende Schiff. Wäre bei uns im »Macis« nicht anders. Wenn Paps ausfallen würde, würden einige Stammgäste ihre Besuche erst mal auf Eis legen, da mache ich mir keine Illusionen.

Vinc und ich besuchen Valeria. Wir setzen uns an ein schattiges Plätzchen im Garten. Valeria ordert eine Flasche Wasser und drei Gläser kühlen Custoza, dann bringen wir sie auf den neuesten Stand, auch was meinen Ausfall für die nächsten Tage betrifft.

»Das ist schade. Aber lieb von dir, dass du Rosalia hilfst. Umberto hat ja schon lange mit dem Magen zu tun und ich habe zu Rosalia gesagt, er soll damit zum Arzt gehen. Männer! Die sind ja so stur.«

»Was heißt hier ›Männer‹?«, protestiert Vinc.

Valeria sagt dazu nichts, wir lächeln uns wissend an. »Ich freue mich jedenfalls, dass du dabei bist, Vincenzo«, schmeichelt sie und wirft Vinc ein Flugküsschen zu.

»Tut mir ganz gut, mal der Fuchtel dieses dominanten

Wesens der weiblichen Gattung zu entkommen«, entgegnet er und wehrt reaktionsschnell einen Schulterpuffer ab.

»Freu dich nicht zu früh, noch hast du mich an deiner holden Seite. Avanti, wir müssen los, ich muss mit Paps telefonieren und ein paar Dinge mit Rosalia bereden.«

»Un attimo – Vincenzo, ich wollte dich eigentlich bitten, ob du nicht Paolo und Antonio helfen könntest, den Garten ein wenig umzudekorieren. Für die Tage rund um das Fest. Ein paar Lampions und Lichterketten, und für draußen habe ich ein wunderbares Banner organisiert, das könntet ihr über dem Eingang zum Garten aufhängen.«

»Wenn du mich so lieb bittest, mach ich das gerne. Ist doch okay für dich, Schatz, oder?«

»Sì, certo. Ich finde allein zurück. Also, alles paletti!« Ich stehe auf und drücke ihm ein Küsschen auf die Wange.

Mein Blick schweift über den Garten. Üppige Hortensiensträuße in großen kugelförmigen Vasen zieren Beistelltische mit edlen cremefarbenen Damasttischdecken. Glyzinien ranken sich an schmalen Spalieren am Rand des Gartens, dazwischen stehen Hortensienbüsche in verschiedenen Farben. Blau, Rosa, Weiß. »Was willst du hier noch verschönern, Valeria?«, frage ich. »Aber du bist halt Perfektionistin, das merkt man im ›La Rosa‹ an tausend Kleinigkeiten.«

»Ist wirklich ein Schmuckkästchen«, stimmt Vinc mir zu.

»Dann strengt euch mal an«, empfehle ich und nehme einen letzten Schluck. »Bis später.« Bussi und weg bin ich.

Sind nur ein paar Schritte zurück ins »Il Mulino«. Unten im Ristorante ist niemand zu sehen. Okay, suche ich Rosalia später, ich will sowieso Paps anrufen und ihm die Lage schildern.

»Na, Paps, wie geht's? Reisevorbereitungen beendet?«, beginne ich mit ein bisschen Smalltalk.

»Koffer sind gepackt, Autos haben die Jungs hoffentlich startklar gemacht. Basti fährt mit mir in meinem Wagen, Flo und Paul kommen mit dem Kombi. Und der ganzen Ausrüstung.«

»Soso, der Maestro mit Privatchauffeur! Und der Kombi ist nicht gut genug.«

»Wär ja schön bescheuert, wenn ich bei diesem Wetter nicht mein Cabrio nutze. Kommt ohnehin viel zu selten zum Einsatz. Außerdem bin ich dann in Italien mobiler.«

»Arbeit mit dem Angenehmen verbinden, das hab ich von dir.«

Finden wir beide lustig. Unser Motto ist jedenfalls nicht jammern, sondern das Leben genießen. Na ja, ehrlich gesagt jammert Paps schon ganz gerne, aber das ist nur äußerlich, innerlich ist er ein optimistischer Mensch und in dem Punkt bin ich ihm auf jeden Fall ähnlich.

»Das mit dem Angenehmen klappt leider nicht ganz so, wie ich es mir vorgestellt habe«, muss ich die gute Stimmung etwas dämpfen.

»Doro, raus mit der Sprache – was ist los?« Er klingt alarmiert. Offensichtlich hat er mir angehört, dass etwas Ernstes vorgefallen sein muss.

»Vinc und ich wohnen doch im ›Il Mulino‹, und Umberto, der Besitzer, ist heute Morgen in seinem Schlafzimmer zusammengebrochen. Er hat sehr viel Blut erbrochen, wahrscheinlich ein Magengeschwür. Jetzt liegt er jedenfalls im Krankenhaus und man weiß noch nicht, wie es weitergeht. Ich hab versprochen, dass ich aushelfe. Erst mal nur beim Frühstück. Ich bespreche mich nachher mit Rosalia und ihrer Mutter, wie es im Ristorante weitergeht. Rosalia ist Umbertos Frau«, füge ich erklärend hinzu. »Ich kann sie jetzt unmöglich im Stich lassen.«

»Ach du Schreck. Ich hoffe, dieser Umberto erholt sich bald wieder … Das heißt also, du stehst in der Küche und schwitzt, während wir die Sonne, die Landschaft und den wunderbaren Custoza genießen? Na, da will ich nicht mit dir tauschen!«

»Danke für dein Mitgefühl. Den Custoza hab ich grade schon genießen dürfen, aber …«

»Prinzessin, du musst mir nichts erklären, ich versteh dich und alles andere würde mich sowieso enttäuschen.«

»Danke, Paps. Vinc hat echt alles im Griff. Und außerdem bin ich ja nicht immer in der Küche eingebunden und …«

»Doro, stopp, ist ja gut! Wir kommen zurecht. Auch wenn du es nicht für möglich hältst.«

Paps und Vinc – die beiden Männer, die ich liebe und die mich einfach viel zu gut kennen!

»Übrigens, Paps, kannst du uns deinen Luxusschlitten mal ausleihen? So für einen Tag? Verona mit Vinc im Cabrio. Auf romantischen Straßen durch die Weinberge fahren, den Wind durch die Haare wehen lassen, das wär ein Traum.«

»Ich dachte, du hast keine Zeit?«, schlägt er mich mit meinen eigenen Waffen.

»Man muss delegieren können. Ist doch immer dein Motto«, schlage ich zurück.

»Hmm.«

»Komm schon, Paps. Das ist wichtig für Vinc und mich. Ein bisschen Zweisamkeit für unser Glück.«

»Hör auf mit dem Gesülze«, unterbricht Paps meine Ausführungen.

Ha! Ich hör's. Habe gewonnen. Weiß ich doch, mit dem Glück seines Töchterleins kriege ich ihn immer.

Ich gönne mir eine kurze Siesta. Um halb vier ist Vinc immer noch nicht da. Unten im Gastraum finde ich Rosalia und ihre Mutter. Ich hole mir einen Cappuccino und setze mich zu ihnen. Pipo schleicht mit eingezogener Rute durchs Lokal und sucht Umberto. Legt sich dann schicksalsergeben unter Umbertos Stuhl am Stammtisch. Ein herzergreifendes Bild. Rosalia lockt ihn mit einem Stück meines Apfelkuchens. Erst interessiert ihn das nicht, dann äugt er rüber, hebt den Kopf und geruht, zu uns rüberzukommen. Er verspeist die Leckerei und platziert sich jetzt vorsichtshalber unter Rosalias Stuhl, immerhin liegt noch Kuchen auf ihrem Teller.

»Ich habe mit Angelo gesprochen. Er hilft, kommt später noch vorbei. Das ist vorerst die einzige Möglichkeit, den Betrieb weiterlaufen zu lassen. Er hat momentan keinen Job und er kann kochen.« Rosalia seufzt. »Jetzt muss ich abwarten, was mit Umberto ist, dann kann ich weiterplanen.« Sie tätschelt die Hand ihrer Mutter. »Mach dir keine Sorgen, mamma, der da oben wird uns schon nicht vergessen.«

Ob der da oben das gehört hat? So angespannt, wie Rosalia ihre Stirn in Falten legt, ist sie sich da selber nicht so sicher.

»Ich rufe im Krankenhaus an. Vielleicht ist Umberto mittlerweile wieder ansprechbar. Dann fahre ich zu ihm«, beschließt sie.

»Mach das, meine Liebe«, sagt Erminia sanft. Jetzt tätschelt sie die Hand ihrer Tochter.

Auch wenn Rosalia es vorhin ganz offensichtlich genossen hat, keine Rücksicht auf Umbertos Wünsche nehmen zu müssen, das Ganze lässt sie nicht kalt, das verraten mir ihre verkniffenen Mundwinkel. Sie greift nach ihrem Handy und zieht sich in die Küche zurück. Unser Gespräch verstummt.

»In welches Krankenhaus haben sie ihn eigentlich gebracht?«, unterbreche ich nach einer Weile die Stille.

»Nach Peschiera.« Erminia spießt ein Stück vom Apfelkuchen auf die Gabel. »Eccellente«, lobt sie.

»Grazie per il complimento«, bedanke ich mich.

Die Küchentür schrappt. Rosalia hält ihr Handy mit beiden Händen umklammert. »Umberto ist noch nicht ansprechbar, sagen sie. Er liegt im Koma, die inneren Organe, vor allem die Leber, sind sehr angegriffen – sein Allgemeinzustand war eh schon schlecht, hohes Cholesterin und schlechte Leberwerte, zu viel Blut verloren … Sein Zustand ist kritisch, sagen sie.« Sie schluckt. »Er hätte einfach früher zum Arzt gehen müssen.«

»Das ist nicht deine Schuld, Kind«, versucht Erminia, ihre Tochter zu trösten.

Rosalia schluchzt kurz auf, dann fasst sie sich wieder. »Ich fahre morgen in aller Frühe ins Krankenhaus. Heute bringt es nichts mehr, sagen die Ärzte, aber wenn sich sein Zustand noch mehr verschlechtert, dann rufen sie mich an. Schafft ihr das mit dem Frühstück?« Die Frage geht an mich.

»Klar, mach dir darüber keine Gedanken. Sollen wir mal durchgehen, ob von allem genug vorrätig ist?«

Damit schlage ich zwei Fliegen mit einer Klappe. Das Notwendige erledigen und Rosalia ablenken. Ihre Mutter verspricht, morgen um 7 Uhr rüber ins Hotel zu kommen, um mit Pipo Gassi zu gehen, Vinc wird den Service im Gastraum übernehmen und Ayna hilft mir sicher in der Küche.

Renato Belotti klopft an die Tür. Ich winke ihn zum Hintereingang und lasse ihn rein.

»Was Neues von Umberto?«, fragt er Rosalia.

Sie schüttelt den Kopf. »Ich habe gerade mit dem Krankenhaus telefoniert … Es sieht nicht gut aus. Wir müssen abwarten. Bitte entschuldigt mich, ich würde mich gerne ein wenig zurückziehen.« Sie steht auf und geht zur Treppe, ihre Mutter folgt ihr.

Renato schaut den Frauen besorgt hinterher. Dann setzt er sich zu mir. »Zu einem halben Glas Weißwein würde ich jetzt nicht Nein sagen«, bittet er mich.

Aha, bin ich also nahtlos in die Rolle der Angestellten reingerutscht. Mir ist jetzt nicht nach Wein, aber ich trinke zur Gesellschaft ein Glas Wasser mit. »Ein Stück Kuchen dazu?«, biete ich an.

»Sì, grazie, volentieri«, nimmt Renato gerne an.

Ich glaube, ich muss mir keine Sorgen machen, dass vom Kuchen was übrig bleibt.

»Für heute habe ich Feierabend«, erklärt er. »Ich bin seit sechs in der Früh auf den Beinen. Das Fest rückt immer näher und wir haben noch keine Ergebnisse.« Er fährt sich übers Gesicht, dann nippt er an seinem Glas.

Wir schweigen eine Weile. Wo bleibt nur Vinc?

»Bei der Recherche über die beiden Alten ist nichts herausgekommen«, sagt Renato schließlich. Sie sind weder in eine Lieferkette noch in die Herstellung der vergifteten Pasta involviert.«

»Hätte halt gut gepasst«, sinniere ich über die Facconis. »Es wäre ein starkes Motiv gewesen. Aber ich bin froh, dass sie nichts damit zu tun haben.«

Renato nickt.

»Also müssen wir weitersuchen«, stelle ich ernüchtert fest.

»Wir?«, fragt Renato mit hochgezogenen Brauen.

»*Wir*«, sage ich, seinen Einwand ignorierend, »wir müssen nach Motiven Ausschau halten, zum Beispiel könnte es doch sein, dass eine Lösegeldforderung nur deshalb nicht eingegangen ist, weil einer der vergifteten Touristen gestorben ist. Der Täter hat kalte Füße bekommen …«

Renato winkt ab. »Alles Möglichkeiten. Aber erstens ermitteln wir mit Hochdruck in alle Richtungen, wir greifen auch gerne plausible Hinweise auf, wenn ich das bemerken darf, wie zum Beispiel im Fall der Facconis geschehen, aber *wir* lösen auch ab und zu einen Fall ganz allein.«

Gut, dass Vinc das gerade nicht mitkriegt, der würde mich tagelang damit aufziehen.

Renato ist gegangen, Umbertos Stammtischfreunde rufen an, erkundigen sich nach Umbertos Zustand und sagen für heute ab. Sie wollen morgen wiederkommen, wenn das für uns in Ordnung ist.

Da die Anrufe alle im Lokal eingehen und ich Rosalia nicht stören will, entscheide ich und sage zu. Ich schlage vor, morgen Abend für alle zu kochen. Für Ayna und Oumon, für Erminia und Rosalia, für Vinc und mich und eben gerne auch für Umbertos Freunde. Paps und die Crew werden eher keine Lust auf trübe Laune haben, aber ich glaube nicht, dass sie sich langweilen werden – Valeria freut sich sicher, Sascha für sich zu haben.

Endlich meldet sich Vinc. »Schatz, es dauert noch ein bisschen«, fällt er mit der Tür ins Haus.

»Wieso? Baut ihr das ›La Rosa‹ um?«

Er lacht.

»Weißt du was? Ich räum hier noch ein paar Tassen und Gläser weg und komm dann zu euch rüber. Nach dem miesen Tag brauche ich was Erfreuliches. Pasta mit Butter und parmigiano, Salat und einer leckeren Nachspeise. Pannacotta würde mir heute schmecken. Reservier doch gleich mal 'nen Tisch für uns. Aber draußen, okay?«

»Gut, dass du immer genau weißt, was du willst«, nimmt Vinc meine Anweisungen entgegen.

Kein Kommentar. Während ich nämlich Vinc von meinen Gelüsten erzähle, schwebt mir das Essen für morgen vor. Tortellini, mal sehen, welche Sorte, Lammfiletstücke und Gemüse auf Rosmarinspießen, dazu gebackene oder frittierte Kartoffelschnitze und zum Abschluss ein Pannacotta-Cannella-Teller mit frischen Erdbeeren. Muss noch überlegen, ob ich die Tortellini selber mache oder bei Valeria klauen soll. Ihre sind halt unübertrefflich. Andererseits wär's eine gute Übung. Mal in der Vorratskammer nachschauen, was wir haben.

»Irre ich mich oder läufst du innerlich gerade zur kulinarischen Hochform auf?«, erkundigt sich Vinc.

»Du irrst dich nicht. Stressabbau, kennst mich ja. Und den anderen tut's auch gut. Aber keine langen Reden, Schatz, ich komm jetzt rüber.«

Vinc und ich haben uns gerade zugeprostet und den ersten Schluck genommen, als mein Handy klingelt. Mein Vater ist am Apparat. Ihm ist noch was eingefallen. Ein superidyllischer Platz. Zwischen hier und Verona. Na, danke! »Du kommst doch eh morgen, da können wir reden. Bist du immer so nervig, wenn du eine Reportage fürs Fernsehen machst? Deine armen Begleiter«, maule ich ungeduldig. Ich kenne die drei ja von diversen TV-Kochevents in München und weiß, dass sie mit Paps' Allüren umgehen können. Trotzdem. »Herr Ritter! Vinc und ich haben mehr als genug idyllische Plätze aufgetan. Idyllischer geht's gar nicht. Alles organisiert, liebster Vater, Valeria erwartet dich, die Zimmer für die Crew sind gebucht, du musst nur noch kommen. Bis morgen, Paps. Over and out.« Ich lege auf.

»Seit er wieder solo ist, steigert er sich noch mehr da rein«, sage ich zu Vinc.

»Ich dachte, du warst kein Fan von Mariella oder Lollo?«

»Also, ausgeglichener war Paps auf jeden Fall.«

»Salute!« Vinc hebt sein Glas.

»Salute. Auf Paps' Frauen.«

## KAPITEL 15

# UOMINI ED UMANITÀ –
# MENSCHEN UND MENSCHLICHKEIT

**Martedì (Dienstag) – Tag 8**

Um Viertel vor sieben stehe ich in der Küche, der Kaffee ist noch nicht so weit, als Ayna auftaucht. Ihr betrübter Blick verheißt nichts Gutes. »Ob wir hierbleiben dürfen?«

Aha, daher weht der Wind. »Erst mal schon, hast ja gehört, was Erminia und Rosalia gesagt haben. Und bis Umberto wieder zurück ist, wohnt ihr längst bei Davide auf dem Weingut«, beruhige ich sie.

»Glaubst du?« Sie klingt nicht sehr optimistisch.

»He, Ayna, Kopf hoch, warum soll es denn nicht klappen?«

Sie zuckt mit den Schultern und seufzt herzerweichend.

»Die Unterkunft bei Davide wird ein Palast gegen die Wohnsituation da unten bei den Tomatenplantagen sein, so wie Oumon sie beschrieben hat.«

»Ich weiß. Aber wir haben dann ein Kind. Oumon hat Angst, dass es eine kalte Hütte sein könnte.«

»Schaut es euch erst einmal an. Es ist sicher kein Luxushaus, aber Davide ist kein Unmensch. Er ist echt nett. Und falls das mit der Arbeit klappt und euer Aufenthaltsstatus endgültig geklärt ist, könnt ihr euch ja etwas anderes suchen.«

Eine tiefe Falte zieht sich von Aynas Nasenwurzel nach oben. »Umberto ist manchmal gar nicht nett.«

»Jetzt warte erst mal ab, Ayna. Ihr habt viel Übles hinter euch und dein Bruder ist gestorben, das ist schlimm, aber wir wollen euch alle helfen, so gut es geht.«

Ayna schenkt mir ein flüchtiges Lächeln, mit den Gedanken scheint sie ganz woanders zu sein.

Ich lasse sie in Ruhe und hole mir eine Speisekarte aus dem Gastraum. Die Karten liegen links von der Küchentür auf einem Stapel, gleich neben der Kasse. Ich will mir ein paar Gedanken über das Speiseangebot machen. Andererseits sollte ich das besser mit Angelo zusammen tun, da er die Küche ja übernehmen soll, bis Umberto wieder fit ist. Vielleicht wird daraus ja doch eine feste Anstellung für ihn. Würde mich freuen und Umberto könnte kürzertreten, schließlich kommt so ein Magengeschwür nicht von ungefähr.

Ich ertappe mich dabei, dass ich wieder mal den Drang verspüre, alles zu organisieren. Die Nase in Dinge stecke, die mich nichts angehen, würde Vinc das nennen …

Ein Blick auf die Uhr lässt mich ohnehin Abstand von der Idee mit der Menügestaltung nehmen. Ich muss in die Gänge kommen – in einer halben Stunde werden die ersten Gäste ans Frühstücksbüfett stürmen. Ich mache mich an die Vorbereitungen.

Als es so weit ist, helfe ich Vinc im Gastraum. In der Küche läuft alles – Ayna kümmert sich um Spiegelei, Rührei und Co.

»Wie geht es dem Chef?«, traut sich einer der Gäste zu fragen. Ich habe mich schon über so viel Zurückhaltung gewundert. »Wir kommen seit Jahren ins ›Il Mulino‹«, erklärt er fast entschuldigend.

Seine Frau fühlt sich zu einer ergänzenden Bemerkung bemüßigt: »Wir kennen Rosalia und Umberto gut und machen uns Sorgen.«

Das glaube ich den beiden. »Umberto ist im Krankenhaus, ja, aber was er hat, weiß ich nicht. Da müssen Sie Rosalia fragen, die ist gerade zu ihm gefahren«, ziehe ich mich aus der Affäre und muss dabei nicht mal lügen.

Ayna und ich haben alles sauber gemacht, Vinc schlägt eine kurze Fahrradtour vor. »Wir könnten zu Davide auf sein Weingut fahren, alles klarmachen für Ayna und Oumon, was meinst du?«

»Gute Idee, Schatz! Rosalia hat genug andere Sorgen, die ist bestimmt froh, wenn wir ihr das abnehmen. Ist ja nicht weit und 'ne total schöne Strecke zum Radeln.«

»Eben. Und wenn dein Vater heute Abend kommt, wird er uns sowieso einspannen, vermute ich.«

Ohne Frage, Paps hat ein sehr vereinnahmendes Wesen.

Wir tauschen unsere Serviceklamotten gegen kurze Hosen und T-Shirts, unsere Sonnenbrillen dürfen natürlich auch nicht fehlen. Ich freue mich auf unseren Ausflug, das »Il Mulino« hat gerade wenig von Sommerstimmung und Dolce Vita. Wieder mal packt mich mein schlechtes Gewissen. Ich habe echt keinen Grund zu jammern, im Gegenteil. Ich reibe meine Nase an Vinc' Nacken. Er steckt gerade den Schlüssel ins Schloss an der Hintertür. Genau in der Sekunde sperrt es auch von außen. Es ist Rosalia. Sie ist zurück aus dem Krankenhaus und seltsam stumm. Ohne ein Wort zu sagen, geht sie an uns vorbei in die Gaststube und wir folgen ihr.

»Rosalia«, frage ich vorsichtig. »Ist alles in Ordnung?«

Sie lässt sich auf einen Stuhl an einem der Tische fallen. »Umberto ist tot«, sagt sie emotionslos und starrt an uns vorbei ins Leere. »Sein Magen. Ich hab's ihm immer wieder gesagt, alle haben ihn gedrängt, er solle zum Arzt gehen. Massimo wurde sogar richtig böse. Aber er war ja stur wie ein Esel.«

Shit! Das haut mich jetzt echt um. Damit habe ich nicht gerechnet. Keiner von uns wahrscheinlich. Ein gereizter Magen ist nicht ungefährlich, das weiß ich, aber lebensbedrohlich? Andererseits, so wie er geblutet hat, das hat schon übel ausgesehen. Trotzdem ...

»Ich bin zu spät gekommen. Als ich da war, hat er schon nicht mehr gelebt. Erst dachten sie, sie hätten ihn stabilisiert, aber sein Zustand war zu schlecht, es ist auf einmal ganz schnell gegangen, hat der Arzt gesagt. Sie wissen noch nicht genau, woher die Blutungen kamen, das wird untersucht. Sie vermuten ein Magengeschwür. Die Laborwerte werden mit Hochdruck bearbeitet. Renato ruft mich sofort an, wenn er was weiß«, sagt Rosalia. »Aber das spielt keine Rolle mehr.« Sie wirkt gefasst und still.

Doch, denke ich, das spielt sehr wohl eine Rolle! Es gibt einen Toten. Mit inneren Blutungen.

»Ach, Rosalia, das tut mir so leid!« Ich umarme sie, aber sie bleibt steif wie ein Brett. Ich lasse sie los.

»Mein herzliches Beileid, Rosalia«, sagt auch Vinc.

»Ich ...« Sie stockt. Schaut uns endlich an. »Scusate, aber ich bin nicht ... Ich, ich bin schon traurig, aber nicht so, wie ich es vielleicht sein sollte.« Ihr Blick schweift durch den Gastraum, bleibt mal hier, mal dort hängen.

»Ist schon gut, Rosalia. Soll ich deine Mutter holen?« Sie nickt.

»Möchtest du ein Glas Wasser?«, erkundigt sich Vinc.

»Nein danke, ich brauche jetzt etwas Stärkeres. Ein Grappa wäre gut.«

Vinc begibt sich hinter die Bar und ich laufe rüber zu Signora Fenuccis Haus. Soll ich ihr schon sagen, dass ihr Schwiegersohn tot ist, oder soll ich das lieber Rosalia überlassen? Noch bevor ich zu einer Entscheidung gekommen bin, öffnet Erminia von innen die Tür. Wie immer wie aus dem Ei gepellt, jederzeit bereit, Besuch zu empfangen. Sie ist offensichtlich überrascht, mich zu sehen.

»Signora Fenucci, können Sie bitte kurz mit rüberkommen? Ihre Tochter braucht sie.«

Sie schaut mich so erschrocken an, dass ich, ohne weiter abzuwägen, mit den Tatsachen rausrücke. »Umberto ist im Krankenhaus gestorben. Rosalia ist heute Morgen zu ihm gefahren, da war er gerade … eingeschlafen.« Oh Gott, wie das klingt … Aber mir fällt im Moment keine bessere Formulierung ein. Und ist ja auch egal, Erminia Fenucci weiß, um was es geht, und eilt bereits Richtung Hotel.

Wir lassen Mutter und Tochter allein. Die Angelegenheit ist privat.

»Sollen wir trotzdem zu Davide fahren? Oder radeln wir nur ein Stück am Mincio entlang?«, fragt Vinc.

»Tja, wir müssten ihm dann sagen, dass Umberto gestorben ist. Das will Rosalia vielleicht lieber persönlich übernehmen. Jedenfalls ist das nicht unser Part. Außerdem könnte es sein, dass Ayna und ihr Mann jetzt im ›Il Mulino‹ bleiben können … Der Umzug hat auf jeden Fall keine Eile mehr.«

»Stimmt. Und Rosalia kann jetzt jede Hilfe brauchen. Ayna kennt sich mittlerweile schon ganz gut aus hier, in der Küche und mit den Zimmern, und Oumon kann gut anpacken. Gibt genug Arbeit für einen Mann hier. Getränkekisten schleppen, Weinkisten, Organisation …«

Ich gehe mal nicht weiter auf die klassische Rollenverteilung ein, und ehrlich, in dem Fall ist es einfach so.

Die Luft weht uns lau um die Nase, es könnte so schön sein …

»Lass uns an der Ponte Visconte vorbeiradeln. Vielleicht sitzen die Facconis auf ihrer Bank«, schlägt Vinc vor.

»Prima, super Idee! Alles ist besser, als jetzt ins Hotel zurückzuradeln.«

Vinc schaut skeptisch zu mir rüber. »Alles okay bei dir?«, fragt er besorgt.

»Wieso? Weil ich nicht ins Hotel will? Bei diesen ganzen Entwicklungen und Ereignissen? Dass es mich da nicht hinzieht, von Neugier zerfressen?«

»Exakt.«

»Wir müssen uns ja nicht zu viel Zeit lassen.«

»Alles klar, Schatz. Und die Facconis sind ja auch nicht uninteressant, gell«, bemerkt er.

»Pure Unterstellung«, winke ich ab und trete ein wenig schneller in die Pedale.

Vinc holt auf, fährt jetzt neben mir.

»Ist mir ein bisschen peinlich«, sage ich zu ihm.

»Was denn?«

»Das mit den Facconis. Ich habe ihnen Renato, also die Polizei, auf den Hals gehetzt.«

»Das wissen die ja nicht«, will Vinc mich beruhigen.

»Nee, tun sie nicht, aber ich weiß es und ich befürchte, das werden sie mir ansehen.«

»Quatsch, Doro, nur weil ich in deinem Gesicht lesen kann wie in einem offenen Buch, gilt das noch lange nicht für andere Menschen. Außerdem ist ihnen ja nichts passiert, oder?«

»Nein, noch nicht.«

»Na also. Und wenn sie in der Sache mit drinstecken, dann ist es ja gut, wenn die Polizei das herausfindet, oder?«

»Ja, schon klar, trotzdem, die sind halt echt nett.«

»Jetzt krieg dich mal wieder ein, Schatz. Nett, das ist kein Kriterium, wenn es um die Wahrheitsfindung geht. Hier war eine Untersuchung auf jeden Fall angezeigt, das hat nichts mit Indiskretion oder Verrat zu tun.«

Das erleichtert mich etwas. Ich fahre ein paar Schlangenlinien und überlege mir schon mal eine Strategie, falls wir die Facconis wirklich antreffen sollten. Natürlich werde ich mir die Gelegenheit nicht entgehen lassen.

Ein paar Hundert Meter voraus sehen wir bereits die markante Silhouette der Ponte Visconte samt den Mauerresten der gigantischen Befestigungsanlage aus früheren Zeiten. Trotz meines Gejammers bin ich natürlich hochgradig neugierig und würde liebend gerne die Gelegenheit nutzen, Renato Belotti ein paar sachdienliche Hinweise zu servieren. Ein kleines Triumphhäppchen für mich, weil er ja meinte, dass es ein »Wir« bei den Ermittlungen nicht gibt. So nach dem Motto »selber schuld«. Kann ja auch entlastend für die Facconis sein, das wäre mir am allerliebsten – so oder so, Hauptsache, es klärt die Lage der beiden.

»Schau, da vorne sitzen sie.« Vinc steigt ab und deutet Richtung Bank, auf der wir die beiden schon vor vier Tagen gesehen haben. Die letzten Meter schieben wir die Räder. Ich versuche erst gar nicht, so zu tun, als wären wir zufällig hier. Manchmal ist Angriff die beste Verteidigung beziehungsweise Ehrlichkeit besser als scheinheiliges Drumherumgerede.

»Signora Facconi, Signor Facconi«, grüße ich die beiden, dann denken sie sich vielleicht schon, dass wir nicht nur ihre Namen kennen, sondern auch den Rest ihrer Geschichte. Den ich jetzt gern von ihnen hören will. »Schön, Sie zu treffen. Haben Sie es sich überlegt? Erzählen Sie die Legende vom Burggespenst in unserer Reportage?« Ich pirsche mich sozusagen von hinten an das eigentliche Thema heran.

Wie nicht anders erwartet, schütteln die beiden den Kopf.

Ich werde direkter: »Ist es, weil voriges Jahr ihre Enkelin gestorben ist?«

Vinc stößt mich leicht in die Seite, er findet das jetzt wahrscheinlich wenig einfühlsam. Ist es auch, aber er hat ja selber gesagt, dass die Wahrheit gefunden werden muss, und er hat recht.

Signor Facconi mustert mich. Überrascht? Neugierig?

»Wie kommen Sie darauf, Signorina?« Seine Stimme ist fest.

»Tut mir sehr leid, Signore, wenn ich alte Wunden aufreiße. Wir haben unserer Hotelchefin ein paar Bilder von der Brücke gezeigt, auf einem davon sind Sie beide zu sehen. Das war keine Absicht und ich habe das Bild auch gelöscht, aber unsere Wirtin hat Sie erkannt. Das tragische Unglück um Ihre Enkelin ist ja damals lange durch die Presse gegangen. War ungefähr vor einem Jahr um dieselbe Zeit. Deshalb ...«

Der alte Facconi nickt, seine Frau blickt in die Ferne, als würde sie Bilder sehen, die außerhalb unserer Wahrnehmung liegen.

»Was ist damals passiert?«, frage ich vorsichtig.

Der alte Mann schaut mich an. »Hat Ihre Wirtin das nicht erzählt?«

Ich schüttle den Kopf.

»Blinddarmdurchbruch«, sagt er.

»Zu spät erkannt?«

»Ja. Unsere Tochter und ihr Mann waren bei der Arbeit, sie machen beide Spätschicht in einem Supermercato in Verona. Deshalb war unsere Enkelin Milli in unserer Obhut. Ihr war ein bisschen übel, sonst nichts. Wir haben ihr Kamillentee gemacht und dann ...«

Seine Frau legt ihm die Hand auf den Arm. »Lass gut sein, Franco, die jungen Leute wollen sicher nicht so düstere Geschichten hören.«

»Du hast recht, Lucia. Signorina, Sie haben also niemanden gefunden für den Fernsehbeitrag?«, wechselt er das Thema.

Schade. Jetzt kann ich unmöglich noch mal auf den Unfall zurückkommen. Obwohl ich unbedingt die Version der

Großeltern hören wollte. Na gut, aufgeschoben ist nicht aufgehoben. Und außerdem hat Renato Belotti die beiden ja überprüft. Bei diesem Gedanken werden meine Wangen heiß. Ich seufze unwillkürlich auf.

»Sie werden schon noch einen Geschichtenerzähler finden«, tröstet mich Signor Facconi. Er hat meinen Seufzer fehlinterpretiert und ich lasse ihn in seinem Glauben.

»Sie haben es sich nicht anders überlegt?«, hake ich auf dieser Schiene ein.

Jetzt schaut mir Lucia Facconi direkt in die Augen. »No, signorina, giammai!«

Okay, der Kanal ist zu wie eine geschlossene Auster. Wir verabschieden uns höflich und treten den Rückzug an.

Am frühen Nachmittag sind wir wieder am Hotel. Wir verstauen unsere Räder ordnungsgemäß in der dafür vorgesehenen Nische im Hof, als mein Handy bimmelt. »Paps«, informiere ich Vinc mit Blick aufs Display.

»Sì, pronto!«, nehme ich das Gespräch an.

»Spatz, es wird mindestens 22 Uhr, bis wir in Valeggio sind. Stau, und außerdem sind wir spät losgekommen …«

»Bei Paps wird es später. Sein Zeitmanagement ist manchmal etwas eigenwillig, wie du weißt«, raune ich Vinc zu.

»Das habe ich gehört, meine liebe Tochter«, schallt es mir vorwurfsvoll aus dem Telefon entgegen.

Ich lache nur. In diesem Punkt bin ich ihm manchmal sehr ähnlich. Vinc enthält sich jeglicher Stellungnahme.

»Passt schon, Paps. Klär alles mit Valeria ab, wir sehen uns morgen, okay?«

»Ich ruf vielleicht später noch mal an«, verkündet mein Vater fröhlich.

»Ja, meld dich, wenn ihr da seid.«

Herrlich, diese Blase aus Fröhlichkeit. Da will ich für

den Rest des Tages bleiben. Ich nehme Vinc' Hand. »Schatz, ich hab 'ne Idee. Wenn Paps da ist, schnappen wir uns sein Cabrio und fahren durch die Gegend.«

»Wollten wir uns nicht mal den Parco Giardino Sigurtà anschauen? Und zwar mit dem Fahrrad«, erinnert er mich an ehemals sportliche Gedanken.

»Och, stell dir vor – der laue Fahrtwind, Sonne, Picknickkorb.«

»Jaja, ein Gläschen Prosecco – für dich, weil ich fahre ja –, die Sonne knallt uns auf den Kopf, Sonnenbrand an den Armen.«

»Wer ist jetzt der Romantikkiller?«

Vinc bleibt entspannt. »Zugegeben, die Idee ist nicht schlecht, und wie ich dich kenne, willst du die Luxuskarre ohnehin selbst chauffieren.«

Ich smile.

Als wir den Hotelflur betreten, ist es, als würde ein kalter Sog die Fröhlichkeit aus unserer Wohlfühlblase ziehen. Ich reibe die Gänsehaut an meinen Armen. Rosalias Stimme tönt bis zu uns, sie klingt aufgeregt.

Wir schauen uns kurz an und eilen Richtung Gastraum.

Rosalia sitzt mit ihrer Mutter an einem Nischentisch, ein Platz, an dem sie vor neugierigen Blicken von draußen geschützt sind. Ich bleibe unschlüssig an der Theke stehen. Kann mich ja schlecht einfach dazusetzen. Aber Rosalia hat uns bereits gesehen und winkt uns an ihren Tisch.

»Doro, Vinc, schön, dass ihr da seid. Habt ihr einen Moment Zeit?«

Das muss sie mich nicht zweimal fragen, ich sitze schon und schaue erwartungsvoll.

»Das Problem ist«, kommt Erminia gleich zur Sache, »dass wir Gäste im Haus haben, die gewohnt sind, bei uns zu speisen.« Sie sagt das fast entschuldigend, als wäre es pietätlos, so kurz nach Umbertos Ableben über Geschäftliches zu sprechen.

»Signora Fenucci«, sage ich und lege meine Hand beruhigend auf ihren Unterarm, »es ist völlig in Ordnung, dass Sie sich Gedanken um Ihre Gäste und deren Versorgung machen. Ich komme doch selbst aus der Gastrobranche und weiß, dass persönliche Befindlichkeiten hintenanstehen, wenn es ums Gästewohl geht. Obwohl der Tod von Umberto natürlich schon vieles rechtfertigt.«

»Wir haben gerade darüber gesprochen. Das Frühstück für die Hotelgäste müssen wir natürlich weiter anbieten. Aber mamma hält es für das Beste, wenn das Ristorante bis auf Weiteres geschlossen bleibt. Ich dagegen meine, wir sollten bei den zwei Tagen bleiben, wie vereinbart. Oder spätestens nach dem großen Fest wieder öffnen.« Rosalia ist nach wie vor sehr gefasst.

Erminia Fenucci knetet ihre Hände. »Wie wird das aussehen, wenn wir weitermachen wie bisher?«

»Mamma! Die Leute, die uns wichtig sind, werden es verstehen. Und die anderen sind mir egal. Doro«, Rosalia schaut jetzt mich an, »würdest du in der Küche aushelfen, solange du noch da bist? Auch über das Frühstück hinaus? Angelo hat ja ebenfalls seine Hilfe versprochen. Umbertos Freunde kommen am späten Nachmittag, da besprechen wir das Ganze. Seid ihr beide dabei?«

Vinc und ich werfen uns einen kurzen Blick zu, dann nicken wir. »Gerne, Rosalia. Ich bin bereit, und wenn Angelo mitmacht, dann steht dem nichts im Wege – übermorgen kann das Ristorante abends wieder öffnen.«

Auf einmal schwimmen Rosalias Augen. »Doro, dich schickt der Himmel.« Ihre Nerven sind am Limit, auch wenn sie nicht in Trauer zerfließt.

Hmm, es gibt noch ein paar ungeklärte Dinge, nämlich

die Vergiftungen und die Ergebnisse der Laboruntersuchungen zu Umbertos Tod. Die Möglichkeit eines Zusammenhangs ist immerhin nicht ausgeschlossen, aber diese Gedanken behalte ich erst mal für mich.

»Dann mache ich mich mal an die Arbeit«, verkünde ich und begebe mich mit Vinc in Richtung Küche, um die Lage dort zu checken.

Pünktlich um halb fünf am Nachmittag ist die Stammtischrunde komplett. Für heute haben wir das Essen abgesagt, es gibt caffè, acqua und vino, dazu einen Teller Mandelgebäck.

Der Schock über Umbertos Tod sitzt tief bei seinen Freunden. Rosalia hat sich ausnahmsweise dazugesetzt. Das erste Mal, seit ich hier bin. Nicht auf Umbertos Stuhl, sie hat sich einen eigenen rangezogen. Pipo liegt unter dem leeren Platz seines Herrchens und äugt aus traurigen Hundeaugen immer wieder zu Rosalia, als hoffte er, sie könne ihm versichern, dass Umberto jeden Moment zur Tür hereinkäme.

Alle sind sich einig, dass es wichtige Dinge zu besprechen gibt. Umberto ist tot, also braucht es jetzt nicht nur eine vorübergehende Vertretung, sondern einen dauerhaften Ersatz.

»Ich stehe zur Verfügung«, verkündet Angelo in die entstandene Stille.

Normalerweise wäre allgemeines Gelächter gefolgt, heute starren alle betreten auf die Tischplatte.

Renato räuspert sich. »Ich habe mit Rosalia gesprochen und mit ihrer Erlaubnis darf ich die ärztlichen Befunde von Umberto an euch weitergeben. Er hat sich beim Sturz aus dem Bett eine Rippe gebrochen, die sich in die Lunge gebohrt und auch noch eine Schlagader verletzt hat. Er ist innerlich verblutet. Bis er ins Krankenhaus kam, hatte er schon sehr viel Blut verloren, da haben auch die Konserven nichts mehr genützt. Was oben reinlief, hat er sofort wieder verloren. Sie konnten ihn noch einmal kurz stabilisieren, aber letztendlich …« Er schluckt. »Die Laborwerte zeigen, dass sein Blut so gut wie keinen Gerinnungsfaktor hatte. Dazu seine chronische Magenschleimhautentzündung, die er viel zu sehr auf die leichte Schulter genommen hat. Heute Morgen ist dann der Kreislauf zusammengebrochen und die Organe haben komplett versagt. Es wird eine Obduktion geben, um zu klären, was letztendlich die Ursache seines Todes war, aber die Blutwerte sprechen in Anbetracht der Vorfälle für sich.« Er seufzt bedeutungsschwer.

Die Freunde starren ihn entsetzt an. Als Erster findet Salvatore Lonati, der Juwelier, die Sprache wieder. »Willst du damit andeuten, dass Umberto Rattengift erwischt hat?«

Also doch! Ich bin genauso geschockt wie die anderen, aber ich bin zumindest nicht sehr überrascht. Ich hatte ja schon meine Zweifel. Und Vinc geht es offensichtlich genauso. Warum gerade im »Il Mulino« vergiftete Pasta aufgetaucht ist und dass theoretisch jeder von uns davon hätte essen können, ist der Knackpunkt und wühlt uns alle auf.

Renato kratzt sich am Nacken. »In Umbertos Blut wurde kein Rattengift gefunden, die starke Blutung hat ein Medikament ausgelöst, dem Rattengift nicht unähnlich. Ein Coumarinderivat. Ein Blutverdünner. Wird eingesetzt nach einer Thrombose, einem Herzinfarkt oder Gehirnschlag.«

Wir schauen verwundert auf Renato und warten, ob da noch was kommt. Tut es aber nicht.

Dafür sagt der Dottore: »Schweigepflicht hin oder her: Umberto hätte für das Medikament eine ärztliche Verordnung gebraucht und die hat er nicht von mir bekommen. Dieses Medikament bedarf einer kontinuierlichen Überwachung der Blutwerte, eben weil es den Gerinnungsfaktor so stark herabsetzt. Das ist zwar der Sinn und Zweck, damit sich keine Thrombosen bilden, aber wenn die Wirkung außer Kontrolle gerät, kann das auch tödlich sein. Wie gesagt, deshalb kann man es nicht ohne Rezept bekommen.«

»Und er hat nie ein solches Rezept bei mir in der Apotheke eingelöst«, versichert Alfredo Corini.

»Es gibt andere Ärzte und andere Apotheken«, wendet Renato ein.

»Das ließe sich überprüfen«, sagt Alfredo, »aber dazu war Umberto doch viel zu bequem. Außerdem ist ein Magengeschwür kein Grund für Heimlichkeiten. Und es ist sehr unwahrscheinlich, dass jemand ein Coumarinderivat ohne medizinische Indikation schluckt. Das Mittel hat keinerlei angenehme oder berauschende Nebenwirkungen. Warum also sollte Umberto es genommen haben?« Alfredo klopft mit dem Zeigefinger auf die Tischplatte.

Der Dottore nickt. »Überlegt mal, der erste Tote hat so einen Blutverdünner eingenommen und deshalb wurde ihm das Rattengift zum tödlichen Verhängnis. Das Rattengift plus der Blutverdünner waren ein tödlicher Mix. Selbst wenn wir davon ausgehen, dass der Täter niemanden umbringen wollte und von einer solchen Wechselwirkung mit einem Medikament nichts wusste, er hat Gift in Lebensmittel verpackt und damit in Kauf genommen, dass es übel ausgehen kann. Was, wenn ein Kind davon gegessen hätte?«

Wir schweigen betroffen und Renato fasst zusammen. »Wie auch immer, bei Umberto ist definitiv kein Rattengift im Spiel, und wie er zu dem Medikament gekommen ist und warum er es eingenommen hat, das werden wir herausfinden.«

»Kein Arzt der Welt hätte ihm das verschrieben. Nicht bei dem Zustand seines Magens«, verteidigt Massimo Voltolini seinen Berufsstand. Er wiegt den Kopf. »Ich war sein Hausarzt und sein Freund. Vielleicht manchmal nicht die günstigste Konstellation – manche Dinge bespricht man lieber mit dem Arzt und nicht mit dem Freund. Ich wusste natürlich von seinem Magengeschwür und habe ihm dringend zu einer Behandlung geraten, aber er wollte davon nichts wissen. Da ich sein aufbrausendes Temperament kenne, habe ich es dann dabei belassen. Ich hätte hartnäckiger sein müssen.« Er lässt seine Fingerknöchel knacken. »Merda! Warum hat er diese Tabletten genommen?«

Die Männer schweigen ratlos.

»Und wenn ihm das Mittel untergejubelt worden ist? Könnte zum Beispiel im Schnaps gewesen sein«, überlegt Alfredo.

»Im Schnaps?« Angelo zieht ungläubig die Luft ein. »Du glaubst also, dass es ihm jemand mit Absicht verabreicht hat?«

Mein Gedanke. Den ich dann auch weiterführe. »Ich für meinen Teil bin mir da sogar fast sicher. Woher sollte Umberto das Medikament denn sonst haben? Und warum hätte er es einnehmen sollen? Vielleicht ist dem Täter das Rattengift ausgegangen und er ist auf dieses Mittel umgeswitcht.« Renato nimmt den Faden auf. »Im Falle des toten Touristen wurde das Medikament ja nicht vom Täter zugeführt, sondern das Opfer war ein Marcumarpatient. Zusammen mit den vergifteten Tortellini ergab das die erwähnte tödliche Mischung. Nur deshalb ist er gestorben. Handelt es sich bei Umberto um denselben Täter oder um einen Trittbrettfahrer? Und war Umberto ein Zufallsopfer oder hat es jemand auf ihn abgesehen?« Er blickt forschend in die Runde.

Alfredo schiebt seine Brille wieder auf die Nase und steckt das lila Tüchlein ein. »Wir wollen alle wissen, wer Umberto auf dem Gewissen hat und diese ganze Vergiftungsschiene sowieso auch. Aber nimm bitte zur Kenntnis, dass wir weder auf der Anklagebank noch im Zeugenstand sitzen«, weist er den Freund in seine Schranken.

Der schaut zerknirscht. »Tut mir leid, Freunde, aber das alles geht mir sehr nahe.«

»Uns auch, mein Lieber, uns auch«, seufzt Salvatore Lonati.

In meinem Unterbewusstsein klopft etwas an, will an die Oberfläche. »Es hätte auch ein Kind treffen können«, hat der Dottore vorhin gesagt ... »Vinc und ich waren heute unterwegs und sind an der Ponte Visconteo vorbeigeradelt, und wisst ihr, wen wir gesehen haben?« Ich erzähle von dem Gespräch mit den Facconis. »Nur für alle Fälle, Renato, die Facconis hast du doch überprüft, oder?«, frage ich.

Er winkt ab. »Die sind sauber. Keine Verbindung.«

Gut. Ich musste das einfach noch einmal bestätigt wissen.

»Renato, ich finde den Gedanken schrecklich, dass jemand Umberto absichtlich etwas angetan hat, das ist noch schlimmer, als wenn er ein Zufallsopfer dieser Anschlagsserie geworden wäre, aber – und jetzt haltet mich nicht für herzlos –«, kommt Rosalia auf den Punkt zurück, der ihr am meisten auf der Seele liegt, »für mich wirft Umbertos Tod ganz banale Sorgen auf. Ich muss ein Hotel führen und eine Osteria ohne Koch. Marco ist nur eine Aushilfe, keine gelernte Arbeitskraft. Und Doro ist zwar so lieb und hilft ein paar Tage aus, aber wie geht es weiter? Angelo, wie ernst ist es dir mit deinem Angebot? Kann ich langfristig mit dir rechnen?«

Die Stimmung am Tisch ist schwer einzuschätzen, alle sind still. Finden sie Rosalias praktische Anfrage gefühllos?

»Rosalia hat recht«, kommt jetzt Schützenhilfe von Salvatore Lonati. Logisch, er verehrt Rosalia seit Langem und ist auf ihrer Seite.

»Ich habe es versprochen«, sagt jetzt auch Angelo, der rechts von ihr sitzt, »und wenn du willst, nehme ich die Stelle für länger. Ich lasse dich nicht im Stich und es ist ja kein Geheimnis, dass mir das sogar sehr gelegen kommt. Ihr wisst alle, dass ich kürzlich bei Umberto angefragt habe. Leider vergebens«, klagt er, noch immer sichtlich verbittert darüber, dass der Freund ihn hat hängen lassen.

Rosalia legt ihre Hand auf seine. »Angelo, das war doch nicht persönlich gemeint. Du weißt ganz genau, dass unser Lokal keine zwei Vollzeitköche trägt. Nun haben sich die Dinge geändert und es ist Zeit, Frieden zu schließen.«

»Hmm«, brummt Angelo zustimmend.

»Ist es in Ordnung für dich, wenn wir zusammenarbeiten?«, frage ich vorsichtshalber. Falls er verneint, ziehe ich mich zurück – Rosalia ist auf ihn angewiesen und er scheint ja etwas empfindlich zu sein, der Gute.

Er lächelt geschmeichelt und nimmt mein Angebot gnädig an. Ich verziehe keine Miene. Habe ich ihn richtig eingeschätzt. Und wenn's ihn glücklich macht …

Ich stupse Vinc in die Seite. »Du, Schatz, ich geh auf's Zimmer. Bisschen chillen«, sage ich leise. Ich brauch jetzt ein bisschen Ruhe, außerdem muss ich meine Gedanken sortieren.

Vinc schließt sich an.


Oben strecke mich auf dem Bett aus. Ein Thema lässt mich nicht los und ich muss es einfach mit Vinc besprechen: »Das mit dem Kind, das geht mir nicht aus dem Kopf.«

»Was meinst du?« Er setzt sich neben mich.

»Dass vielleicht doch die Facconis dahinterstecken könnten«, erkläre ich. »Irgendwie würde es zu ihrer Geschichte passen.« Ich seufze.

»Renato hat das doch überprüft. Die haben keinerlei Verbindung zu den gegenwärtigen Fällen«, wendet Vinc ein.

»Trotzdem, der Tod der Enkelin wäre ein starkes Motiv, aber was haben die Opfer mit den Facconis zu tun? Und wie passt Umberto da rein? Vielleicht bin ich aber auch auf einer völlig falschen Spur«, überlege ich laut.«

Ich ziehe Vinc zu mir herunter und kuschle mich in seine Armbeuge. Seine Wärme beruhigt mich. Nach einer Weile stelle ich fest, dass er eingedöst ist. Zufrieden reibe ich meine Wange an seinem Arm. Die hellen Härchen kitzeln an meinen Lippen. Vinc rührt sich. Das war der Zweck der Übung, da verstehen wir uns blind. Seine Bartstoppeln sind noch wesentlich rauer als am Morgen. »Solltest dich rasieren«, murmle ich.

»Jetzt?«, fragt er und schwingt sich hoch.

»Untersteh dich!« Ich ziehe ihn wieder zu mir.

Der Hunger treibt uns wieder aus dem Zimmer. Ist ja mittlerweile fast schon neun.

»Mal sehen, was die Küche hergibt.« Mir schwebt was Schnelles vor. Nudeln mit Zucchini und Kapern? Vielleicht ein paar Krabben dazu. Sofort fängt mein Magen an zu knurren.

»Hey, renn nicht so!«, beschwert sich Vinc, denn ich bin deutlich schneller geworden. Unten angekommen, liegt der Stammtisch verwaist da. Rosalia werkelt an der Theke herum.

»Hast du dich nicht mal kurz ausgeruht?«, frage ich besorgt.

Sie schüttelt den Kopf. »Bin zu unruhig, um mich hinzulegen. Da nutze ich die Zeit lieber.«

»Komm, Rosalia, setz dich zu uns. Trinken wir ein Glas Wein zusammen. Und dann mach ich uns was zu essen. Ayna und Oumon haben bestimmt auch Hunger ... Außerdem können wir über die Speisekarte reden.«

»Am besten lassen wir sie so, wie sie ist. Das sind die Gäste gewohnt. Vielleicht streichen wir ein paar Gerichte.«

»Wenn Angelo hilft, müssen wir nichts streichen. Die Tortellini sind zwar ziemlich arbeitsintensiv und mir fehlt dafür die Routine, aber für Angelo ist das ein Heimspiel.«

»Ja, ich bin so froh, dass er die Küche übernimmt. Und für den Anfang ist es natürlich sehr hilfreich, dass du ihn unterstützt. Angelo kann kochen, sogar richtig gut, das weiß ich, sein Problem ist seine Struktur und seine Verschwendungssucht. Kartenspiel vor allem. Für ihn ist es wahrscheinlich sogar besser, wenn er ein festes Gehalt bekommt und nicht einfach in die eigene Kasse greifen kann.«

Ich stehe auf und nehme mein Weinglas. »Reden wir in der Küche weiter, dann kann ich uns nebenbei was kochen«, schlage ich vor und bin schon unterwegs. Vinc und Rosalia folgen mir.

»Ach, Schatz, würdest du bitte Ayna und Oumon fragen, ob sie mitessen wollen?«

Während er zu den beiden nach oben geht, setze ich einen Topf mit Wasser auf, entscheide mich für Linguine.

Vinc kommt zurück. »Die beiden bleiben oben. Sie haben sich schon was geholt. Sie wollen heute nicht stören.«

»Na gut, dann für drei«, sage ich und tausche die große Pfanne gegen eine kleinere. »Vielleicht möchtest du deine Mutter fragen, ob sie rüberkommen will, Rosalia?«, fällt mir ein.

»Mamma hat sich hingelegt. Die ganze Aufregung war zu viel für sie. Und ich habe eigentlich auch keinen Hunger.«

»Kein Problem. Vinc und ich haben Hunger genug und du isst einfach so viel, wie du möchtest. Ist gut für die Nerven.«

»Umberto war kein Schwein, wisst ihr«, beginnt Rosalia zu erzählen. Sie hat sich auf einen Hocker in der Ecke gesetzt.

»Wir waren kein richtiges Paar. Noch nie. Wir haben damals derselben Clique angehört. Er war 22 und ich war erst 17. Als bei uns im Hotel alles schieflief und kein Geld mehr da war, da hat Umberto uns gerettet. Aus seiner Sicht zumindest. Wir konnten bleiben, aber für uns war es fürchterlich, nicht mehr Herr im eigenen Haus zu sein. Das Schlimmste daran war aber, dass wir selbst schuld an der Misere waren. Das Gebäude ist alt und renovierungsbedürftig gewesen, vor allem die Elektrik war in einem fürchterlichen Zustand. Und das war uns nachweislich bekannt. Wir haben es hinausgeschoben, wollten die Winterpause nutzen, und dann gab es einen Kabelbrand. Die Versicherung hat natürlich nicht einfach bezahlt, die haben alles genau untersucht, mit einem Sachverständigen und so, und die Missstände entdeckt. Wir konnten nichts dagegen vorbringen, im Gegenteil, wir mussten froh sein, dass keine Anzeige wegen Fahrlässigkeit erstattet wurde. Zum Glück gab es keine Verletzten und auch keinen, der uns belangen wollte. Aber finanziell hat es uns ruiniert.« Rosalia verstummt kurz. »Umberto hat sich fair verhalten«, sagt sie dann. »Er hat mir die Heirat angeboten. Allerdings mit Gütertrennung. Aber immerhin. Wir konnten bleiben und unsere Ehe war auch nicht wirklich schlecht. Es war eine Win-win-Situation für alle, würde ich sagen. Bis das mit dem Unfall passierte. Da ist nicht nur mein ungeborenes Baby gestorben, sondern auch jedes Gefühl in mir … Umberto hatte schon immer nebenher was laufen und danach wurde es noch schlimmer. Aber ehrlich gesagt war ich froh, dass er mich von nun an im Bett in Ruhe ließ. Ich selbst habe nur einmal … Mir ging es schlecht und Davide auch … Maria, seine Verlobte, das war furchtbar damals, für ihn ist eine Welt zusammengebrochen. Wir haben uns kurz miteinander getröstet, aber schnell gemerkt, dass wir einfach gute Freunde sind und kein Liebespaar«, bricht es aus ihr raus.

Ich bin verwirrt. Wie jetzt, Rosalia und Davide?

»Davide Renzi? Ihr hattet eine Affäre, hab ich das richtig verstanden?«, frage ich nach.

Rosalia nickt. »Das war eine reine Trostaffäre. Ich hatte mein Baby verloren und Umberto war nicht für mich da, im Gegenteil. Er hatte sich das Kind genauso gewünscht wie ich und konnte mit der Situation nicht umgehen – vor allem nicht damit, dass ich durch den Unfall wahrscheinlich keine Kinder mehr würde bekommen können. Ich habe ihm den Unfall und die Folgen vorgeworfen und er mir, dass er wegen mir auf eine Familie würde verzichten müssen. Das war sehr verletzend und dafür habe ich ihn gehasst.« Sie schaut uns schuldbewusst an. Immerhin redet sie von ihrem gerade erst verstorbenen Ehemann.

»Mach dir keinen Kopf, Rosalia, wir wissen schon, wie du es meinst«, beruhige ich sie.

Das, was sie uns erzählt hat, muss ich erst einmal sacken lassen. Da kommt es ganz gelegen, dass ich gerade am Kochen bin und dank meiner Aktivitäten das Gespräch erst mal zum Erliegen kommt. Ich schnipple zwei Zucchini in Scheiben und eine Handvoll frischer Petersilie nicht zu fein, gebe Olivenöl in die Pfanne, die ich mit einer Knoblauchzehe ausreibe. Die Zucchini dünsten im Öl und verbreiten einen unvergleichlichen Duft, ich hole Krabben aus dem Eisschrank, ein Glas Kapern – okay, was brauche ich noch? Ach ja, Weißwein. Das Nudelwasser kocht, die Zucchini riechen verdammt appetitanregend. Rosalia schaut mir interessiert zu. Scheint sie abzulenken.

»Magst du Kapern?«, frage ich, während ich Salz und Nudeln ins kochende Wasser gebe.

Sie nickt. Schön. Vinc und ich lieben Kapern, deshalb nehme ich zwei Esslöffel aus der Lake und gebe sie in die Pfanne zu den Zucchini. Ich hole die Salz- und die Pfeffermühle, streue je ein paar Umdrehungen über das Gemüse und lasse dann die Krabben noch zwei, drei Minuten mitdünsten. Jetzt das i-Tüpfelchen – großzügig mit Weißwein ablöschen. Dieses Aroma ist unwiderstehlich, ein Generalangriff auf das Hungerzentrum. Ich fische eine Nudel aus dem Wasser. Punktgenau. »Vinc, kannst du bitte abgießen? Und Rosalia, bringst du mir die Teller? Zum Essen nehmen wir den Custoza, der schon die Pasta veredelt, d'accordo? Der ist schön kühl.« Ich begutachte den Rest in der Flasche und hole vorsichtshalber eine zweite aus dem Kühlraum.

Rosalia springt auf. Die Aussicht auf die Pasta hat sie sichtlich belebt. Gut so. Die Linguine mische ich in der Pfanne unter die anderen Zutaten und hebe zum Schluss die Petersilie darunter. Auf jeden Teller kommt eine ordentliche Portion, ein bisschen Petersilie als Deko um den Tellerrand darf nicht fehlen. Ohne parmigiano ginge es zwar auch, aber mir ist heute nach Käse. Fertig. Die Teller save auf dem Unterarm drapiert und ab in den Gastraum.

»Buon appetito!«

Schweigend drehen wir die Linguine auf die Gabel. Ich schließe kurz die Augen, eine salzige Kaper zerplatzt zwischen den Zähnen – mein Geschmackssinn ist voll da. Den genießerischen Gesichtern der anderen beiden nach zu urteilen, geht es ihnen genauso.

»Das war jetzt doch ein bisschen viel.« Rosalia schiebt den fast leeren Teller ein Stück von sich. »Aber sehr fein, Doro. Genau das Richtige für heute Abend. Wer mag einen Grappa?«

Ich kaue gerade den letzten Rest meiner Portion und nicke nur.

»Das wäre der perfekte Abschluss«, stimmt auch Vinc zu.

Gut gesättigt nippen wir wenig später an unseren Schnapsgläsern.

»Wisst ihr«, ich lehne mich im Stuhl zurück, »ich finde, mit einem guten Essen im Magen lässt sich alles viel besser ertragen.«

Rosalia pflichtet bei und schwenkt den letzten Rest Grappa im Glas.

Ich gähne. »Mir langt's für heute. Und schließlich muss ich ja spätestens um halb sieben aufstehen. Können wir dich allein lassen, Rosalia?«

Sie nickt. »Sì, certo. Ich räume hier gleich noch ein bisschen auf. Lenkt mich ab. Buona notte!« Ein trauriges Lächeln huscht über ihr Gesicht. Pipo steht neben ihrem Stuhl, als würde er Wache halten. Sie streichelt ihm über den Kopf. »Jetzt bist du mein Freund, Pipo, nicht wahr? Mein treuer Freund.«

»Buona notte, Rosalia. Und schlaf dich aus. Das Frühstück schaff ich locker mit Ayna allein.«

Vinc und ich stehen oben auf unserem winzigen Balkon und rauchen jeder eine Zigarette. Wir haben uns die angebrochene Flasche Weißwein samt Weinkühler mit hochgenommen, lehnen am Geländer und nippen zwischendurch an unseren Gläsern. Unten auf den Straßen sind noch eine Menge Menschen unterwegs, es ist eine laue Sommernacht, die perfekte Urlaubsatmosphäre, wenn nicht … Ich kann's nicht verhindern, mir wirbeln die verschiedensten Gedanken durch den Kopf, immer zum selben Thema.

»Klar, Umbertos Tod lässt Rosalia nicht kalt. Trotz allem, was er ihr angetan hat. Ich hatte ihn eigentlich auch ganz gern, aber es sind einige Dinge ans Tageslicht gekommen, die mich abstoßen, das muss ich schon sagen. Vor allem, wie er Rosalia behandelt hat. Wieso verteidigt sie ihn jetzt? Weil er tot ist? Und man nichts Schlechtes über Tote sagen soll? Aber man muss auch was Schlechtes nicht gutreden.« Ich schau zu Vinc. »Oder wie siehst du das?«

»Genauso. Vielleicht ist es ja auch der Gedanke, dass das Hotel jetzt wieder ihr gehört, der sie rückblickend Frieden mit allem schließen lässt.«

# KAPITEL 16

# CIOCCOLATINI – PRALINEN

Mercoledì (Mittwoch) – Tag 9

Ich schlage die Augen auf und eins ist mir sofort klar: »Wir fahren heute aufs Weingut zu Davide!«

»Mann, Doro, kannst du nicht wenigstens in der Früh Ruhe geben?« Vinc reibt sich verschlafen die Augen.

Tja, Kissen über den Kopf hätte ihm jetzt ohnehin nix genützt. Weil ich meine Gefühle in Worte umsortieren muss. Sofort.

Vinc verschränkt die Hände im Nacken. »Schieß los, du Morgenplage.« Die freundlichen Mundwinkel strafen seine Worte Lügen.

Okay, »sofort« ist relativ, muss vorher unbedingt noch Vinc küssen. Dagegen hat er nichts einzuwenden. Dann reiße ich mich zusammen, rücke vorsichtshalber ein Stück von ihm weg und überlege, wie ich anfangen soll.

»Mach's nicht so spannend!«

»So spannend ist es eigentlich gar nicht. Mir ist nur etwas eingefallen, was Rosalia gestern erwähnt hat. Sie und Davide …«

»Das hat mich allerdings auch überrascht.« Vinc setzt sich auf. »Aber sie hat auch gesagt, dass das ein Irrtum war. Aus der Situation heraus. Sie sind Freunde. Schon seit Jugendtagen.«

»Ja, schon, trotzdem. Umberto ist tot. Erst die Vergiftungen und plötzlich stirbt Umberto, das macht mich eben stutzig.«

»Aber es war kein Rattengift«, gibt Vinc zu bedenken.

»Stimmt. Aber dem Rattengift nicht unähnlich.« Jetzt hab ich es ausgesprochen. Die Verbindung. Die ja im Raum stand. »Und außerdem«, stelle ich fest, »sogar Renato ist misstrauisch, was den Zufall angeht.«

»Bringt uns das weiter?«

»Weiß ich nicht. Deshalb will ich heute aufs Weingut. Ich brauche Inspiration.«

»Wie der Mörder? Wenn es einen gibt.«

»Drastisch ausgedrückt, aber ja, so könnte man es sagen.«

»Und warum das Weingut?«, fragt er.

»Tja, weiß ich jetzt auch nicht so genau. Vielleicht, weil es da angefangen hat? Keine Ahnung. Das Rattengift … ich will's mir noch mal anschauen.«

»Es war doch gar kein Rattengift.«

»Nein. Aber zurück zu den Anfängen.«

»Wieso Anfänge? Davide hat doch die Touristen nicht vergiftet.«

»Nein, natürlich nicht. Das meine ich auch gar nicht. Eher die Anfänge meiner Ermittlungen.«

»Ermittlungen? Lass das lieber nicht Renato hören!«, warnt mich Vinc.

Ich verdrehe die Augen. »Im Ernst, du weißt doch, was ich meine.« Ich boxe ihn leicht in die Seite und wir balgen ein paar Minuten, dann drücke ich mein Gesicht in seine Halskuhle. Ich weiß nicht, wie er das immer wieder schafft, eine heiße Welle fährt mir mitten ins Herz – und das hat nichts mit Sex zu tun, zumindest nicht nur. Vinc hält mich fest umschlungen, ich glaube, ihm geht's gerade genauso.

Irgendwann nehme ich den Faden wieder auf. »Davide und Rosalia. Da fang ich heute an.«

»Dann glaubst du also wirklich, dass Umberto umgebracht wurde? Und einer seiner Freunde ist der Täter?«

»Ja und nein. Ich glaube, Umberto ist nicht zufällig gestorben. Zumindest halte ich das für sehr unwahrscheinlich. Ob einer seiner Freunde damit zu tun hat, keine Ahnung. Aber ohne Experte in der Kriminalgeschichte zu sein: Es sind sehr oft persönliche Motive. Und wenn wir das Motiv haben, dann haben wir den Täter. Ich will ja nur ein wenig nachbohren. Eigentlich will ich die beiden eher entlasten.«

»Dann ist Davide sozusagen dein erstes Zufallsopfer in der möglichen Täterkette?«

»Treffend ausgedrückt.«

»Hast du nicht mal gesagt, Gift ist eine Mordwaffe für Frauen?«

»Ja, statistisch gesehen glaub ich schon. Aber Ausnahmen bestätigen die Regel. Erst einmal geht es um das Motiv. Dass Umberto an dem Medikament gestorben ist, ist eine feststehende Größe. Und vielleicht hat der Täter oder die Täterin sich eben von der Wirkung des Rattengifts inspirieren lassen und sich gedacht, eine Tablette im Getränk ist leichter unterzujubeln als ein Schädlingsbekämpfungsmittel. Aber der- oder diejenige müsste dieses Medikament zur Hand haben, das kannst du ja nicht einfach in der Apotheke kaufen, wie uns Alfredo aufgeklärt hat. Und er oder sie müsste sich mit der Wirkung auskennen. Die Vorgeschichte nicht zu vergessen.«

»Vorgeschichte? Was meinst du?« Vinc kann meinen Ausführungen anscheinend nicht folgen.

»Na, die Vergiftungen. In meinen Augen ist die Sache mit dem Trittbrettfahrer sehr plausibel. Jemand hat plötzlich eine Möglichkeit gefunden, wie er Umberto schaden oder ihn sogar vorsätzlich umbringen kann. Das meine ich mit Vorgeschichte. Jemand, der Umberto gehasst und endlich einen Weg der Rache gefunden hat. Aber dazu müssen wir erst das Motiv suchen.«

»Schatz, mal ehrlich, meinst du nicht, dass du jetzt ein wenig übertreibst? Mich interessiert auch, wie und was und wer – aber das ist Sache der Polizei. Du weißt, wie so was ausgehen kann. Ich will nicht, das du auf eigene Faust ermittelst. Wenn es tatsächlich Mord war, ist das viel zu gefährlich.« Vinc sitzt im Schneidersitz auf dem Bett und so, wie seine Augen blitzen, ist die Ansage ganz offensichtlich ernst gemeint.

»Paps ist erwachsen. Er braucht keinen Babysitter. Wir müssen Prioritäten setzen.«

»Mir schon klar, dass momentan du diejenige bist, die einen Babysitter braucht.«

»Sehr witzig! Ich kümmere mich halt um andere Menschen.«

»Du kümmerst dich vor allem um Dinge, die dich nichts angehen.« Er fischt nach seinem Handy auf dem Nachttisch und schaut aufs Display. »Bevor du mir deine Verdächtigenliste und was weiß ich noch alles erklärst, solltest du auf die Uhr schauen. Zeit für Frühstücksdienst, würde ich meinen.«

Oh Mann, stimmt. Viertel nach sechs, Ayna wird gleich runterkommen. Ich springe kurz unter die Dusche, eine Sache von fünf Minuten, dann bin ich einsatzbereit.

»Das ist jetzt nicht dein Ernst!«, murmle ich, als ich aus dem Bad komme. Vinc hat sich wieder hingelegt, aus seinem Handy klingt Musik und er lauscht mit geschlossenen Augen. Schläft er wieder? Ist echt kein Morgenmensch, mein Süßer. Ich erlasse ihm seinen Servicedienst für heute.

Auf der Treppe treffe ich Ayna. »Buon giorno«, wünsche ich ihr und wir eilen zusammen in die Küche.

Es klappt recht gut mit uns beiden, »eingespieltes Team« wär zwar übertrieben, aber wir kommen schnell voran. Zwischendurch schicke ich Paps eine kurze Nachricht und schlage vor, dass wir uns am Nachmittag treffen könnten.

Oder eventuell auch schon zum Mittagessen, je nachdem, wie lange wir bei Davide unterwegs sind. Dann stecke ich das Handy weg und konzentriere mich wieder auf jetzt und hier, sprich auf die Küche und Ayna. Service inklusive.

Dabei kommt mir eine Idee: »Wollt ihr beiden uns heute begleiten?«, frage ich sie spontan. »Vinc und ich fahren zu Davide aufs Weingut. Ihr könntet euch die Örtlichkeiten anschauen, du und Oumon.«

»Ich muss noch die Zimmer richten«, wendet Ayna ein.

»Ich rede mit Rosalia und frag sie, ob es in Ordnung ist, ja?«

»Buon giorno. Was willst du mich fragen?« Wir haben Rosalia nicht kommen hören. Ihre Stimme klingt müde.

»Buon giorno, Rosalia. Ich habe Ayna und Oumon gerade angeboten, mit Vinc und mir zu Davide auf's Weingut zu fahren. Dann könnten sie mit Davide reden und sich ihre Unterkunft dort schon mal anschauen. Was sagst du dazu?«

Rosalia überlegt einen Moment. »Für heute ist das kein Problem, aber für die Zukunft müssen wir eine Lösung finden. Ich brauche dich hier vor Ort, Ayna, für die Zimmer und vielleicht auch für andere Aufgaben. Wie soll das gehen, wenn du ständig zwischen dem Weingut und hier hin und her pendeln musst? Jetzt, wo Umberto fehlt …« Sie verstummt.

Ayna starrt betreten zu Boden. »Ich verstehe. Aber ich möchte gern mit Oumon zusammen sein«, sagt sie so leise, dass wir es kaum verstehen können.

Da ich für klare Worte bin, halte ich nicht mit meiner Meinung hinter dem Berg. »Rosalia, wenn ich mich recht erinnere, dann lag es nicht an dir, dass Oumon nicht im ›Il Mulino‹ bleiben durfte, oder?«

»Ja, das stimmt.« Rosalia seufzt und wendet sich wieder an Ayna. »Am besten fahrt ihr mit zu Davide und besprecht, wie er es sich vorstellt. Und ich rede in der Zwischenzeit mit meiner Mutter. Weil es ja so ist, dass Oumon einen Job braucht. Kost und Logis bei mir, darüber können wir sicher reden, aber ich habe keine geeignete Arbeit für ihn. Kleine Hilfsdienste vielleicht, aber keinen festen Job ... Wir reden heute Nachmittag, in Ordnung?«

»Guter Vorschlag«, befinde ich. »Nach dem Frühstück helfe ich euch schnell bei den Zimmern, die schon frei sind, und ...«

»Kommt gar nicht infrage, Doro, mamma und ich schaffen das allein. Du hast dich schon genug engagiert, du bist schließlich als Gast hier. Nach dem Frühstück macht ihr euch alle vier auf den Weg.« Ihr Ton duldet keinen Widerspruch und ich nehme das Angebot gerne an, passt mir gut in meine Pläne.

Rosalia widmet sich bereits der finalen Tischkontrolle, als sie sich noch mal umdreht. »Ach, Doro, eine Bitte, könnt ihr Pipo mitnehmen? Für den armen Kerl hat gerade keiner Zeit.«

»Kein Problem, pack ihm sein Doggiepack, dann darf er mit.«

Sie schaut mich verständnislos an.

»War nur ein Spaß, Rosalia, seine Leine reicht. Ich geh dann mal hoch zu Vinc und schau, ob er abmarschbereit ist. Ayna, Oumon, macht ihr euch auch fertig? Wir warten unten am Wagen auf euch. In einer halben Stunde?«

Alle nicken zustimmend.

»Bis gleich«, sage ich und eile die Treppe hoch.

»Hallo, Schatz!«, rufe ich ins Zimmer.

Kein Vinc mehr im oder auf dem Bett.

»Bin hier draußen!«, dringt es stattdessen vom Balkon herein. Er fläzt im Stuhl, die Füße auf dem Geländer, und liest in der aktuellen Ausgabe einer italienischen Tageszeitung.

»Wo hast du die denn her?«

»Tja, Schatz, persönlicher Lieferservice.«

Fragend ziehe ich die Stirn kraus. Ich habe sie jedenfalls nicht mit raufgebracht.

»Nein, Scherz, ich hab mich vorhin runtergeschlichen und mir ein Exemplar vom Stapel genommen.«

»Hättest dich ruhig in die Küche verirren dürfen.«

»Ich wollte nicht riskieren, dass du mich mit einem Auftrag betraust. Und die Zeitung und die Kännchen mit dem Kaffee stehen ja praktischerweise gleich neben dem Treppenabgang.«

»Äußerst weise, amore mio. Andererseits hättest du dann gleich erfahren, dass Ayna und Oumon uns zu Davide begleiten. Ist doch okay, oder?«

Vinc hat die Zeitung mittlerweile zusammengefaltet. »Logisch. Wollen sie sich die Wohnung anschauen?«

»So ähnlich.« Ich erkläre ihm die Lage.

»Ja gut. Schau'n wir mal, was Davide sagt«, kommentiert er. »Bist du fertig?«

»Cinque minuti, per favore. Muss nur noch kurz ins Bad und andere Klamotten anziehen.«

»Kein Stress, ich nutz die Zeit und fahr schon mal tanken. Wir treffen uns dann unten, ja?«

»Passt. Bis gleich.«


Rosalia steht schon am Treppenabsatz, samt schwanzwedelndem Pipo, der mich erwartungsvoll mit seinen dunklen Hundeaugen fixiert, und drückt mir die Leine in die Hand.

»Allora, Pipo, andiamo!«, begrüße ich ihn, was er als intelligenter Hund natürlich versteht. Er scheint sich zu freuen, der Langeweile entfliehen zu können, und folgt mir bereitwillig ins Abenteuer.

Als wir im Hof auftauchen, stehen Ayna und Oumon bereits bei Vinc' Goldstück, Opel Corsa B, Dreitürer, Sonderedition, Baujahr 1998, Farbe Mintmetallic.

»Bel colore«, sagt Oumon und streicht bewundernd über den Lack.

Was mir ein unkontrolliertes Prusten entlockt und anschließend einen strafenden Blick von Vinc einbringt, der es sich nicht nehmen lässt, sein Lieblingsthema aufzugreifen, nämlich alles rund ums Motorisierte. Na, super! Hat mein Schatz wieder mal einen Gleichgesinnten gefunden. Wenn auch sein Flitzer noch nicht unter Oldtimer läuft, die ausgefallene Farbe und sein Zustand signalisieren jedem Autofan, dass hier ein Liebhaber fährt.

Plötzlich wandert Vinc' Blick die Leine in meiner Hand entlang zu Pipo und wieder zu mir zurück. »Du willst doch nicht ernsthaft den Hund mitnehmen?«, fragt er skeptisch.

Es ist nicht so, dass er keine Hunde mag. Im Gegenteil, wenn wir mehr Zeit hätten, nicht mitten in der Stadt wohnen würden und Rambo, unser stattlicher Kater, nicht weiteren tierischen Familienzuwachs völlig undenkbar machen würde, dann hätte Vinc, glaub ich, ganz gern einen eigenen Hund. Es ist offensichtlich die Platzfrage, die ihn in diesem Moment beschäftigt.

Wir quetschen uns zu viert ins Auto. Da Oumon deutlich größer ist als ich und der Weg auf die Rückbank mangels hinterer Türen nur etwas für Gelenkige, klettere ich zu Ayna nach hinten. Pipo weigert sich, vorne zwischen Oumons Beinen Platz zu nehmen, und hat offenbar beschlossen, dass nach Umberto und Rosalia heute ich seine Vertrauensperson bin. Tja, teilen wir die Rückbank halt mit Pipo.

Das Thema Auto hat das Eis zwischen Oumon und Vinc gebrochen, Vinc macht hörbar Fortschritte in italienischer Konversation, wo's fehlt, mischt er englische Brocken drunter und Oumon weiß immer, was er meint.

»Die zwei verstehen sich ganz gut, glaube ich«, versuche ich das Gespräch mit Ayna anzuschieben. Sie lächelt schüchtern.

Warum wirkt sie immer so verunsichert? Hier, in der Enge des Wagens, ist ihr das Unbehagen förmlich ins Gesicht geschrieben. Ihre Augen huschen hektisch von links nach rechts, als würde sie nach Fluchtmöglichkeiten suchen. Automatisch greife ich nach ihrer Hand, um sie zu beruhigen, aber sie fährt so erschrocken zusammen, dass ich meine Hand sofort wieder zurückziehe und Pipo ein überraschter Jauler entfleucht.

»Tut mir leid, Ayna, ich wollte dir nicht zu nahe treten.«

»No, no, Doro. Du kannst nichts dafür. Es ist nur …« Ayna verstummt und ich dränge sie nicht weiter. Die zwei vorne kriegen von all dem nichts mit. Ist auch gut so, Oumon hat genug mitgemacht in den letzten Monaten und fängt gerade an, sich für ein paar Minuten zu entspannen. Ayna hat sich wieder gefangen. Klar, auch für sie waren die Zeiten seit ihrer Flucht hart, ganz zu schweigen vom Tod ihres Bruders. Und jetzt die Ungewissheit über ihre Zukunft, ihr Baby. Natürlich will sie sich nicht mehr von Oumon trennen und ich werde alles dafür tun, dass es nicht dazu kommt. Aber das sagt sich leicht. Wenn ich daran denke, wie Umberto reagiert hat und wie aussichtslos es war, ihn umzustimmen – in dieser Beziehung hat sich Aynas und Oumons Situation eindeutig verbessert. Ich suche Vinc' Blick im Rückspiegel. Er runzelt die Stirn, weiß, dass mir was auf der Seele liegt. Später, signalisiere ich ihm.

Pipo gähnt. Puh! »Zähneputzen würde dir auch nicht schaden, mein Süßer!« Ich halte mir die Nase zu. Pipo hechelt unschuldig weiter. Da hilft nur eins: Fenster runterkurbeln.

»Buon giorno, Rocco«, grüße ich Davides Neffen, als wir endlich auf dem Weingut eingetroffen sind.

»Buon giorno, mia cara Doro! Buon giorno a tutti«, entgegnet Rocco fröhlich und mustert neugierig Ayna und Oumon.

»Wir möchten gerne zu Davide«, erklärt Vinc, Roccos überschwängliche Wiedersehensfreude mir gegenüber großzügig ignorierend. »Ist er hier?«

»Irgendwo zwischen den Reben, ich ruf ihn kurz an, d'accordo?«, bietet Rocco an und zückt sein telefonino.

Dem folgenden Gespräch kann ich entnehmen, dass es wohl noch etwas dauern wird. Was Rocco dann auch bestätigt. »Doro, wenn du willst, kannst du ins Haus gehen, Davides mamma ist in der Küche und die nonna fragt seit dem letzten Besuch dauernd nach dir.« Er lacht herzhaft. »Ich glaube, sie hat sich in den Kopf gesetzt, dass du in unsere Familie einheiratest. Ob du dich für Davide oder mich entscheidest, ist ihr egal. Das heißt, nicht ganz egal, Davide wäre ihr lieber, der ist überreif und muss endlich vom Heiratsmarkt, und außerdem soll er ja noch eine Familie gründen.«

Sogar Vinc muss lachen, obwohl ich gerade das Angebot bekomme, in ein stattliches Weingut einzuheiraten.

»Eure nonna ist unbezahlbar! Ich überleg's mir, wen ich nehme …«

»Allora, ich wäre durchaus interessiert!« Rocco zwinkert mir zu.

»Basta, Rocco! Sonst …« Vinc zeigt seine Faust. Und Ayna zuckt zusammen.

»Alles gut«, beschwichtige ich sie, »das ist nur Spaß. Kommst du mit mir? Die nonna ist echt nett und Davides mamma auch. Was macht ihr in der Zeit?«, frage ich an die Jungs gewandt.

»Ich versuche gerade, unseren alten Traktor zum Laufen zu bringen. Das ist seine letzte Chance, altrimenti va nella pressa per rottami.«

»Was?«, frage ich und sehe Vinc an, dass der auch nix kapiert.

»In die macchina für alte Autos, capisci?«

»Ach so, in die Schrottpresse! Der Arme.« Wenn's um alte Autos und so was geht, kennt Vinc' Mitleid keine Grenzen.

»Der passt aber nicht in unseren Kofferraum«, beuge ich vor.

»Ja, dann müssen wir ihn wohl wieder in Schwung bringen. Andiamo, ragazzi«, fordert Rocco Vinc und Oumon auf, ihm zu folgen.

Ich schaue mich ein bisschen unschlüssig um. Soll ich einfach ins Haus gehen? Über die Veranda, so wie das letzte Mal? War da eine Klingel? Hmm …

»Komm, Ayna, wir suchen Signora Renzi.«

Die Verandatür steht offen, ich klopfe gegen die Scheibe und rufe ins Haus. »Hallo, Signora Renzi! Hier ist Doro! Rocco schickt mich!«

Oben wird eine Tür geöffnet. »Kommen Sie, Doro. Meine Mutter freut sich, Sie zu sehen«, ruft Signora Renzi übers Treppenhaus nach unten.

»Ayna, vielleicht setzt du dich in der Zwischenzeit auf die Veranda. Es wird nicht lange dauern.« Erst wollte ich sie ja mit zur nonna nehmen, aber Ayna ist heute so empfindlich und ich weiß nicht, was die nonna in ihrer unverblümten Art womöglich von sich gibt. Zum Schluss will sie Ayna auch noch verheiraten und das könnte wirklich falsch ankommen.

So schnell, wie Ayna sich an den großen Holztisch setzt, scheint sie froh darüber zu sein, nicht mit ins Haus zu müssen.

Okay, dann mach ich mich mal auf in die Höhle der Löwin. Genau nach meinem Geschmack, Davides Oma.

Als ich ins Zimmer komme, winkt sie mich herrisch zu sich ans Bett. »Ach, die kleine Signorina«, krächzt sie. »Ich habe schon befürchtet, dass Davide sein Mädchen mal wieder vergrault hat.«

»Mamma! Das ist nicht Davides Mädchen. Das ist Signorina Doro aus Deutschland. Sie kocht bei Rosalia und Umberto im ›Il Mulino‹.« Signora Renzi macht eine entschuldigende Geste mit den Händen, wohl dafür, dass sie die Wahrheit etwas verdreht. Hat sie ihrer mamma erzählt, dass Umberto tot ist? Ich schau sie fragend an. Sie deutet ein Kopfschütteln an. Alles klar, ich verstehe.

»Papperlapapp, du hältst mich wohl für senil! Natürlich habe ich bemerkt, dass die Signorina keine Italienerin ist, und das ist wirklich schade, Kindchen«, tadelt sie mich, tätschelt aber dennoch liebevoll meine Hand, die sie vorsichtshalber gar nicht mehr losgelassen hat, seit ich hier bin.

»Mi dispiace, signora«, entschuldige ich mich demütigst für den Fehler, keine Italienerin zu sein, und schaue dabei todernst.

»Schon recht, Kindchen. Bekommst dann trotzdem den Familienbrautschmuck. Und wenigstens kannst du kochen. Das ist wichtig für eine Ehefrau!« Sie kichert. »Una piccola cuoca, das ist gut, Liebe geht durch den Magen, wisst ihr.«

»Ja, Signora, kochen kann ich recht gut.« Ich finde Davides nonna genial und freue mich darauf, Vinc von ihr zu erzählen. Wird er bitter bereuen, dass er lieber am Traktor geschraubt hat. Andererseits hätte sich die nonna die Anwesenheit eines fremden Mannes in ihrem Schlafzimmer mit Sicherheit verbeten.

Signora Renzi mischt sich nicht mehr ein, sie lässt ihrer Mutter ihr Vergnügen, da sie sieht, dass ich damit überhaupt kein Problem habe. Irgendwann fallen Davides Oma die Augen zu und sie fängt an, leise zu schnarchen.

Das ist unser Stichwort, wir schleichen aus dem Zimmer und gehen runter zu Ayna. Die spaziert im Hof, eskortiert von zwei aufgeregt schwanzwedelnden Hunden, denen sie ab und zu die Ohren krault. Da fällt mir ein, ich habe ja Pipo ganz vergessen! Aber er hat sich allem Anschein nach selber vorgestellt und bildet die Nachhut im Rudel.

»Sind sonst eigentlich prima Wachhunde«, meint Signora Renzi verwundert.

»Die haben eben 'ne Nase für gut und böse«, vermute ich. »Und außerdem hat Pipo die Lage bestimmt erklärt.«

»So kann man es auch sehen«, findet die Signora amüsiert. »Doro, begleiten Sie mich in die Küche? Die anderen kommen bestimmt gleich und wir könnten eine Kleinigkeit zum Probieren rausstellen. Ich habe gestern cioccolatini gemacht.«

Oje, Pralinen. Hoffentlich sind es nicht zu viele Sorten, die ich dann alle probieren muss … Ich mag nämlich keine Pralinen, aber das kann Davides mamma ja nicht wissen und ich möchte nicht unhöflich sein.

»Nehmen Sie noch ein paar Servietten mit raus?«, bittet sie mich drinnen. »In der Hitze schmilzt die Schokolade gern.«

Davide kommt herein. »Sitzen alle schon draußen«, sagt er, »ich mache caffè, wollt ihr auch einen?«

»Sì, grazie«, sage ich erfreut, den brauche ich unbedingt, wenn ich die Pralinen überstehen soll.

Wir setzen uns zu den anderen an den Tisch, Davide serviert caffè und vino. Wasser steht zum Glück auch dabei und Davides mamma stellt die Platte mit ihren selbst gemachten cioccolatini dazu.

»Greift zu«, fordert Signora Renzi mit einer einladenden Handbewegung auf, »bevor sie zu weich werden.«

Ich habe den Eindruck, dass alle wirklich begeistert das Angebot annehmen, also mache ich gute Miene zum bösen Pralinenspiel, nehme mir eine kleine Köstlichkeit und schiebe sie mir in den Mund. Möglichst wenig kauen und mit caffè runterspülen, motiviere ich mich. Gerade als ich die Espressotasse ansetze, entfaltet sich ein Aroma – ich weiß nicht, wie ich es nennen soll, auf jeden Fall will ich es nicht runterspülen, sondern lasse es jetzt im Mund wirken. »Wow!«, sage ich und meine das wirklich ehrlich.

»Absolut eine Wucht«, stimmt Vinc zu, der genau beobachtet hat, wie ich mich in diesem Dilemma verhalte.

Ich lasse die Hand über der Platte kreisen und entscheide mich für eine Kreation mit Pistazienbröseln obendrauf. Ist bestimmt ein Hinweis auf die Füllung und ich liebe Pistazien. Das Bitterorangenaroma von eben ist zwar kaum zu toppen, aber, hmmh, ja, das ist eine ebenbürtige Alternative.

»Danke für die Komplimente. Ich esse gerne cioccolatini, aber ich muss gestehen, noch lieber stelle ich sie her. Am meisten Spaß macht es, neue Kreationen auszuprobieren, und die besten kommen dann ins Rezeptbuch.« Signora Renzi weiß, dass ihre Pralinen göttlich sind.

»Das darf ich Paps nicht erzählen, sonst bricht er nachts in Ihr Haus ein!«, kommentiere ich.

»Probieren Sie noch die mit Kokos.« Sie hält mir verführerisch den Teller unter die Nase, aber diesmal passe ich.

»Grazie, später vielleicht.«

»Ich gebe euch ein paar mit«, verspricht sie.

»Davide, deine nonna ist der Renner«, wechsle ich das Thema. »Mein Vorbild fürs Alter, so möchte ich mit knapp 100 sein … Armer Vinc!«

»Wenn du mit Vinc schon Pläne bis 100 hast, dann müssen Davide und ich unsere nonna wohl enttäuschen«, meint Rocco und zieht einen Flunsch.

Davide lacht und ich werde tatsächlich rot, das spüre ich. Nicht wegen Rocco, sondern weil ich quasi offiziell mit Vinc alt geworden bin.

»Du meinst also, es wird noch schlimmer mit dir?«, zieht der mich auf. Er hat natürlich genau gemerkt, warum ich rot geworden bin.

»Tja, Schatz, mich gibt's nur als Komplettpaket ohne Rücknahmeschein.«

»Doro, hör auf, jetzt wird's gruselig.«

Vinc ist immer so herrlich entspannt, aber das muss er auch sein mit mir und das liebe ich an ihm. Hilfe, schon wieder!

Zum Glück kommt Davide jetzt auf den Zweck unseres Besuchs zu sprechen: Ayna und Oumons Situation. »Wir können uns das kleine Pächterhaus nachher gerne anschauen. Wie gesagt, in ein paar Tagen wird es frei. Tut mir sehr leid, das mit deinem Bruder«, sagt er zu Ayna.

»Danke«, erwidert sie leise. Sie wirkt angespannt, die Diskussion, wie es mit ihr und Oumon weitergehen soll, ist ihr sichtlich unangenehm.

»Oumon kann bei uns mitarbeiten und ich habe Freunde angesprochen, die auch immer wieder mal eine Unterstützung brauchen können.«

»Davide hat recht«, sagt Rocco. »Und wie du vorhin den Fehler beim Traktor gefunden hast, das war ganz große Klasse.«

»Zufall«, winkt Oumon ab, aber er lächelt.

Ayna bleibt still, deshalb übernehme ich ihren Part.

»Hört sich wirklich gut an. Aber ihr vergesst das Baby. Und Rosalia. Die braucht Ayna im Hotel, und das Pendeln mit einem Säugling ist schwierig.«

Signora Renzi überlegt. »Ich hätte Ayna auch gut im Haus gebrauchen können. Die nonna wird immer anspruchsvoller. Andererseits habe ich meiner Schwester versprochen, dass ihre Tochter in der Wintersaison bei mir arbeiten kann, sie ist zu dieser Jahreszeit saisonbedingt ohne Job und braucht das Geld.«

»Dann müssen die beiden eben in Valeggio bei Rosalia wohnen«, mischt Davide sich wieder ein. »Und Oumon kann pendeln. War ja Umberto, der nicht wollte, dass Aynas Mann ins Hotel mit einzieht. Aber schaut euch doch die kleine Hütte einfach mal an, jetzt, wo ihr schon da seid.«

Die ganze Gruppe schließt sich ihm an, als er aufsteht. Er führt uns über den großzügigen Hof. Als wir um die Ecke biegen, zeigt er nach vorne, Richtung Olivenhain. »Das ist sie«, verkündet er.

»Das ist das Pächterhäuschen? Echt süß!«, rufe ich begeistert. Das kleine Gebäude ist mir letztens schon aufgefallen, weil es total romantisch eingewachsen ist. Inmitten weißer Ramblerrosen und natürlich Weinreben. Allerdings dachte ich eher an einen wildromantischen Geräteschuppen, da es wirklich winzig ist.

»Süß ist kein Kriterium für ein Haus, in dem eine Familie mit Säugling im Winter wohnen soll. Es hat nämlich keine Heizung«, gibt Signora Renzi zu bedenken.

»Was heißt das jetzt?«, frage ich. Mir ist nicht ganz klar, ob Davides mamma einfach nur die Fakten auf den Tisch legen oder ob sie Ayna und Oumon gar nicht auf dem Gut wohnen lassen will.

»Ich möchte keine falschen Hoffnungen wecken. Das kleine Haus ist uralt und nie renoviert worden. Wir haben darin manchmal Saisonarbeiter einquartiert, die von weiter her kommen. Aber für eine Familie ist es nicht geeignet.«

»Und im großen Haus ist kein Platz?« Ich schlucke. Das war jetzt etwas übers Ziel hinausgeschossen, das merke ich nicht nur an Signora Renzis versteinerter Miene.

»Doro!« Vinc schüttelt den Kopf.

»Mi dispiace, signora«, sage ich schnell, noch bevor sie zu einer Antwort ansetzen kann. »Das war nur so 'ne Idee von mir. Aber ist natürlich Quatsch.«

Signora Renzis Gesichtsausdruck wird etwas milder. »Das Haupthaus bleibt der Familie vorbehalten, da möchte ich ganz offen sein. Es ist unser Rückzugsort und dort haben wir gern unsere Privatsphäre.«

Ayna und Oumon schauen verlegen auf den Boden. Sehr diplomatisch, Doro, ärgere ich mich über mein mangelndes Fingerspitzengefühl, aber jetzt ist es eh zu spät.

»Offenheit ist immer das Beste«, sage ich deshalb, was ja auch tatsächlich mein Motto ist und wofür ich oft genug ein Fettnäpfchen in Kauf nehme. »Danke jedenfalls, dass die Option mit dem kleinen Haus für den Übergang möglich wäre. Es wäre sowieso günstiger, wenn die beiden im ›Il Mulino‹ wohnen könnten, weil Ayna dort arbeitet, und falls das mit dem Job für Oumon hier klappt, kann er leichter pendeln als Ayna, wie Davide vorhin schon angemerkt hat.«

»Das wäre die beste Lösung.« Davide nickt.

»Im Schuppen steht ein alter Roller. Wenn du ihn dir herrichtest, dann kannst du ihn gerne benutzen«, bietet Rocco an. »Ich helfe dir dabei.«

Oumon strahlt über beide Ohren. Logisch, das ist ganz nach seinem Geschmack. Schrauben, Motor und Unabhängigkeit. Ayna lächelt jetzt auch und ich glaube, mein undiplomatischer Schnitzer ist vergessen und verziehen.

Ich zupfe Vinc am Ärmel und lotse ihn ein Stück von der Gruppe weg. »Das Weingut und den Familienbrautschmuck, hmm, ich weiß nicht, ob ich das ausschlagen soll …

Jetzt ist sogar noch ein schmuckes Pächterhaus dazugekommen«, ich zwirble nachdenklich eine Haarsträhne. »Apropos Schmuck. Ist dir aufgefallen, dass Signora Renzi kein einziges Schmuckstück in Gold trägt? Diese Kette von Umbertos Oma passt irgendwie gar nicht zu ihr.«

Vinc zuckt mit den Schultern. »Davide wird den Geschmack seiner Mutter schon kennen. Vielleicht trägt sie sehr unterschiedliche Stücke. Aber das kann uns ja egal sein, oder? Und, Schatz, vergiss nicht, mit wem du 100 werden willst; somit dürfte der Familienbrautschmuck der Familie Renzi für dich sowieso keine Rolle spielen«, erinnert er mich an den peinlichen Moment vorhin.

Ich reibe mein Ohrläppchen. »Ist heut mein persönlicher Fettnäpfchentag!«

»Das ist jetzt nicht wirklich neu für dich, oder Schatz?« Pokerface.

»Wenn du mal wieder knietief drinsteckst, dann erwarte von mir keine Hilfe!«, warne ich.

»Na, also wenn wir ein Ranking aufstellen würden, wer wen wie oft rettet, dann hätte ich meine Nase um Längen voraus. Um Pinocchionasenlängen!«

»Pff!« Mehr sage ich dazu nicht.

Ich geselle mich zu Signora Renzi und Ayna, die sich gerade über die unterschiedliche Küche ihrer Heimatländer unterhalten. Ist mein Thema. Aber es lenkt mich nicht lange ab. Ich kann die Sache mit dem Schmuck noch nicht ganz abhaken. Schuldbewusst schaue ich zu Vinc rüber, aber der unterhält sich angeregt mit Rocco und Oumon. Ich werde diplomatisch sein, verspreche ich ihm in Gedanken und nehme mir das auch fest vor. »Ist das ein afrikanischer Schmuck?«, führe ich zum gewünschten Thema hin und deute auf Aynas Kette.

»Ja, die habe ich zur Hochzeit von meiner Mutter bekommen«, antwortet sie und tastet nach der Kette, die aus ver-

schiedenen Naturmaterialien besteht. Rote Korallen, Lava-
gestein und wunderschön bemalte Tonscheiben. Es könnten
auch Holzscheiben sein.

Schon wieder Brautschmuck. Der verfolgt mich heute,
zusammen mit meinen Fettnäpfchen.

»Die ist sehr schön, Ayna.«

Die Signora lacht verschmitzt. »Haben Sie sich nonnas
Wunsch doch noch zu Herzen genommen?«

Diesmal werde ich nicht rot. »Ach, Signora Renzi, bis ich
mit Vinc 100 bin, ist es zu spät, um in Ihre Familie einzuheiraten. Aber ein Familienschmuck ist etwas ganz Besonderes, finde ich.«

»Ja, das stimmt«, sagt Signora Renzi, »nur nicht alltags-
tauglich. Jedenfalls nicht für mich. Ich trage eigentlich nicht
viel Schmuck und wenn, dann etwas moderneren.« Sie fasst
sich an die Silberkette mit einem großen Schildpatthänger.

Ich habe die Kette, die Davide für seine Mutter erstehen
wollte, vor Augen. Die war aus Gold und sehr klassisch.
Hmm ... Hat er sich so getäuscht? Oder war die Kette gar
nicht für seine Mutter bestimmt? Vielleicht hat Davide eine
Freundin? Die nonna würde sich freuen. Bevor ich wei-
terbohren kann, entschuldigt Signora Renzi sich und geht
zurück zum Haus.

Vinc steht ein Stück abseits und lässt seine Blicke über die
Weinberge schweifen. Ich gehe zu ihm.

»Und?«, fragt er. »Neuigkeiten?«

»Nix, womit ich was anfangen könnte. Und ich hatte noch
keine Gelegenheit, Davide zu seinem Verhältnis mit Rosalia
auszuquetschen.« Ich seufze. Eigentlich habe ich gar keine
Lust, mich schon wieder in irgendwelche Nesseln zu setzen.

»Dann lass es halt«, schlägt Vinc lapidar vor.

Ich schaue ihn skeptisch von der Seite an. »Kannst wieder mal Gedanken lesen, was?«

Er legt seine Arme um mich und gibt mir einen Kuss. »Logisch«, sagt er nur.

Die Gruppe versammelt sich und bewegt sich zurück zum Haus.

Jetzt oder nie, denke ich, sonst wird das heute nix mehr. »Geh ruhig schon mit den anderen vor«, sage ich leise zu Vinc, während ich mich aus seinen Armen winde und mir Davide schnappe.

»Hey, Davide, auf die Gefahr hin, dass du mich lästig findest, aber könnte ich wohl noch mal einen Blick auf das Rattengift werfen?«

Er lächelt mehr als schief. Shit, ich mag ihn, aber was soll ich machen? Ich will wissen, wie das mit Rosalia und ihm war, auch wenn ich damit Sympathiepunkte bei ihm verspiele. Das Rattengift ist nur ein Vorwand, um ihn ein bisschen auszuquetschen. Dass ich nebenbei meine Nase in den Giftschrank stecke, kann ja nicht schaden.

»Sag mal«, fange ich an, als wäre das für mich völlige Nebensache und nur Füllstoff auf dem Weg zum Geräteschuppen, »wie ist das eigentlich mit dir und Rosalia? Wart ihr echt mal zusammen? Also, versteh mich bitte nicht falsch, deine nonna mit den Heiratsplänen für dich hat mich halt auf den Gedanken gebracht ... Ihr seid beide allein, ihr kennt euch schon lange, wart ja sogar mal ein Paar ...«

Davide bleibt stehen. »Doro, was willst du mir sagen? Dass ich Rosalia liebe und auf Umberto eifersüchtig war? Ist es das, worauf du hinauswillst? Willst du andeuten, dass ich Umberto umgebracht habe, um Rosalia zu bekommen?« Er klingt verärgert. »Wir haben uns gegenseitig getröstet. Ich wegen Maria, meiner Verlobten, um die ich trauerte, und Rosalia wegen ihres ungeborenen Babys, das sie verloren hatte, und die Verzweiflung darüber, dass sie keine Kinder mehr bekommen konnte. Und ja, wir waren beide wütend auf Umberto, weil er den Unfall verursacht hat. Er wollte damals unbedingt fahren, obwohl er getrunken hatte. Er war der Meinung, dass ein betrunkener Mann immer noch besser fährt als eine nüchterne Frau.« Er hebt in einer hilflosen Geste die Arme. »Es wird dich wundern, aber Typen mit solchen Ansichten gibt es heute tatsächlich noch.«

Die Bemerkung löst etwas von der Spannung, die sich zwischen uns aufgebaut hat.

»So, Doro, eigentlich geht dich das nichts an, das ist wirklich sehr privat, glaub mir einfach, dass ich Rosalia schätze und mag, es aber keine Liebesgeschichte zwischen uns gibt. Frag lieber Salvatore. Der vergöttert sie schon ewig.«

Wo er recht hat, hat er recht. Salvatore ist scharf auf Rosalia und er hat es nicht gern gesehen, wie Umberto mit ihr umgegangen ist. Das ist auf jeden Fall eine Überlegung wert, denke ich mir, aber nicht jetzt.

Ich zucke erschrocken zusammen. Eine kalte feuchte Schnauze stupst mich an der Hand. Pipo hat sich offensichtlich auf die Suche nach seinem Ersatzfrauchen gemacht. »Na, dann komm halt mit«, sage ich und kraule ihn zwischen den Ohren.

Wir sind mittlerweile am Geräteschuppen angekommen und Davide öffnet die Tür, um mir dann den Vortritt zu lassen. Pipo schlüpft auch mit rein. Ich steuere den Giftschrank an, Davide sperrt die Tür auf. Ich sehe auf einen Blick, dass nichts verändert wurde. Was auch? Davide hat ja gesagt, dass er ab und zu was von dem Gift gegen die Mäuse verwendet. Und ich habe letztens alles ein bisschen verschoben und angefasst. Super, Doro, bedanke ich mich bei mir selber, ist aber auch nicht relevant, denn dass Davide mit den Pasta-Anschlägen zu tun hat, erscheint mir unwahrscheinlich, und bei Umbertos Tod spielte Rattengift keine Rolle. Ich schieße noch ein paar Pseudofotos mit dem Smartphone, dann beende ich die Farce. »Von mir aus können wir zurückgehen«, vermelde ich und Davides Blick sagt deutlich: Na endlich!

»Darf ich ein Päckchen mitnehmen?«, fällt mir spontan ein und ich greife mir eines.

»Come?« Davide sieht aus, als könnte er nicht glauben, was er eben gehört hat.

»Ich will mir nur die Substanz mal ansehen. Und daran riechen. Und den Geschmack testen. Ob man das überhaupt unauffällig in einem Pastagericht verarbeiten kann.«

»Doro! Bist du noch zu retten? Stell das sofort zurück! Du kannst doch kein Rattengift probieren.« Davide ist völlig fassungslos.

Klar, das verstehe ich, aber ich kann ihn beruhigen. »Ich will nur an einem Körnchen lecken, da kann gar nichts passieren. Nicht bei diesem Gift.«

»Kommt nicht infrage! Nicht aus meinem Schrank! Frag doch Renato, wie das Zeug schmeckt. Die haben das im Labor bestimmt getestet.«

Schade, hätte mich brennend interessiert. Aber gut, Davide hat recht, Renato wird das wissen. Ich lege das Tütchen zurück und Davide verschließt schnell den Schrank. Wahrscheinlich habe ich ihm gerade ein bisschen Angst eingejagt.

Pipo blinzelt mich treuherzig an, will mir, glaube ich, signalisieren, dass es Zeit zum Aufbruch ist.

Davide macht mir ein Friedensangebot. »Hast du jetzt gesehen, was du sehen wolltest? Dann können wir das leidige Thema abschließen und mit einem besonders edlen Tröpfchen anstoßen.«

»Guter Vorschlag!« Ich bin froh, dass er offensichtlich nicht nachtragend ist. Glücklicherweise hat er keine Vorstellung davon, was in meinem Kopf so alles vorgeht. Sonst wäre es mit der friedlichen Stimmung ganz schnell wieder vorbei.

Ich folge ihm, aber wir gehen nicht wie erwartet zum Haupthaus in die Küche, sondern Richtung Keller.

»Ich sag noch kurz Vinc Bescheid, okay?«, will ich lieber noch einen Abstecher zu den anderen machen.

Davide winkt ab. »Dauert nicht lange. Komm! Das hier ist nur für dich«, lässt er gar keine Widerrede aufkommen.

Plötzlich habe ich ein mulmiges Gefühl. Gott sei Dank ist Pipo bei mir. Ich stapfe hinter Davide die steile Kellertreppe hinunter. Die Temperatur sinkt von Stufe zu Stufe, unten stehen wir vor einer dicken Holztür. Davide öffnet sie und hält sie einladend für mich auf. Drinnen betätigt er einen Lichtschalter. Eine trübe Funzel leuchtet auf, aber immerhin gibt es Strom in dem alten Gemäuer. Ich trete ein und Pipo schlüpft hinterher, bevor Davide die Tür hinter uns schließt. Ich schlucke. Mann, reiß dich zusammen! Es ist helllichter Tag, oben wartet die ganze Truppe und wegen meiner neugierigen Fragen wird Davide mich zwar nicht gerade lieben, aber mir sicher auch nichts Böses wollen. Mein erhöhter Herzschlag kommt sicher noch von meinen schlechten Erfahrungen, die ich damals in einem Weinkeller in Montebelluna machen musste. Diese Erkenntnis entspannt mich etwas. Ich schau mich um. Ein Tisch, zwei Barhocker, ein paar Gläser, anscheinend wird hier ab und zu Wein verkostet.

»Was hast du Besonderes für mich?«, frage ich Davide. Ein bisschen gespannt bin ich ja schon.

»Doro, versprichst du mir, Stillschweigen über das zu bewahren, was ich dir jetzt zeigen werde?«

Was? Eine Leiche im Keller? Ich hüte mich natürlich, diesen bösen Gedanken auszusprechen, und schwöre artig, den Mund zu halten. Das mit den gekreuzten Fingern hinterm Rücken ist obligatorisch.

»Ich habe mich an einem besonderen Tröpfchen versucht. Richtung Rotwein und Schokolade. Die Inspiration dazu habe ich in Portugal bekommen. Die Idee ist natürlich insgesamt nicht neu, es gibt einige Varianten davon auf dem Markt. Allerdings denke ich, ich habe eine außergewöhnliche Kombination kreiert. Richtung Portwein. Und du bist mein Versuchskaninchen.«

Na, vielen Dank! Ich fühle mich sowieso gerade wie das Kaninchen vor der Schlange. »Und warum gerade ich?«, erkundige ich mich.

»Für eine Frau, die sonst alles weiß und wissen will, ist das keine sehr intelligente Frage«, spottet Davide genüsslich.

»Das war jetzt aber nicht sehr nett!«, protestiere ich.

Davide schaut immerhin schuldbewusst. »Doro, ist doch klar, warum ich dich frage. Du bist kulinarisch auf einem Top-Level, ich habe ein bisschen im Internet über deinen Vater recherchiert, und da wirst du auch ein paarmal erwähnt. Spitzenköchin, würdige Nachfolgerin von Sascha Ritter und Komplimente ähnlicher Art. Ich wollte einfach deine Meinung zu meiner Kreation hören.«

Er zaubert ein weißes Porzellanschälchen auf den Tisch, nimmt den Deckel ab und präsentiert zwei Pralinen seiner Mutter. Mir schwant Böses. So lecker die auch waren, mein Bedarf für heute ist gedeckt. Ich befürchte allerdings, dass Davide sein Versuchskaninchen nicht entkommen lässt.

»Und weil es die Idee von Rotwein und Schokolade schon gibt, möchte ich mit mammas cioccolatini punkten. Wäre bestimmt ein netter Nebenverdienst. Muss natürlich die richtige Praline finden. Nicht jede Schokolade und Füllung passt zu jedem Wein. Es muss die ideale Kombination sein. Die würde ich dann exklusiv verpacken und für besondere Kunden verschicken.«

»Meinst du nicht, dass deine Mutter schon genug zu tun

hat? Weiß sie von den Plänen? Ich meine, du hast Ahnung von der Weinproduktion, aber vielleicht weniger von der Pralinenherstellung im großen Stil. Wenn du die verkaufen willst, dann brauchst du eine Konzession, musst hygienische Voraussetzungen schaffen – das wird bei euch nicht viel anders sein als bei uns.«

»Meine Mutter ist ganz scharf darauf. Sie ist wahnsinnig stolz auf ihre cioccolatini und wollte sie schon immer gerne verkaufen. Nur hier am Hof und vielleicht in einigen ausgewählten Geschäften in der Umgebung. Sie hat das sogar schon ab und zu auf spezielle Anfrage gemacht.«

»Ach so, ja dann …« Bringen wir es hinter uns. Das sind die Momente, in denen ich die Verwandtschaft mit meinem berühmten Vater verfluchen könnte.

»Was schaust du so grimmig?«, erkundigt sich Davide.

»Ach, nix«, winke ich ab. »Her mit den Köstlichkeiten.«

Davide füllt zwei Gläser mit einer viskösen dunkelroten Flüssigkeit. Keine Weingläser, eher kleine bauchige Whiskygläser.

»Allora, erst einen Schluck Wein nehmen, dann die Praline in den Mund legen und leicht zergehen lassen. Ich habe alle Geschmacksrichtungen ausprobiert und bin bei diesen zwei hängen geblieben. Dazu brauche ich dein Urteil.«

Wenn's sein muss. Diesmal weiß ich wenigstens, dass mich ein geschmackliches Highlight erwartet. Auch wenn ich gerade keine Lust auf Schokolade habe. Ich schwenke den Wein langsam, ölige Schlieren zeichnen sich an der Glaswand ab, Farbe und Konsistenz vermitteln die Erwartung auf süße Klebrigkeit. Davide beobachtet mich genau. Ich schnuppere. Riecht kräftig, erinnert auf jeden Fall an Portwein. Dann nehme ich einen Schluck und behalte ihn einen Augenblick im Mund, bevor ich ihn die Kehle hinunterrinnen lasse. »Der Wein schmeckt schon mal richtig gut«, mache ich es spannend.

Irgendwo bimmelt eine Glocke.

»Scusami, Doro«, entschuldigt sich Davide, »das ist bestimmt mamma. Wir haben hier unten keinen Handyempfang, und wenn sie was von uns braucht, klingelt sie. Bin gleich wieder da. Probier ruhig in der Zwischenzeit die Pralinen. Und schenk dir nach.«

Na toll, kein Netz. Aber die altertümliche Kommunikationsvariante ist auf jeden Fall praktisch – wenn man oben ist. Wenn man sich aber hier unten verletzt …

Davide kommt zurück. »Ich soll ihr zwei Flaschen vom Custoza hochbringen. Wir haben hier im Keller einen Lagerraum, in dem genau die richtige Temperatur herrscht. Ideal für unseren Hausbestand und für die Weinproben. Ich hole sie schnell.«

»Kein Problem, Davide, lass deine Mutter nicht warten.«

Ich lausche, bis die Tür ins Schloss fällt, dann nehme ich mit spitzen Fingern eine Praline und schnuppere daran. Kann kein besonderes Aroma erschnüffeln, die weiße Bohne oben lässt mich Kaffeegeschmack vermuten. Ich knabbere ein Stückchen ab und lasse es auf der Zunge schmelzen. Igitt! Das schmeckt ja grausig! Ich spuke das Stück auf die Serviette, der Rest der Praline rutscht mir aus den Fingern Richtung Boden. Pipos Wachsamkeit ist mein Malheur nicht entgangen – er rettet das gute Stück sozusagen im Flug, will heißen, er verschluckt es in einem Happs.

»Pipo!«, rufe ich erschrocken.

Eine Sekunde später lobe ich ihn und kraule sein Ohr. »Ich danke dir, Pipo. Ist ʼne gute Idee. Das machen wir mit der zweiten genauso«, weihe ich den verschwiegenen Komplizen in meine Pläne ein. »Ein Ministück für mich, der Rest ist für dich.« Eine Pistazie, da kann nicht viel schiefgehen. Aber Davide wird mich nach meiner Meinung fragen, also probieren muss ich. Nicht dass seine mamma womöglich eine besondere Essenz reingegeben hat … Hoffentlich nicht so ein scharfes Zeug wie vorhin. Pipo schaut mich aufmerksam an. Wobei ich ihn schwer im Verdacht habe, weniger an mir als an eventuellen Flugobjekten interessiert zu sein. Okay, noch mal mit dem Wein anfangen, reinbeißen und – ja, das ist Davides mamma. Zartbitter, eine Nuance Rose und gehackte Pistazienstückchen. »Richtig lecker«, informiere ich Pipo und lasse ihn testen. Versprochen ist versprochen. Zum Glück hat er eine Eins-a-Figur und ich muss wegen der Zusatzkalorien kein schlechtes Gewissen haben.

Hmm, Davide lässt auf sich warten. Ich schaue mich ein wenig um. Ist gemütlich hier, kann mir eine Weinprobe im kleinen Rahmen sehr gut vorstellen. Eine ganze Wand tapeziert mit Bildern rund um die Traube und die Familie, einige Weinfässer, ein Tisch mit Gläsern und Karaffen. Einige dieser weißen Schälchen, in denen Davide mir die Pralinen seiner Mutter kredenzt hat, stehen auch dabei. Neugierig hebe ich die verschiedenen Deckel an. Korken, eine Kette und ein Ring. Ach, schau an, hat Umberto ihm die Kette doch noch verkauft. Aber ob das hier ein gutes Versteck ist? Na, mir kann es ja egal sein. In der nächsten Schale ein paar Münzen. Die schau ich mir genauer an. Aus aller Welt.

»Da bin ich wieder«, ruft Davide ein bisschen außer Atem.

Ertappt lass ich den Deckel auf die Porzellandose knallen.

Er geht nicht auf meine Schnüffelei ein. »Na, hast du probiert?«, fragt er stattdessen.

»Natürlich. Vorneweg muss ich dir gestehen« – ein bisschen Ehrlichkeit muss sein – »Schokolade und Wein ist nicht meins. Bin eher der Käse-Oliven-Typ. Aber rein vom Geschmack der beiden Pralinensorten her: Die scharfe geht für mein Empfinden gar nicht. Da stört irgendeine Nuance. Und außerdem ist sie auch zu pikant. Da versaust du dir die wunderbaren Aromen vom Wein. Findest du nicht?«

Davide wiegt den Kopf. »Ja, stimmt schon. Aber viele von mammas cioccolatini-Fans lieben gerade diese Sorte. Ist doch modern, Schokolade mit allen möglichen Gewürzen zu aromatisieren. Da dachte ich …«

»Aber nicht in Verbindung mit deinem Wein. Die cioccolatini deiner Mutter und dein Wein sollen ja im Mund eine gleichberechtigte, harmonische Einheit bilden und sich nicht gegenseitig übertrumpfen.«

»Hm, darüber muss ich nachdenken. Vielleicht sollte ich doch die anderen auch gleich noch probieren lassen?«, überlegt er.

»Gerne, Davide, aber nicht mehr heute. Wir wollen bald los. Mein Vater ist gestern angekommen und wir haben versprochen, im ›La Rosa‹ vorbeizukommen. Mi dispiace, aber wir holen das nach. Oder bring doch welche zum Stammtisch mit. Lenkt von der ganzen Misere ein wenig ab. Und irgendwann musst du den Schritt in die Öffentlichkeit ja wagen.«

»Meinst du?«

»Meine ich. Hast du jetzt eigentlich eine Freundin? Oder ist das ein Geheimnis?«

Davide ist über die Frage genauso überrascht wie ich selber. Ist mir rausgerutscht. Der Wein – in vino veritas. Seine Augenbraue signalisiert Sturm. War ja vorhin schon nicht begeistert von der Frage. Aber anscheinend kenne ich seine Augenbraue nicht gut genug, Davide hält sich nämlich plötzlich den Bauch vor Lachen.

Also, so witzig war die Frage auch wieder nicht. »Äh …«

Weiter komm ich nicht, Davide hat sich beruhigt und klopft mir auf die Schulter. »Tutto a posto, Doro! Du bist unbezahlbar. Allerdings solltest du nicht so neugierig sein, das kann ins Auge gehen. Ich zum Beispiel überlege ernsthaft, ob ich dich nicht jetzt und sofort in diesem großen Weinfass vergären soll.«

Mir rutscht vor Schreck ein Bröselchen Nuss in den falschen Hals und verursacht einen grausamen Hustenanfall.

»Danke, dein panischer Blick entschädigt mich für alles.« Davide lacht schon wieder. Und ich hustend und nach Atem ringend auch. Kann mir lebhaft vorstellen, was ich gerade für ein Bild abgegeben habe.

»So, Schluss für heute. Lassen wir die anderen nicht warten. Er hält die Tür für mich auf.

Ich hieve mich vom Barhocker. »Komm, Pipo«, rufe ich, »wir gehen. Mein Magen schreit nach Käse, Salami und Oliven.«

Das war sein Stichwort. Sofort beendet er die Inspektion des Weinkellers und drängelt sich an meinen Beinen vorbei die Kellertreppe hoch.

»Hey, Pipo, mit dir brech ich mir noch den Hals«, schimpfe ich.

»Tja, manches erledigt sich ganz von selbst«, kommentiert Davide süffisant.

»Danke, sehr witzig«, grummle ich.

Oben rücke ich zu Vinc auf die Bank und picke mir eine große grüne Olive aus dem Schälchen.

»Was ist los?«, fragt er mich leise. »Hast du ein Gespenst gesehen?«

»Nee du, alles gut. Davide hat mir nur was gezeigt. Nicht wichtig.«

Vinc schaut mir prüfend in die Augen. »Soso.«

## KAPITEL 17

## BASTA E FINITO – GENUG IST GENUG
## ODER SCHLUSS, AUS, ENDE

Mercoledì (Mittwoch) – Tag 9

Mittlerweile steht die Mittagssonne hoch am Himmel. Wir haben im Auto keine Klimaanlage, dafür Pipo, der mir nicht nur ins Gesicht hechelt, sondern auch noch diverse Winde ablässt ... Ohne Worte. Da hilft auch kein offenes Fenster.

Endlich! Der erlösende Anblick des Hotels. Vinc parkt den Wagen im Hof vom »Il Mulino« und wir hieven uns aus den engen Sitzen.

»Puh, Luft!«, japse ich und atme tief durch. »Du Armer, dir ist auch heiß, stimmt's?« Ich gehe in die Hocke und kraule den kleinen Stinker zwischen den Ohren. »Bin ja selber schuld, was muss ich dir auch Pralinen geben, gell«, flüstere ich ihm leise zu. »Aber das bleibt unser Geheimnis!«

Pipo drückt mir seine feuchte Nase ins Gesicht, wendet sich würdevoll ab und macht sich auf die Suche nach Frauchen und Schatten – oder umgekehrt.

Ich gehe zu den anderen, die etwas unschlüssig am Auto stehen geblieben sind.

»Vinc und ich gehen gleich weiter ins ›La Rosa‹. Könnt ihr Pipo bei Rosalia abliefern?«, frage ich an Ayna gewandt.

Sie nickt. »Natürlich, machen wir gerne.«

»Grazie, Doro, für alles«, sagt Oumon und streckt mir die Hand entgegen.

Die Geste rührt mich. Und weil er sich wahrscheinlich

nur nicht traut, ergreife ich die Initiative und umarme ihn fest. Dann umarme ich auch Ayna und auf einmal umarmt jeder jeden.

»Okay, jetzt langt's«, unterbricht Vinc die Rührseligkeit. »Dein Vater wartet.«

Ayna und Oumon begeben sich zu Pipo, der geduldig vor der Tür am Hintereingang sitzt.

»Hoffentlich geht alles gut aus für die beiden.« Ich muss meine Bedenken einfach mit einem tiefen Seufzer rauslassen.

»Ich finde, vorerst läuft es ganz gut und was dann noch kommt …« Vinc zuckt mit den Schultern. »Aber ich bin sicher, Rosalia kümmert sich, so gut es geht. Nur, die Gesetze kann sie auch nicht ändern.«

»Ayna hat gesagt, es ist alles in Ordnung mit ihren Papieren.« Ich will, dass Vinc meine Befürchtungen in der Sommersonne schmelzen lässt. Aber den Gefallen tut er mir nicht.

»Schatz, wir reden noch mal mit Rosalia. Und auch mit den anderen vom Stammtisch. Der Aufenthaltsstatus der beiden und ihre Arbeitserlaubnis müssen unbedingt geklärt werden. Am besten wäre es, wenn man einen Anwalt hinzuziehen würde, der sich im Asylrecht auskennt.«

Er hat recht, man muss rational an die Sache rangehen. Schweigsam laufen wir zum »La Rosa«. Ich schiebe meine Hand in seine.


In Valerias Garten herrscht gähnende Leere. Die Mittagszeit ist vorbei, die Tische sind noch nicht eingedeckt für den Abend. Wir gehen rein. Angenehme Kühle umgibt uns, der Empfangsbereich liegt verlassen da. Aus Richtung Küche dringen das Klappern von Geschirr und die Geräusche einer munteren Unterhaltung zu uns.

»Scheinen ja bester Laune zu sein«, sage ich zu Vinc. »Komm, schauen wir, ob es noch was Essbares für uns gibt.«

»Könnte ich auch vertragen.« Er reibt sich den Bauch.

Die Tür zum Allerheiligsten steht offen, das heißt, die Türen stehen auf Durchzug. Die Nudelproduktion für den Tag ist getan, die großen Holzbretter stapeln sich dicht gefüllt mit verschiedensten Tortellini, Tortelloni und Tortelli im Regal. Wir bleiben in der offenen Schiebetür stehen. »Buon giorno! Macht ihr hier eine Stehparty?«

Die gesammelte Mannschaft fährt herum. Sie haben uns nicht kommen hören, dafür gibt es jetzt ein Riesenhallo. Valeria, Paps und seine Crew, bestehend aus Paul, Basti und Flo, stehen um die Kochinsel in der Mitte des Raumes. Mit einem lauten »Salute« strecken sie uns ihre Rosé-Gläser entgegen.

»Salute! Ist nicht das erste Glas, richtig?«, fragt Vinc und erntet fröhliches Gelächter. »Ich hätte nichts gegen einen kühlen Schluck«, meint er dann, »ich war nämlich heute der Fahrer und hab noch nichts abbekommen.«

»Oh, du Armer!« Valeria sagt das so voller Inbrunst, dass es die gute Laune der Gruppe hörbar noch steigert.

Mittlerweile sind Vinc und ich ebenfalls jeder mit einem Glas ausgestattet. Wir stoßen an und Paps legt seinen Arm um meine Schultern. »Was hat es jetzt mit deinem Einsatz in der Küche dieses Hotels genau auf sich?«, will er wissen.

Die Frage lässt sofort den blutenden Umberto vor meinem geistigen Auge erscheinen. Meine Fröhlichkeit erhält einen Dämpfer.

»Tut mir leid, Prinzessin.« Paps drückt mich liebevoll. »Ich weiß schon so ungefähr Bescheid. Valeria hat mir das ganze Desaster erzählt und auch was mit Umberto Zanardini geschehen ist.«

»Ja, ist echt schlimm. Er ist tot. Wie es aussieht, wurde er vergiftet, und seine Frau steht jetzt allein da. Das Hotel ist kein Problem, das war sowieso schon immer ihre Angelegenheit und ihre Mutter und Ayna helfen ihr dabei, aber die Küche … Da hat sie nur Marco, und der ist kein Koch. Er weigert sich auch, das Frühstück allein zu stemmen. Das erwarten die Hotelgäste natürlich, ist ja nur für ein paar Tage, Angelo übernimmt dann die Küche …«

»Jetzt mal langsam, Spatz, das erzählst du mir ein anderes Mal in Ruhe. Vinc wird uns alles Nötige zeigen, und wenn ich das richtig verstanden habe, bist du ja nicht in Vollzeit dort beschäftigt, erst einmal geht es nur um's Frühstück, oder?«

»Ja, und …«

»Scusatemi, ich unterbreche euch nur ungern, aber, Sascha, du weißt, dass wir zum Bürgermeister müssen.«

»Sì, certo, Valeria, due minuti«, sagt er und wendet sich wieder mir zu. »Der Bürgermeister will mit mir ein kurzes Gespräch über Tortellini führen, über das Fest und die Reportage. Werbung für sich und die Gegend machen, und dazu will er meine Einschätzung über die Köstlichkeiten der Region als Katalysator. Natürlich erwartet er eine Lobeshymne.« Er zwinkert verschwörerisch. »Und selbstverständlich wird er die kriegen, ist ja nicht schwer – die Gegend und die Nodi d'Amore sprechen für sich. Zumindest die von Valeria.« Er nimmt ihre Hand und küsst sie. Nicht bloß höflich wie ein Gentleman alter Schule, sondern zärtlich. Aha! Hab ich's mir doch gedacht!

»Turteltäubchen«, witzelt Basti Stegmann und die anderen smilen anzüglich.

Paps gefällt das, das weiß ich.


*19 Uhr*


Vinc und ich beenden unsere Private Hour – wir haben uns eine Stunde Rückzug aufs Zimmer gegönnt, uns aufs Bett gelümmelt und gelesen. Besser gesagt, Vinc hat gelesen und ich bin in seiner Armkuhle weggedöst, bis jetzt, als er seinen Arm vorsichtig unter meinem Nacken hervorgezogen hat. Er spreizt die Finger und reibt sich den Arm. »Ist eingeschlafen«, sagt er.

»Tut mir leid. Hättest du mich doch einfach weggeschoben.« Ich gähne.

»Ist nicht schlimm. Ich wollte dich nicht wecken.«

»Danke, Schatz«, ich strecke und dehne mich, »bei mir ist dafür der ganze Körper eingeschlafen.« Mein Magen knurrt. Valerias Tortellini waren butterzart, aber mittlerweile nagt der Hunger wieder. »Vinc, was meinst du, sollen wir für alle kochen? Oder halt für die, die noch nicht gegessen haben?«

»Nur wenn die anderen mithelfen. Ich hab keine Lust, den ganzen Abend in der Küche zu stehen oder den Kellner zu spielen.«

»Gute Idee! Schauen wir am besten runter, ich denke, die Signori werden bald eintrudeln. Dann können wir sie selber fragen.« Der Gedanke beflügelt mich, die Müdigkeit ist verflogen.

Die Herrenrunde hat sich fast vollständig unten versammelt. Fehlen nur noch Davide und Renato. Gekocht wird erst später, beschließen wir gemeinschaftlich – schnelle Gerichte, alle helfen mit. Rosalia hat versprochen, sich dann dazuzusetzen.

Davide kommt und bringt vino mit. Schön, obwohl auch Umberto einen gut gefüllten Weinkeller hinterlassen hat, zu dem uns Rosalia freien Zugang gewährt. Eine Auswahl ist im rustikalen Holzregal ausgestellt, das die gesamte Wand einnimmt, vom Stammtisch bis zum Frontfenster.

Renato trifft ein und setzt sich auf seinen angestammten Platz. Da die Osteria geschlossen hat, hat Rosalia die Freunde mit einem Schlüssel für den Hintereingang ausgestattet, so wie die Hotelgäste ihn auch haben. »Ist praktischer«, findet sie, »und ich vertraue euch sowieso.«

»Wir hatten noch Soko-Teambesprechung. Damit morgen gleich jeder loslegen kann. Ich habe meiner Frau gesagt, dass ich erst spät nach Hause komme, und natürlich gehofft, dass ich hier etwas zu essen kriege. Zwar habe ich dabei eher an Brot und Käse gedacht, aber dass ich jetzt von unserer Doro bekocht werde, ist mir natürlich eine besondere Freude.«

»Glaub ja nicht, dass du mich mit Schmeicheleien ruhigstellen kannst«, mache ich Renatos Hoffnung zunichte, mich diesbezüglich beeinflussen zu können.

»Hätte ich nicht im Traum daran gedacht!«, weist er von sich und grinst dabei schelmisch.

Angelo nestelt an seinem Hemdkragen. »Wisst ihr, es tut mir wahnsinnig leid wegen Umberto, aber ich freue mich, endlich wieder eine Küche führen zu dürfen. Und dieses Mal versaue ich es nicht, das schwöre ich euch. Das bin ich Rosalia und Umberto schuldig. Und meiner Familie, die sich sicher im Grab umdreht ... Aber so sind sie vielleicht wieder versöhnt. Ich kann es kaum erwarten, ich glaube, gleich nach dem Fest fangen wir wieder an«, bricht es aus ihm heraus. Der obere Hemdknopf hält dem nervösen Gezerre nicht mehr stand und springt mit einem lauten Plopp auf die Tischplatte. Angelo lacht verlegen.

Ich schnappe den Knopf, der quer über den Tisch auf mich zugerollt kommt, und schnippe ihn zu Angelo zurück. »Hat Rosalia das gesagt?«, frage ich. »Ihre Mutter war ja dagegen und wollte ein bisschen länger warten, aber ich glaube, seit sie weiß, dass du die Küche übernimmst, sieht sie der Zukunft gelassener entgegen.«

»Rosalia hat zumindest nicht Nein gesagt. Du bist doch noch dabei, oder?«

»Ja, hab ich doch versprochen. Aber wir sind nicht ewig hier … Nach dem Fest bricht das Filmteam hier seine Zelte wieder ab und Vinc und ich sind dann eigentlich auch fertig. Ich hab schon noch ein paar Tage Zeit und Vinc auch, aber …«

»Ich schaff das schon, keine Sorge. Ich bin schließlich in einem Ristorante aufgewachsen und habe eine Ausbildung als Koch. Und dass die Pizzeria pleitegegangen ist, das hat nichts mit meinen Kochkünsten zu tun. Egal, basta e finito!« Angelo kratzt sich verlegen am Hinterkopf.

Die anderen klopfen mit den Fingerknöcheln Applaus, geben ihm damit sozusagen ihren Segen.

»Dass einer von uns des Mordes verdächtigt wurde, hat uns alle mitgenommen und wir haben das sowieso nie geglaubt«, bringt Alfredo auf den Punkt, was alle denken. »Du bist schließlich einer von uns!« Er fingert sein lila Brillenputztuch heraus, nimmt die Brille von der Nase und poliert hektisch die blitzblanken Gläser. »Dass unser Freund Umberto nicht mehr bei uns ist, ist ein tragischer Verlust für uns alle«, sagt er, ohne den Blick von seiner Brille zu nehmen, »und ich glaube, der beste Freundschaftsbeweis ist, uns um Rosalia und ums Hotel zu kümmern. Und dazu braucht es unbedingt einen Koch.«

Die anderen nicken zustimmend.

»Obwohl er mich nicht einstellen wollte«, spricht Angelo wieder seinen wunden Punkt an.

»Du musst fair sein«, versetzt Alfredo, »zwei Köche und noch Marco, den er ja auch nicht einfach rausschmeißen konnte, das wäre auf Dauer nicht rentabel gewesen.«

»Ah, Marco! Der ist nicht mehr aufgetaucht seit …«

»Basta e finito, wie du selber gerade gesagt hast!«, schaltet sich jetzt Massimo mit erhobenem Zeigefinger ein. »Gib Ruhe, Angelo, und mach was aus der Chance.«

»Ihr habt ja recht. Ist halt einfach ein vertracktes Gefühl, aus dem Tod von Umberto einen Vorteil zu ziehen.«

Ich schau schnell zu Vinc und der weiß, was ich gerade denke. Nämlich, dass das zwar kein starkes Motiv ist, aber immerhin überhaupt eins. Auch wenn Angelo nicht wissen konnte, dass Rosalia ihm die Küche nach Umbertos Tod anbieten würde.

Renatos Blick kreuzt den meinen. Die anderen kriegen von unseren Verschwörungsgedanken nichts mit, und das ist gut so. Sie freuen sich für Angelo. Ist ein Lichtblick in dunkler Stunde. Dass er als Verdächtiger noch nicht komplett vom Tisch ist, wird ignoriert. Wenigstens für den heutigen Abend. Und dass Umbertos Tod noch nicht geklärt ist, ist heute ebenfalls kein Thema hier am Tisch. Ist den Männern wohl zu heikel, denn dass es einer von ihnen gewesen sein könnte, ist etwas, das sie lieber nicht ansprechen. Was nicht sein darf, kann nicht sein. Basta e finito.

»Da ich gerade wohnungslos bin und nicht ewig bei meinem Cousin Roberto hausen kann, hat Rosalia mir angeboten, hier im Hotel ein kleines Zimmer zu beziehen.«

Salvatores Kopf schnellt hoch. »Was? Du willst hier einziehen?« Er unterbricht seine Tischmalerei und trommelt mit den Fingern auf die Tischplatte. »Ist das nicht ein bisschen übertrieben?« Seine Miene umwölkt sich.

»Wieso? Oben im zweiten Stock stehen zwei Zimmer leer, ansonsten wohnen da nur Ayna und Oumon, für Touristen sind die Räume nicht geeignet. Bad auf dem Flur, das kannst du heute für zahlende Gäste nicht mehr bringen. Mir macht das nichts aus, und wenn Ayna und Oumon einverstanden sind, dann werden wir uns wegen der Badbenutzung schon einigen.«

Salvatore runzelt die Stirn, sagt aber nichts mehr. Klar, wäre auch lächerlich, wenn er sich aufregen würde – Rosalia trifft ihre eigenen Entscheidungen, mit denen er absolut nichts zu tun hat.

Keiner der Männer macht dazu eine blöde Bemerkung, ihre Freundschaft ist momentan belastet genug, da will man kein weiteres Fass aufmachen.

»Vinc und ich gehen mal kurz raus, eine rauchen. Danach würde ich vorschlagen, fangen wir mit dem Kochen an, d'accordo?«, versuche ich abzulenken.

Die Herren nicken nur kurz und wir verziehen uns auf den Hof.

Die Luft draußen ist lau und würzig. Ich schnuppere. »Der dicke Rosmarinbusch riecht bis hierher«, schwärme ich.

Vinc zündet sich seine Zigarette an.

»Gut, dass Paps bei Valeria wohnt, da wäre er wieder bei seinem Lieblingsthema, dem schlechten Einfluss des Nikotins auf meine Geschmacksnerven. Gibst du mir auch eine?« Ich lehne mich neben ihn an die Hauswand. »Weißt du, mein Bauch sagt mir, dass Umbertos Tod kein Unfall oder Anschlag war wie die anderen Fälle, da steckt was Persönliches dahinter.«

»Und du willst das Motiv finden, ich weiß.«

»Ich muss!«

»Hast du Davide von der Liste gestrichen?«

»So gut wie. Seine Affäre mit Rosalia ist glaub ich echt längst kein Thema mehr. Keiner von beiden hegt da irgendeinen Groll. Außer er steckt mit Rosalia unter einer Decke.«

»Kreative Idee.« Vinc fährt sich über sein aktuell glatt rasiertes Kinn. »Aber wenn sie kein Verhältnis haben, was hätte Davide dann für ein Motiv, Rosalia bei einem Mord an ihrem Ehemann zu helfen?«, führt er den Gedanken weiter.

»Tja, genau da stoßen wir wieder mal an unsere Grenzen«, seufze ich resigniert. »Ich muss einfach mal mit Renato über einige Punkte reden …«

»Und wenn Renato der Mörder ist?« Heute will es Vinc genau wissen.

»Ich glaube, ihn können wir ausschließen.«

»Weil er bei den Carabinieri ist?«

»Ja, auch. Und ich wüsste, davon abgesehen, nicht, warum er es getan haben sollte.«

»Gut, aber wir haben ja gesagt, dass wir nicht alle Interna der Gruppe kennen«, gibt Vinc zu bedenken.

Immer dieselbe Krux, an der wir scheitern. Aber Renato als Täter lehne ich schon deshalb ab, weil er für mich der offizielle Ansprechpartner ist. Ich kann ja schlecht mit meinen Vermutungen zur Polizei gehen, die würden mich bestenfalls auslachen.

»Wie wär's mit Salvatore?«, schlägt Vinc jetzt vor. »Er mag Rosalia, ist schon lange heimlich in sie verliebt und hat Umbertos Verhalten ihr gegenüber nicht mehr ertragen.«

»Durchaus denkbar. Finde ich sehr interessant. Hmm …«

»Halt, Doro. Verrenn dich nicht gleich. Der sanfte Salvatore ist zu so einer Tat doch gar nicht fähig.«

»Auf den ersten Blick vielleicht nicht, aber wie gesagt, es ist etwas Persönliches. Liebe ist ein starkes Motiv.«

»Okay, weiter. Wer kommt theoretisch noch infrage?«, führt Vinc die Gedankenkette fort.

»Tja, wir kennen natürlich die persönlichen Konstrukte der Gruppe nicht so genau. Und überhaupt, mal weg von den Männern. Was ist mit Rosalia? Ich mein jetzt nicht im Doppelpack mit Davide, sondern sie alleine. Sie hätte auch ein starkes Motiv. Das verlorene Baby, Umbertos Untreue. Das Hotel. Und ein Giftmord trägt schon irgendwie Frauenhandschrift.«

Vinc drückt seine Zigarette aus. »Das ist deine Theorie, Doro, ich finde das nicht. Wenn ich jemanden umbringen wollte, dann lieber mit Gift, als jemandem den Schädel einzuschlagen oder ihm ein Messer in den Bauch zu rammen.«

»Ja, du! Ich sag auch nicht, dass Männer generell nicht mit Gift morden, aber es gibt Statistiken, die diese Methode eher Frauen zuordnen. Außerdem kannst du das nicht beurteilen, weil du dir nie ernsthaft Gedanken darüber gemacht hast.«

»Nee, nicht wirklich. Außer dass ich dich manchmal erwürgen könnte, wenn du mal wieder …«

»Siehst du?«, unterbreche ich ihn. »Erwürgen! Sag ich doch. Die pure handgreifliche Gewalt.«

Ich seufze. Vinc legt den Arm um meine Schultern und so stehen wir eine Weile da und hängen unseren Gedanken nach.

»Rosalias mamma hat Umberto sicherlich auch nicht gerade geliebt«, nehme ich den Faden wieder auf. »Das Hotel. Ihre Tochter. Wie Umberto sie behandelt hat. Seine Geliebte ist jetzt noch dazu schwanger. Das muss ein harter Schlag für sie gewesen sein.«

»Dann hätte sie eher Evelina umbringen müssen«, interveniert Vinc.

»Nee, so war es effektiver. Jetzt geht alles an die Witwe. Das Hotel gehört wieder Rosalia und Evelina ist raus.«

»Ist sie das?« Vinc legt die Stirn in Falten.

»Wieso? Was meinst du?«

»Na ja, sie bekommt das Kind von Umberto.«

»Und du meinst …?«

»Keine Ahnung. Aber wahrscheinlich wird das Kind auch irgendwie erbberechtigt sein, oder?«

Mann, Vinc hat recht. »Evelina lässt bestimmt einen Vaterschaftstest machen, um sich abzusichern«, spekuliere ich. »Oder sie hat Umberto umgebracht, um über das Kind an das Erbe zu kommen, ohne Umberto heiraten zu müssen.«

»Doro, jetzt wird's skurril! Außerdem wissen wir nicht, ob sie Umberto nicht wirklich gern hatte.«

»Das stimmt, dann hätte sie natürlich kein Motiv. Und

das mit dem Erbe ist schon sehr weit hergeholt, aber … Evelina ist noch sehr jung.«

»Der Altersunterschied?«

»Ist schon ziemlich krass. Das Kind hätte ja Opa zu Umberto sagen können.«

»Wieso? Kindern ist so was egal. Er wäre einfach der Papa gewesen. Und warum sollte Evelina sich nicht in Umberto verliebt haben? Liebe ist unberechenbar und setzt sich auch über Altersgrenzen hinweg.«

»Aber was wäre in 20 Jahren gewesen?«, spinne ich den Gedanken weiter. Andererseits – wenn Vinc jetzt 50 wäre, dann würde ich ihn wahrscheinlich trotzdem lieben.

»Das weißt du doch nie. Scheidung, Krankheit … Auch gleichaltrige Paare werden nicht immer gemeinsam alt«, bestärkt Vinc seine Position.

Er ahnt ausnahmsweise mal nicht, was ich denke, und Scheidung und Krankheit sind Zukunftsperspektiven, von denen ich heute nix hören will. Ist alles trübe genug. »Vinc, hör auf! In 20 Jahren lieben wir uns noch genauso wie heute, haben höchstens zwei Falten mehr, du hast interessante graue Schläfen und ich …«

»Du wirst dich nie verändern. Du wirst immer die Welt retten wollen, da verblasst jede Falte dagegen. Aber sag mal«, Vinc' Blick bohrt sich direkt in mein Innerstes, »war das gerade ein Heiratsantrag?«

»So weit würde ich jetzt nicht gehen.« Ich lege die Arme um seinen Hals.

»Noch nicht«, murmelt Vinc.

Der folgende Kuss fühlt sich wie ein Versprechen an. Dann sind wir wieder im Jetzt, das heißt im Hof des »Il Mulino« und zurück bei Umberto und seinem Ableben.

Ich fasse es in Worte: »Warum musste Umberto sterben? Wer hatte einen solchen Hass auf ihn?«

»Was ist mit Ayna und Oumon?«, fragt Vinc.

Ich schlucke. Habe ich auch schon gedacht.

»Was ist? Du bist ganz blass geworden.« Vinc schaut mich besorgt an.

»Ach nix. Nur – das ist alles so heftig. Die vergifteten Tortellini sind schon heavy genug, aber das jetzt mit Umberto, das macht mich irgendwie ganz fertig. Er war in manchen Dingen ein Widerling, aber andererseits hab ich ihn auch gemocht. Und dann die ganzen Verdächtigungen. Es war so toll hier, Rosalia, der Stammtisch und … Ach, shit!«

Vinc drückt sein Gesicht in meine Haare. »Mir geht's genauso«, sagt er dumpf. »Andererseits normalisiert sich die Lage erst, wenn das Rätsel um Umbertos Tod gelöst ist. Ich sage zwar immer, du sollst dich raushalten, aber in dem Fall schadet es sicher nicht, wenn wir aus unserer Perspektive ein bisschen mitdenken.«

»Vinc, das glaub ich jetzt nicht! *Du* sagst, ich soll rumschnüffeln?«

»Wenn du's so ausdrücken willst. Und zwar ausnahmsweise nicht an irgendwelchen Gewürzen oder edlen Tropfen.«

»Das wird mein persönlicher Feiertag«, witzle ich.

»Wenn's dir guttut, Schatz, trag es in deinen Kalender ein und dann lass uns weiterüberlegen. Wir waren bei Ayna und Oumon stehen geblieben.«

»Meinst du, weil Umberto Oumon nicht im Hotel hat wohnen lassen? Klar, wenn du so viel Scheiße erlebt hast, reicht ein Tropfen und das Fass läuft über. Aynas Bruder ist gestorben und das wäre vermeidbar gewesen. Ayna ist schwanger. Wo sollen sie hin, wovon sollen sie leben? Das sind nackte Existenzängste.«

»Seh ich auch so. Leider. Allerdings passt dann die Methode nicht. Oumon ist erst so kurz hier, er hat von den Vergiftungen doch gar nichts mitbekommen. Ayna und er hatten genug mit der Trauer um Aynas Bruder im Kopf und außerdem kann ich mir nicht vorstellen, wie sie sich das Medikament hätten beschaffen, geschweige denn sich mit der Wirkung hätten auskennen sollen«, sagt Vinc.

»Du hast recht. Ich würde sagen, die beiden können wir von der Liste streichen. Wer sonst? Angelo? Umberto hat ihn hängen lassen. Hat ihn nicht als Koch in seinem Ristorante arbeiten lassen. Aber ihn deshalb umbringen? Wär schon megahart. Andererseits – er hätte ja auch ein Motiv für die Tortellini-Vergiftungen, weil er auf alles und jeden eine Wut hatte. Die Theorie hat was, finde ich.«

Vinc wiegt den Kopf. »Mord aus verletzter Eitelkeit oder Wut. Vielleicht verdrängt er seine eigene Schuld und projiziert sie mit seiner Wut auf andere. Ist nicht so ungewöhnlich.«

»Vinc, du bist heute echt genial.«

»Ich bin zwar nicht so neugierig wie du, aber kombinieren kann ich auch.«

»Das hab ich auch nie bezweifelt.« Ich lege wieder meine Arme um seinen Hals. »Schatz …«

»Ja?« Er stützt seine Hände an der Mauer ab. »Was kommt jetzt?«

»Wieso?«

»Wenn du gar so lieblich säuselst, krieg ich meistens ein Problem.«

»Quatsch! Ich wollte nur … äh …« Ja, was eigentlich? Jetzt habe ich den Faden verloren. »Ach, egal, also Angelo. Möglich wäre es. Eigentlich kann ich es mir ja bei keinem vorstellen, aber das spielt leider keine Rolle. Unser Apotheker und der Dottore fallen ebenfalls in die Kategorie der Motivlosen«, zähle ich den Rest der Runde auf. »Außerdem würde Alfredo als Apotheker kein Gift wählen. Rattengift eventuell schon, aber niemals eine Tablette, die er nur aus der Schublade nehmen müsste. Für Massimo gilt das Gleiche. Ein Mediziner würde nicht so auffällig in seinem eigenen Revier wildern.«

»Sehr anschaulich ausgedrückt«, spottet Vinc.

Aber generell sind wir uns einig.

»Gehen wir wieder rein?«, schlägt Vinc vor.

»Un attimo, per favore«, schreckt uns eine tiefe Stimme aus dem Off auf.

»Renato! Mann, hast du mich erschreckt.«

Er steht wie aus dem Nichts vor uns. Vor lauter Spekulieren haben wir nicht gehört, dass jemand herausgekommen ist. Hat er schon länger zugehört?

»Ich wollte euch nicht vor den anderen darauf ansprechen. Wir haben die beiden Facconis noch einmal befragt, aber die bleiben dabei, dass sie nichts mit den Vergiftungen zu tun haben, und wir haben noch keine Verbindung gefunden, die etwas beweisen könnte. Und damit zu dir, Doro. Ab jetzt keine Einmischungen mehr! Ich will dich nicht mehr in der Nähe der Facconis sehen. Das wird die Polizei klären. Und wenn die beiden unschuldig sind, dann sollen sie auch nicht weiter belästigt werden. D'accordo? Das heißt, du kannst jetzt Ruhe geben. Wir werden auch Umbertos Tod aufklären und dabei lässt du deine Finger ebenfalls aus dem Spiel. Vincenzo, ich lege dir die Verantwortung in die Hände.«

Bevor Vinc was sagen kann, protestiere ich vehement. »Das kann ich gar nicht leiden, wenn einfach so über mich bestimmt wird! Ja, spinn ich?«

»Das ist ein Befehl, hai capito? Ich will nicht noch eine Leiche. Basta!«

»Darum geht es gar nicht«, will ich ihm meine Beweggründe erklären.

»Nicht? Worum geht es denn? Dass du hierherkommst, dich ungefragt überall einmischst und dich jetzt wunderst, dass ich dich zurückpfeife?«

»Auf Pfeifen reagier ich grundsätzlich nicht«, stelle ich fest, zugegeben leicht verschnupft.

»Das habe ich gemerkt. Doro, ich mag dich wirklich gerne. Euch beide, aber das ist kein Krimidinner hier. Das ist eine ernste Angelegenheit und Sache der Polizei. Punkt. Darüber will ich nicht diskutieren. Du kannst dich gerne an mich wenden, wenn dir etwas einfällt, ich behandle jeden Hinweis sorgfältig, aber das Ganze läuft über mich. Keine eigenmächtigen Schritte. Das meine ich ernst!« Renato ist fertig. Er trollt sich zurück an den Stammtisch.

Ich bin erst mal sprachlos. Aber nur kurz. Ich hole tief Luft. »Also, was hat den denn geritten?«

»Verantwortungsbewusstsein vielleicht?«, schlägt Vinc vor.

Ich zucke mit den Schultern. »Überlegen wird ja wohl noch erlaubt sein.«

»Sei nicht beleidigt, Schatz, Renato ist nur besorgt«, will er mich beruhigen.

»Ich bin nicht beleidigt«, stelle ich richtig, »aber auf Befehle reagier ich allergisch!«

»Ach komm schon, Doro, Renato hat uns immer mit dabei sein lassen, aber er ist halt nun mal bei der Polizei und will nicht riskieren, dass dir etwas passiert.«

»Alles gut«, lenke ich ein. »Wird Zeit fürs Essen.«

»Jepp!« Vinc ist sofort einverstanden. Er hebt unsere Zigarettenkippen auf und entsorgt sie im Aschenbecher, der neben dem Hintereingang steht.

»Auf in die Küche.« Ich nehme Vinc' Hand und ziehe ihn Richtung Eingang.

»Hallo?«, ruft er plötzlich.

Ich drehe mich um. »Was ist?«

»Ich hab nicht dich gemeint, Doro. Hab gedacht, ich hätte was gesehen. Nur so aus dem Augenwinkel. Vielleicht war's 'ne Katze.« Vinc guckt noch mal über den Hof. »Oder ich hab mich getäuscht. Egal, komm.«

Ich sehe auch nix. Es ist noch relativ hell, die Sonne ist gerade am Untergehen. Im Hof parken ein paar Autos von Gästen, Davides Wagen und unser Corsa. Die meisten stehen auf dem großen öffentlichen Parkplatz, nur ein paar Meter vom Hotel entfernt. Ist recht eng hier zum Rangieren.

Als wir reinkommen, richten sich alle Blicke erwartungsvoll auf mich. Offensichtlich bin ich anerkannte Chefin im Küchenring heute Abend. Angelo lässt mir also den Vortritt.

»Allora«, rufe ich und klatsche in die Hände. »Arbeitsaufteilung. Angelo, machst du die Rosmarinkartoffeln? Vorher gibt es Salat mit geschmorten Austernpilzen. Schaffst du die Pilze noch nebenbei? Und wer putzt den Salat?«

»Das mach ich auch«, sagt Angelo.

Gut, ist für ihn kein Problem, schließlich ist er gewohnt, für viele Gäste zu kochen.

»Ich mach das Gemüse und die Rindersteaks. Als Nachspeise nehmen wir den Schokokuchen mit gelato und Kirschsoße. Auch mein Part. Mag jemand Angelo beim Kartoffelschälen helfen?«

»Wir decken den Tisch«, meldet Massimo schnell und bezieht dabei Alfredo und Salvatore mit ein.

»Schafft ihr das zu dritt?«, frage ich und grinse.

»Davide holt den Wein, er kann uns dann noch helfen«, kommt prompt die Retourkutsche von Alfredo.

»Und du, Renato?«, frage ich unseren Gesetzeshüter.

»Ich trinke derweilen einen Aperitivo mit Vinc. Vielleicht leistet uns Rosalia Gesellschaft, sie wollte ja auch noch runterkommen.«

»Das hast du dir fein ausgedacht. Und Vinc hat nichts dagegen, wenn ich mir sein zufriedenes Gesicht anschaue. Na dann, aber ihr könntet wenigstens auch für uns einen Aperitivo bereitstellen.«

»Nessun problema«, stimmt Alfredo gnädig zu und zieht sein Brillenputztuch aus der Hemdtasche.

Wir legen los. Zucchini, Zwiebel, roter Paprika, Fenchel und Karotten schmoren im Olivenöl, zum Schluss gebe ich Cocktailtomaten, Salz, Pfeffer und Gewürze dazu. Thymian und Majoran finde ich in Kräutertöpfchen, das passt. Ich reibe noch eine Prise Muskat darüber. Daneben, in Angelos Pfanne, dünsten die Pilze. Bald zieht ein feiner Duft von gebratenem Gemüse durch die Küche. Soll ich dazu noch Weißbrot anbieten oder … Im Kühlschrank steht noch kalte Polenta, das ist gut. Die überbacke ich mit einer Mozzarellahaube. Die Steaks liegen bereit, sie kommen zum Schluss in die Pfanne und können dann in Alufolie ruhen. Ich schaue nach, welche Eissorten wir haben. Vanille. Der Klassiker schmeckt immer. Die Kirschsoße wird mit Saft und Gelatine angerührt, dazu kommen Zitronensaft und ein Hauch von Zimt. Angelo und ich funktionieren gut als Team.

Die Tür schwingt auf und Renatos Fuß fungiert als Türstopper, um Vinc freien Durchgang zu gewähren. Der folgt nämlich mit Campari Soda für Angelo und mich in beiden Händen. Die Eiswürfel klirren leise.

»Danke, Schatz, du weißt, was wir brauchen!« Den Kochlöffel im Gemüse schwingend, nehme ich mit der freien Hand das Getränk entgegen.

Angelo hebt sein Glas. »Auf Umberto«, sagt er, »wo immer du bist, alter Freund.«

Mit diesem Trinkspruch eröffnen wir dann auch das Essen und jeder am Tisch hängt kurz seinen Erinnerungen an den Verstorbenen nach. Rosalia ist mittlerweile zu uns gestoßen, Ayna und Oumon wollten lieber für sich bleiben. Ein schöner satter Rotwein schimmert in den Gläsern, ein Bardolino Superiore, wie Davide uns erklärt. Vom Weingut eines Nachbarn.

Eine Weile wird weitgehend schweigend gegessen. »Schmeckt ausgezeichnet«, lobt Renato, die anderen nicken zustimmend.

Rosalia sitzt auf Umbertos Platz, was uns erst irritiert, aber keiner sagt etwas dazu. So ist es halt. Das Leben geht weiter und auch ein freier Stuhl kann Umberto nicht zurückbringen. Rosalia schneidet ein Stück Fleisch ab und bückt sich runter zu Pipo, der apathisch unter ihrem Platz liegt. Wahrscheinlich versteht er die Welt nicht mehr. Selbst das Fleisch lockt ihn nicht. Er fiept leise und herzzerreißend.

»Tiere haben auch eine Seele«, stellt Alfredo mitleidig fest und wischt sich mit dem Brillenputztuch über die Glatze. Als er es merkt, steckt er es verlegen lächelnd in die Hemdtasche zurück, fährt sich mit der Hand über den Kopf und poliert die Brille dann mit der Serviette.

Pipos Fiepen wird intensiver, Rosalia steht auf und geht neben ihm in die Hocke. »Natürlich haben Tiere eine Seele und sie sind sehr sensibel«, stellt sie ausdrücklich klar, krault den Hund sanft zwischen den Ohren und redet in beruhigendem Singsang auf ihn ein. Das Fiepen wird leiser, verstummt irgendwann ganz. Und dann fängt Pipo an zu würgen. Er taumelt unter dem Stuhl hervor, der Speichel läuft ihm aus dem Maul. Rosalia weicht entsetzt zurück. Pipo zittert am ganzen Körper und würgt immer weiter. Galle und Blut.

An Essen ist nicht mehr zu denken, wir stehen hilflos im Halbkreis um den Hund herum und sehen, wie er sich quält.

Massimo Voltolini fängt sich als Erster. »Wir müssen ihn zum Tierarzt bringen«, übernimmt er als Mediziner die Regie. »Um diese Zeit hat bestimmt keine Praxis mehr offen. Wir müssen in die Tierklinik. Alfredo, such du die Adressen raus, es gibt zwei oder drei Kliniken im Umkreis. Rosalia, versuch du es auch beim örtlichen Tierarzt, vielleicht ist er ja doch erreichbar. Hast du die Nummer?«

»Ich muss sie erst suchen«, stammelt Rosalia, »das hat immer Umberto erledigt.«

Massimo schaut sich den Hund an, seine Pupillen. Er liegt mittlerweile am Boden und zittert nur noch.

»Die Klinik hier am Ort hat geöffnet. Ich melde uns gleich an«, gibt Alfredo einen Zwischenstand.

Der Dottore hebt kurz den Kopf. »Perfetto. Womöglich hat er etwas Schlechtes erwischt. Hat er heute was anderes gefressen als sonst? Irgendetwas, das herumgelegen ist? Es werden immer wieder vergiftete Köder ausgelegt und von nichts ahnenden Hunden verschlungen.«

Siedend heiß fallen mir die beiden Pralinen ein, die ich Pipo zugeschanzt habe.

»Alfredo, holst du meine Tasche, per favore?«, bittet Massimo den Apotheker.

»Was hat er denn?«, fragt Rosalia aufgeregt.

»Ich weiß es nicht, aber ich habe eine Vermutung. Ich spritze ihm jetzt eine geringe Dosis vom Rattengiftantidot. Seit den Vorfällen mit den Tortellini habe ich immer ein Notfallset dabei. Du musst aber trotzdem unbedingt zum Veterinär mit ihm. Ich habe keine Ahnung, was für Substanzen noch in solchen Ködern stecken können. Und außerdem kenne ich mich viel zu wenig aus mit den Dosierungen für Hunde.«

»Wird er sterben?« Rosalia ist in Tränen ausgebrochen.

Shit! Ich muss das mit den Pralinen beichten. Immerhin, die eine hat echt widerlich geschmeckt. Ich werde es Renato sagen. Aber nicht hier vor allen. Weil das natürlich Davide belastet. Damit verdächtige ich ihn quasi, dass er mir die vergifteten Teile unterjubeln wollte.

»Kommst du mal?«, flüstere ich Vinc ins Ohr.

Er folgt mir in die Küche und ich erzähle ihm von der unfreiwilligen Pralinenverkostung in Davides Keller und von Pipos Einsatz als Müllschlucker. »Es war total unheimlich. Davide wollte unbedingt, dass ich diese Pralinen esse und den Wein dazu verkoste. Ich wollte dich dazuholen oder dir wenigstens Bescheid geben, aber er hat mir keine Chance gelassen. Ich war richtig froh, dass Pipo nicht von meiner Seite gewichen ist. Der arme Kerl ... Er hat mir womöglich das Leben gerettet.«

»Doro, das ist Quatsch! Dann hätte Davide sich ja gleich selber anzeigen können. Wenn er dir die Pralinen gibt, weiß doch jeder sofort, dass er es war.«

»Wenn ich dann noch gelebt hätte. Umberto hat auch nichts mehr sagen können.«

Ich sehe förmlich, wie sich in Vinc' Gehirn ein Puzzle zusammenfügt. Er schaut mich entsetzt an. »Das müssen wir Renato erzählen, sofort!« Er schiebt mich zurück in den Gastraum.

Sie packen gerade Pipo in eine Decke und Davide hebt ihn hoch. Er räuspert sich, hat sichtlich etwas auf dem Herzen.

»Was ist?« Massimo dreht sich ungeduldig um. »Wir müssen uns beeilen.«

»Kann sein, dass ich schuld bin«, sagt Davide lahm.

»Woran? Komm, Davide, lass dir nicht jedes Wort aus der Nase ziehen. Oder erzähl es später. Der Hund muss in die Klinik!«

»Wir waren heute im Keller. Bei uns auf dem Gut. Ich habe Doros Rat gebraucht, kulinarisch. Und Pipo ist mit runtergekommen. Ich ... ich habe vor ein paar Wochen Rat-

tengift ausgelegt, weil ich Mäusekot gefunden habe, und …«
Davide schaut uns unglücklich an. »Ich habe noch vorher
mit Doro darüber geredet. Sie wusste natürlich nicht, dass
das in diesem Keller war, und ich habe es einfach vergessen.
Unsere Hunde sind nie im Keller …«

Ich drücke Vinc' Hand. Mann, bin ich froh, dass Vinc
und ich Renato noch nichts von unserem Verdacht erzählt
haben. Das wäre eine Riesenblamage geworden.

# KAPITEL 18

# VINO E VERITÀ – WEIN UND WAHRHEIT

## Giovedì (Donnerstag) – Tag 10

Als ich die Treppe runterkomme, höre ich das Rattern der Kaffeemaschine. Offensichtlich bin ich heute nicht die Erste. Rosalia hat die Barista bereits hochgeheizt und nippt vorsichtig an ihrer Tasse.

»Buon giorno, Rosalia. Was ist mit Pipo? Wie geht es ihm? Hat er die Nacht überstanden?«

»Buon giorno, Doro. Tutto a posto. Pipo wird es schaffen. Ich habe eben in der Klinik angerufen und sie sagen, er ist über den Berg und ich kann ihn gegen Mittag abholen. Dann erfahre ich auch Details.« Sie lächelt.

Dafür, dass sie kürzlich Umberto noch geschimpft hat, er solle seinen Köter endlich Gassi führen, bevor der ins Lokal mache, wirkt sie jetzt ziemlich glücklich über seine Genesung.

Ich umarme sie. »Es tut mir so leid, dass ich nicht aufgepasst habe. Davide hat noch von den Mäusen erzählt …«

»Doro, hör auf. Keiner kann was dafür. Gut, Davide hätte daran denken können, aber das war keine böse Absicht. Und Pipo hat es überstanden, das ist das Wichtigste. Zum Glück war Massimo da.«

Wir schlürfen beide an unseren heißen caffè – ich hab mir zwischenzeitlich auch einen aus der Maschine gelassen –, dann beginnen wir mit den Frühstücksvorbereitungen. Ayna soll sich heute einen freien Tag nehmen und sich um Oumon kümmern.

Rosalia schnippelt frische Kräuter fürs Rührei. »Die Eisingers sind tatsächlich abgereist. Denen ist die Lust aufs Tortellinifest vergangen. Und sie waren Fans von Umbertos Küche. Da kann man nichts machen.«

»Mach dir nichts draus, Rosalia. Ist ja nicht persönlich gemeint. Und angesichts der Vorfälle kann ich gut verstehen, wenn einem der Sinn nicht mehr nach Tortellini steht.«

»Es wurde versucht, die Vergiftungen geheim zu halten, aber irgendetwas sickert eben immer durch. Die Eisingers haben es im Café aufgeschnappt. Zwei einheimische Frauen haben getuschelt, nur leider nicht leise genug. Und dann stirbt Umberto … Sie haben mich direkt auf die Vergiftungsfälle angesprochen und da konnte ich schlecht lügen. Aber besser, sie reisen ab, als dass sie hier womöglich noch Panik verbreiten.«

Vinc schneit herein. »Schon Neuigkeiten von Pipo?«, fragt er.

»Grazie, Vincenzo, tutto a posto. Zum Glück. Ich habe es Doro gerade erzählt. Kannst du vielleicht die Tische eindecken? Ich habe Ayna freigegeben.«

»Ich stehe ganz zu eurer Verfügung. Ist vorher noch ein schnelles Tässchen caffè drin?«

»Sì, certo!« Rosalia legt ihr Messer ab und eilt zur Barista. Ihr ist es, glaube ich, ein bisschen unangenehm, dass wir hier bei ihr in der Küche arbeiten.

»Wo ist eigentlich Angelo?«, frage ich. »Wollte er sich nicht in der Küche einarbeiten?«

»Er holt seine Sachen aus der Wohnung seines Cousins.«

Ich hebe minimal meine Augenbrauen. »Salvatore wird das weniger freuen.«

Rosalia presst die Lippen zusammen.

»Scusami, Rosalia, das geht mich nichts an.«

»Ist schon gut, Doro. Es ist nur … Umberto ist gerade erst gestorben und ich mag Salvatore, aber alles zu seiner Zeit. Und außerdem kann ich es nicht leiden, wenn man über mich verfügt. Das habe ich mir während meiner ganzen Ehe von Umberto gefallen lassen müssen. Jetzt bestimmt kein Mann mehr, was ich zu tun oder zu lassen habe. Und es ist absolut nichts dabei, wenn Angelo hier ein Zimmer belegt.«

»Natürlich hast du recht, das sehe ich ja genauso. Ich dachte nur an Salvatores Reaktion, als Angelo es erwähnt hat.«

Rosalia seufzt tief. »Da kann ich ihm jetzt auch nicht helfen.«

»Vinc, jetzt solltest du aber loslegen, die ersten Frühaufsteher werden gleich da sein«, vertreibe ich meinen Schatz mit einem motivierenden Küsschen von seinem gemütlichen Platz auf der Küchenzeile neben der Tür. Er trollt sich und wir sind wenig später auch fertig.

»Ich schau mal, ob Vinc Hilfe braucht«, verkünde ich.

Braucht er nicht. Klar, er hat ja vor seinem Studium in der Hotelbranche angefangen, war dann aber nix fürs Leben und er hat umgesattelt. Schade eigentlich, denke ich, wie ich ihn so beobachte. Er sieht schon echt gut aus, mein Schatz. Heute serviert er zwar nicht mit schwarzer Hose und weißem Hemd, was immer besonders knackig aussieht, aber seine engen Jeans und das schwarze T-Shirt bringen seinen athletischen Körper durchaus gut zur Geltung.

Er eilt vorbei. Sein Mund verzieht sich zu einem leichten Lächeln. »Du hast eine gute Wahl getroffen«, sagt er nur.

»Du weißt ja gar nicht, was ich gerade gedacht habe.«

Er serviert zwei Rühreier.

»Könnten Sie uns bitte Salz und Pfeffer bringen?«, bittet eine der beiden Frauen am Tisch.

»Sì, certo, signora«, entgegnet Vinc freundlich und holt

ein Körbchen mit den gewünschten Gewürzen von der Ablage neben der Küche.

»Du hast mich gerade mit Haut und Haaren gefressen, Schatz, oder mit Blicken ausgezogen«, flüstert er mir auf dem Weg zum Tisch zurück zu.

»Bilde dir bloß nix ein«, widerspreche ich nicht besonders überzeugend und schaue ihm hinterher.

Rosalia streckt den Kopf aus der Küche. »Doro, kannst du kommen, per favore? Wir brauchen noch mal caffè.«

Ich folge ihr. Zum Frühstück gibt es Filterkaffee. »Wie viel, meinst du, soll ich machen?«

»Mach ruhig eine große Kanne. Ich trinke nachher auch noch gerne eine Tasse.«

»Gute Idee, da schließ ich mich an.«

»Wobei schließt du dich an?« Vinc ist hereingekommen.

»Wenn die Gäste fertig sind, wollen wir uns noch eine Tasse Kaffee gönnen. Bist du auch dabei?«

»Kann nur 'ne rhetorische Frage sein.«

Dachte ich mir doch, ich kenne Vinc und seinen morgendlichen Kaffeedurst. Und heute ist er eindeutig zu kurz gekommen.

Nach den letzten Nachzüglern räumen er und Rosalia die Frühstückstische ab, für den Abend muss nichts vorbereitet werden. In der Zwischenzeit kümmere ich mich um den nötigen Vitaminschub zum Kaffee für uns, schließlich müssen wir alle unser Energielevel hochfahren. Ich stöbere in der Speisekammer nach frischem Obst. Orangen, Zitronen, Kiwis, Äpfel, Pfirsiche, Melonen, da lässt sich definitiv eine Vitaminbombe zaubern. Oder vielleicht ein grüner Smoothie? Hmm, nein, heute Obst, bleibe ich bei meinem ersten Entschluss und fange an zu schnippeln.

Mein Blick bleibt an dem offenen Holzregal neben der Tür zur Speisekammer hängen. Dort stehen noch Umbertos

Spezialgewürzmischungen und ein paar Kochbücher. Eine schwarze Kladde erregt meine Aufmerksamkeit. Umberto hat manchmal darin geblättert. Es waren handschriftliche Eintragungen, so viel habe ich gesehen, und mir war klar, dass er dort seine persönlichen Favoriten und Eigenkreationen notiert hat. Soll ich …? Im Speisesaal klappern Rosalia und Vinc mit dem Frühstücksgeschirr. Die Schwingtür geht auf und Rosalia kommt mit einem voll beladenen Tablett herein. Ich ziehe das Buch aus dem Regal. »Darf ich mal reinschauen?«

Rosalia überlegt. »Reinschauen ja, aber nicht abfotografieren, bitte. Das war Umbertos kleine Küchenbibel. Du bist ja keine Konkurrenz, aber trotzdem. Angelo wird es vielleicht brauchen können.«

»Danke, Rosalia. Ich gebe zu, ich bin neugierig. Interessiert mich, was ein Kollege für Ideen hat. Lieber hätte ich ihn selber gefragt.«

Wir schweigen. Ist irgendwie ein seltsames Gefühl, die Mappe zu öffnen. Als ob ich heimlich in Umbertos Tagebuch lesen würde. Ich klappe die Mappe wieder zu und stelle sie zurück ins Regal. Jetzt nicht, habe ich gerade beschlossen. Rosalia nickt. Sie versteht, was in mir vorgeht.

»Was wird das?«, fragt sie, als sie die leuchtend orange Flüssigkeit im Entsafter sieht.

»Vitamine statt Fett«, erkläre ich. »Aber Kaffee gibt's trotzdem.«

»Sonst hätte ich gestreikt«, verkündet Vinc, der gerade hereingekommen ist. »Tische sind sauber, ich räume noch die Spülmaschine ein, dann gibt's leckere Vitamine.«

»Brauchst gar nicht zu spotten, dein Sixpack wird es mir danken.«

Vinc grinst. »Das hast du schön gesagt.«

»Ich weiß doch, wie ich dich motivieren kann.«

Rosalias Handy klingelt. Sie nimmt den Anruf entgegen und lauscht. »D'accordo, a dopo, Lorana.«

»Lorana Renzi. Davides Mutter. Sie ist in der Stadt und möchte vorbeikommen, um mir zu kondolieren«, informiert sie uns, als sie aufgelegt hat. Sie stellt ihre Tasse in die Spülmaschine und nimmt ihren Fruchtsaft. »Den trinke ich im Büro, in den letzten Tagen ist einiges liegen geblieben und das möchte ich aufarbeiten. Die Klinik wird sich auch bald melden. Wegen Pipo. Wenn Lorana kommt, könnt ihr sie bitte hereinlassen? Sie klingelt am hinteren Eingang.«

»Machen wir, Rosalia.«

Sie zieht sich in ihr Büro zurück, einen kleinen Raum gleich hinter der Treppe, wo es zum Hinterausgang geht.

Nachdenklich nehme ich die Kladde wieder in die Hand. »Ich krieg es einfach nicht auf die Reihe. Umberto und seine zwei Seiten. Wenn ich an ihn denke, habe ich mehr positive als negative Gefühle. Und dann auch wieder nicht.«

»Ich weiß, was du meinst. Aber ehrlich, Doro, bei mir hat er verloren. Dass er dich angegrapscht und wie er Rosalia behandelt hat, vor allem die Zumutung mit seiner schwangeren Freundin … Nee, da ist es bei mir echt aus. Du bist zu gutmütig, Schatz.«

»Vielleicht. Aber Rosalia sagt selber, dass er nicht nur schlecht war.«

Vinc runzelt die Stirn. »Fällt mir schwer, das zu verstehen.«

Mir ja auch. Ich schlage das Büchlein auf, jetzt bin ich bereit für Umbertos Kladde. Rosalia hat es mir erlaubt, und ohne ihre Anwesenheit fällt es mir leichter.

Ich blättere in den Aufzeichnungen. Vinc stellt sich neben mich und liest mit. »Die Schrift passt zu ihm«, sagt er.

Stimmt. Große, kräftige Buchstaben – so wie er war, kernig und mit Kraft aufs Papier gebracht. Hinweise auf

Rezepte, die er noch brauchte, Lieferanten, Tipps für den Einkauf.

»Stehen natürlich keine Geheimrezepte drin. Die hatte er im Kopf«, sage ich ein bisschen enttäuscht, aber nicht überrascht.

»Da, schau mal. Das ist nett.« Umberto hat eine Skizze von einem Teigtäschchen angefertigt und es als süßen Tortellino untertitelt. »Kenn ich als Weihnachtsgebäck«, sagt Vinc.

»Ich auch. Aber hier, Orangenfüllung, Weincremefüllung – Umberto wollte diese Täschchen mit sommerlichen Füllungen bestücken und als Novität bei diversen Stadtfesten präsentieren. Anscheinend hat er hier seine Ideen dazu notiert, keine speziellen Rezepte.« Was mich sofort anspornt. »Die würde ich gerne ausprobieren«, sage ich.

»Hab ich mir fast gedacht. Weißt du was, ich helfe dir. Ich habe nämlich auch eine Idee.«

»Das ist der Vitamindrink!«

»Bist du sicher?« Vinc' Blick wandert zu seinem noch vollen Glas. Wir lachen.

»Also, Arbeitsaufteilung. Ich mache den Teig, du holst die Zutaten, die du brauchst, ich habe meine Füllung schon im Kopf, die geht total schnell.«

»Meine ist auch nicht sehr aufwendig, aber wahrscheinlich bist du samt Teig schneller fertig als ich.«

Ich grinse. Vinc kennt seine Grenzen.

»Okay. Ich bin fair. Nicht die Geschwindigkeit, sondern das bessere Ergebnis gewinnt. Wir sammeln Stimmen. Der Verlierer zahlt 'nen Spritz.«

»Was auch sonst«, lästert Vinc und ist natürlich einverstanden. Möchte zu gern wissen, welche Idee er hat.

»Avanti! Iniziamo!« Ich klatsche zum Start in die Hände.

Der Teig ist schnell geknetet, ich wickle ihn in Folie ein. »Er soll noch kurz ruhen.«

»Gibst du mir meine Hälfte?«, bremst mich Vinc auf dem Weg zum Kühlschrank.

»Warum?«

»Ich muss noch was reinkneten.«

Vielen Dank für die karge Information. Hat Vinc heute seinen kreativen Kochfinger entdeckt?

»Ja klar. Was denn?« Ich rastere neugierig seine Zutaten, die er sich zusammengestellt hat. Amaretto, Rotwein, Amarettini, Ricotta, Quark, Trauben, Schokolade … Sieht sehr interessant aus. Die Kombi Rotwein und Schokolade lässt sofort wieder Davides Verköstigung vor meinem geistigen Auge aufleben. Ich schüttle die Gedanken ab. Hier und jetzt, mit Vinc in der Küche, da hat so ein übles Gefühl einfach nichts zu suchen. Basta e finito! Ich gebe Vinc seine Hälfte vom Teig und bleibe neugierig stehen.

»Es wird nicht gespickt. Kümmere dich lieber um deine Füllung, sonst bin ich doch noch vor dir fertig.«

»Haha. So viel Vorsprung kannst du gar nicht haben«, winke ich großspurig ab und linse rüber.

Aha, Amaretto! Dann hol ich mal den Cointreau.

»Nicht spicken«, wiederholt Vinc aus seiner Ecke.

Macht Spaß. Zum Glück liebt Vinc unsere gemeinsamen Kochausflüge genauso wie ich. Sind immer lustige Aktionen. Und ich finde sie sehr sinnlich …

»Hey! Den Koch ablenken gilt nicht«, protestiert Vinc.

»Es sind alle Mittel erlaubt«, lehne ich das Veto ab und kraule weiter unter seinem T-Shirt den gepriesenen Sixpack. Ich drücke meine Nase an seinen Rücken, bis er sich umdreht.

»Schatz, du bist unmöglich. Wenn mir meine Masse zusammenfällt, bist du schuld!«

»Ist doch kein Soufflé«, lache ich.

Vinc ist mit mir einer Meinung, dass eine Pause seinem Kunstwerk nicht schaden wird.

Nach ein paar Minuten rühren wir unsere Füllungen fertig. Ich habe Quark und Ricotta im Verhältnis eins zu eins vorgelegt und der Masse mit Cointreau, Orangenzisten und Zitronenschalenabrieb einen fruchtigen Touch verpasst.

»Ich leg deinen Teig auch gleich raus, ist dir doch recht?«

»Ja, bitte.«

»Soll ich dir deinen Teil mit ausrollen?«, biete ich Vinc an, weil ich weiß, dass er das überhaupt nicht gerne macht.

»Du bist die Beste, Doro«, nimmt er ohne zu zögern an.

»Dann such ich schon mal Ausstechformen«, sage ich.

Ich finde runde Dessertringe in verschiedenen Größen.

»Schau mal, die passen, oder?«

»Perfetto!«

Ein paar Minuten später warten meine fertigen Täschchen samt Eigelbglasur und Orangenzisten auf dem Backblech, bis sie Gesellschaft von Vinc' Halbmonden bekommen.

Ich schiebe alles bei 180 Grad in den Ofen, für eine Viertelstunde. In der Zwischenzeit beseitigen wir unser Chaos.

Es klingelt.

»Das wird Signora Renzi sein«, vermute ich und eile zum Hintereingang. Draußen steht aber nicht Davides mamma, sondern Renato.

»Ach, du bist es. Buon giorno. Hast du keinen Schlüssel?«, frage ich, weil ja alle Stammtischler einen bekommen haben.

»Mi dispiace, den habe ich im Auto liegen lassen und ich wollte nicht extra zurück zum Parkplatz.«

»Ist ja kein Problem, komm rein. Rosalia ist im Büro«, schicke ich ihn weiter.

»Grazie, Doro. Ich müsste dann auch noch mit dir sprechen.«

Schon wieder? Mir wird ein bisschen heiß, ich bin mir aber keiner Schuld bewusst.

»Es war Renato«, teile ich Vinc mit.

»Und? Was willst du mir damit sagen?«

»Er will mit mir reden, hat er gesagt. Keine Ahnung, um was es geht. Nur …«

»Was ›nur‹?«

»Ich weiß einfach nicht, ob ich ihm von den Pralinen erzählen soll.«

»Wär eigentlich schon richtig, finde ich. Er könnte veranlassen, dass Pipos Mageninhalt wirklich gründlich analysiert wird. Ich mein, trotz der aktuellen Lage mit den Vergiftungen geht es hier nur um einen Hund, der vermutlich einen vergifteten Köder gefressen hat. Ich glaube nicht, dass da so genau hingeschaut wird. Stell dir vor, es passiert noch mal was und hätte verhindert werden können, wenn Renato davon gewusst hätte«, gibt Vinc zu bedenken.

»Genau das ist der Punkt.«

Renato kommt zu uns in die Küche.

Er habe noch etwas wegen Umbertos Tod mit Rosalia besprechen müssen, sagt er. Und leider wisse er nichts Neues über Pipo.

Also erzähle ich ihm die Geschichte mit den Pralinen.

Er mustert mich schweigend. Der Küchenwecker bimmelt.

»Ich mach schon«, sagt Vinc und öffnet die Backofenklappe.

»Du hast also Pralinen gegessen, die komisch geschmeckt haben, und die hast du ausgespuckt. Und Pipo hat sie gefressen. Corretto?«

»Corretto.« Mein Puls pocht immer noch schneller, als er sollte.

»Und du glaubst, dass in den Pralinen das Gift war, das Pipo erwischt hat.«

»Möglicherweise. Vinc und ich dachten halt, in Anbetracht dessen, was alles passiert ist, mit den vergifteten Tortellini und Umbertos Todesumständen …«

»Dachtet ihr. Soso.« Renato mustert uns intensiv.

Wär mir lieber, wenn er in seiner sonst üblichen Lautstärke und überschwänglichen Emotionalität mit uns reden würde.

Vinc nimmt die Täschchen vom Blech und legt sie zum Auskühlen auf ein Gitter. Dann kommt er wieder zu uns rüber.

»Und ihr habt natürlich die Schlussfolgerung gezogen, dass die Pralinen möglicherweise für dich bestimmt waren, corretto?«

»Möglicherweise, ja«, gebe ich zu, »aber egal, ob ich oder jemand anders, wenn wir wissen, ob Pipo Rattengift erwischt hat und ob das Gift in der Praline war oder nicht, dann macht das einen entscheidenden Unterschied. Und die Untersuchung dazu kannst nur du anordnen. Ein Hund, der einen Giftköder verschlingt, ist nichts Ungewöhnliches. Ich kann mir vorstellen, dass der Sache da nicht weiter auf den Grund gegangen wird.«

»Aha, verstehe.« Renato klickt seinen Kugelschreiber ein und aus.

Verdammt, warum ist er heute so wortkarg!

»Allora, dann fangen wir von vorne an. Woher hattest du die Pralinen? Und wo ist die restliche Packung?«

Genau das habe ich befürchtet. Ich wollte eigentlich Davides Namen raushalten. Renato sollte nur die Untersuchung anordnen. Aber logisch, ohne Hintergrundwissen wird er sich nicht engagieren. Was soll ich also sagen? Direkt lügen will ich nicht. Wie ich es auch drehe und wende, ich muss mich entscheiden. Wenn ich ihm jetzt sage, dass ich die Pralinen von Davide bekommen habe und dann nix dran ist an der Geschichte, kann ich definitiv und endgültig meine Koffer packen. Ich glaube, dann wäre ich für die Stammtischrunde eine Verräterin.

»Renato, kannst du mir nicht einfach vertrauen und das erst mal herausfinden?«, wage ich einen letzten Versuch.

»Ich vertraue dir schon, Doro, aber es geht hier nicht um ein gestohlenes Geheimrezept, um ein Beispiel aus deinem Aktionsfeld zu nehmen, es geht um Mord und eine Serienvergiftungswelle. Das ist keine Bagatelle!«

»Für geheime Rezepte ist oft genug gemordet worden«, murmle ich.

»Doro! Du weißt, was ich damit sagen will.«

»Tut mir leid, natürlich weiß ich das.«

»Wenn ich auch mal was beitragen darf«, mischt Vinc sich jetzt ein, »ich bin dafür, alle Karten auf den Tisch zu legen. Dazu müsstest du uns aber etwas versprechen.«

»Lass hören.«

»Das, was wir dir sagen wollen, hängt mit eurem Stammtisch zusammen. Mit eurer Freundschaft, mit Umbertos Tod und eben mit den Pralinen«, nimmt mir Vinc die Entscheidung ab. »Dieses Gespräch sollte aber dringend unter uns bleiben.«

»Warum ist das so wichtig? Wenn es relevant für die Aufklärung eines der vorgefallenen Anschläge ist, dann kann ich nicht schweigen, das wisst ihr.«

»So ist das nicht gemeint. Es geht darum, dass wir einem von euch damit auf den Schlips treten, und wir wollen nicht, dass deine Freunde das erfahren. Sonst können wir uns gleich woanders einquartieren.«

»D'accordo. Wenigstens bis sich herausstellt, ob der Verdacht sich bestätigt oder zumindest auf festen Beinen steht – denn darum geht es doch letztendlich, oder? Um einen Verdacht gegen einen aus unserem Kreis.«

»So ungefähr. Das hängt aber stark davon ab, wie das Ergebnis bei Pipo ausfällt. Deshalb wollten wir eigentlich nicht weiter ins Detail gehen, sondern erst mal die Laboruntersuchungen abwarten. Und dafür braucht es deine offizielle Anordnung«, untermauert Vinc unsere Bitte, vorerst keinen Namen zu nennen.

»Ich verstehe euch schon. Wir sind alle gerade in einem Gefühlschaos, ich will auch kein Öl ins Feuer gießen. Außerdem würde das auch mich tangieren. Schlimm genug, dass Angelo verhaftet worden ist, dass ich nichts dagegen tun konnte und dass ich auch nicht verhindern kann, dass Angelo noch im Fokus der Ermittlungen rund um die Tortellinimorde steht. Wenn ich jetzt noch beichten würde, dass ich einen von uns dank Doros Hinweisen unter die Lupe nehmen muss, dann wäre mein Vertrauensbonus als Freund schwer angekratzt. Die Rolle als Spitzel will ich mir nicht antun. Obwohl ich natürlich gar nicht anders kann, als auch meine Freunde als mögliche Täter zu überprüfen.« In seine Stirn graben sich Sorgenfurchen. »Ihr sagt mir jetzt alles, was ihr wisst oder vermutet oder gesehen habt, und ich verspreche, dass ich die Informationen so vertraulich wie möglich behandle. Mehr kann ich euch nicht zusagen.«

»Danke, Renato. Also, Doro und ich waren bei Davide auf dem Weingut. Ayna und Oumon waren auch dabei. Hauptsächlich ging es darum, ob Ayna und ihr Mann auf dem Gut wohnen können und ob Davide Arbeit für Oumon hat. Davide hat dann irgendwann Doro in den Keller gelotst, sie durfte mir nicht Bescheid sagen, und dort hat er ihr eine neue Geschäftsidee vorgestellt, Wein und Schokolade. Was an sich nichts Neues ist, aber der Clou an der Idee soll sein, dass er extra dafür einen ganz besonderen Rotwein kreiert hat und die Pralinen von seiner mamma hergestellt werden.«

»Das Ganze sei noch in der Testphase, deshalb wolle er möglichst wenige Leute einweihen, hat er gesagt. Bei mir könne er nicht wiederstehen, weil ich als Köchin einen gewissen Ruf hätte. Vor allem habe ich ihn allerdings im

Verdacht, dass er über mich an meinen Vater rankommen oder Teil der Reportage werden will.«

»Das ist aber nicht der Verdacht, von dem ihr sprecht, oder?« Renato dauert die Hinführung zu lange.

»Nein, natürlich nicht, ich komm ja schon zum Punkt: Die Pralinen hat Signora Renzi hergestellt und sie hat am Nachmittag welche zum Probieren angeboten. Und obwohl ich kein Pralinenfan bin, muss ich sagen, das waren Geschmacksexplosionen allerfeinster Art. Ich war echt begeistert. Als Davide mir dann kurz darauf im Keller noch mal welche aufgenötigt hat, schmeckte die erste Praline so grauenhaft, dass ich sie direkt wieder ausgespuckt habe. Sie ist mir aus der Hand gerutscht, und was soll ich sagen, noch bevor sie unten ankam, hat Pipo sie im Flug aufgeschnappt. Ich fand das einen guten Weg auch für die zweite Praline.«

»Und du glaubst jetzt, dass Davide dir etwas in eine der Pralinen geschmuggelt hat?«

»Wäre doch möglich.«

»Außer, Signora Renzi hat besondere Exemplare für besondere Gelegenheiten auf Lager. Aber das glauben wir alle nicht, oder?«

»Noch weniger, als dass Davide mir eine präparierte Praline unterjubeln würde. Was außerdem noch dagegenspricht, ist, dass Davide kaum die Zeit hatte, die Praline zu präparieren, und er hat das mit den Giftködern für die Mäuse ja schon damals erwähnt, als wir vor knapp zwei Wochen sein Weingut besichtigt haben«, gebe ich zu bedenken.

»Vielleicht sollte man die Pralinen sicherstellen … Aber dann wäre offensichtlich, was die Idee dahinter ist«, überlegt Vinc.

»Eben. Das will ich vermeiden«, sagt Renato und ich will nicht in seiner Haut stecken. »Ich mache erst mal Druck im

Labor«, sortiert er laut seine Gedanken. »Dann wissen wir mehr, ansonsten muss ich reagieren. Ich kann nicht riskieren, dass noch mehr passiert.«

Wir wägen Für und Wider ab. Wer könnte Interesse daran haben, mich zu vergiften? Oder war ich ein Zufallsopfer? Oder gar kein Opfer, weil Pipo einfach den Rattenköder erwischt hat? Das erscheint uns am wahrscheinlichsten.

Renato steckt den Kugelschreiber in die Innentasche seiner Dienstjacke und klopft auf die Arbeitsplatte. »Ich fahre jetzt aufs Revier und hänge mich ans Telefon. Vielleicht muss ich auch direkt in die Tierklinik fahren, mal sehen. Danke jedenfalls, dass ihr mit mir geredet habt«, sagt er.

»Warum wolltest du mich eigentlich sprechen?«, fällt mir wieder ein. »Gibt es noch mehr Vergiftungsfälle?« Bei dem Gedanken wird mir ganz anders. Hätte ich Renato doch sofort alles sagen sollen?

»Die Richtung stimmt.« Seine Miene ist undurchdringlich. »Wir haben das Ehepaar Facconi nochmals durchleuchtet und sind dabei tatsächlich auf eine interessante Neuigkeit gestoßen.«

»Renato, spann uns nicht auf die Folter. Was habt ihr in Erfahrung gebracht?«, drängt Vinc.

»Wir haben eine potenzielle Verbindung gefunden, eine Person, die die Möglichkeit hat, unauffällig vergiftete Pasta in einer Hotelküche zu deponieren. Der alte Facconi springt manchmal als Fahrer ein, wenn Not am Mann ist. Er hat einem Freund ausgeholfen, der als Fahrer verschiedene Ristoranti und Hotels beliefert, das haben die Kollegen herausgefunden, als sie noch mal die Listen durchgegangen sind. Sie haben einen Namen entdeckt, den einer von ihnen mit Facconi in Verbindung bringen konnte. Valeggio ist halt keine Großstadt.« Renato lächelt zufrieden.

»Aber die Facconis werden ja nicht ein Päckchen Tortellini mit Rattengiftfüllung auf Vorrat haben, das erfordert schon ziemlich viel Vorbereitung«, überlege ich laut.

»Facconi ist für einen Freund als Fahrer eingesprungen. Das hat er früher öfter gemacht, allerdings nicht mehr seit dem Tod seiner Enkelin. Jetzt hat er seinen Freund wissen lassen, dass er ab und zu wieder eine Fahrt übernehmen würde. Er hätte also Zeit gehabt, die Tortellini zu präparieren, denn er wusste, Fahrer werden immer mal gebraucht, er musste nur abwarten. Das Ganze läuft natürlich schwarz, deshalb ist der Name der Facconis in der Lieferkette nicht aufgetaucht. Mein Kollege Callipari ist bei der Feuerwehr, und als er die Liste der Lieferanten noch mal durchgegangen ist, ist ihm der Name eines Feuerwehrkollegen, mit dem er öfter schon einen Einsatz gefahren ist, ins Auge gesprungen. Franco Sepini. Der hat einen kleinen Lieferservice. Callipari hat ihn angerufen und gefragt, ob er die Lieferungen selber ausfährt. Sepini hat das bestätigt, allerdings hatte er an dem Tag ein paar Doppeltermine und für solche Fälle steht eben Facconi auf seiner Notfallliste. Dass er schwarz für ihn gefahren ist, war kein Thema, läuft unter Nachbarschaftshilfe. Callipari hat weiter nachgebohrt und Sepini erinnerte sich sogar noch, dass der alte Facconi damals in der Nacht, als seine Enkelin gestorben ist, ausgeholfen hat. Eigentlich hätte er gar nicht von zu Hause weggedurft, weil seine Frau für eine Stunde zu ihrer Schwester gegangen war und ihre Enkelin leichtes Fieber hatte, aber das Mädchen hat geschlafen und er dachte, seine Frau sei gleich zurück und bei ihm werde es auch nicht lange dauern. Dass die Kleine einen Blinddarmdurchbruch hatte, konnte zu diesem Zeitpunkt keiner ahnen. Es war also extrem knapp, dazu kam ein Stau aufgrund eines Unfalls mit einem alkoholisierten Fahrer, und die ohnehin verstopften Straßen durch das Tortelllinifest haben in der Summe der kleinen Milli das Leben gekostet. Dass der Unfallverursacher Gast auf der Ponte Visconteo war und dass er selber eine Pastalieferung fürs Fest ausgefahren hatte, das war für Facconi doppelt bitter. Und hat die Wut noch vergrößert, mit der er sein eigenes schlechtes Gewissen verdrängte. Immerhin hat er die Aufsichtspflicht für seine Enkelin verletzt. Facconi ist seit damals nicht mehr gefahren, wofür natürlich jeder Verständnis hatte.«

»Bis er jetzt wieder einen Fahrdienst übernommen hat ... Klingt nicht gut für ihn«, stelle ich düster fest.

»Nein«, bestätigt Renato. »Ich muss das allerdings erst überprüfen. Aber wenn das alles stimmt, wäre es ein starkes Motiv und Signor Facconi hätte die Möglichkeit gehabt, die Tortellini vorzubereiten und bei passender Gelegenheit unter eine Lieferung zu schmuggeln. Wer die Pasta bekam, war für ihn ja nicht relevant. Er konnte damit rechnen, dass seine Fahrdienste gebraucht werden, in diesen Tagen ist immer mehr los als sonst.«

»Das ist echt übel, Renato. Aber warum erzählst du uns das alles?«

Er zuckt mit den Schultern. »Du hast uns den Tipp gegeben. Und vielleicht brauche ich dich noch mal in dieser Sache. Die beiden scheinen ein gewisses Vertrauen zu dir zu haben.«

Die Kehle wird mir eng. »Renato, das musst du selber machen. Mir ist klar, dass man sie nicht laufen lassen kann, aber das ist deine Aufgabe. Ich bin raus.«

Die Klingel unterbricht unsere Diskussion. Ich räuspere mich. »Das wird Signora Renzi sein«, vermute ich und liege damit richtig.

Ich öffne ihr die Tür am Hintereingang. »Buon giorno, signora! Setzen Sie sich gerne schon in den Gastraum, Sie kennen sich ja aus. Ich sage Rosalia Bescheid, dass Sie da sind.«

»Va bene, grazie.« Signora Renzi geht die Stufen runter in die Osteria, ich klopfe an Rosalias Bürotür und stecke den Kopf hinein. »Rosalia, Signora Renzi ist da. Sie wartet unten im Lokal. Vinc und ich haben vorhin gebacken. Könntet ihr probieren.«

»Danke, Doro. Ich komme sofort.«

»Richte ich aus.« Ich schließe die Tür.

»Rosalia ist gleich da«, informiere ich die Signora. Möchten Sie schon einen caffè?«

Renato und Vinc kommen eben aus der Küche. »Ciao, Doro, ich denke, es ist vorerst alles besprochen. Ich melde mich.«

»Alles klar, Renato. Ciao.«

»Signora Renzi«, Renato grüßt zu Davides Mutter rüber. Ich hoffe, dass sie mir mein schlechtes Gewissen nicht ansieht, immerhin habe ich gerade mit einem Vertreter der Polizei über ihren Sohn spekuliert.

Aber die Signora ist völlig entspannt. »Grazie, Doro, lieber erst ein Glas Wasser. Ah, buon giorno, Vincenzo«, sagt sie freudig. Dann verdüstert sich ihre Miene. »Es ist so furchtbar. Umberto tot. Vergiftet. Was ist das nur für eine Welt!« Sie schüttelt den Kopf.

»Ciao, Lorana!« Mit ausgebreiteten Armen kommt Rosalias mamma an den Tisch.

Signora Renzi springt auf und die beiden Frauen drücken sich herzlich.

»Erminia, ich möchte dir mein Beileid aussprechen. Und vor allem deiner Tochter.«

Sie setzen sich.

»Danke, Lorana, aber du weißt, dass ich nicht die innigsten Gefühle für Umberto gehegt habe.«

297

Lorana schaut etwas verlegen zu mir. Ich tue so, als hätte ich nichts gehört, und verziehe mich in die Küche. Vinc hat die Zeit genutzt und einen Teller mit unseren »Süßen Tortellini«, wie Umberto sie in seiner Kladde genannt hat, bestückt.

Unter den Frauen ist bald eine angeregte Unterhaltung im Gange. Ich frage nicht und stelle für jede der Damen ein Glas Wasser und eine Tasse caffè zu den süßen Tortellini aufs Tablett, das Vinc nach draußen bringt.

»Wir sind dann weg«, verabschieden wir uns. »Bisschen bummeln in der Stadt.«

»Danke, Doro. Viel Spaß euch«, sagt Rosalia und greift nach einem Täschchen.

»Delizioso!« Lorana hält einen Vinc'schen Halbmond in die Höhe.

»Grazie mille, signora«, bedankt er sich.


Als wir zwei Stunden später zurück sind, sitzen Rosalia und Lorana immer noch am Tisch, die Kaffeereste kleben längst vertrocknet an den Tassenrändern.

Signora Renzi fischt ihr Handy aus der Tasche. »Es wird Zeit für mich, Rosalia. Wir sollten uns wirklich öfter sehen!«

»Du hast recht, meine Liebe, wir sind viel zu sehr mit Verpflichtungen eingedeckt.«

»Davide hat mich heute Vormittag hergebracht, musste aber schnell wieder zurück. Ich rufe mir ein Taxi.«

»Kommt nicht infrage, wir fahren Sie«, bietet Vinc spontan an. »Einverstanden, Doro? Wir haben doch nichts vor, oder?«

»Nee, das passt super. Ist ja 'ne herrliche Gegend.«

»Grazie, ihr Lieben, das nehme ich gerne an«, bedankt sich Signora Renzi und steckt ihr Handy wieder ein.

»Ich spring noch schnell hoch, meine Schätze ablegen.«
Die Tüten in meiner Hand bedürfen keiner weiteren Erklärung.

Ich überlasse Signora Renzi den Beifahrersitz und klettere
nach hinten. Es ist heiß im Auto, aber ich liebe es trotzdem,
wie draußen die sanft geschwungenen Weinberge an uns vorbeifliegen. Mit dem Fahrrad ist es intensiver, da rieche ich
den Sommer und die Sonne, im Auto kann ich mich dafür
relaxed zurücklehnen, die Landschaft bekommt eine größere Dimension. Vinc unterhält sich mit Davides mamma,
die Stimmen dringen als Gemurmel an mein Ohr, meine
Gedanken schweifen ab. Paps hat mich kürzlich nach meinen Plänen gefragt. Klar, er hätte mich am liebsten im Lokal.
Wir harmonieren prima, er hätte seine Prinzessin neben sich
und damit auch sein Mädchen für alles. Mache ich auch total
gerne, irgendwie ist mein Traum vom eigenen Lokal in die
Ferne gerückt. Und Vinc hat ja auch andere Pläne. Dank
Internet könnte er durchaus von unterwegs aus arbeiten
und ich könnte kulinarische Reisen unternehmen, so wie
jetzt. Berichte darüber schreiben, Kochbücher … Dann
drängt sich eine Erinnerung in den Vordergrund. Meine
Mutter. Die uns verlassen hat, Paps und mich. Weil Sascha
nur für seinen Traum lebe, hat sie gesagt, und weil sie auch
Träume habe. In diesen Träumen war dann kein Platz für
mich, ihre Tochter. Was das Kochen anging, ist Paps so verrückt wie immer geblieben, aber seine häufigen Auslandsreisen, seine ganzen Verpflichtungen, die ihn oft wochenlang
von zu Hause ferngehalten hatten, hat er strikt reduziert.
Seine Nummer eins war von diesem Zeitpunkt an ich, seine
Prinzessin. Nur im Notfall hat er mich zu seinen Eltern
gegeben, die gesundheitlich nicht mehr sehr belastbar waren.
Und als er für ein halbes Jahr nach Australien ging, da hat

er mich einfach mitgenommen. Natürlich habe ich meine Mutter anfangs vermisst, war erst traurig, dann wütend, aber jetzt ist es nicht mehr wichtig für mich. Zumindest fast ...

»Wir sind da, Schatz«, holt mich Vinc aus meinen Überlegungen. Bin froh drüber, ich mag jetzt nicht mehr nachdenken. Hat mich genug Kraft und Energie gekostet das Ganze.

»Herzlichen Dank fürs Heimbringen. Wartet bitte einen Moment, ich habe noch etwas für Rosalia.« Signora Renzi springt aus dem Auto und eilt Richtung Haus.

Wir steigen ebenfalls aus und lehnen uns ans Auto.

»Was ist dir für eine Laus über die Leber gelaufen?« Vinc streicht zärtlich über meine angespannte Stirn.

»Meine Mutter«, antworte ich knapp.

»Aha.« Vinc hat selber sein Familientrauma, seine Eltern waren ständig beruflich im Ausland und haben ihn bei der Oma geparkt. Ich muss nichts sagen, er weiß, welche Gespenster aus der Vergangenheit ab und zu und völlig überraschend auftauchen.

Wir schlendern über den Hof.

»Schau, Davide sitzt auf der Terrasse«, mache ich Vinc auf ihn aufmerksam.

»Stimmt. Sollen wir rübergehen?«

Ich zögere. »Er hat uns bestimmt schon bemerkt. Vielleicht will er seine Ruhe.«

»Ich find's unhöflich, einfach so zu tun, als hätten wir ihn nicht gesehen«, findet Vinc.

»Macht er doch auch.«

»Egal. Ich geh kurz zu ihm. Seine Mutter wird sicher eh gleich zurück sein.« Vinc macht sich zielstrebig auf Richtung Veranda. Natürlich gehe ich mit.

Davide sitzt auf der Bank und starrt auf die Tischplatte, als würde er die Holzmaserung auswendig lernen. Aber es ist nicht die Maserung, die er betrachtet, es ist die Kette aus

Umbertos Schatzkästchen. Und ein dazu passender Ring. War ihm das Versteck im Keller doch nicht sicher genug?

Erst als Vinc ein lautes »Ciao, Davide« vom Stapel lässt, schaut er hoch. Den Schmuck versenkt er schnell in seiner Hosentasche.

»Ciao, ihr beiden«, entgegnet er und es klingt nicht sonderlich begeistert. Die Aussprache etwas verwässert. Eine Flasche Wein steht auf dem Tisch, von Wasser keine Spur – also eher weinschwer als verwässert. Und das um diese Uhrzeit.

»Wir haben deine Mutter heimgefahren«, erkläre ich unsere Anwesenheit. »Sie hat Rosalia kondoliert und wir haben die Fahrt zu einem kleinen Ausflug genutzt.«

»Dank euch. Ihr entschuldigt mich? Muss noch Rocco helfen«, sagt er und schaut uns aus roten Augen an. Dann steht er auf und geht.

»Mann, der ist ja gut drauf heute. Ich möchte bezweifeln, dass er Rocco in den nächsten Stunden eine große Hilfe sein wird«, sage ich verblüfft zu Vinc.

»Da könntest du recht haben.«

Signora Renzi tritt aus dem Haus, mit zwei Papiertüten in der Hand. Als sie uns auf der Veranda sieht, schaut sie sich um. »War nicht Davide eben noch hier?«, fragt sie verwundert.

»Der musste weg. Rocco helfen«, erklärt Vinc.

Sie zuckt mit den Schultern. »Ich habe Pralinen für Rosalia eingepackt. Und für euch auch ein paar. Die wollte ich euch ja gestern schon mitgeben.«

Ich glaube, jetzt werde ich rot. Ich bin sogar ganz sicher! Die Pralinen verfolgen mich irgendwie.

»Danke fürs Fahren, ihr beiden. Ich muss mich jetzt um die nonna kümmern. Arrivederci, habt einen schönen Tag«, verabschiedet sich Signora Renzi herzlich und geht zurück ins Haus.

»Wahrscheinlich hat ihre Mutter sie vorhin nach oben beordert und sie will sie nicht warten lassen. Passt uns ganz gut, denn wir wollten eh noch ein bisschen durch die Gegend düsen.«

»Hast du ein bestimmtes Ziel vor Augen?«, fragt Vinc.

»Nee, gar nicht. Nur so die Straße entlang, an den Weinbergen vorbei, und ich würde wahnsinnig gern mal runter zum See fahren. Irgendwo an der Promenade ein Eis genießen oder einen winzigen Campari Soda ...«

»Gute Idee. Der Gardasee ruft!«

»Du wolltest ja letztens nicht zum Baden«, erinnere ich ihn.

»Ja, aber jetzt hätte ich Lust. Auf Promenade und Schwimmen. Badezeug liegt eh noch im Kofferraum.«

»Wunderbar, dann nix wie los. Am besten fahren wir gleich Richtung Bardolino. Echt, ich freu mich auf die Abwechslung, langsam deprimiert mich die Atmosphäre hier. Wenn ich denke, wie enthusiastisch die ersten Tage waren, der Besuch bei Greta, die Tortellini-Show im ›La Rosa‹ ... Obwohl, wenn ich es mir recht überlege, war Valeria da schon recht nervös. Wegen des ersten Vergiftungsfalls.

Und Davides Mutter hatte auch ein konspiratives Treffen mit dem Damenkomitee. Da haben sich die ersten Schatten vor die sommerliche Sonne geschoben.

»Nehmen wir die romantischen kleinen Straßen oder willst du lieber auf direktem Weg zum See?«

Ich muss nicht lange überlegen. »Romantisch, bitte. Ich wollte mal nach Santa Lucia. Wo die Facconis herkommen.«

»Doro, schalt doch einfach mal ab. Wenn du willst, können wir den Abstecher machen, aber was bringt's?«

»Okay, hast recht. Fahren wir direkt zum See. Die Strecke ist ja auch ohne Santa Lucia ai Monti sehr malerisch.«

Weinberge, Kirchen, Schilder, die zur Weinprobe einladen ... Ich lasse mich durch das abwechslungsreiche Auf und Ab dieser grünen italienischen Landschaft verzaubern. Meine Augenlider sind schwer und ich nicke immer wieder für ein paar Sekunden weg.

»Shit! Doro, halt dich fest!«, schreit Vinc plötzlich.

Als ich meine vernebelten Gedanken endlich sortiert habe, sehe ich um mich herum nur noch Grün, das gegen die Scheiben schlägt.

# KAPITEL 19

## GIOCHI MENTALI – GEDANKENSPIELE

Giovedì (Donnerstag) – Tag 10

Ich schnuppere. Was riecht hier so seltsam? Ich will nachsehen, doch da fährt mir ein messerscharfer Schmerz ins Gehirn. Mir wird übel. Ich will meine Augen nicht öffnen. Die Lider sind schwer wie Blei.

»Sie wacht auf«, höre ich.

Das war Paps. Eindeutig.

»Prinzessin«, flüstert er.

»Doro, Schatz«, raunt es in mein anderes Ohr.

Unwillkürlich zucken meine Mundwinkel nach oben. Was mir sofort eine erneute Schmerzwelle beschert. Okay. Stillhalten. Ist ohnehin nur ein Traum. Warum sollten Paps und Vinc mir gleichzeitig ins Ohr flüstern? Wenn Vinc mir so ein zärtliches »Doro-Schatz« ins Ohr haucht, bin ich normalerweise mit ihm allein. Witzig. Oh nein, Schmerzwelle!

»Doro, kannst du uns hören?«, wispert Vinc.

Hm, vielleicht ist es ja doch kein Traum. Ich muss nachsehen, aber meine Augen wollen einfach nicht aufgehen. Jeder Versuch tut tierisch weh. Ich gebe auf und lasse mich in die Schwärze zurückgleiten.

Irgendwann spüre ich, dass meine Hände festgehalten werden, und schlage die Augen auf. Ha, geht doch!

Was ich dann sehen muss, verwirrt mich. Vinc sitzt auf einem Stuhl neben dem Bett, hält meine Hand, sein Kopf liegt auf meinem Bauch. Er schläft. Paps sitzt auf der anderen Seite und hält meine andere Hand. Er beobachtet mich.

»Schön, dass du wieder bei uns bist«, sagt er liebevoll. »Ihr hattet einen Unfall. Du bist hier im Krankenhaus.«

Ich schaue mich um. Stimmt, eindeutig ein Krankenhauszimmer. Aber Moment – wir hatten einen Unfall?

»Vinc! Paps, ist Vinc okay?« Ich schau alarmiert von Paps zu meinem schlafenden Freund auf meinem Bauch.

»Ganz ruhig, Schatz. Er ist unverletzt, nur ziemlich fertig. Der Unfall, die Sorge um dich, das hat ihn ganz schön mitgenommen. Du warst eine ganze Zeit lang bewusstlos. Ich hab ihm vorgeschlagen, dass er ins Hotel gehen soll und ich bei dir bleibe. Aber er ist stur wie ein Esel.«

Die Augen fallen mir wieder zu. Unfall. Vinc ist nichts passiert. Ich war bewusstlos. Und sonst? Ich zwinge mich in die Realität zurück.

»Paps …«

»Ja, mein Spatz?«

»Ist an mir alles …«

»Alles in Ordnung, Spatz. Nur eine Gehirnerschütterung. Ein paar Tage Bettruhe und du bist wieder die Alte.« Er tätschelt meine Hand.

Ein paar Tage Bettruhe? Ich setze mich ruckartig auf. Dabei rutscht Vinc' Kopf unsanft von meinem Bauch. Er schreckt hoch, reibt sich den Schlaf aus den Augen.

»Doro, endlich. Wie geht es dir?« Er streicht mir sanft über die Wange.

»Schon besser. Die Schmerzen sind fast weg.« Ich bewege meinen Kopf vorsichtig in alle Richtungen. »Scheint zu funktionieren. Und du? Bist du unverletzt?«

»Ja, nur ein blauer Fleck im Brustbereich. Vom Gurt. Aber sonst nichts. Ich habe Glück gehabt.«

»Was ist denn überhaupt passiert? Waren wir nicht unterwegs zum See?«

»Genau, wir haben die kleineren Straßen genommen, um

die Landschaft zu genießen. Es ist ja immer mal ein Hügel dazwischen, ein leichtes Auf und Ab – und plötzlich hat die Bremse nicht mehr gegriffen. Ich konnte den Wagen gerade noch seitlich in den Weinberg lenken und die Richtung so ändern, dass ich das Auto aufwärts auslaufen lassen konnte. Allerdings gibt es zwischen Straße und Weinberg einen flachen Graben. Wir sind zwar nicht hängen geblieben – ich hab's kommen sehen und konnte den Schlag ganz gut abfedern. Aber du hast so vor dich hin gedämmert, dich hat es so richtig vom Sitz hochgezogen und wieder zurück. Ich glaube, du hast dir den Kopf am Autodach angeschlagen und den Hals gestaucht. Vermuten sie hier zumindest.«

Ich greife mir an die Halskrause. »Na, super! Mit so 'nem Ding wollte ich immer schon rumlaufen. Vor allem in Italien, mitten im Sommer.«

»Hör auf, dich zu beschweren, das hätte viel schlimmer ausgehen können«, sagt Paps streng.

»Hallo? Ich hatte einen Unfall! Da darf ich wohl ein bisschen jammern.« Vorsichtig stopfe ich mir das Kissen weiter in den unteren Rücken. »Oh Gott«, ich schlage die Hand vor den Mund.

»Was ist?« Vinc schaut beunruhigt.

»Nix mit mir«, entwarne ich, »aber was ist mit deinem Auto?«

»Ach so! Mann, bin ich gerade erschrocken. Lieb von dir, dass du dir deswegen Sorgen machst. Ich befürchte, die Achse ist hin. Vorne und an den Seiten ist der Lack lädiert, aber nichts, was man nicht beheben könnte.« Er beugt sich zu mir. Nimmt mein Gesicht in seine Hände und küsst mich. »Ich hab mir echt Sorgen gemacht. Du hast dich nicht mehr bewegt … Ich bin so froh.« Er umarmt mich fest.

Paps wird das Ganze zu viel. »Noch jemand Kaffee?«, fragt er und steht auf.

Wir verneinen beide und er lässt uns allein.

»Wie geht's jetzt weiter? Muss ich im Krankenhaus bleiben? Ich würde lieber mit dir zurück ins Hotel«, sage ich zu Vinc.

»Klar, das hab ich mir schon gedacht. Der Arzt hat gesagt, sie warten, bis du wach bist, sie wollen noch ein paar Tests durchführen, dann entscheiden sie.«

»Na, dann ruf sie mal rein«, sage ich munter, »von meiner Seite her gibt's keine Einwände.«

»Fast schon wieder die Alte. Aber, Schatz, du tust, was die Ärzte dir sagen. Dafür werde ich sorgen.« Er versucht, streng zu schauen. »Mal sehen, ob ich jemanden finden kann.«

Als er draußen ist, checke ich meinen Körper in Eigenregie. Außer dass ich gefühlt Muskelkater am ganzen Körper habe, mein Hals von einer dicken Schaumstoffwurst umschlossen ist und sich in meinem Kopf ein latenter Druck breitmacht, kann ich nichts Bedrohliches feststellen.

Vinc kommt wieder rein, nimmt mir allerdings die gute Laune. Wird nix mit auschecken. »Sie werden morgen früh ein paar Tests machen, deinen Gesamtzustand beurteilen und dann entscheiden. Aber nicht mehr heute.«

»Und wenn ich mich selber entlasse?«, frage ich, obwohl ich die Antwort schon kenne.

»Nix da! Morgen. Ich werde da sein, dein Vater leiht mir sein Auto, vielleicht kommt er auch selber mit.«

Ich runzle die Stirn. »Na gut. Aber morgen gehe ich, egal, wer da was dagegen hat.«

»Abwarten. Und jetzt ruh dich erst mal aus«, lässt sich Vinc auf keine Zusagen ein.

Er schaut auf die Uhr. »Ich muss los. Rocco hat sich um unser Auto gekümmert und ich will sehen, was er erreicht hat.«

»Rocco?«

»Ja, Davide wollte ich damit nicht belästigen, der hatte ja 'nen ziemlichen Alkoholpegel, als wir bei ihm waren. Deshalb habe ich Rocco gefragt, ob er das Auto mit dem Traktor aus dem Acker ziehen kann. Ich habe mit ihm ausgemacht, dass er mich hier abholt, sobald ich weiß, wie es dir geht, und dann mit mir zur Werkstatt fährt.«

»Echt nett von ihm«, sage ich und gähne. »Vielleicht tut mir eine Nacht Bettruhe ganz gut. Und ob hier oder im Hotel, ist ja eigentlich egal.«

»Genau. Und morgen bin ich pünktlich zur Stelle. Ich suche jetzt Sascha, melde mich ab«, verabschiedet sich Vinc.

Nach einem innigen Abschiedskuss verlässt er mich, um sich um sein anderes Sorgenkind zu kümmern, das in Mintmetallic.


*Am nächsten Tag*


Vinc kommt gegen Mittag. Begleitet von Paps, der es sich nicht nehmen lassen wollte, sein Mädchen persönlich aus dem Krankenhaus abzuholen.

»Stellt euch vor, der Dottore wollte mich noch einen Tag hierbehalten! Aber nix da. Mir geht es hervorragend. Die Halskrause nehme ich mit, dann ist er hoffentlich beruhigt.«

»Warum will er dich denn noch nicht entlassen?«

»Pff, er denkt, ich halte die Bettruhe nicht ein, aus Angst, einen Tag meines kostbaren Urlaubs zu versäumen.«

»Wie kommt er denn auf so eine abwegige Idee?« Vinc grinst. »Ich meine, dass du hier nur Urlaub machst. Da hat er dich gewaltig unterschätzt, nicht wahr, mein Schatz?«

Meine Augenbrauen zucken in die Höhe. »Im Ernst jetzt: Ich werde vielleicht nicht die ganze Zeit im Bett liegen, aber arbeiten werde ich auch nicht. Für die Küche hat Rosalia

Angelo und für die Ermittlungen ist sowieso Renato zuständig. Ehrenwort!« Ich hebe die Hand zum Schwur.

Vinc schaut skeptisch.

»Spatz, ich verstehe dich«, schaltet sich mein Vater ein. »Ich würde auch keine Sekunde länger als nötig im Krankenhaus verbringen wollen. Wir werden dich verwöhnen und dir leckere Sachen kochen.«

»Danke, Paps!« Ich strahle ihn an.

»Da bin ich wohl überstimmt«, stellt Vinc resigniert fest. »Also gut, wenn es nur darum geht, dass du dich ausruhst und sonst keine gesundheitlichen Bedenken bestehen, dann glaub ich, wir kriegen das hin.«

Die Tür wird aufgerissen und Dottor Massimo Voltolini stürmt ins Zimmer. Er legt seine spinnendürren Finger um die Metallleiste am Ende des Bettes. »Habe gerade mit Renato gesprochen wegen heute Abend … Er hat mir erzählt, dass du einen Unfall hattest.«

»Und deswegen bist du sofort gekommen?« Ich bin gerührt.

»Auch, und weil ich hier eine Patientin liegen habe.«

Aha, also doch nicht meinetwegen. Hätte mich auch gewundert.

»Und außerdem hat Rosalia darauf bestanden.« Er reibt sich die Hände. »Immerhin bist du Gast hier bei uns und es ist in den letzten Tagen schon genug passiert. Sie meinte, ich kenne die meisten Ärzte hier und solle schauen, ob ich etwas für dich tun könne.«

Ich ziere mich nicht lange. »Würdest du meine Entlassungspapiere fertig machen lassen?«

Paps und Vinc' Blicke kreuzen sich amüsiert.

»Das muss ich erst klären«, sagt er und verschwindet.

Keine fünf Minuten später kehrt er mit dem behandelnden Arzt im Schlepptau zurück.

»Es ist nur eine leichte Gehirnerschütterung«, erklärt der Mediziner, »und wenn Massimo grünes Licht gibt ... Es ist Ihre Entscheidung.«

»Wir werden ein Auge auf sie haben, auch wenn es nicht einfach wird«, verspricht Massimo.

»Darauf können Sie sich verlassen«, sagt Vinc grimmig.

»Ihr tut ja gerade so, als müsstet ihr mich anbinden«, beschwere ich mich.

»Wär nicht das Schlechteste«, spöttelt Vinc.

Der Dottore begibt sich kopfschüttelnd zur Tür. »Ich mache die Papiere fertig. Arrivederci. Ciao, Massimo.«

»Ciao, amico mio.«

»Ciao, Dottore, e grazie mille«, rufe ich hinterher.

Paps chauffiert uns ins Hotel.

»Rocco hat gesagt, ich soll ihn anrufen, wenn wir zurück sind. Das Auto ist fertig und er will mit mir zur Werkstatt fahren.

»Prima. Und ich leg mich ins Bett.«

»Das wollte ich hören.«

Im »Il Mulino« ist zum Glück keiner zu sehen. Ich bin ziemlich zermatscht und mein Versprechen, mich hinzulegen, halte ich gerne und freiwillig ein.

»Kannst du die Vorhänge zuziehen?«, bitte ich Vinc, bevor er geht, und bin wenig später im Reich der Träume.

Ein leichtes Klopfen an der Tür holt mich in die Wirklichkeit zurück. Keine Ahnung, wie lange ich geschlafen habe. Rosalia streckt den Kopf herein. »Bist du wach?«

»Jetzt schon«, sage ich, noch etwas orientierungslos.

»Scusami, Doro. Ich wollte nur sehen, ob alles in Ordnung ist. Als du gekommen bist, war ich drüben bei mamma.«

»Kein Problem, Rosalia, komm ruhig rein.«

»Wie geht es dir? Renato und Vinc haben schon berichtet. Da hattet ihr ja wirklich Glück im Unglück.«

»Das kann man so sagen. Ich muss mich nur noch ein, zwei Tage schonen. Wegen des Frühstücks …«

»Das ist alles schon mit Angelo geregelt. Er übernimmt ab jetzt die Küche komplett, du bist Gast und sollst gesund werden.«

Mir fällt was ein: »Ist Pipo eigentlich wieder aus der Klinik zurück?«

»Ja, es geht ihm gut. Ich habe ihn gestern abgeholt und er liegt gerade drüben in mammas Garten. Ich soll dich von ihr fragen, ob du dich auch dort ausruhen willst. In einer bequemen Liege, im Baumschatten?«

»Das ist lieb, gerne. Frische Luft ist immer gut. Ich zieh mir nur was Präsentables über.«

Rosalia lässt mich allein und ich überlege, was ich noch in den Garten mitnehmen soll. Das Buch und mein Handy auf jeden Fall.

Die Treppe ist eine kleine Herausforderung. Ich bin nicht sicher, ob wegen der Gehirnerschütterung oder wegen des Kreislaufs, auf jeden Fall weiß ich jetzt, was Puddingknie sind. Unten angekommen, wische ich mir den feinen Schweißfilm von der Stirn.

Erminia hat eine Liege vorbereitet, daneben einen niedrigen runden Beistelltisch mit Wasserglas und etwas Gebäck, auf der anderen Seite stehen Sonnenschirm und Oleanderbaum – Kranksein ist hier halb so schlimm. Pipo genießt ebenfalls seine wohlverdiente Ruhe im Schatten der Ligusterhecke, jetzt schleicht er rüber und platziert sich neben die Liege – nicht ohne Witterung vom Gebäck aufzunehmen. Eindeutig auf dem Wege der Besserung.

Ich lege Buch und Handy auf den Tisch. Bis Vinc zurück ist, werde ich schlafen oder zumindest ruhen. Ich ziehe mir die leichte Decke über die Füße und verschränke die Hände im Nacken. Über mir strahlen der blaue Himmel und die zartrosa Blüten des Oleanders um die Wette. Ein Oleanderbaum im Garten – davon können wir bei uns in Deutschland nur träumen …

Als ich nach einer Weile aufwache, drückt meine Blase. Ich raffe mich auf und schwinge die Beine über den Rand der Liege. Pipo beobachtet mich, macht aber keine Anstalten, mir zu folgen.

Die Tür zum Wohnzimmer steht offen, die Tür zum Flur ebenfalls. Klassisch, wie in den meisten Häusern, befindet sich das WC neben der Eingangstür. Ebenfalls vom Flur aus geht es in die Küche. Und von da dringt Erminias Stimme an mein Ohr. Und die einer anderen Frau.

»Sie können Evelina zu mir sagen«, tönt sie gerade.

»Signorina Bondi, ich wollte nicht mit Ihnen auf Du und Du trinken, sondern die besondere Lage klären, in der wir uns leider befinden.« Das war Erminia, mit einer klaren Ansage.

»Sì, certo. Scusi«, antwortet Evelina eingeschüchtert.

»Meine Tochter wird auch gleich da sein. Vorab möchte ich klarstellen, dass ich die Situation mit Geld zu regeln gedenke. Sie werden ausbezahlt und verzichten auf jedwede weitere Ansprüche für das Kind. Wir werden das notariell bestätigen lassen. Dann können Sie aus unserem Leben verschwinden und das Kind auch. Meine Tochter hat genug unter Umbertos Eskapaden gelitten.«

»Ich bin aber keine Eskapade! Umberto wollte das Kind und er wollte mich heiraten!« Evelina hat offensichtlich ihren Mut wiedergefunden.

»Ach, Kindchen«, Erminia spuckt die Worte aus wie eine giftige Kröte, »wollen Sie ernsthaft behaupten, Sie hätten Umberto geliebt? Einen Mann, der doppelt so alt ist wie Sie?«

Ich sehe Rosalias Schatten durch die Sichtelemente der Haustür. Sie hat einen Schlüssel und sperrt auf. Schnell verziehe ich mich ins Wohnzimmer. Wie vermutet, verschwindet Rosalia in der Küche.

Das Handy vibriert in meiner Hosentasche: Vinc. Jetzt nicht, mein Lieber … Ich schleiche mich wieder raus auf den Flur.

»Ich nehme Ihnen Ihre Liebe zu Umberto nicht ab. Egal, welche Gefühle Sie für ihn hatten, Liebe war es bestimmt nicht. Was hat Sie gelockt? Das Geld? Das Hotel? Ihre Stellung als Mutter von Umbertos Kind? Oder ist das Kind gar nicht von ihm? Wollten Sie Umberto ein Kuckuckskind unterschieben, weil Sie wussten, wie wichtig ein Nachkomme für ihn war?«

»Mamma!«, ruft Rosalia. »Lass uns die Sache in Ruhe besprechen.«

Erminia giftet weiter: »Am besten schafft man so etwas mit Geld aus der Welt. Das habe ich dir schon gesagt, und Signorina Bondi auch.«

»Eigentlich will ich kein Geld von Ihnen, aber ich muss an das Kind denken. Und ja, es stimmt, Umberto war nicht meine große Liebe, doch er hat mir die Sicherheit versprochen, die ich gesucht habe. Ich habe keine Familie mehr, und wenn das Kind da ist, kann ich nicht mehr so viel arbeiten. Deshalb werde ich das Geld annehmen.«

»Na also!«, kommt es triumphierend von Erminia. »Endlich reden wir Klartext. Meine Tochter hält das für keine gute Idee, aber ich sage, wir sollten einen sauberen Schnitt machen. Sie bekommen das Geld. Allerdings: Recht bleibt Recht. Werden Sie auf künftige Ansprüche verzichten? Werden Sie damit zufrieden sein? Das werden wir natürlich absichern. Und wir verlangen einen Vaterschaftstest. Ist das ein Problem für Sie?« Diplomatie ist heute nicht Erminias Sache.

»Nein, das ist kein Problem.« Evelinas Stimme klingt trä-
nenerstickt. Sie tut mir fast leid. Obwohl ich auf Rosalias
Seite bin und nicht vergessen habe, dass sie es ist, die aus-
gebootet werden sollte.

Rosalia räuspert sich. »Evelina, das klingt alles sehr nüchtern und hart. Aber es stimmt schon, wir müssen uns mit
der Situation auseinandersetzen. Ich verachte dich nicht
dafür, dass du ein Verhältnis mit meinem Mann hattest, aber
das mit dem Baby und dass er mich loswerden wollte, das
konnte ich natürlich nicht akzeptieren.« Sie sagt das sehr
sanft und mir fällt auf, dass sie Evelina duzt.

In der Küche herrscht eine Weile Schweigen. Schließlich
fährt Rosalia fort: »Ich wollte nicht, dass Umberto stirbt,
aber ich konnte auch nicht zulassen, dass du mir das Hotel
und meine Stellung wegnimmst.«

»Hast du …?«, flüstert Evelina so entsetzt, dass ich ihr
Gesicht gar nicht sehen muss, um zu wissen, was sie damit
sagen will.

Rosalia presst ein Lachen heraus. »Ihn umgebracht? Nein,
das hätte ich niemals fertigbekommen, aber davon geträumt
habe ich schon manchmal.«

»Ich bin bestimmt nicht unglücklich darüber, dass
Umberto nicht mehr da ist, aber keiner von uns hätte ihm
den Tod gewünscht, geschweige denn ihm etwas angetan.
Tatsache ist jedoch, dass er nicht mehr lebt und dass wir
mit der Situation umgehen müssen«, fasst Erminia die Lage
zusammen.

Ein Stuhl wird heftig gerückt. »Mamma, Evelina, ich
muss über etwas nachdenken. Wir reden morgen weiter.«
Rosalias Tonfall lässt keinen Widerspruch zu.

Zeit für meinen Rückzug aufs WC. Aber Evelina interessiert mich brennend … Geschickt arrangiere ich es so,
dass ich gerade wieder heraustrete, als die Frauen in den

Flur kommen und zur Haustür gehen. Evelina ist – wie soll ich sagen …? Ich habe sie mir ganz anders vorgestellt. Sie ist ein sehr hübsches Mädchen. Das trifft es in meinen Augen am besten. Sie wirkt sehr jung, deutlich zu jung für Umberto – sie könnte seine Tochter sein. Irgendwie hat sie eine fast kindliche Ausstrahlung.

»Ciao, sono Doro«, stammle ich, etwas aus dem Konzept gebracht.

»Ciao, Doro«, wispert Evelina und huscht nach draußen.

Wow! Das muss ich Vinc erzählen. Da krieg ich ja fast mütterliche Gefühle … Und meine Sympathie für Umberto ist auf dem Nullpunkt.

»Das war Evelina«, sagt Rosalia in die Stille hinein.

»Aha.« Mehr gibt's nicht zu sagen.

»Brauchst du etwas?«, fragt sie mich, und als ich den Kopf schüttle, folgt sie ihrer Mutter zurück in die Küche. Dieses Mal wird die Tür richtig zugezogen.


Erschöpft sinke ich auf die Liege. Pipo schnarcht leise im Schatten. Ich schließe meine Augen und denke nach.

»Schatz, bin wieder da.« Vinc küsst mich sanft aus dem Reich der Träume. »Du hast so komische Geräusche von dir gegeben, ich dachte, es geht dir nicht gut«, ärgert er mich.

»Ich geb dir gleich komische Geräusche! Ich hatte nur die Augen ein bisschen zu.«

»Jaja, schon klar.«

Ich setze mich auf. »Was ist mit dem Auto?«, frage ich, weil ich weiß, wie sehr er an seinem mintgrünen Flitzer hängt, und ehrlich gesagt, ich möchte auch keinen neuen Wagen. Okay, ja, Klimaanlage vielleicht …

Seinem Gesichtsausdruck nach zu schließen gibt es ein Car-Happy-End. »Rocco hat einen Freund mit einer kleinen Autowerkstatt. Dort hat er den Wagen hingeschleppt.

War ganz praktisch, weil die Werkstatt hier in Valeggio ist. Sein Freund kennt sich aus mit so alten Modellen und hat alles wieder tipptopp hingekriegt. War nicht viel kaputt. Ein paar Kratzer im Lack kann ich zu Hause rauspolieren, genauso zwei, drei kleinere Dellen. Die Achse hat nichts abgekriegt, Reifen und Felgen sind auch okay. Ein kleines Wunder, bei dem Schlag, den es getan hat.«

»Meinem Kopf geht es nicht so gut wie deinem Auto, aber wen interessiert das«, grätsche ich in seine Ausführungen.

»Der hält was aus.« Vinc streicht mir sanft über die Haare. »Aber hör zu, Roccos Freund sagt, dass der Bremsschlauch locker war. Die Manschette hat sich gelöst. Das kann eigentlich gar nicht sein. Genau das habe ich nämlich letztens kontrolliert. Da bin ich mir hundertprozentig sicher.«

»Wie jetzt, Absicht?«, frage ich ungläubig.

Vinc reibt sich den Nacken. Untrügliches Zeichen intensiven Nachdenkens. Ich schlucke. Die im Raum stehende Möglichkeit einer manipulierten Bremsleitung ist eine Dimension, mit der wir erst mal nicht umzugehen wissen. Oder sehen wir Gespenster?

»Vielleicht sollten wir heimfahren.« Vinc seufzt.

»Du meinst, einfach klein beigeben?«

»Nein, ich rufe Renato an«, ringt er sich zu einer Entscheidung durch.

Damit bin ich einverstanden, ist besser als Kofferpacken. »Aber lass mich das machen, ich habe Renatos Nummer gespeichert«, schlage ich vor, schon wegen der besseren Verständigung.

»Danke, Schatz. Vielleicht ist es übertrieben, aber wenn nicht, dann brauchen wir Unterstützung.«

Ich bin absolut seiner Meinung. Diese Giftanschläge, Umbertos Tod und jetzt die Bremsleitung … Ich gebe es ungern zu, aber ich bin beunruhigt.

Ich rufe Renato an und stecke ihm das mit dem Bremsschlauch und Vinc' diesbezüglichen Zweifeln. »D'accordo, Renato, ci vediamo stasera«, sage ich abschließend.

»Er kümmert sich darum. Und kommt sowieso heute Abend«, berichte ich Vinc. »Weißt du eigentlich, was bei Pipo rausgekommen ist?«

»Nee, das hab ich vor lauter Aufregung vergessen. Aber das erfahren wir bestimmt heute Abend. Das heißt, *ich* erfahre das. Für dich gilt strenge Bettruhe. Aber ich erzähl dir dann alles.« Als er das sagt, ist ihm offensichtlich selber klar, dass das so nicht sein wird. »Ruh dich wenigstens jetzt noch aus«, schiebt er daher nach.

»Wenn nicht dauernd jemand stört.« Ich lächle matt. Bin jetzt echt müde. Was ich vorhin drinnen mitangehört habe, muss ich ihm später erzählen.


Ich wache auf, weil Pipo neben mir fiept. Will wohl rüber ins Hotel. Gute Idee, wie mir ein Blick auf die Uhr zeigt. Um acht kommt Renato, bis dahin habe ich noch eine Stunde Zeit. Die anderen wollen so gegen neun eintrudeln.

Ich gehe ins Haus, wo Rosalias mamma im Wohnzimmer an einem kleinen Sekretär sitzt und einen Brief schreibt. Sieht man nicht mehr oft, die meisten daddeln ins Smartphone.

»Scusi, signora Fenucci, ich störe nur ganz kurz. Ich gehe jetzt ins Hotel rüber und nehme Pipo mit, in Ordnung?«

»Sì, certo, Doro. Geht es Ihnen besser?«

»Sì, grazie, signora. Und vielen Dank, dass ich Ihren Garten benutzen durfte. Kann ich die Liege stehen lassen?«

»Natürlich, das ist in Ordnung. Buona serata, Doro.«

»Buona serata, signora. Komm, Pipo, gehen wir zum Frauchen.«

Ob er »Frauchen« oder »Fresschen« verstanden hat, wird ewig ein Geheimnis bleiben, er spitzt auf jeden Fall die Ohren und wieselt hinter mir her.

Drüben im Hotel gebe ich ihn bei Rosalia ab, die hinten in ihrem Büro sitzt.

»Danke, Doro. Wollt ihr später mitessen? Angelo wird kochen.«

»Sehr gerne. Bin gespannt, was er zaubert.«

»Wunderbar, bis dann«, sagt Rosalia und vertieft sich bereits wieder in ihren Aktenordner.

Als ich die Treppe hochsteige, checke ich meine körperliche Verfassung. Mein Hals ist in Ordnung, die Krause kann ich mir sparen, befinde ich. Kann ja heute Abend vorsichtshalber Massimo fragen. Mir ist nicht mehr schwindelig und Kopfschmerz schwebt höchstens als Erinnerung durch mein Gehirn. Also fit für heute Abend.

Vinc ist eher skeptisch. »Mir wär es echt lieber, du würdest dich ins Bett legen. Ich bring dir was zu essen hoch und rede mit Renato.«

»Ist jetzt nicht dein Ernst, oder? Schließlich betrifft mich das Ganze auch! Also bei dem Gespräch mit Renato bin ich auf alle Fälle dabei. Dann sehen wir weiter. Außerdem habe ich einen Riesenhunger.«

»Ich seh schon, auf was das hinausläuft«, seufzt Vinc ergeben. Sein Handy läutet. »Sascha«, informiert er mich.

Aha, Paps ruft Vinc an, nicht mich. Ich warte, bis er abgenommen hat. »Werde ich gerade entmündigt?«, rufe ich dann laut ins Mikro.

Vinc aktiviert den Lautsprecher.

»Dir geht es besser, höre ich. Das freut mich, Spatz. Ich wollte fragen, wie es morgen aussieht. Brauchst du mich? Valeria hat mich nämlich gebeten, sie zu diversen Terminen zu begleiten, die Jungs würden gerne mit euch die Sendung besprechen.«

»Kein Problem, Sascha. Die sollen einfach anrufen«, entscheidet Vinc. »Wenn es Doro gut geht, wollen wir ein bisschen am Gardasee entlangfahren. Und da kommt dein Cabrio ins Spiel, Sascha. Können wir es ausleihen?«

»Na, ihr seid gut! Ich wollte damit bei Valeria Eindruck schinden.«

»Valeria hat selbst einen supercoolen Flitzer, ebenfalls mit Cabriodach. Wir sind schon ein paar Tage hier und wissen alles!«, rufe ich.

»Wenn es sein muss«, resigniert Paps.

# KAPITEL 20

# NESSUNA META SENZA VIAGGIO –
# OHNE WEG KEIN ZIEL

Venerdì sera (Freitagabend) – Tag 11

Nachdem ich Vinc hunderttausendmal versichert habe, dass ich fit genug bin, machen wir uns um kurz vor acht auf den Weg nach unten. Angelo rumort in der Küche.

»Bin gespannt, was er kocht. Eigentlich wollte ich ja mit meinen Ravioli à la Ricotta-Kräuter-Wachtelei-Füllung punkten. War aber auch eher für Umberto geplant, der war immer scharf auf neue Rezepte, vor allem aus dem Hause Ritter. Mit seinen eigenen Spezialitäten war er recht zurückhaltend, hat gerne das letzte i-Tüpfelchen zurückgehalten. Seine Leidenschaft fürs Kochen war etwas, was ich wirklich mochte.« Ich seufze.

Ich lasse die Tür zur Küche aufschwingen und schmettere »Buona sera, Angelo« in den Raum. Hmmh, das riecht ja lecker! Muss ich gleich mal nachschauen …

»Wirst du wohl deine Nase nicht in meine Kochtöpfe stecken!« Empört stemmt Angelo seine Hände in die Hüften.

»Ich hab so Hunger!«

»Du bist vor allem neugierig, Signorina. Also gut, weil du es bist und weil du den Unfall hattest«, erlaubt er dann gnädig einen Informationsrundgang durch »seine« Küche, wie er sagt.

Was ich sehe, gefällt mir. Vorspeise: Penne mit Thun-

fisch, Sardellen, Oliven, Tomaten. Hauptgang: Kalbsrou-
laden mit Pancetta-Fenchel-Kapern, Kartoffeln, buntes
Ofengemüse.

»Was hast du zur Nachspeise?«, erkundige ich mich.

»Von euren Teigtäschchen sind noch welche da, und sonst
nur caffè oder einen Kräuterdigestiv.«

»Ramazzotti, oder was?«

»Ja genau, oder …«

Draußen nähern sich Schritte.

»Das wird Renato sein«, vermutet Vinc. »Kommst du,
Doro?«

»Bin schon da. Ciao, Angelo. Bis später, ich freu mich
aufs Essen!«

Er winkt und verschwindet in der Speisekammer.

»Buona sera, Renato«, begrüßen wir draußen den Carabiniere.

»Ciao, Doro, ciao, Vincenzo.« Er reibt sich die Hände.
»War ein langer Tag. Ich bin froh, wenn das Fest vorbei ist.
Nicht nur wegen der Rattengiftaffäre. Ich sage euch, da
hängt so viel Organisation dran. Umleitungen, Parkmöglichkeiten e così via …«

»Du Armer! Und jetzt kommen wir auch noch daher.«

»Keine Sorge, Doro. Um was geht es denn?«

»Vinc, erzähl du, das ist dein Fachgebiet.«

»Okay. Aber erst wollten wir noch fragen, ob du die
Sache mit Pipo klären konntest. Und ob es weitere Vergiftungsfälle gegeben hat.«

»Ihr macht mich neugierig! Allora, keine neuen Vor-
kommnisse und Pipo hat tatsächlich einen Rattengiftköder
aus Davides Keller erwischt. Wie er vermutet hat.«

»Mega! Pralinenentwarnung. Damit ist der Verdacht
gegen Davide vom Tisch. Eine gute Nachricht.« Das freut
mich wirklich.

»Ja«, bestätigt Renato. »Aber das mit eurem Wagen gefällt mir gar nicht. Keine Ahnung, was hier los ist – Spaß ist das jedenfalls keiner mehr.«

»Deswegen haben wir dich ja angerufen. Ich habe den Wagen erst kürzlich durchgecheckt. Klar, Fehler passieren, aber dass mein Kumpel oder ich die Manschette der Bremsleitung nicht richtig anziehen, halte ich für ausgeschlossen. Den Bereich um die Bremsleitung habe ich selber überprüft.«

Renato streicht sich nachdenklich übers Kinn. »Habe ich mir schon gedacht. Und Signor Ferris, der Chef dieser Werkstatt, auch.«

»Zum Glück konnte Vinc den Wagen seitlich auf den Feldweg lenken und dort auslaufen lassen. Ich bin zwar trotz Gurt mit dem Kopf ans Autodach gestoßen, als wir von der Straße auf den Weg gerumpelt sind, aber das hätte ganz anders ausgehen können. Vinc hat super reagiert, sonst hätte es uns auf der Straße ein Stück weiter unten sauber aus der Kurve getragen. Das wär dann nicht so glimpflich ausgegangen.«

»Und was fangen wir mit diesen Erkenntnissen an?« Vinc' Einwand ist nicht unberechtigt.

»Hmm«, Renato überlegt kurz. »Mit wem habt ihr über die Vorfälle gesprochen? Mir fallen spontan der alte Facconi und seine Frau ein. Den beiden seid ihr richtig in die Quere gekommen. Und das alles nur wegen der Reportage. Weil ihr einen Geschichtenerzähler gesucht habt. Und Doro in der Runde das Bild von dem Ehepaar gezeigt hat.«

Diese Möglichkeit streift mich wie ein Bus. »Die haben wahrscheinlich das große Grausen gekriegt, dass durch den Fernsehbeitrag noch mehr Trubel entsteht und noch mehr Werbung für die Gegend gemacht wird. Dass sie daran auch noch mitwirken sollten, müssen sie als Oberfrechheit empfunden haben.« Ich reibe mir die Gänsehaut an meinen Armen.

»Eine schöne Indizienkette. Der alte Facconi sitzt mittlerweile in Untersuchungshaft. Ich werde an dem Punkt ansetzen. Allerdings ohne Geständnis und ohne Zeugen …« Renato hebt wenig hoffnungsvoll die Hände.

»Es gibt noch eine andere Möglichkeit«, sagt Vinc. »Doro, letztens, als wir abends draußen im Hof waren, da haben wir uns doch über mögliche Täter und Motive unterhalten. Vor allem ging es uns um Umbertos Tod. Bei ihm muss es ein sehr persönliches Motiv gewesen sein. Und das hat mit großer Wahrscheinlichkeit nichts mit den vergifteten Tortellini zu tun.«

»Facconi streitet vehement ab, etwas mit Umbertos Tod zu tun zu haben«, informiert Renato, »und wir sind geneigt, ihm das zu glauben. Er hat drei verpackte Portionen Tortellini präpariert, das hat er zugegeben, und die wurden ausgegeben. Umberto ist mit einem Blutverdünner vergiftet worden, der zwar nach demselben Prinzip wirkt, aber es war eben ein humanes Arzneimittel und kein Rattengift. Wir tippen eher auf eine Art Trittbrettfahrer, dem die Idee gefallen hat.«

»Genau. Jedenfalls hatte ich ein komisches Gefühl, als wir reingingen. Als wäre jemand im Hof gewesen. Wir haben aber niemanden gesehen und das Ganze wieder vergessen.«

»Noch mal: Mit wem habt ihr über Umberto gesprochen?«

»Nur mit dir«, gebe ich wahrheitsgemäß an. »Wegen der Pralinen. Aber das ist ja geklärt. Vinc und ich haben nur alle, die wir aus Umbertos Umfeld kennen, durchgespielt. Wegen Motiv und so. Aber wir haben mit niemandem darüber geredet. Eure Clique war natürlich unser Mittelpunkt. Es tut uns auch leid, dass wir deine Freunde als Tatverdächtige durchkauen, ich meine, ihr kennt euch schon ewig und wir suchen nach einem sehr persönlichen Motiv. Ist doch so, dass die Familie oder enge Freunde erst mal verdächtig sind, oder? Weil es da meist jede Menge persönliche Verknüpfungen gibt. Nimm nur mal Umbertos Ehe: Seine Frau, seine Schwiegermutter, seine Freundin – die waren alle in einer Ausnahmesituation.«

»Seine Freundin? Die hätte sich ja selbst die Butter vom Brot genommen«, interveniert Renato.

»Ja, stimmt. Ist ja nur mal so durchgedacht. Ich sage das ungern, aber auch Ayna und Oumon hätten einen Grund gehabt, sauer auf Umberto zu sein. Sie haben eine ganze Menge Tragik zu verkraften und dann weigert sich Umberto, Oumon im Hotel wohnen zu lassen. Seine Frau ist schwanger, sein Schwager tot, da sind ihm vielleicht die Sicherungen durchgebrannt.«

»Gar keine abwegige Theorie«, gibt Renato zu, »nur eins stört mich auf Anhieb: Oumon hätte vermutlich keine Pillen verwendet, solche Tabletten gibt es nicht einfach im Supermarkt. Außerdem ist er ja gerade erst angekommen. Und Ayna trau ich auch nicht zu, dass sie sich so ein Medikament besorgt hat. Das sind mir zu viele Fragezeichen. Aber ich werde dem trotzdem nachgehen.«

»Das Gleiche haben Vinc und ich auch gesagt. Dann wär da noch Salvatore«, zähle ich weiter auf. »Der ist in Rosalia verliebt und war ganz und gar nicht damit einverstanden, wie Umberto seine Frau behandelt hat. Und Angelo war stinksauer, weil Umberto ihn nicht als Koch beschäftigen wollte. Dass es die Facconis waren, glaube ich nicht, denen ging es um ihre Enkelin und das Fest und ihre eigenen Schuldgefühle. Schon allein, dass sie das Auto manipuliert haben sollen, kann ich mir nicht vorstellen. Aber Umberto? Da führt gar kein Weg hin.«

»Was ist mit unserem Apotheker? Für ihn wäre es kein

Problem, ein beliebiges Medikament aus der Schublade zu nehmen.« Renato will unsere Meinung hören.

»Eben«, sagt Vinc. »Deshalb glauben wir nicht, dass er es war. Viel zu naheliegend, Alfredo ist nicht dumm.«

»Und der Dottore?«

»Dito.«

Wir brüten eine Weile vor uns hin.

»Hört mal zu. Vor allem du, Doro.« Renato macht ein ernstes Gesicht. »Das mit der Bremsleitung bleibt erst mal unter uns. Ich werde mich umhören, auch hier heute Abend, aber ihr haltet euch raus, d'accordo?«

»Du bist der Boss«, sage ich zackig.

Er geht kopfschüttelnd Richtung Büro.

Vinc runzelt angespannt die Stirn. »Das hier ist echt kein Spaß, Schatz. Jemand hat an unserem Auto manipuliert. Der oder die wusste, dass nur wir mit dem Wagen unterwegs sind. Da hat es jemand konkret auf uns abgesehen.«

Ich schlucke. »Nee, Spaß ist das keiner«, sage ich lahm.

»Weißt du was? Ich würde am liebsten abreisen. Echt, ich finde, wir sollten nach Hause fahren. Wer weiß, was noch alles passiert?«

»Wir sollen also den Schwanz einziehen?«, frage ich herausfordernd.

»Wie du das sagst! Als wäre es eine Frage von Mut oder Feigheit.«

»Ist es das nicht?«

»Doro, jemand hat Umberto ermordet! Und irgendwie sind wir diesem Jemand auf die Füße getreten. Wenn dein Vater davon erfährt, dann sitzt du sowieso schon im Auto.«

»Paps soll also ein Machtwort sprechen? Aha.« Ich verschränke die Arme vor der Brust. Als ob ich mich von einer väterlichen Anordnung bremsen ließe. Heißt nicht, dass ich die Situation nicht auch bedrohlich finde, trotzdem will ich bleiben. »Mal ernsthaft, Vinc. Renato ist an der Sache dran. Er ermittelt ohnehin in dieser Richtung, hast ja gehört, dass er bei dem Unfall sofort misstrauisch wurde«, suche ich nach beruhigenden Argumenten. »Renato ist vertrauenswürdig. Ein bisschen geschwätzig, aber wenn's drauf ankommt, ist er auf der richtigen Seite. Haben wir bei Angelo gesehen. Renato hat alles für seinen Freund getan, was möglich war, aber er hätte ihn nicht gedeckt. Bauchgefühl.«

»Na gut, warten wir ab. Wen haben wir noch? Angelo. Finde ich auch interessant – du hast ihn ja ziemlich penetrant ausgefragt, letztens, als ihr zusammen gekocht habt.«

»Penetrant – so würde ich es nicht ausdrücken, das klingt so negativ.«

»Haargenau so wird Angelo es auch aufgefasst haben – negativ.«

»Jetzt, wo du es sagst … Aber das würde nur Sinn machen, wenn Angelo etwas mit den Tortellini-Anschlägen zu tun hätte, hat er aber nicht, weil die Rattengiftsache wohl auf die Kappe des alten Facconi geht.«

Vinc überlegt. »Stimmt, aber wenn er Umberto umgebracht hat?«

»Das wäre möglich. Aber in der Angelegenheit bin ich ihm nicht auf die Füße getreten, oder?«

»Ich war nicht immer dabei …«

Die hintere Tür wird aufgesperrt.

»Kommen sie schon?« Vinc wirft einen Blick auf sein Handy.

Ist noch ein bisschen früh. »Vielleicht ein Hotelgast«, sage ich.

Auf jeden Fall vertagen wir unsere Spekulationen.


Aus der Küche stehlen sich verführerische Düfte. Die kleinen Rouladen rollen sich vor mein geistiges Auge.

Salvatore, Massimo und Alfredo erscheinen im Pulk im Gastraum.

»Salve, amici«, grüßt der Dottore mit einer uns alle umfassenden Handbewegung.

Ein mehrfach gemurmeltes »Buona sera« und »Ciao« schwirrt durch den Raum, der Dottore schiebt die Arzttasche unter den Stuhl und nimmt Platz. Alfedo setzt sich ebenfalls, zieht sein Taschentuch heraus, wischt sich über seine Glatze – wetten, jetzt kommt das lila Tüchlein … genau!

Salvatore schaut sich um. »Kommt Rosalia auch dazu?«

»Natürlich«, beruhige ich ihn. »Sie ist mit Renato im Büro. Die beiden haben etwas zu besprechen.«

Angelo spitzt aus der Küche. »Ciao, amici! Das Essen ist fertig!«

Ein großes Hallo ertönt, Angelo hat ihnen vorher Bescheid gesagt und entsprechenden Hunger eingefordert.

»Ich schau hinter ins Büro«, verkündet Salvatore. Er hängt sein Sakko über die Stuhllehne, streicht es glatt, zögert, als würde er auf ein Veto warten. Als keiner reagiert, setzt er sich in Bewegung.

»Kommt Davide noch?«, fragt Alfredo.

»Wir haben gar nichts mitbekommen«, sagt Vinc. »Doro musste sich ausruhen.«

Was sofort Massimo dazu veranlasst, sich zu erkundigen, wie es mir geht und überhaupt. Ich glaube, am liebsten hätte er mich direkt auf den Tisch gelegt und untersucht. »Wo hast du deine Halskrause?«, fragt er streng.

»Die brauche ich nicht, es geht mir gut. Ich habe kein Kopfweh und der Hals ist in Ordnung – war wohl nicht so schlimm, wie es erst ausgesehen hat. Und Hunger habe ich auch schon wieder wie ein Wolf.« Ich lächle ihn an. »Daher würden Vinc und ich auch morgen gerne mit dem Cabrio von meinem Vater ein bisschen am Gardasee entlangfahren. Ursprünglich wollten wir ja das Fahrrad nehmen, aber das lasse ich in Anbetracht des Unfalls natürlich lieber bleiben.« Das ist ein bisschen scheinheilig, weil wir das mit dem Fahrrad ad acta gelegt haben, seit Paps mit dem Cabrio hier ist. Das verschweige ich Massimo aber, er soll ja von meiner vernünftigen Seite beeindruckt sein. Vinc hat mich längst durchschaut und ich bin mir nicht sicher, aber Massimo macht den Eindruck, als hätte er das Manöver ebenfalls entlarvt.

»Vincenzo, du musst aufpassen auf deine Freundin«, empfiehlt er Vinc.

Der nickt. »Ich weiß.«

Ich beiße mir auf die Zunge. Zum einen, um nicht etwas Provokantes vom Stapel zu lassen, und zum anderen, um mir ein Grinsen zu verkneifen. Wir spielen unser Rollenspielchen perfekt.

»Wenn bis morgen keine Beschwerden auftreten, habe ich nichts dagegen. Aber«, jetzt hebt er seinen dürren Zeigefinger mahnend in die Luft, »Verdeck zu, Klimaanlage moderat, Sonnenbrille auf, Halskrause an! Und keine Anstrengung. Etwa auf einen Turm steigen oder dergleichen.«

»Versprochen! Grazie tante, Massimo. Und Vinc ist ja auch dabei.«

Salvatore kommt zurück, Renato und Rosalia im Schlepptau.

»Ich helfe Angelo«, wendet die sich unmittelbar Richtung Küche.

Vinc springt auf. »Ich komme mit.«

Ziemlich verspätet stößt Davide zu uns.

»Hast wohl das Essen gerochen«, witzelt Alfredo.

»Scusate, meine mamma hat mich eingespannt. Sie war sowieso ein bisschen beleidigt, weil ich nicht mit ihr und

Rocco essen wollte. Ich glaube, das war auch der Grund, warum ich noch unbedingt ein paar Kisten Wein von einem Lager zum anderen bringen musste. Aber legt euch mal mit meiner mamma an.«

Die Freunde nicken verständnisvoll.

Davide zieht sich seinen Stuhl ran. »Was hat Angelo denn gekocht?«, fragt er erwartungsvoll.

»Es wird euch schmecken«, verspreche ich.

Nicht viel später genießen wir das Menü. Die Penne haben gut von der Paste aus Thunfisch, Sardellen, Oliven und Tomaten aufgenommen. Salzig, fischig, kräftig im Geschmack.

»Essen Oumon und Ayna gar nicht mit? Ich müsste Oumon was fragen«, erkundigt sich Davide.

»Sie haben sich vorher selbst etwas gekocht«, erklärt Rosalia. »Der ganze Trubel ist ihnen zu viel. Sie sind ziemlich fertig und wollten auf ihrem Zimmer bleiben. Ist es wichtig?«

Davide winkt ab. »Überhaupt nicht. Rocco wollte ihm nur noch einmal anbieten, dass er sich das alte Mofa herrichten kann. Ich bin morgen im Ort und könnte ihn mitnehmen. Kannst du ihm das ausrichten?«

»Sì, certo. Das passt prima«, sagt Rosalia, »ich brauche Ayna morgen im Hotel und es ist gut, wenn Oumon auch mal rauskommt und nicht nur allein auf dem Zimmer hockt. Er braucht eine Aufgabe! Danke, Davide.«

»Du musst mir nicht danken, ich finde es großartig, wie du dich um die beiden kümmerst, und Doro hat mich ja schließlich verpflichtet, mich ebenfalls zu engagieren.« Wir lassen dich nicht allein mit der Verantwortung, Rosalia, nicht wahr, amici?« Er blickt in die Runde, die kauend Zustimmung bekundet.

Na bitte, läuft doch. Vinc' Blick kreuzt den meinen. Gut

gemacht, signalisiert er, und das finde ich auch. Bin durchaus ein bisschen stolz, dass meine Bitte Davide zum Helfen animiert hat. Die Krone hat sich ohne Frage Rosalia verdient, sie ist es, die am meisten hilft.

Ich lege die Gabel weg. »Puh, Leute, das war göttlich. Könnte ich glatt nachfassen, wenn ich nicht wüsste, dass der Hauptgang genau meins ist. Ich liebe Fenchel. Und Angelos Rouladen – Pancetta, Fenchel, Kapern … Leute, das wird der Wahnsinn!«

Angelo steht auf und verbeugt sich. »Sehr schmeichelhaft, danke. Und das aus deinem Munde. Grazie mille!«

Der Hauptgang wird genauso genial, wie ich ihn angepriesen habe, und diesmal verzichte ich nicht auf den Nachschlag. Dafür lasse ich lieber die süßen Täschchen weg und hole mir einen Ramazzotti.

»Noch jemand? Caffè oder Schnaps?«, fragt Angelo.

Da ich eh schon hinter der Theke stehe, erledige ich die diversen Bestellungen und drapiere sie auf dem Tablett.

Renato erhebt sich und lässt den Kaffeelöffel dezent an sein Glas klirren.

»Ich danke für den angenehmen Abend, amici, aber leider gebietet mein Beruf besondere Maßnahmen. Ihr könnt mir glauben, dass mir das nicht leichtfällt. Ich habe mit Rosalia vorhin besprochen, dass wir es hier machen können.«

»Jetzt winde dich nicht wie ein Wurm, Renato. Wir wissen, dass du bei der Polizei bist und dass Umbertos Tod aufgeklärt werden muss. Das ist übrigens in unser aller Interesse. Also, raus mit der Sprache: Was haben wir damit zu tun?«, fordert Salvatore den Freund auf, Klartext zu reden.

Die anderen nicken und schauen Renato erwartungsvoll an.

»Allora, ich muss euch noch einmal befragen. Das engere

persönliche Umfeld eines Mordopfers wird immer zuerst unter die Lupe genommen, das ist Routine. Umberto ist am Dienstag gestorben und ihr habt bereits alle eine Aussage gemacht. Da sich aber bis jetzt nichts Konkretes ergeben hat, fangen wir noch einmal von vorne an. Rosalias Aussage habe ich schon zu Protokoll genommen, die von Doro und Vinc ebenso. Ayna und Oumon vernehme ich separat und euch würde ich gerne morgen hierher ins ›Il Mulino‹ bitten, da ist es persönlicher als auf der Polizeistation. Mein Chef ist einverstanden, ein Kollege wird mich begleiten. Das war's auch schon, was ich sagen wollte. Wir sehen uns dann morgen um 13 Uhr hier. D'accordo? Zur Mittagspause haben alle am ehesten Zeit.«

Die Irritation der Männer ist förmlich mit Händen zu greifen. Außer ein wenig Smalltalk kommt kein richtiges Gespräch mehr in Gang. Salvatore steht als Erster auf. »Es wird Zeit für mich. Buona notte, amici.« Er klopft mit den Fingerknöcheln auf den Tisch.

Eine Viertelstunde später sind auch die anderen gegangen. Rosalia und Angelo räumen ab und bestücken die Spülmaschine. Vinc erhebt sich und wischt die Krümel vom Tisch, dann wollen wir uns zurückziehen.

»Un attimo«, bittet uns Rosalia und springt zu Angelo in die Küche.

Kurz darauf kommen die beiden zurück, Angelo verabschiedet sich und Rosalia bringt drei Gläser und eine Flasche Weißwein. Custoza, was sonst.

»Für mich nur noch Wasser, bitte«, sage ich.

Vinc guckt spöttisch. »Doch noch krank?«

»Nee, aber ich will fit sein morgen und ganz ehrlich, ich nehme nachher noch eine Kopfschmerztablette.«

»Sehr vernünftig. Also, Rosalia, ich nehme gerne ein Glas, aber wir sollten nicht mehr so lange bleiben, immerhin ist

Doro noch angeschlagen und hat heute sowieso schon viel zu viel gemacht«, meint er ernst.

»Ja, natürlich, wir können auch gerne ein andermal …«, will Rosalia sofort einen Rückzieher machen.

»Ach, Quatsch, mir geht's gut. Erzähl schon, was du auf dem Herzen hast.« Ich bin hundemüde, aber Rosalia bittet nicht oft um etwas.

»Soll ich euch allein lassen? Vielleicht wollt ihr ein Frauengespräch führen«, erkundigt sich Vinc.

Rosalia schüttelt den Kopf. »Nein, bleib doch, Vincenzo. Ich will euer beider Meinung hören. Ihr seid jung und objektiv. Ihr sollt nichts entscheiden, nur einen Rat geben.« Sie scheint nicht so recht zu wissen, wie sie anfangen soll. »Ich … Allora, Doro, Vincenzo, ihr seid unbeteiligt, habt hier mehr gesehen, als ihr wahrscheinlich geplant habt. Darf ich euch etwas fragen?«

»Jetzt machst du mich aber neugierig«, sage ich.

»Es geht um Umberto. Oder besser gesagt darum, wie es jetzt weitergeht. Doro, du weißt, dass ich einmal schwanger war, bis Umberto diesen Unfall verursacht hat. Er war alkoholisiert, wollte aber unbedingt selbst hinters Steuer. Ich hätte mich durchsetzen müssen.« Sie streicht mit den Händen über die Tischplatte.

Allerdings, denke ich mir, aber Umberto war betrunken und in dieser Situation wahrscheinlich noch sturer als ohnehin schon.

»Bis dahin waren wir nicht unglücklich in unserer Ehe, aber das konnte ich ihm nicht verzeihen. Ich habe unser Baby verloren und kann seither keine Kinder mehr bekommen. Für mich war das das Ende. Ich konnte *ihm* nicht verzeihen – und mir selber wahrscheinlich auch nicht. Umberto ging es andersherum genauso. Unsere Beziehung war nur noch ein einziger gegenseitiger Vorwurf und irgendwann ist der Respekt voreinander verloren gegangen.«

Wir sagen nichts. Warum erzählt Rosalia uns das? Soll das ein Geständnis werden?

»Und dann hat er mit dieser Frau angebandelt. Das war nicht seine erste Affäre. Sehr diskret war er nie, aber dieses Mal hatte er den Bogen überspannt. Sie wurde schwanger von ihm. Er wollte sie heiraten und mich abservieren, mir das Hotel nehmen ...« Sie schlägt die Hände vors Gesicht, schluchzt herzzerreißend.

Dann fasst sie sich und wischt die Tränen weg. »Ich habe ihm nichts getan, das müsst ihr mir glauben. Aber ich bin froh, dass ich das Hotel behalten kann. Ich habe gründlich nachgedacht und ... Ja, es ist verrückt. Oder Wahnsinn. Oder falsch. Ich weiß es nicht.«

Wir schweigen, weil wir überhaupt keine Ahnung haben, worauf sie hinauswill. Wenn es nicht um den Mord an Umberto geht, worum dann?

Sie schaut uns an, holt tief Luft. »Wie wäre es, wenn ich Evelina ins Hotel hole? Sie könnte in der oberen Wohnung bei mamma im Haus wohnen.«

Wie bitte? Ich bin erst mal völlig perplex. Und Vinc fällt auch nix dazu ein. Meine grauen Zellen fahren Achterbahn. Auf so was kommt man ja im Leben nicht.

»Da wird deine Mutter nicht einverstanden sein«, vermute ich skeptisch.

»Mamma will mein Bestes. Sie will mich schützen. Aber ich habe die ganze Nacht hin und her überlegt. Ich habe mein ganzes Leben – ja, auch mein Eheleben – dem Hotel untergeordnet. Ich konnte gar nicht anders. Das wurde zur fixen Idee, immer mehr, besonders seit dem Unfall und dem Verlust des Babys. Aber ich will etwas ändern. Will leben, auch außerhalb des Hotels.«

Ich ziehe leicht die Augenbrauen hoch.

Rosalia lächelt verlegen. »Du brauchst gar nicht so zu schauen. Ich weiß schon, was du denkst. Dass ich Salvatore mag. Das stimmt sogar, aber darum geht es mir nicht. Wenn überhaupt etwas aus dieser Geschichte wird, dann sicher nicht jetzt gleich. Das braucht seine Zeit. Aber etwas anderes hat nicht mehr viel Zeit: Umbertos Kind, das Evelina bekommen wird. Ganz allein.« Rosalia schluckt. »Also, was haltet ihr davon?«

Ich schaue sie an und alle möglichen Bilder schwirren durch meinen Kopf. »Keine Ahnung, ob so etwas gut gehen kann, Rosalia. Aber den Gedanken finde ich großartig. Eine Patchwork-Familie par excellence. Wenn du es dir zutraust, dann mach es. Einen Versuch ist es auf jeden Fall wert, finde ich.«

Vinc nickt. »Es ist mutig und beweist Größe, was du vorhast. Rede mit deiner Mutter. Überzeuge sie. Wenn Evelina bei ihr im Haus wohnen soll, muss sie einverstanden sein, sonst wird es nicht funktionieren.«

Rosalia nickt und schaut versonnen in ihr Weinglas.

## KAPITEL 21

## LA GOCCIA COSTANTE SCAVA LA PIETRA – STETER TROPFEN HÖHLT DEN STEIN

Sabato (Samstag) – Tag 12

In meinen Halbschlaf schleicht sich das leise Summen des Handys. In aller Früh! Wer zum Teufel … Ich greife rüber zum Nachttisch und riskiere einen Blick aufs Display. Was, halb neun? Ich fahre hoch. So lange habe ich ewig nicht mehr geschlafen. War alles ein bisschen viel gestern.

»Was ist los?«, brummt Vinc. Für ihn ist diese Uhrzeit völlig normal zum Aufwachen.

»WhatsApp von Paps. Er fragt, wann wir das Auto brauchen. Ich würde sagen, so in einer Stunde? Halb zehn?«

»Wenn's sein muss.« Vinc klingt wenig begeistert. Eine Stunde bedeutet, dass wir uns fertig machen müssen, und zwar jetzt.

»Ich hab 'ne Idee.«

»Bitte nicht«, protestiert Vinc.

»Wie wär's, wenn wir zum Gardasee runterfahren, uns caffè und etwas zum Essen besorgen und an der Promenade frühstücken? Irgendwo bei Bardolino vielleicht. Einfach ein bisschen Seeluft genießen. Soll ja gesund sein. Na, was sagst du?«

»Gardasee klingt gut, Frühstück auch. Gib mir noch 'ne halbe Stunde.« Er will sich sein Kissen über den Kopf ziehen, was ich zu verhindern weiß.

»Mittags müssen wir wieder hier sein. Renato hat alle um 13 Uhr zum Verhör bestellt.«

Vinc setzt sich auf. »Vielleicht erinnerst du dich, dass Renato uns und Rosalia rausgenommen hat.«

»Er hat nur gesagt, dass er unsere Aussagen bereits aufgenommen hat. Aber es geht ja auch um unseren Unfall. Da ist es wohl logisch, dass wir dabei sind.«

Vinc zieht mich zu sich und bläst mir sanft ins Ohr. Das kitzelt, er weiß genau, dass ich das kaum aushalten kann. Ich will mich aus seinen Armen winden, aber er hält mich fest und macht weiter, bis ich um Gnade winsle.

»Aufhören, ich hab Gehirnerschütterung«, japse ich.

»Das war der Belastungstest. Geht's gut oder musst du heute im Bett bleiben?«

»Fiesling!«, schimpfe ich und hoffe, dass Rosalia längst unten ist, bei dem Lärm, den wir veranstalten.

Vinc grinst. »Ab ins Bad und du zahlst.«

Knapp eine Stunde später düsen wir mit offenem Verdeck in Richtung See. Der Dottore kann mir gestohlen bleiben – ich fahr doch nicht bei so 'nem Wetter mit geschlossenem Cabrio! Und die Halskrause nehme ich zwar mit, aber mehr pro forma. Schmerzen habe ich absolut keine mehr.

»Wohin? Bardolino?«, fragt Vinc.

»Ja, fast. Direkt vor Bardolino. Cisano. Da kann man wunderbar am Wasser sitzen. Ich will nicht ins Lokal. Was meinst du?«

»Gefällt mir. Hauptsache, caffè.«

»Da bin ich ganz bei dir«, murmle ich und genieße die Fahrt durch die sanften Hügel und Weinberge im Hinterland. Ganz anders als die Nordhälfte des Sees mit den Bergen im Hintergrund. Könnte echt nicht entscheiden, wo's mir besser gefällt. Der See links von uns glitzert in faszinierendem Blau, die Sonne verbringt wieder mal optische Wunder auf der Wasseroberfläche, die Weite … Fast wie das Meer.

»Wir sind da. Cisano.«

Das Leben an der Promenade pulsiert. Auf jedem freien Uferflecken tummeln sich Badegäste. Klar, es ist Samstag, nicht gerade der ideale Tag für einen Ausflug, da kommen zu den Urlaubern noch die Wochenendgäste dazu. Egal, es ist traumhaft.

»Wir müssen uns rechtzeitig auf den Rückweg machen, bei dem Verkehr.« Vinc hat wohl meine Gedanken gelesen.

»Definitv. Schau, da vorne gibt es Parkmöglichkeiten.«

Vinc setzt den rechten Blinker und biegt auf den kleinen Parkplatz ein. Der ist voll. Vinc sieht das anders und quetscht sich in eine Lücke, die mir wegen Paps' Cabrio Schweißperlen auf die Stirn treibt.

»Entspann dich«, lacht er, als ich scharf die Luft einziehe.

Auf der Straße rollt eine endlose Autoschlange an uns vorbei. Ich ziehe Vinc zum Zebrastreifen. Der See ist nur circa 100 Meter entfernt, wir laufen vorbei an Hotels und Geschäften, an einer kleinen Bar erstehen wir Cappuccino to go, für jeden ein cornetto und zwei Melonenschnitze. Mit unseren Schätzen wollen wir uns einen netten Platz auf einer Wiese suchen, auf der sich bereits Familien mit Kindern tummeln. Wir entscheiden uns aber dann für eine Steintreppe direkt am Wasser. Ich schlüpfe aus meinen Flip-Flops und lasse die Füße im Wasser baumeln. Vinc tut es mir nach.

Zwei junge Frauen auf SUP-Boards paddeln gemächlich vorbei, weiter draußen kreuzen Segelboote die Wellenkämme und in der Ferne ragt die Halbinsel Sirmione in den See.

»Me-ga-schön«, schwärme ich. »Wir müssen unbedingt nach dem Fest noch ein paar Tage bleiben. Vielleicht finden wir ein Hotel direkt am See? Nur wir beide und der Gardasee, wär doch ein toller Abschluss, was meinst du?«

»Nur wir beide ist gut«, Vinc schaut auf die dicht belegte Liegewiese hinter uns, »aber trotzdem ein schöner Gedanke. Lässt sich einrichten. Musst nur mit deinem Chef reden.« Er nippt an seinem Cappuccino.

»Ach, Paps ... Notfalls mach ich einen auf Gehirnerschütterung.« Ich schiebe meine Sonnenbrille auf die Nase.

»Geniale Ausrede für die nächsten Wochen. Das muss ich mir merken.«

»Würde ich bei dir doch nie einsetzen!«, weise ich seine Unterstellung von mir und spritze ihn ein bisschen nass.

War ein Fehler. Weil die Ladung, die ich gleich darauf abkriege, an Unverschämtheit grenzt.

»Scusa, Schatz, das wollte ich gar nicht! Friede, per favore!« Vinc lacht sich schlapp.

»Sieht so Bedauern aus?« Ich schüttle den Kopf. Ausnahmsweise verkneife ich mir weitere Gegenschläge, meine Gedanken sind woanders.

»Am Dienstag steigt das große Fest. Valeria wird langsam nervös, glaube ich. Zum Glück ist die Sache mit den vergifteten Pastateilen vom Tisch.« Ich streiche mir eine nasse Haarsträhne aus dem Gesicht. »Schon traurig, dass die beiden Alten ihre letzten Jahre im Gefängnis verbringen werden.«

»Die Umstände werden geprüft. Aber da gibt's kaum Zweifel«, schränkt Vinc ein.

Ich nicke. »Ja, und auch wenn es kein vorsätzlicher Mord war, der Mann würde noch leben. Valeria ist sicher ein riesiger Stein vom Herzen gefallen. Sie hat so viel Arbeit mit dem Fest. Sie liefert ja nicht nur ihre Nodi d'Amore, sondern ist auch in der Führungsriege des Festkomitees.«

Vinc grinst. »Dein Vater und Valeria passen in dieser Beziehung richtig gut zusammen. Beide Workaholics.«

Ich schlürfe den letzten Rest Kaffee aus dem Becher, Vinc legt den Arm um meine Schultern und ich kuschle mich an ihn.

»Du, Schatz, ich hab das ernst gemeint, nach dem Fest würde ich gerne noch ein paar Tage bleiben. Aber ich glaube wirklich, dass wir uns besser ein anderes Quartier suchen sollten.«

»Wieso eigentlich?«

»Na ja, kommt natürlich drauf an, wie alles ausgeht. Ob Renato bis dahin den Tod von Umberto geklärt hat. Ich mein, wenn Rosalia ihren Mann umgebracht hat, dann hat sich das mit dem Zimmer sowieso erledigt. Weil ich nicht glaube, dass Erminia das Hotel allein führen würde.

»Und du meinst, es war Rosalia?«, fragt Vinc und spielt mit meinen Haaren.

»Mir wär's lieber, wenn nicht.« Ich seufze. »Ich will Rosalia ja glauben, aber sie kann natürlich viel erzählen. Außerdem, denkst du, dass Erminia mitspielt? Mit den Plänen ihrer Tochter bezüglich Evelina? Ich hab dir ja erzählt, was ich gestern drüben bei Erminia mitgekriegt habe.«

»Ich vermute, Rosalia will das Baby. Sie denkt an die Zukunft des Hotels, an den Erbanspruch, und vielleicht gefällt ihr einfach der Gedanke, ein Kind im Haus zu haben. Die Frage ist, ob Evelina sich darauf einlässt. Ist 'ne krasse Situation.«

Ich bin hin und her gerissen. »Ich kann nicht glauben, dass Rosalia Umberto tatsächlich umgebracht hat. Sie ist nicht so ein Mensch. Andererseits – will sie vielleicht deswegen seine schwangere Geliebte aufnehmen? Aus schlechtem Gewissen? Weil sie dem Kind den Vater genommen hat?«

»Tja, sie hätte auf jeden Fall ein starkes Motiv. Geld, das Hotel, verletzte Gefühle … Und Umberto wurde vergiftet. Was nach deinen Prognosen für eine Frau als Täterin spricht.«

»Ich weiß gar nichts mehr. Ich hoffe, Ayna und Oumon sind außen vor. Und wenn das mit ihrem Aufenthaltsstatus klappt, dann sind die beiden safe. Stell dir vor: Ayna, Oumon und das Baby – und Evelina mit ihrem Baby. Da wär was los im Hotel. Vielleicht findet Erminia ja doch noch Gefallen an ihrer Rolle als Ersatzoma. Und aus den vielen Minuspunkten ergibt sich was Gutes.«

»Du meinst Mord mit Happy End?«, zieht Vinc mich auf, weil er meine Schwäche für heile Welt kennt.

»Wenn du so willst. Da ein Tröpfchen und dort eins … Steter Tropfen höhlt den Stein und die Welt wird besser.«

»Meine unverbesserliche Optimistin.« Wir küssen uns. Ich schließe meine Augen und Vinc ist für diesen Moment alles, was zählt.

Es wird Zeit für den Aufbruch. Auf der Rückfahrt hängt jeder seinen Gedanken nach. Vor uns erstreckt sich die Ponte Visconteo.

»Halt doch bitte kurz an unserem Platz an. Ich muss durch den Mauerbogen schauen, der Blick ist irre. Und natürlich unser Herz …« Bei der Erinnerung daran bin ich wieder richtig gerührt. »Schau mal, die ersten Buden werden schon aufgestellt für Dienstag. Die Wetterprognose ist optimal, das wird bestimmt mega. Stell dir vor, 3.000 Gäste, zwei 650 Meter lange Tafeln, und das alles auf der Brücke. Bin echt gespannt.«

Ich kneife die Augen zusammen. Das glaube ich jetzt nicht. »Ist das nicht Signora Facconi?« Am Ende der Brücke, auf »ihrer« Bank, sehe ich sie sitzen. Allein.

»Warte einen Moment«, sage ich zu Vinc, steige aus dem Cabrio und eile zu der alten Dame. Vorsichtig setze ich mich auf den freien Platz neben ihr. »Mi dispiace, signora Facconi. Ich wollte das alles nicht«, platze ich heraus. »Wenn ich nicht mit dieser Geschichte für die Fernsehreportage angefangen hätte, wäre das alles nicht passiert.«

Sie wendet mir langsam das Gesicht zu. Weiß sie überhaupt, wovon ich rede? Ich habe sie ganz schön überfallen mit meiner Entschuldigung.

»Es ist ja schon vorher alles passiert, Kindchen. Dass mein Mann verhaftet wurde, ist nicht Ihre Schuld.«, sagt sie bedächtig.

Okay, sie hat die richtigen Schlüsse gezogen, denke ich erleichtert.

Signora Facconi fährt fort: »Und was wir getan haben auch nicht. Wir konnten einfach den Gedanken an das Fest nicht ertragen, weil dadurch unser Leben zerstört wurde. Der Fahrer wurde damals freigesprochen. Er hat Bußgeld bezahlen müssen, wegen Alkohol am Steuer, aber für den Tod des Kindes konnte er natürlich nicht belangt werden.«

»Und deshalb hassen Sie dieses Fest? Weil Ihre Enkeltochter vor einem Jahr genau an diesem Tag gestorben ist?«

»Wir hassen nicht das Fest an sich. Aber der Massenauflauf, der damit in Zusammenhang steht, hat mit dem Stolz auf unsere Tortellini nichts mehr zu tun. Das ist Ausverkauf unserer Heimat. Wegen dieses ganzen Rummels ist unser Enkelkind gestorben!« Sie schaut mich undurchdringlich an, ich habe keine Ahnung, was in ihrem Kopf vorgeht. »Dass einer der Touristen gestorben ist, tut uns sehr leid. Wir wollten nur ein Zeichen setzen. Gegen den Kommerz. Es sollte nie ein Mensch deswegen ums Leben kommen. Jetzt haben wir genauso Schuld auf uns geladen. Das ist nicht mehr zu ändern. Mein Mann hat alle Verantwortung auf sich genommen, er will, dass ich für die Familie da bin. Ich hoffe, dass er ein mildes Urteil bekommt.«

Ich seufze innerlich. Das glaube ich nämlich nicht. Aber ich bin kein Richter.

»Wenn es Sie beruhigt, wir hätten uns sowieso gestellt. Die Verantwortung für den toten Mann übernommen, allerdings erst nach dem Fest.«

Ich stehe auf und reiche ihr die Hand. »Signora, ich wünsche Ihnen und Ihrem Mann alles Gute. Wie auch immer. Dass Sie Ihren Frieden finden.«

Signora Facconi nickt, dann faltet sie die Hände und starrt wieder in die Ferne.

Vinc tippt auf die Hupe. Er hat recht, es wird Zeit.


Die Signori sind bereits versammelt, als wir uns auf unsere Stühle fallen lassen. Renato sitzt heute an der Stirnseite, auf Umbertos Platz, daneben ein Kollege, beide in Uniform.

Renato steht auf, beugt sich ein wenig vor und stützt sich mit beiden Händen auf die Tischplatte.

»Allora, fangen wir an. Sergente Vardi wird zuhören und eingreifen, wenn wir aus Freundschaft betriebsblind werden. Ihr wisst alle, dass Doro und Vinc einen Autounfall hatten. Der Bremsschlauch hatte sich gelöst. Der Mechaniker war skeptisch, es gab Untersuchungen – kurz gesagt: Es ist nachgeholfen worden.«

Ein Raunen geht durch die Runde.

»Das wird ja immer besser! Wer macht so was?«, ruft Alfredo und reibt heftig an seiner Brille.

»Und warum? Und ganz ehrlich, was haben wir damit zu tun?« Massimos Tonlage tendiert jetzt schon Richtung aggressiv. Ich möchte nicht mit Renato tauschen.

Salvatores Finger klopfen nervös auf die Tischplatte,

Angelo fährt sich durchs Haar und Davide lehnt sich mit verschränkten Armen in seinem Stuhl zurück.

Renato räuspert sich. »Erinnert ihr euch an den Mittwochabend? Als Pipo den Giftköder ausgespuckt hat? Doro und Vinc waren draußen im Hof und haben über die ganzen Vorfälle in Valeggio und auch hier im Hotel spekuliert. Ich bin kurz raus zu den beiden, dann bin ich wieder reingegangen, und Vinc hatte anschließend das Gefühl, als wäre da noch jemand gewesen. Er hat aber niemanden gesehen. Und am nächsten Tag ist der Unfall passiert. Deshalb meine Frage an euch – habt ihr am betreffenden Abend etwas Ungewöhnliches beobachtet? Ist einem von euch jemand Verdächtiges aufgefallen? Egal, ob Hotelgast oder sonst wer, ich will alle Eventualitäten untersuchen und gegebenenfalls ausschließen.«

Schweigen und Kopfschütteln.

»Davide, du warst doch Wein holen. Warst du im Keller oder hattest du die Flaschen im Auto?«, fragt Renato.

»Im Weinkeller. Ich war nicht draußen auf dem Hof und mir ist auch nichts aufgefallen.«

Eigentlich wollte ich mich nicht einmischen, aber jetzt kommt es auch nicht mehr darauf an, ich muss das fragen: »Davide, was war eigentlich am nächsten Tag los mit dir? Als wir deine Mutter nach Hause gefahren haben, bist du ziemlich neben der Spur auf der Veranda gesessen. War das wegen Pipo? Weil er das Gift bei dir gefressen hat?«

»Unsinn!«, wehrt er ab. »Nur weil ich ein Glas Wein zu viel getrunken habe, musst du da nichts reininterpretieren.«

»Das will ich auch gar nicht. Mir geht nur gerade so viel im Kopf herum. Uns allen natürlich. Und ich denke, je mehr Punkte bekannt sind, desto klarer wird das Bild um Umbertos Tod.«

»Esatto, so ist es, Doro hat recht. Wir wollen ja alle wieder ein normales Leben führen«, unterstützt Renato mich. »Und noch etwas. Ist zwar deine Privatsache, wem du Schmuck schenken willst, aber was ist das für ein Ring, der genauso aussieht wie die Kette aus Umbertos Schmuckkästchen? Doro hat ihn bei dir liegen sehen und es mir erzählt. Sie hat dahinter eine Liebesgeschichte vermutet, aber mich interessiert das jetzt genauer.«

»Das geht dich nichts an, basta! Maledetto! Ist das hier ein Verhör?« Davides Gesichtsfarbe wird eine Spur dunkler und der Blick, den er mir zuwirft, gleicht einer Waffe.

»Sì, Davide, genau das ist es«, stellt Renato klar.

Die Tragweite dieser Worte lastet schwer im Raum. Ein Verhör. Gut, das war angekündigt. Aber eher als Befragung, nicht als Anklage. Hätte ich meinen Mund halten sollen? Eigentlich wollten wir uns ja aus dem Fokus nehmen. Vinc legt seine Hand auf meinen Arm. Bin froh, dass er hinter mir steht.

»Was war das für ein Ring?«, bohrt Renato weiter.

»Es gibt keinen Ring«, presst Davide heraus.

Renato reibt sich das Kinn. Schaut von Davide zu mir und dann zu den anderen.

»Dann muss ich deine Mutter fragen, Davide. Schließlich hast du gesagt, die Kette sei für sie. Es geht um Mord. Und du weigerst dich, zu kooperieren.« Renatos Ton wird schärfer.

»Lass meine Mutter aus dem Spiel, Renato. Das ist allein meine Angelegenheit. Meine, hörst du? Mamma hat damit nichts zu tun. Und ihr auch nicht!« Davide kippt sein volles Weinglas in einem Zug hinunter.

»Vielleicht war es doch ein Fehler, die Befragung hier vor versammelter Mannschaft vorzunehmen«, seufzt Renato. »Ich schlage vor, wir besprechen das einzeln und auf dem Revier.«

344

»So ein Unsinn«, protestiert Alfredo. »Jetzt red schon, Davide. Ist doch Quatsch, wenn wir wegen deines Sturschädels alle aufs Revier müssen.« Die anderen nicken.

»Lasst mich doch einfach in Ruhe!« Davide springt auf.

»Setz dich wieder hin«, befiehlt Renato und Davide gehorcht verblüfft. Diesen Tonfall ist er von ihm wohl nicht gewohnt.

»Allora, Davide, es liegt bei dir. Hier und jetzt oder auf dem Revier.«

»Das ändert nichts«, bockt Davide, »ich habe nichts dazu zu sagen.«

»Na gut«, Renatos Ton wird sanfter, »vielleicht fällt es dir ja momentan nur nicht ein. Ich versuche, die Fragen konkreter zu stellen.« Offensichtlich will er seine Strategie ändern. »Lass mich überlegen … Ich erinnere mich, dass du damals die Kette mit dem Handy fotografiert hast. Wir waren nur alle so mit Umbertos Siegelring beschäftigt, dass wir keinen Sinn für deine Angelegenheiten hatten.«

»Ja, ich habe Fotos von der Kette gemacht. Das war alles.«

»Kannst du mir die Bilder zeigen?«

Davide schnappt nach Luft. »Spinnst du? Mein Handy geht dich nichts an. Du musst mir schon glauben, dass es so war, wie ich sage!«

Renato rollt mit den Augen, als müsste er einem uneinsichtigen Kind erklären, dass zu viel Schokolade ungesund ist.

»Stell dich nicht an wie eine Diva«, schimpft Massimo.

Keiner lacht über den ursprünglich wohl witzig gemeinten Kommentar, alle schauen irgendwie verkniffen.

»Ich möchte dich mal hören, wenn einer die Fotos auf deinem Handy anschauen will«, schnaubt Davide.

Renato ist weiterhin um Beschwichtigung bemüht. »Du sollst mir nur die Bilder mit der Kette zeigen, was ist daran schlimm?«

»Wir waren alle einverstanden mit der Befragung, jetzt mach gefälligst auch mit!«, fordert Angelo grantig. »Zeig Renato, was er sehen will. Glaubst du, ich war gerne in Untersuchungshaft? Da bleibt was hängen, das sag ich dir. Ich will nicht wissen, was in der Stadt geredet wird. Und ich will nicht noch mal aufs Revier, wenn es sich vermeiden lässt.«

Davide schluckt. Dann zückt er sein Handy, entsperrt es, sucht die Fotos mit der Kette und schiebt das Gerät wortlos zu Renato, der schräg gegenüber an der anderen Ecke des Tisches sitzt.

Renato wischt zwischen den Fotos hin und her, dann schaut er zu Davide. »Kein Ring also? Und was ist dann bitte das?«

Davides Lippen sind nur noch ein dünner Strich.

»Ich würde sagen, das ist eindeutig ein Ring, und zwar das Pendant zu der Kette. Gleich das nächste Foto. Kannst du uns das bitte erklären?«

»Lass sehen«, sagt Salvatore neugierig und streckt die Hand nach dem Telefon aus.

»Nur wenn Davide es gestattet«, schränkt Renato ein.

»Davide?«, fragt Salvatore. »Darf ich mal sehen?«

Davide schweigt. Er ist ganz blass geworden. Irgendwann löst er sich aus seiner Starre, schenkt sich Rotwein nach und trinkt auch dieses Glas in einem Zug leer. Er verschränkt seine Finger ineinander und starrt auf seine Hände.

»Ich habe den Abend nie vergessen. Wir waren mit unserer Clique unterwegs, ich habe einiges getrunken, wir hatten unseren ersten richtigen Streit. Maria und ich. Sie wollte ihr Studium beenden, wollte ein Auslandssemester belegen, ich wollte, dass sie meine Frau wird, unsere Kinder großzieht, das Weingut mit mir bewirtschaftet … Ich wollte keine Fernbeziehung. Sie war doch schwanger! ›Bis das Kind kommt, bin ich zurück‹, hat sie gesagt. Wir waren so glücklich und ich habe nichts mehr verstanden. Ich bin dann nach Hause gegangen, sie ist noch geblieben. Sie war immer so sanft, so nachgiebig, bei ihren Eltern war sie die Prinzessin … Ich wollte, dass sie *meine* Prinzessin ist, habe ihre eigenen Wünsche einfach nicht gesehen. An diesem Abend ist alles schiefgelaufen. Seitdem war sie so komisch. Ich habe einfach nichts kapiert.« Davide schlägt die Hände vors Gesicht. Ein trockenes Schluchzen ist zu hören. Dann reißt er sich wieder zusammen.

»Wenig später hat sie mir einen Seitensprung gebeichtet. An diesem verdammten Abend hatte sie was getrunken, obwohl sie schwanger war, und dann … Sie hat auf mein Verständnis gehofft. Aber ich war nur verletzt. Sie hat gesagt, sie sei noch Tanzen gegangen, ohne die anderen, und dann sei es passiert, weil sie so enttäuscht von mir gewesen sei. Sie hat mir nicht gesagt, mit wem – klar, sie wusste, dass das zwischen uns alles zunichtegemacht und auch die ganze Clique belastet hätte. Das verstehe ich jetzt und sie hatte recht. Ich hätte ihr und ihm das nie verzeihen können.«

Was meint er?

Davide räuspert sich. »Ich will nicht wiederholen, was ich ihr an den Kopf geworfen habe, aber es war das letzte Mal, dass ich Maria gesehen habe. Ihre Eltern haben mir nach ihrem Selbstmord den Ring zurückgegeben. *Diesen* Ring. Den sie in ihrer Handtasche gefunden haben. Sie dachten, es sei ein Geschenk von mir an Maria gewesen, unser Verlobungsring … Aber ich habe den Ring noch nie zuvor gesehen. Ich habe ihn immer und immer wieder betrachtet und gerätselt, von wem sie ihn bekommen haben könnte – irgendwann habe ich ihn dann weggepackt und verdrängt. Bis ich die Kette aus Umbertos Schatzkästchen gesehen habe, da hat sich der Schleier gelüftet. Die Kette gehört zu dem Ring und ist von Umbertos Oma. Jetzt wusste ich, mit wem Maria damals die Nacht verbracht hat, und auch, warum sie nicht gesagt hat, wer es war. Ich habe sie in den Selbstmord getrieben. Sie und unser Kind. Sie war schwanger. Unsere Hochzeit war geplant. Ich habe immer bereut, dass ich so stur gewesen bin … Wir hätten ein wunderbares Leben haben können. Und an allem war Umberto schuld. Er war der Auslöser, weil er seine Finger nicht von den Frauen lassen konnte. Nicht einmal von Maria. Er hat alles verraten. Unsere Freundschaft, unseren Ehrenkodex … Ich glaube, das war auch das Schlimmste für Maria. Dass es mit Umberto passiert ist. Das hätte immer zwischen uns gestanden.«

Renato räuspert sich. »Hat er sie gezwungen?«

Davide schüttelt den Kopf. »Nein, Maria hat damals gesagt, sie seien betrunken gewesen und sie habe nach Hause gewollt, habe dann aber doch nachgegeben und sei noch mit diesem Mann in seine Wohnung gegangen. Sie war viel zu ehrlich, um sich aus der Geschichte herauszulügen. Gerade weil diese Sache für sie so völlig untypisch war. Und ich war einfach nur gekränkt und habe dichtgemacht, anstatt ihr mal endlich zuzuhören.«

»Und deshalb hast du beschlossen, dass Umberto sterben muss«, stellt Renato fest.

»Es hat mich umgehauen! Die ganzen Jahre hat er mir frech ins Gesicht gelogen. Ohne schlechtes Gewissen hat er sich als meinen Freund bezeichnet. Als ich die Kette gesehen habe, ist mir ein Licht aufgegangen. Ich habe die Bilder des Rings und der Kette auf dem Laptop vergrößert und mich vergewissert. Hab sie ihm sogar abgekauft, weil ich hundertprozentig sicher sein wollte. Als ich es dann war, war mir klar, was ich tun musste. Ich wusste von Umbertos Magenproblemen. Ich brauchte nur auf eine passende Gelegenheit warten, um ihm die falschen Tabletten anzudrehen. Es hätte auch noch Zeit gehabt, aber da es so schnell geklappt hat, hat es natürlich super in die Vergiftungsschiene gepasst. Umberto hat sich aufgeregt wegen des Festes, natürlich bekam er Sodbrennen und ich konnte ihm ganz leicht die Tabletten meiner nonna schmackhaft machen. Hab gesagt, die seien pflanzlich und man könne sie bedenkenlos auch mit seinen anderen Tabletten kombinieren. Er solle am besten gleich zwei nehmen. Es gebe ja keine Wechselwirkungen. Umberto hat's geschluckt – im wahrsten Sinne des Wortes.« Davide lacht bitter.

»Aber der Ring war doch noch kein Beweis für einen Seitensprung der beiden! Es hätte auch einen ganz anderen Grund haben können, dass er sich in Marias Handtasche befunden hat«, gibt Renato zu bedenken.

Davide reibt sich die Schläfen. Er wirkt restlos ausgelaugt. »Ich war wütend und ich hatte keine Zweifel. Trotzdem, nachdem ich ihm die Tabletten gegeben hatte, habe ich ihn noch mit meinem Verdacht konfrontiert. Ich musste sichergehen und habe ihm den Ring samt der Kette auf den Tisch gelegt. Er war total überrumpelt, auf die Schnelle ist ihm keine Ausrede eingefallen. Es war ihm schrecklich peinlich und er hat sich tausendmal entschuldigt. Hat alles auf den Alkohol geschoben. Maria und er, das sei ein Ausrutscher gewesen. Sie seien beide betrunken gewesen, frustriert und hätten einfach ein bisschen Spaß haben wollen. Er habe damals das Schatzkästlein seiner Oma geholt und Maria den Ring im Scherz angesteckt. Einfach so. Und sie habe dann wohl vergessen, ihn zurückzugeben, und ihn mit nach Hause genommen. Umberto hat keine Sekunde daran gezweifelt, dass die Tabletten, die ich ihm gegeben habe, etwas anderes als Magentabletten sein könnten.« Davide schüttelt den Kopf. »Er hat gedacht, ich könne ihm vergeben.«

»Und warum hast du kein Rattengift verwendet? Ich meine, es war doch klar, dass die Ärzte herausfinden würden, dass bei Umberto eine andere Substanz zum Einsatz gekommen war als bei den Opfern davor.«

Davide schaut ihn müde an. »Das Rattengift so zu verpacken, dass Umberto es zu sich nimmt – wie hätte das gehen sollen? Mit den alten Tabletten meiner nonna war es viel einfacher. Sie musste sie nach einer Thrombose mal kurzzeitig nehmen. Ich weiß noch genau, wie der Arzt uns ermahnt hat, sie solle aufpassen und sich nicht verletzen, weil das gefährlich werden könne. Es könne zu inneren Blutungen kommen, da der Gerinnungsfaktor quasi bei null sei. Ich dachte, das klingt wie Rattengift. Alles andere war mir einfach egal.«

Jetzt kann ich mich nicht mehr zurückhalten. »Und das mit unserem Auto? Warst du das? Du warst nicht im Weinkeller, stimmt's? Du warst auf dem Hof und hast uns belauscht. Aber warum wolltest du Vinc und mich umbringen, wenn dir doch sowieso alles egal war?« Ich versteh's wirklich nicht.

Davide zuckt mit den Schultern. »Reflex? Ich wollte nicht wegen Umberto ins Gefängnis. Ich habe meine Strafe schon im Voraus verbüßt. Mit meinem ganzen verpfuschten Leben. Ich wollte euch auch gar nicht umbringen, ich wollte nur, dass ihr verschwindet. Vinc und du. Dass ihr aufhört, rumzufragen. Ich habe dich beobachtet, letztens bei mir auf dem Weingut. Wie du im Keller den Ring und die Kette gesehen hast … Ich habe einfach Panik bekommen. Mi dispiace davvero molto. Zum Glück ist nichts passiert.«

Es tut ihm sehr leid? Das hat er sich ja früh überlegt. Wir hätten tot sein können!

Vinc' Kiefernmuskeln arbeiten, aber er hält sich zurück und überlässt Renato das Feld.

Der steht jetzt auf, steckt das Handy ein und geht um den Tisch herum zu Davide. »Andiamo«, sagt er mit belegter Stimme. Er erspart ihm die Handschellen.

Davide steht auf, blickt in die Runde, senkt dann die Augen.

Die Freunde schweigen. Erst als Renato, Sergente Vardi und Davide weg sind, finden sie Worte für das, was sie bewegt.

»Das war nicht recht von Umberto. Wenn er verliebt gewesen wäre und dann offen und ehrlich die Karten auf den Tisch gelegt hätte – aber so? Was mich wundert, ist, dass Maria sich darauf eingelassen hat, so, wie sie war ... Das passt überhaupt nicht.« Aus Salvatores Miene spricht tiefe Erschütterung.

»Stimmt. Umso fieser von Umberto, die Kleine so auszunutzen. Aber das gibt Davide doch kein Recht, ihn umzubringen! Ihm einen Denkzettel zu verpassen, sì, ihm die Freundschaft kündigen, sì certo, aber Mord!« Auch Massimo ist sichtlich aufgewühlt.

Vinc und ich lassen die Männer allein und ziehen uns zurück. Wir setzen uns auf den kleinen Balkon vor unserem Zimmer.

»Ich kann Davide schon irgendwie verstehen. Obwohl ich seine Tat natürlich nicht gutheiße, aber ich kann nachvollziehen, dass damals eine Welt für ihn zusammengebrochen ist. Und dann erfährt er nach so vielen Jahren, dass Umberto derjenige ist, der sein Glück zerstört hat. Dass er seitdem mit einem Freund verkehrt hat, der seine Trauer miterlebt und nie ein Wort gesagt hat. Natürlich fühlte sich Davide verraten und betrogen. Dann die Tortellini-Vergiftungen, da ist er durchgedreht. Dauernd wurde von Gift geredet, und dann wühle ich noch bei ihm im Giftschrank ...«

»Du bist nicht für Davides Tat verantwortlich«, beschwichtigt Vinc.

»Nein, aber es hat sein Bewusstsein beeinflusst, sonst hätte sich diese kausale Kette nicht gebildet.«

»Möglich«, gibt Vinc zu, »aber auf diese Weise kann man immer für alles eine Entschuldigung finden.«

»Tja, ist ja auch so. Es gibt meistens einen Auslöser für eine Tat, einen Trigger.«

»Trigger hin oder her – Davide hat Umberto vergiftet und es ist seine Verantwortung.«

»Apropos Kette«, überlege ich, »warum hat Davide den Ring und die Kette nicht einfach verschwinden lassen? Kein Mensch hätte eine Verbindung zwischen ihm und dem Mord an Umberto gefunden. Und die Manipulation am Bremsschlauch, hmm, Fingerabdrücke vielleicht …«

»Ich glaube, Davide ist insgesamt in so einer emotionalen Ausnahmesituation, da konnte er nicht mehr kalt kalkulieren, sondern nur noch um sich schlagen. Wie mit unserem Auto. Mit der Konfrontation heute hat er nicht gerechnet und war schlicht überfordert.«

Vinc hat recht. Ich seufze. »Starke Liebesgeschichte. Wenn es immer so endet, dann reduziert sich die Menschheit bald von selbst.«

# KAPITEL 22

# LA GRANDE FESTA – DAS GROSSE FEST

## Martedì (Dienstag) – Tag 15

Der Fall ist gelöst und damit auch die Atmosphäre. Ich habe von den Vorbereitungen zum Fest nicht viel mitbekommen. Die Nachwirkungen des Unfalls haben mich dann doch noch eingeholt und ich bin tatsächlich zwei Tage auf dem Zimmer geblieben. Einfach nur Ruhe. Vinc hat Paps und der Crew geholfen und ab und zu nach mir geschaut. Aber heute ist der Tag des großen Festes und ich bin wieder die Alte. Vinc holt uns das Frühstück nach oben, wir genießen die Zeit zu zweit.

Und dann ist er da. Der Abend, auf den alle hingefiebert haben und der beinahe nicht stattgefunden hätte. Vinc sieht toll aus in seinem hellen Leinenanzug und ich gefalle ihm auch in meinem engen roten Kleid, das sehe ich an seinen Blicken, und außerdem flüstert er es mir dauernd ins Ohr.

Hand in Hand schlendern wir an der festlich gedeckten Tafel entlang, mehr als ein Kilometer eng bestuhlte Gourmetmeile wartet auf circa 3.000 Gäste. Es ist immer noch sehr warm und die Aussicht von hier ist grandios. Die Burg, der Fluss, der Mincio, der sich auf der einen Seite durch das sattgrüne Tal schlängelt, auf der anderen das malerische Borghetto umfließt. Der Bürgermeister begrüßt die ersten Gäste. Frauen, Männer und Kinder in historischen Kostümen erinnern an die Sage um die Nodi d'Amore, die legendären Liebesknoten. Überall werden Platten mit den »Hauptdarstellern« des Abends, den Tortellini, präsentiert.

Paps und seine Crew suchen Motive, ich komme um einen Kurzauftritt vor der Kamera mit ihm und dem Bürgermeister nicht herum. Vinc und ich lassen uns wieder treiben, vorbei an den Ständen, die links und rechts der Tafel den Weg säumen. Jedes teilnehmende Ristorante hat einen eigenen Bereich für seine hausgemachten Tortellini, aber alle Gäste bekommen natürlich dieselben Gerichte serviert. Einen Antipasti-Teller mit Schinken, Oliven, Artischocken, Käse und dann als Höhepunkt den ersten Gang, die Nodi d'Amore, die originalen mit Fleischfüllung oder die vegetarischen mit Kräuter-Ricotta-Füllung. Bei manchen Portionen befürchte ich Platzmangel fürs Hauptgericht – Fisch mit gegrilltem Gemüse – und die Nachspeise. Nebenbei ziehen immer wieder kleine Gruppen in altertümlichen Gewändern vorbei, Fahnenträger schwenken festliche Banner, Trommler, das historische Liebespaar aus der Legende präsentiert ein goldenes Tuch, geschlungen zum berühmten Liebesknoten. Rotwein oder Weißwein, so viel man möchte, alles im Ticketpreis inklusive. Die Stimmung wird immer gelöster und mit der Dunkelheit wird es richtig romantisch.

Vinc und ich haben hinter Valerias Stand einen Platz auf einer Weinkiste gefunden und dort von ihren köstlichen Tortellini gegessen. Auf Fisch haben wir verzichtet, obwohl er verführerisch duftet, Kuchen mit Eis und Fruchtspieß nehmen wir dagegen mit. Die letzten Teller werden abgeräumt, Wein wird nachgeschenkt und jeder Gast bekommt eine Kerze in einer leuchtend roten Blütenfackel. Und dann explodiert die erste Rakete über der Scaligerburg, der Auftakt zum fulminanten finalen Feuerwerk, das das Ende des Festes einläutet.

»Wow«, sage ich zu Vinc.

»Wow«, sagt auch er.

»Das war wirklich eine gelungene Veranstaltung. Stell dir

vor«, lese ich aus dem Fest-Flyer vor, »ungefähr 80 Köche, 300 Kellner, 60 Sommeliers, 600.000 handgemachte Tortellini, 8 Tonnen Mehl, 10.000 Eier, 500 Kilogramm Grana Padano, 4.000 Flaschen Custoza, Bardolino und Prosecco … Und das alles wäre beinahe dem Rattengift zum Opfer gefallen. Mir tun die Facconis so leid, aber ehrlich, ich freu mich für alle, die das ganze Jahr auf das Fest hinarbeiten. Und für die Gäste. Weil es ein so tolles Event ist. Ich glaube, Paps und die Jungs haben wirklich gutes Material gesammelt und der Bürgermeister hat sich gerne mit Sascha Ritter in Szene setzen lassen.«

»Und dein Vater sich mit dem Bürgermeister.« Wir lachen.

Während die letzten Gäste ihre Gläser leeren, wird an den Ständen bereits mit dem Abbau begonnen. Vinc und ich kehren zurück ins Hotel. Wir nehmen zwei Campari Soda mit hoch und setzen uns auf den Balkon. Nach dem ganzen Trubel des Festes fühle ich mich hier wie in einer anderen Welt.

»Morgen planen Valeria und dein Vater ein Abschiedsfest im ›La Rosa‹, am Donnerstag fährt die Crew nach Hause. Das Lokal ist geschlossen, da haben wir Küche und Garten für uns.«

»Paps bleibt noch ein Weilchen. Er meinte, das ›Macis‹ komme mal ohne ihn aus und ich müsse ihn halt vertreten.«

»Dann war er nicht begeistert von unseren Verlängerungsplänen?«

»Sagen wir mal so, er hat sich mit den Tatsachen abgefunden. Das ›Macis‹ kommt auch gut ein paar Tage ohne die beiden Ritters aus.«

»Gegen seine Tochter hat nicht mal der große Maestro eine Chance.«

Puh, die Lust, mich in die Küche zu stellen, hält sich heute Morgen in Grenzen.

Vinc streckt sich und sieht auch nicht so aus, als wäre er schon topfit. Ich rücke zu ihm rüber und fordere seine Armkuhle ein.

»Da hast du uns ja was eingebrockt«, lästere ich ein bisschen. Weil er es war, der sich und mich großzügig als Hilfspersonal zum Küchendienst heute Vormittag im »La Rosa« angeboten hat. »Ich meine, ist ja nett, dass wir heute Abend zusammensitzen, aber Pasta und Wein hätten ja genügt«, maule ich unter Gähnen.

»Ja genau! Das sagst du jetzt. Und dann geht die Hektik los, weil man ja noch dieses und jenes – geht ja ganz schnell – machen könnte, und dann wird's stressig.«

»Ja und? Besser später ein bisschen turbo, als jetzt schon in der Küche stehen.«

»Doro, Schatz, krieg dich wieder ein. Du bist ein morgendlicher Cookaholic und deshalb habe ich uns angemeldet.« Vinc küsst mich und schwingt tatsächlich als Erster die Füße aus dem Bett. »Ich hol uns caffè. Willst du was dazu?«, fragt er.

»Wer sind Sie und was haben Sie mit meinem Freund gemacht?«, entgegne ich todernst.

Er lacht nur und schlüpft in Shorts und T-Shirt.

Tja, da bleibt mir wohl nix anderes übrig, als ebenfalls aufzustehen.

Nach einem schnellen Koffeinschub lassen wir uns auf dem Weg ins »La Rosa« ein bisschen die warme Sommerluft um die Nase wehen, bevor wir uns ins Küchengetümmel stürzen. Paps ist bereits am Werkeln, was heißt, er hat den Kürbis für die Tortelloni gebacken sowie passiert und die Masse bereitet. Der Nudelteig ruht in der Schüssel im kühlen Vorratsraum.

Wir besprechen das weitere Menü. Antipasti-Teller mit Thunfischpaste auf krossem Weißbrot, daneben Venusmuschelsalat an Rucola, Petersilie und Saft einer Limette. Tortellini mit Fleischfüllung, meine Variante als Ravioli mit Wachteleidotter. Vinc puhlt in aller Ruhe Kugeln mit dem Miniportionierer aus den verschiedenfarbigen Melonen, die eine Hälfte der Wassermelone höhlt er komplett aus und versucht sich als Künstler, indem er den Rand mit einem hübschen Zackenmuster verziert. Süß, wie er sich anstrengt.

Ich merke, wie ich mich um die Ravioli drücke. Ist nicht mein Lieblingsgericht, geschmacklich schon, aber die Wachteleier sind mir immer zu glitschig. Nützt nix, Paps' Kürbistortelloni liegen bereits fein säuberlich gefüllt und geformt auf dem Brett.

»Papsilein«, schmeichle ich, »hilfst du mir?«

»Ich hab mich schon gefragt, wann du daherkommst«, spottet er, holt die Wachteleier und lässt dann den Teig durch die Nudelmaschine laufen. »Ricotta-Kräuter-Masse steht im Kühlschrank.«

»Danke, Paps, bist ein Schatz.« Ist er wirklich.

»Ich denke, das war's, der Rest dann heute Abend. Schatz, bist du fertig?«, frage ich und hänge das Küchentuch säuberlich an den Haken.

Vinc nickt und trägt sein Werk in den Kühlraum.

»Wunderbar.« Mein Vater reibt sich zufrieden die Hände. »Ich würde sagen, das wird ein feudales Mahl heute Abend. Danke fürs Helfen, den Rest erledige ich. Ist schließlich mein Dankeschön-Menü an euch alle, für die ganze Unterstützung rund um die Reportage. Also, ab mit euch, bis heute Abend!«

Das lassen wir uns nicht zweimal sagen. Ich drücke ihm ein Küsschen auf die Wange, dann verschwinden wir zurück ins »Il Mulino«.

»Ist ungewöhnlich für mich, aber ich bin echt müde heute.«

»Dann gib jetzt mal Ruhe und schlaf ein bisschen«, empfiehlt Vinc.

Ich hab den Verdacht, dass ihm die Aussicht auf ein paar Augenblicke Ruhe ganz gut gefällt.

Am späten Nachmittag stoßen wir wieder zu den anderen. Die haben sich auf der Terrasse Tische im Schatten zusammengestellt und schlürfen am pfirsichfarbenen Bardolino Frizzante. Paps drückt uns ein Glas in die Hand.

»Salute a tutti«, prostet Valeria uns zu. »Das Fest ist wunderbar gelaufen, trotz der aufregenden Zeit davor, und ich glaube, lieber Sascha, ihr hattet wunderbare Motive für eure Filmaufnahmen.«

Flo, Paul und Basti heben den Daumen.

»Das Wort ›Motiv‹ will ich in nächster Zeit nicht mehr hören«, raune ich Vinc zu.

Er lacht bloß.

»Doro war heute Vormittag schon hier und hat mit Sascha in der Küche gezaubert. Ravioli a sorpresa, mehr will sie noch nicht verraten, und Tortelloni mit Kürbisfüllung à la Sascha. Hauptgang ebenfalls à la Sascha, ein ehrliches Steak vom Grill mit Gemüse. Dolce à la Vincenzo. In diesem Sinne auf einen genussvollen Abend!« Valeria hebt noch einmal das Glas, dann setzt sie sich in den Stuhl neben Paps und hält locker mit ihm Händchen.

»Vorschlag: Vinc und ich servieren euch den Aperitif und den Antipasti-Teller hier draußen, weil es so schön ist, dann gehen wir rein, denn es ist fast zu heiß hier zum Essen.«

Alle sind einverstanden, also ziehen Vinc und ich los.

Die Idee zu einem Melonenaperitif ist Vinc beim Zubereiten des Melonensalats gekommen. Mega-erfrischend, den hat er daheim schon mal gemacht.

Den Zuckerrand an den Gläsern haben wir dank Glas-Rimmer schnell gezaubert. Wir nehmen eine orangefleischige Cantaloupe- und eine weißfleischige Honigmelone. Im Mixer aufgeschäumt, mit Crushed Ice und Limettensaft aufgepeppt und in die breiten bauchigen Gläser geschichtet. Zur Feier des Tages darf ein Schuss Prosecco nicht fehlen, ein Zweig Basilikum und Pfefferminze als Aromastrauß in die Mitte gesteckt, dicker Strohhalm rein und rauf aufs Tablett. Vinc bringt die Schüssel mit der Vorspeise. Venusmuschelsalat. Ich nehme einen Probelöffel.

»Und?«, fragt Vinc, bevor er den Salat auf die Teller drapiert.

»Hmmh«, gebe ich genießerisch das Okay.

Die Weißbrotscheiben sind fertig geröstet, darauf kommt die Thunfisch-Sardellen-Kapern-Paste sowie eine Dekokaper und raus. Ein phänomenaler Auftakt, wie uns allseits bestätigt wird.


Valeria sorgt für einen gut gekühlten Custoza zum Essen, während Paps und ich die Pasta auf den Tellern anrichten. Nur mit Butter, Salbei und Parmesan.

Valerias geheimnisvolle Ankündigung meiner Ravioli a sorpresa hat die Jungs vom Filmteam neugierig gemacht. Ursprünglich wollte ich die Ravioli mit Wachtelei-Basilikum-Ricotta-Füllung ja schon mit Umberto ausprobieren, aber daraus ist nichts mehr geworden.

»Was ist das denn?«, nuschelt Basti überrascht, als das Eigelb im Mund zerplatzt ist und sich mit dem Basilikumricotta gemischt hat.

Flo und Paul runzeln die Stirn, schmecken nach und nehmen sich noch einen Raviolo.

»Gewöhnungsbedürftig«, bewertet Basti ehrlich.

»Besonders«, sagt Flo.

»Wenn jetzt noch einer ›interessant‹ sagt, dann bin ich beleidigt«, drohe ich.

»Mega«, sagt Paul und grinst breit. »Im Ernst, die Dinger sind hammermäßig.«

Paps' Grilleinlage, eine echte Bistecca alla fiorentina, ist natürlich perfekt.

»Die Nachspeise könnten wir wieder auf der Terrasse servieren«, schlägt Vinc vor.

Alle sind einverstanden. Die Luft ist jetzt wesentlich milder als vorhin.

Vinc' Insalata di melone ist der Renner. Allein schon optisch. Verschiedenfarbige Melonenkugeln mit fruchtig-säuerlichem Dressing, serviert in der ausgehöhlten Hälfte einer Wassermelone. Kühlschrankkalt. Ich muss neidlos anerkennen, dass Vinc heute das Rennen gemacht hat.

»Megageil«, bringt es Paul auf den Punkt. Und das ist höchstes Lob aus seinem Mund.


Vinc zieht mich in den Garten. Ein winziger Pavillon, gerade Platz für zwei auf der filigranen Bank, davor ein Teich mit Springbrunnen, sanft von einem Strahler in ein glitzerndes und funkelndes Lichterspiel verwandelt.

»Eigentlich wollte ich das Menü auf dem Hof von Davides Weingut servieren«, fällt mir ein.

»Da wäre Valeria sicher beleidigt gewesen, außerdem hat Davides Familie jetzt andere Sorgen. Wenigstens versteht sich Oumon gut mit Rocco. Der kann jede Hilfe gebrauchen, solange sein Onkel im Gefängnis ist.«

»Und Ayna ist bei Rosalia gut aufgehoben. Ist echt toll

von ihr, dass sie Ayna samt Mann und Baby aufnimmt. Ob und wie lange sie mit Oumon in Italien bleiben kann, ist noch ungewiss. Sie haben halt eine vorübergehende Aufenthaltsgenehmigung. Aber sie haben eine Unterkunft, Arbeit und eine Perspektive in Italien – ihr Kind wird hier geboren. Ich drücke ihnen die Daumen.« Ich seufze. »Vor allem auch Rosalia. Es ist so großartig, was sie macht. Ihre Patchworkfamilie. Ihre Mutter sei schon zugänglicher, sagt sie. Die Aussicht auf die Babys hat sie weichgekocht. Und Evelina hat so was Schutzbedürftiges, ich glaube, Erminias Mutterinstinkt und der Omatrieb sind voll erwacht.«

»Hoffentlich ergreift Evelina vor so viel Fürsorge nicht die Flucht!«, meint Vinc amüsiert. »So, Schatz, genug um andere gekümmert, jetzt bin ich dran«, verkündet er und nimmt mein Gesicht in beide Hände. »Aber genau deshalb liebe ich dich ja. So, wie du bist. Mit deinem großen Herzen.«

»Vinc, mein Traumprinz, ich liebe dich auch. Und weißt du was? So schön es hier ist, ich freu mich auf zu Hause. Auf unsere Wohnung. Mal wieder allein zu sein mit dir. War schon heftig, was hier alles passiert ist.« Ich lege meinen Kopf an seine Schulter und lasse das Wasserspiel durch meine Wimpern schimmern.

»Hey, nicht einschlafen! Ich hab noch was für dich.«

»Ich schlafe nicht, ich genieße«, murmle ich. Dann setze ich mich auf. »Was denn?«, frage ich neugierig.

Vinc kramt umständlich ein leicht verknülltes Päckchen aus der Hosentasche. Er reicht es mir. »Mach auf«, sagt er und beobachtet mich erwartungsvoll.

Völlig unromantisch reiße ich das rote Papier auf. Ich liebe Überraschungen und habe keine Ahnung, was es sein könnte.

»Nein! Das ist ja mega! Vinc, wie hast du das gemacht?«
Ich hebe das Armband mit den Rubinen gegen das Licht.
Unglaublich. »Wie die Augen einer Nymphe. Natürlich
sind die wasserblau und nicht rubinrot.«

»Ja klar, wasserblau.« Vinc grinst.

»Wow, Schatz, das hat mir gleich so gut gefallen. Das ist
so lieb von dir.« Ich bin echt ergriffen.

»Ich wollte es Rosalia abkaufen, aber sie hat es mir
geschenkt. Für dich. Ursprünglich sollte es ja ein Geburts-
tags- oder Weihnachtsgeschenk werden, aber ich finde, du
musst es hier bekommen. Hier und jetzt.«

Wir küssen uns. Hier und jetzt. Und wissen, dass wir
zusammengehören.

## EPILOG

»Schau«, Vinc zeigt auf die Silhouette der Scaligerburg, »siehst du das flackernde Licht oben im Turm? Und hörst du das Klirren der Ketten und das schauerliche Klagen?«

Ich kuschle mich enger an ihn.

»Der Ritter sucht sein Schwert und seine Ehre«, murmle ich verträumt.

ENDE

# MENÙ D'AMORE


Erster Gang
Erfrischender Melonenaperitif

Zweiter Gang
Venusmuschelsalat mit Limetten, Rucola und Petersilie
(Muscheln fünf Minuten bei großer Hitze garen, nur die
geöffneten Teile verwenden)
und
Thunfisch-Kapern-Creme

Dritter Gang
Tris di Pasta: Nodi d'Amore à la Valeria – Ravioli mit
Wachtelei und Ricotta-Basilikum à la Doro – Tortelloni
di Zucca al burro e salvia à la Sascha

Vierter Gang
Ein ehrliches Steak vom Grill und Gemüse

Dolce
Melonensalat mit Marsala
Nach Wahl: Caffè, Ramazzotti, Grappa

Dazu: Bianco di Custoza

365

# Rezepte zum Menù d'amore

## Erfrischender Melonenaperitif

Zutaten: 1 orangefleischige Melone, 1 gelb- oder grün-
fleischige Melone

Zubereitung: Melone entkernen und schälen, aufschäu-
men und schichtweise in Gläser füllen. Mit einem Schuss
Ingwersirup, Limettensaft, einem Zweig frischer Pfefferminze oder Basilikum verfeinern. Kühl stellen. Direkt
vor dem Servieren nach Belieben einen Schuss Prosecco
dazugeben. Erfrischend mit Crushed Ice oder Eiswürfeln.

Tipp: Gläser mit Zuckerrand vorbereiten – praktisch mit-
hilfe eines Glas-Rimmers. (Man nehme: Zitronensaft,
Limettensaft oder auch Likör; Zucker oder Rohrzucker).
Funktioniert genauso gut mit zwei flachen Gefäßen. Glas-
rand anfeuchten und in Zucker oder Salz eintauchen.

## Nodi d'Amore

Zutaten für 4 Personen:
Nudelteig: 500g Mehl 00/405, 5 Eier + 1 Eigelb, Salz
Fleischfüllung: 150g Rindfleisch, 50g Schweinefleisch,
50g Kalbfleisch, 25g Hähnchenleber, 1 Ei, Salz, Salbei,
Muskatnuss, Butter

Zubereitung: Fleischsorten auf kleiner Flamme in der
Butter schmoren, die Hähnchenleber separat mit klein-
gehackter Zwiebel, Möhre, Sellerie und Kräutern. Beides

mit Weißwein (Garganega oder Custoza) ablöschen, in den Fleischwolf geben, abkühlen lassen, ein geschlagenes Ei und eine Prise Muskat dazugeben.

Den aus Tieren und Mehl hergestellten Nudelteig sehr dünn ausrollen, und in 3cm große Quadrate schneiden. In die Mitte jedes dieser Quadrate 1 TL Fleischmasse geben, verschließen und zum charakteristischen Tortellino formen.

In der kochenden Brühe ein paar Minuten ziehen lassen. Sehr heiß mit zerlassener Butter und Salbeiblättern servieren.

Tipp: Nudelteig zügig ausrollen und füllen – wenn er zu trocken ist, lassen sich die Täschchen nicht mehr zuverlässig schließen und der Inhalt schwimmt im Nudelwasser. Oder noch besser: Den Teig mit der Nudelmaschine ausrollen (0,3 Millimeter) – das erfordert viel Übung –, den Teig immer wieder durchziehen, bis ein hauchdünner, durchscheinender, reißfester Teig entsteht.

Es gibt verschiedene Rezepte für Nudelteig. Mit oder ohne Ei, mit oder ohne Öl, Grieß und/oder Mehl ... Jeder sollte für sich das richtige entdecken.

Tipp: Ricotta mehrere Stunden im Kühlschrank abtropfen lassen (mittels Küchentuch oder Sieb). Die Füllung sollte relativ trocken sein. Die Täschchen auf bemehlter Unterlage (z. B. Holzbrett) lagern, einzeln, damit sie nicht verkleben. Ins kochende Salzwasser oder in die Brühe geben und ziehen lassen, bis sie an die Oberfläche steigen.

Tipp: Wenn ihr ein Rezept mit Mehltyp »00« habt und denkt, was das denn wieder für eine Besonderheit ist – entspannt euch, unser Weizenmehl, Typ 405, wird in Italien mit der Typenbezeichnung »00« ausgewiesen.

### Tortelloni di Zucca al burro e salvia

Lecker, erfordert aber Übung und braucht 3-4 Stunden Zeit.

Zutaten:
Füllung: 600g Muskatkürbis, 200g geriebenen Parmesan, 2 Eier, Olivenöl, Salz, Pfeffer, Semmelbrösel nach Bedarf
Zutaten und Zubereitung für den Nudelteig: s. Rezept Nodi d'Amore. Und daran denken – es gibt verschiedene Rezepte, den Nudelteig zu bereiten! Das erfordert ein bisschen Übung und ist immer auch Geschmacksache.

Zubereitung: Kürbis schälen, würfeln, entkernen, auf einem Backblech verteilen und mit Olivenöl beträufeln. Mit Alufolie abdecken und im Backofen bei 190°C 1 Stunde backen. Pürieren, mit Salz und Pfeffer würzen. Geriebenen Parmesan und zwei verquirlte Eier unter den Kürbis mischen. Die Masse soll relativ trocken sein, deshalb Semmelbrösel bis zur richtigen Konsistenz zugeben.
Frischen Nudelteig bereiten, ausrollen und ca. 7cm große Scheiben ausstechen. Kürbismasse auf eine Seite der Scheibe setzen und zuklappen. Die Ränder gut festdrücken. In kochendes Salzwasser geben und 8-12 min. leicht köcheln lassen.

Frische Salbeiblätter einige Minuten in zerlassener Butter wenden.
Die Tortelloni mit Salbeibutter servieren und mit geriebenem Parmesan bestreuen.

Tipp: Schmecken auch mit Tomatensoße.

## Ravioli mit Wachteleidotter und Ricotta-Basilikum

Zutaten für die Füllung: Wachteleier (1 Ei pro Raviolo), Ricotta, frisches Basilikum, Salz, Muskat

Zutaten Nudelteig s. Tortellini

Zubereitung: Wachteleier trennen: Schale ist sehr hart, mit scharfem Sägemesser vorsichtig anritzen oder aufschlagen, vom Eiweiß trennen, Dotter muss ganz bleiben, da er als Kugel mit Eihaut in den Raviolo kommt, mit Eiweiß würde der Teig aufweichen.
Ricotta (egal ob frisch oder aus dem Becher) einige Stunden abtropfen lassen (die Masse wird sonst zu weich), fein geschnittenes frisches Basilikum untermischen, je eine Prise Salz und Muskat.
Teig dünn ausrollen (Nudelmaschine oder per Hand), für die Ravioli muss der Teig nicht so dünn sein wie für die Nodi d'Amore, 6 cm große Kreise ausstechen, auf die Hälfte der Kreise einen Klecks der Ricotta-Basilikum-Masse auftragen und mit dem Teelöffel eine Delle eindrücken, in die dann das Eigelb des Wachteleis gelegt wird. Den Rand mit Eiweiß bestreichen und mit einem zweiten Kreis den Raviolo verschließen. Den Rand mit der

Gabel andrücken. Je nachdem, wie dick der Teig ist, 5 bis 10 min. im heißen Salzwasser ziehen lassen.

Mit Butter und Salbeiblättern servieren. Frisch geriebenen Parmesan darüber.

Tipp: Wenn der Teig zu dick ist, brauchen die Ravioli zu lange und das Eigelb wird fest. Schmeckt besser, wenn der Kern noch flüssig auf der Zunge zerplatzt.

## Melonensalat mit Marsala

Zutaten für 6 - 10 Personen: 1 Wassermelone, 1 gelbfleischige Melonensorte, 1 weißfleischige Melonensorte

Für das Dressing: circa 150 ml Marsala, 3 El Zucker, Saft von 1 Orange und Saft von 1 Zitrone

Zubereitung: Melonen entkernen und in Würfel schneiden oder noch besser: mit einem Miniportionierer kleine Kugeln ausstechen.

Für das Dressing die Zutaten in einer Schüssel vermengen und über die Melonenkugeln geben.

Zwei bis drei Stunden im Kühlschrank kühlen.

In die ausgehöhlten Wassermelonenhälften füllen und servieren. Ist der Hingucker – vor allem, wenn der Rand kunstvoll eingeschnitten wird!

Tipp: Gerade wenn es sehr heiß ist, sollte die Melone gekühlt sein – aber nicht eiskalt oder gefroren!

## Weitere Rezepte

### Spaghetti mit Kapern, Krabben und Zucchini

Zutaten für 4 Personen: 500g Spaghetti oder Linguine, 4 kleine Zucchini, 2 EL eingelegte Kapern, Krabben/Garnelen nach Bedarf (frisch, eingelegt oder tiefgefroren), 1 Knoblauchzehe, frische Petersilie, Weißwein

Zubereitung:

Pasta, vorzugsweise Spaghetti oder Linguine, in Salzwasser kochen.

Zucchini in Scheiben schneiden und in nicht zu wenig Olivenöl kernig dünsten, gerne eine ganze Knoblauchzehe dazu und später wieder rausnehmen oder einfach die Pfanne vor der Zubereitung mit der Knoblauchzehe ausreiben.

Kapern und Krabben dazugeben und kurz mitdünsten, mit Salz und Pfeffer abschmecken und kräftig mit Weißwein ablöschen. Frische, fein geschnittene Petersilie dazugeben. Die fertig gekochten Nudeln unterheben und mit Parmesan und etwas Petersilie bestreuen.

Dazu ein bunter Sommersalat und ein kühles Glas Weißwein. Schnell und superlecker.

### Thunfischpaste

Zutaten: 1 Dose (ca. 150 g) Thunfisch, 1-2 Sardellenfilets, 1 EL Kapern, 150g Mascarpone, Salz, Pfeffer, frisch gepresster Zitronensaft nach Bedarf

Zubereitung: Alle Zutaten fein hacken oder pürieren und mit Mascarpone zu einer cremigen Masse verrühren. Klappt hervorragend mit dem Pürierstab. Mit Salz, Pfeffer und Zitronensaft abschmecken.

Lecker als Brotaufstrich und lecker als »Vitello tonnato« mit dünnen Scheiben vom Kalbsbraten.

Angelo kocht:

## Kalbsrouladen mit Pancetta-Fenchel-Kapern

Zutaten: Menge je nach Personenzahl anpassen.
Dünne Kalbsschnitzel, pro Schnitzel 1 Scheibe Pancetta (italienischer Bauchspeck), Fenchelknolle, Karotte, Kapern, Salz, Pfeffer, Butter, Olivenöl, Mehl, Weißwein, passierte Tomaten

Kartoffeln, buntes Ofengemüse: Kartoffeln, Zucchini, Karotten, Schalotten, Paprika, Rosmarinzweige

Zubereitung: Die dünnen Kalbsschnitzel vorsichtig platt drücken, dezent mit Salz und Pfeffer würzen. Mit 1 Scheibe Pancetta belegen, Fenchel und Karotte in feine Streifen schneiden, 2 Streifen Fenchel, 2 Streifen Karotte und einige Kapern auf der Roulade verteilen. Aufrollen und mit Küchengarn verschließen.
Etwas Butter und Olivenöl in der Pfanne erhitzen, die Rouladen in Mehl wenden und rundum anbraten. Mit wenig Weißwein ablöschen, einige EL passierte Tomaten dazugeben, mit Salz und Pfeffer abschmecken und abgedeckt 30 min. sanft köcheln lassen.
Als Beilage auf einem Backblech Kartoffelschnitze und diverse Gemüseschnitze wie Zucchini, Karotten, Zwie-

bel, Paprikaschoten verteilen, mit Salz und Olivenöl würzen, einige Zweige Rosmarin dazwischenlegen und bei ca. 180°C 40 min. backen.

### Muskatcreme mit marinierten Heidelbeeren

Zutaten für 2-4 Personen: 2 Eigelb, 2 EL Zucker, 1/2 Muskatnuss, 2 TL Weinbrand, 1 Becher Sahne, Heidelbeeren, Erdbeeren oder Beerenmix, Saft einer Zitrone, Puderzucker

Für die Hippen: 100 g Mehl, 100 g Butter, 100 g Puderzucker, 2 Eiweiß, 1/2 Kaffeelöffel Kakaopulver, 1 Prise Salz

Zubereitung: Eigelb und Zucker über dem Wasserbad warm schlagen, danach mit dem Mixer kalt schlagen, bis die Masse relativ fest ist. Geriebene Muskatnuss unterheben. Sahne steif schlagen (kleinen Rest zum Verzieren auf die Seite stellen) und unterheben, zuletzt den Weinbrand zugeben. Beeren waschen, mit Puderzucker und Zitronensaft marinieren.

Für die Hippenmasse alle Zutaten vermengen. Auf ein befettetes Backblech die Hippenmasse dünn mit einem Löffel kreisrund auftragen. Im heißen Rohr bei 180°C ca. 5 Minuten goldgelb backen. Die noch weichen Hippen vom Blech lösen, über ein Glas stülpen und entsprechend formen. Auskühlen lassen.

Muskatcreme in die Hippen geben und mit den Beeren garnieren. Mit Sahne verzieren.

Tipp: Hippen sind essbare Teigförmchen. Es gibt sehr viele unterschiedliche Teige und Formen, z. B. auch als Eistüten, als Röhren für Sahnefüllung usw., also individuell dem Rezept anpassen.

### Apfelkuchen à la Doro

Zutaten:

Teig: 100 g Butter, 100 g Zucker, 2 Eier, 150 g Mehl, 1 TL Backpulver

Belag: 1 kg Äpfel, 70 g kleingewürfelte, kandierte Orangenschale, Saft einer Zitrone, 60 g Zucker, 60 g zerlassene Butter, 2 cl Grand Manier oder Cointreau

Glasur: 2 EL Orangenmarmelade, 3 EL Grand Manier, Puderzucker

Zubereitung:

Teig: Butter schmelzen, mit Zucker und Eiern gut verrühren. Mehl und Backpulver dazugeben.

Springform (26 cm) fetten und mit Backpapier auslegen. Den relativ flüssigen Teig einfüllen.

Belag: Äpfel schälen, entkernen und in dünne Scheiben schneiden. Mit dem Saft einer Zitrone beträufeln. Zucker, zerlassene Butter, kandierte Orangenschalenwürfel und Grand Marnier zu den Apfelscheiben geben und mit den Händen vermischen. Auf den Teig schichten und bei 180°C/80 min./Stufe 2 backen.

Nach dem Backen: 2-3 EL Orangenmarmelade mit 3 EL Grand Marnier vermengen und den noch heißen Kuchen damit bestreichen. Auskühlen lassen und mit Puderzucker bestäuben.

Buon appetito!

## QUELLENANGABEN:

»Der Silberlöffel«, ZS Verlag GmbH Deutschland, als Lizenzausgabe von Phaidon Press Limited, 4. Auflage 2019

Goethe, Johann Wolfgang von: »Italienische Reise 1786–1788«, Nikol Verlag 2017

Diverse Internetseiten:
https://phototravellers.de/gardasee-geheimtipp-tortellini-fest-borghetto
Reisetipps Italien von Biggi und Flo

https://www.gardasee.de/valeggio-sul-mincio/tortellini-fest-nodo-amore

https://www.tagesschau.de/ausland/afrikarueckkehrer-101.html

Arte/Dokureihe, 10 Teile – Die wunderbare Welt der Weine, 1. Teil, China

Prospekte Kunststadt Valeggio sul Mincio, Pro Loco Valeggio, Touristeninformation, Piazza Carlo Alberto, 44 (Legende vom Burggeist)

Rezept für Nodo d'Amore, Touristenflyer aus dem »Alla Borsa«, herausgegeben von der Vereinigung der Gastwirte Valeggios

## DANKSAGUNG

Wieder einmal ist es geschafft. Das Wort »Ende« steht unter dem Manuskript. Freude und auch ein wenig Wehmut kommen auf, hat mich der Fall doch einige Monate beschäftigt. Dann greife ich zum Stift und notiere mir einen Gedanken – fürs nächste Buch. Denn es geht weiter mit Doro Ritter – der Schreibtisch wird erneut zum Tatort!

Ganz herzlichen Dank an all meine Leserinnen und Leser, die Doro Ritter bei ihren ersten beiden Fällen begleitet haben und sich jetzt auf kulinarisch-kriminalistische Lesereise mit ihrem dritten Fall begeben. Vielen Dank für euren Zuspruch, euer Interesse und eure Begeisterung und die vielen tollen Rezensionen. Denn: Was ist ein Buch ohne LeserInnen?!

Und danke an alle, die mich bei meiner Arbeit als Autorin unterstützen:

Meinem Mann danke ich für seine wunderbare Unterstützung, seine Kritik und seine Verbesserungsvorschläge und auch – wie schon in »Limoncellolügen« – für den tollen Übersichtsplan vorne im Buch.

Meinem Sohn Flo eine dicke Umarmung für seine technische Unterstützung und schnelle Rettungsaktionen, wenn mal wieder stundenlange Arbeit in den endlosen Weiten der Computersoftware verschwunden ist.

Meiner Schwester Brigitte ein ganz spezielles Dankeschön für unsere gemeinsame Autorenzeit, eine feste Größe in meinem Autorenleben, mental und fachlich.

Meinen Schwestern Christine und Claudia für ihre Begeisterung und moralische Unterstützung.

Meinem Bruder Wolfgang für Tipps rund ums Kochen.
Meiner Mutter für alles.

Meiner Freundin Uli für ihr stets offenes Ohr für meine
Autorennöte, für Tipps und sonst so allerlei.

Mein herzlicher Dank an all meine Freunde, die mich bei
meinen Projekten unterstützen und Verständnis für meinen
chronischen Zeitmangel haben, die ich leider manchmal in
meinem Autorentunnelblick zeitweise aus den Augen verliere.

Danke dem gesamten Gmeiner-Team, es ist ein gutes
Gefühl, ein Teil dieser großen Verlagsfamilie zu sein.

Insbesondere ein dickes Dankeschön an Frau Susanne
Tachlinski, meine liebenswerte, kompetente und sehr gedul-
dige Lektorin, die dem fertigen Manuskript den letzten
Schliff gibt und den Korrekturstift immer an den richtigen Stellen ansetzt.

Danke an Frau Claudia Senghaas, die mich von Anfang
an liebevoll begleitet und betreut hat und die letztendlich
den Startschuss für das neue Buch gibt, wenn der Plot ihre
Zustimmung findet.

Danke an Frau Maike Worczewsky und das gesamte Mar-
keting-Team.

Danke an Frau Petra Asprion für ihre emsige Presse- und
Öffentlichkeitsarbeit.

Und an alle anderen der Gmeiner-Verlagsfamilie, die mir
immer mit Rat und Tat zur Seite stehen, wenn es irgendwo
in meiner Autorinnenseele brennt.

Und last, but not least grazie mille an Nadja Pasquali, die
meinen Mann und mich so freundlich und inspirierend im
»Alla Borsa« empfangen hat. Danke für eine wunderbare Führung durch die Welt der Tortellini, für die herzliche Atmosphäre und die sehr, sehr leckere Bewirtung! Sie produziert in
ihrem Ristorante in Valeggio die weltbesten Tortellini und ist
Vorbild für die fiktive Person der Valeria Malvaldi im Buch.

# Köchin Doro Ritter ermittelt:

**1. Fall: Proseccolügen**
ISBN 978-3-8392-2378-9

**2. Fall: Limoncellolügen**
ISBN 978-3-8392-2840-1

**3. Fall: Pasta Criminale**
ISBN 978-3-8392-0185-5

GMEINER SPANNUNG

WWW.GMEINER-VERLAG.DE
*Wir machen's spannend*